カレンシー・レボリューション

大薗治夫
Haruo Osono

Currency Revolution

目次

本書の構成について

本書には三つの作品を収録している。

二〇一二年の拙著『カレンシー・ウォー～日中通貨戦争』は、日中戦争から太平洋戦争にかけての時期に日本が中国に対し仕掛けた通貨戦争を題材とした作品だが、日本円が挑んだ相手が中華民国の〝法幣〟と呼ばれる通貨で、法幣はなかなかに頑強で日本円はかなりの苦戦を強いられた。法幣は一九三五年の幣制改革により産声を上げる。その誕生の裏では日本、アメリカ、イギリスと当事国である中華民国の外交面および経済面の戦略・思惑がぶつかりあっており、それらをひとつの物語にまとめてみたのが本書タイトルでもある『カレンシー・レボリューション』である。

一九三五年中国幣制改革について調べていくうちに、その設計図を描いた宋子文というひとに興味を惹かれた。宋子文といえば職権を使って私腹を肥やした人物とされ、歴史上の評価は高くないようだ。でも、中国の統一を財政面で支え、経済インフラを築き上げた彼は英傑と呼ぶにふさわしい人物だと思う。歴史上の評価が作為的にねじ曲げられているようにも思われ、このひとの真の姿を書きたいと思った。三十代から四十代を国事に捧げた宋子文だが、若いとき、みずからの歩む道をみつけんとするときに、ずいぶんと迷い、悩んだ。その心の揺れを描けば宋子文というひとをよく表すことができると思い書いたのが本書冒頭の『ステーツマン』である。本書掲載の他の二作品とは異なり主人公が物語のなかで歴史的事業を成し遂げるわけでも、歴史の謎を追うわけでもないけれども、のちには財政の天才と呼ばれた人物の成長の物語として読んでいただければと思う。

宋子文をめぐってはその他にも様々なドラマがあって、そのうちのひとつが一九三一年の上海北站での彼に対する暗殺未遂事件である。この事件について調べているとき、事件の背景には複雑に絡み合う事情があり、また、太平洋戦争へと続く日本の歴史にも関係するできごとであったことがみえてきた。暗殺にまつわる話なのではっきりしないことも多いのだが、仮説を交えてこの事件の謎解きを試みたのが『上海ノース・ステーション』である。

『カレンシー・レボリューション』は原稿用紙換算約三百五十枚で、一応長編に分類されるべき長さなのだが、これだけで一冊とすれば、内容の堅さに似合わない、薄くて各ページがすかすかなつくりの本になってしまう。そこで内容が深く関連する二作品、書き下ろしの中編小説『ステーツマン』と過去に電子版のみで発行した中編小説『上海ノース・ステーション』とともに一冊としたのが本書である。

本書収録の作品はそれぞれ主人公も異なる独立した物語であり、どこからでも読むことができる。ただ、三作品にまたがり登場する人物も少なくなく、作品内のできごとの原因や結果が他の二作品のなかで描かれているようなこともあるので、本書に掲載した順で時間の流れに沿ってページをめくっていただけば、三つの作品をひとつの物語として読んでいただくこともできるのではないかと思う。

本書収録作品はフィクションである。三作品いずれも史実をもとにしており、登場人物のほとんどが実在した人物をモデルとしているが、史実と異なる場合もあるだろうし、登場人物の考えや行動はモデルとした実在の人物のそれとは別のものと考えていただきたい。それから、よけいなことかもしれないが、登場人物たちは特定の国家の国民、政府、軍、その他の団体や思想を肯定的または批判的に述べることがあるものの、本書においては筆者自身が実在の国や思想などを良く、もしくは悪く評することを意図していない。

作品中には中国の近代史になじみの薄いかたにはわかりにくい単語や、やや専門的な経済・金融用語が少なくなく、本文のなかでそれらを都度説明していては物語の流れが悪くなるので、それらを引っ張りだして「単語の説明」としてまとめておいた。関連年表や関連地図、三作品にまたがって登場する人物等についての紹介もあわせて次々ページ以降に載せたので、適宜参照いただきたい。
また、毎度悩むのだが、中国の人名や地名などについて、どうルビを振るかはちょっと難しい。「蒋介石」や「広州」など日本語読みが一般的なものを除けば中国の固有名詞を無理に日本語読みするのもどうかと思うが、広東語で発音されているはずの場面で北京語でルビを振るのにも抵抗がある。結局、筆者の頭のなかでどう読んでいるかでルビを振ることにしたが、読者が読みやすいように好きに読んでいただけば、それでいいのだと思う（なお、主要登場人物一覧には日本語読みと北京語読みの両方を記しておいた）。

二〇一七年四月　大薗治夫

関連年表　（①はステーツマン、②は上海ノース・ステーション、③はカレンシー・レボリューションがそれぞれ舞台としている時期を示している）

1912 年 1 月	中華民国建国、孫文が臨時大統領に就任	
1925 年 3 月	孫文没	
1926 年 7 月	国民党北伐開始	
12 月	宋子文、宋慶齢ら武漢入り	↑
1927 年 4 月	上海クーデター（蒋介石が上海の労働者等弾圧）	①
7 月	武漢国民政府が共産党粛清、第一次国共合作終了	↓
12 月	蒋介石・宋美齢結婚	
1928 年 6 月	北伐軍北京入城、北伐の完成	
1929 年 10 月	ニューヨーク株大暴落、世界大恐慌へ	
1930 年 1 月	日本、金輸出解禁（金本位制へ旧平価で復帰）	
1931 年 6 月	廬山で蒋介石暗殺未遂事件	↑
7 月	万宝山事件	②
	上海北站で宋子文暗殺未遂事件（23 日）	↓
9 月	柳条湖事件（18 日）、満洲事変勃発	
12 月	日本、金輸出再禁止（金本位制離脱）	
1932 年 1 月	第一次上海事変勃発	
1933 年 4 月	国民政府、廃両改元（秤量貨幣の廃止）	
5 月	塘沽協定締結	
1934 年 4 月	天羽声明発出	
6 月	アメリカで銀買い上げ法が成立	
10 月	国民政府、銀輸出平衡税導入	
1935 年 5 月	日中両国、公使館を大使館へ格上げ	↑
8 月	リース＝ロス、ロンドン出発	
11 月	六中全会。汪兆銘暗殺未遂事件（1 日）	③
	国民政府、幣制改革施行（4 日）	
1936 年 6 月	リース＝ロス帰国	↓
12 月	西安事件（蒋介石が西安で監禁される）	
1937 年 7 月	盧溝橋事件、日中戦争勃発	

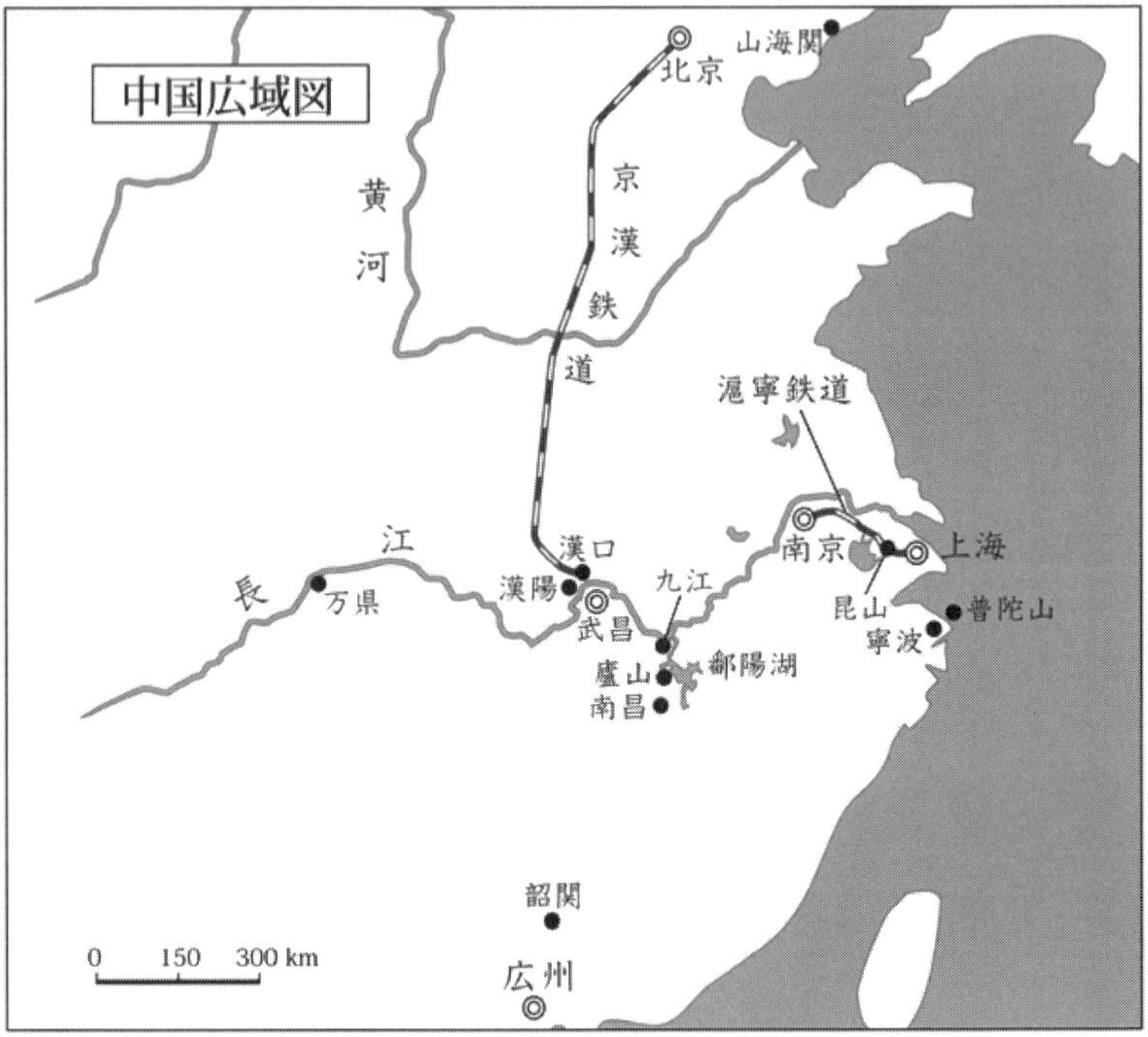
中国広域図
北京
山海関
黄河
京漢鉄道
滬寧鉄道
南京
上海
昆山
普陀山
寧波
長江
万県
漢口
漢陽
武昌
九江
鄱陽湖
廬山
南昌
韶関
広州
0 150 300 km

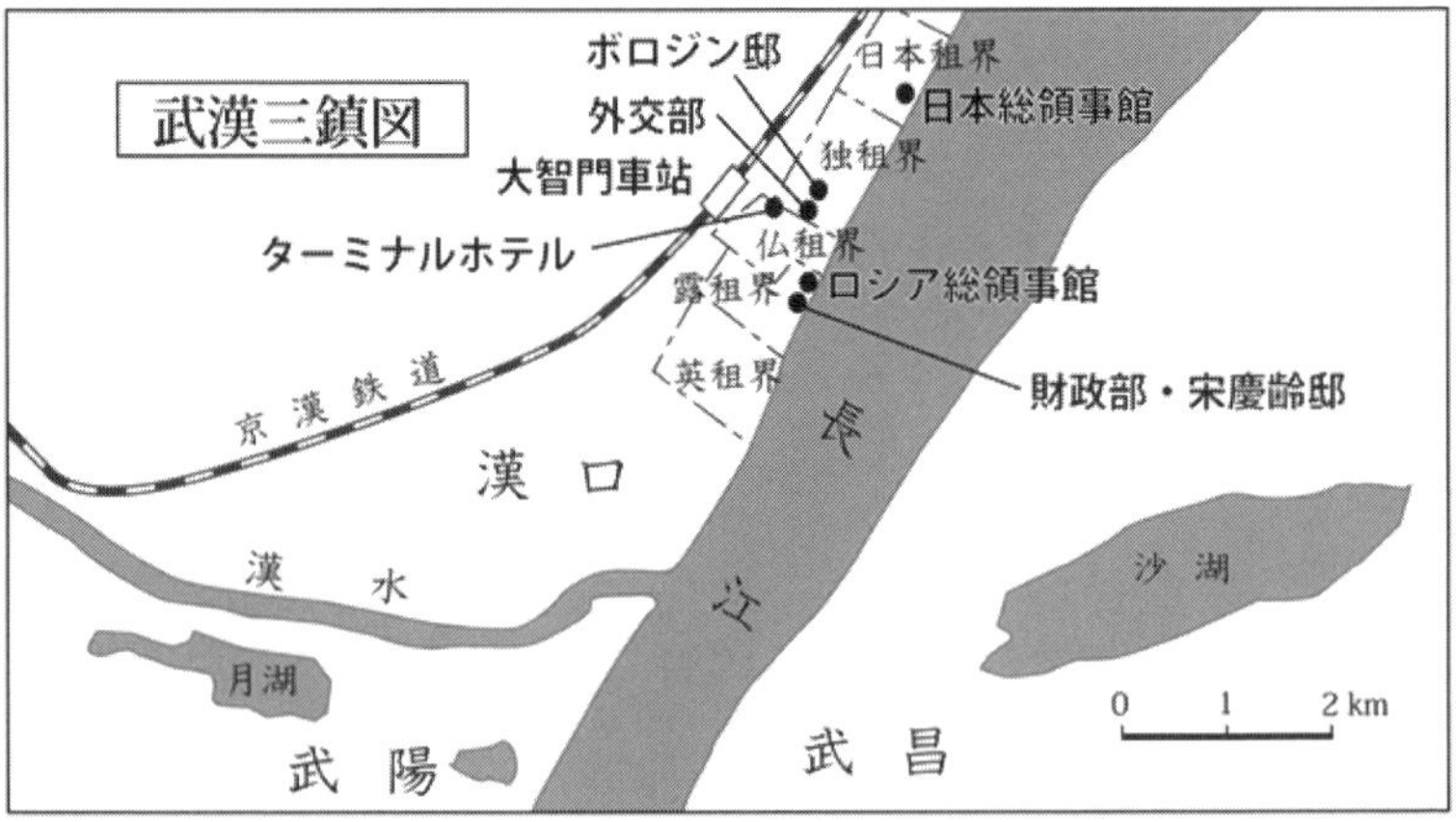
武漢三鎮図
ボロジン邸
日本租界
日本総領事館
外交部
独租界
大智門車站
ターミナルホテル
仏租界
ロシア総領事館
露租界
英租界
財政部・宋慶齢邸
京漢鉄道
漢口
長江
漢水
沙湖
月湖
武陽
武昌
0 1 2 km

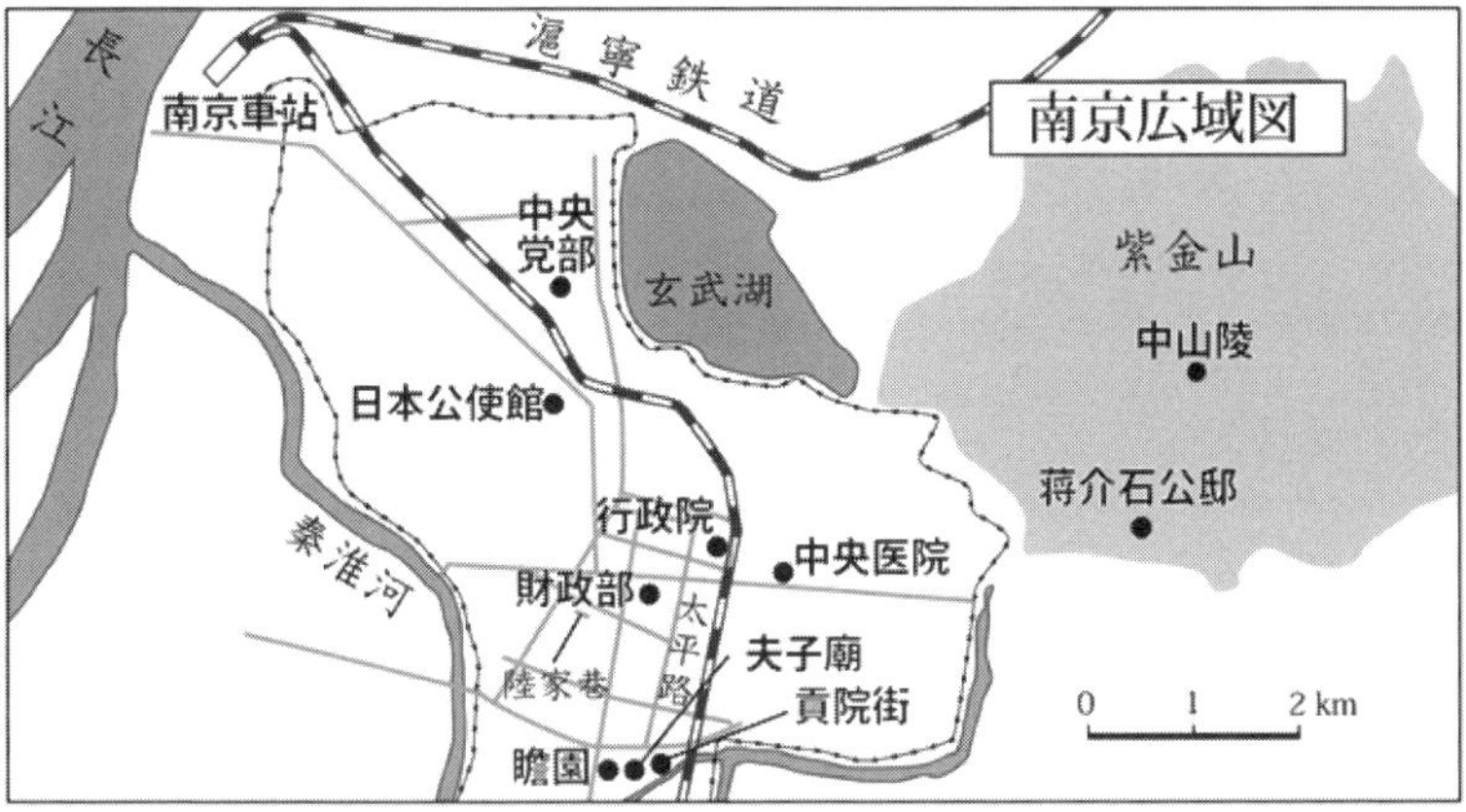
南京広域図
滬寧鉄道
長江
南京車站
中央党部
玄武湖
紫金山
中山陵
日本公使館
蒋介石公邸
秦淮河
行政院
中央医院
財政部
太平路
陸家巷
夫子廟
貢院街
瞻園
0 1 2 km

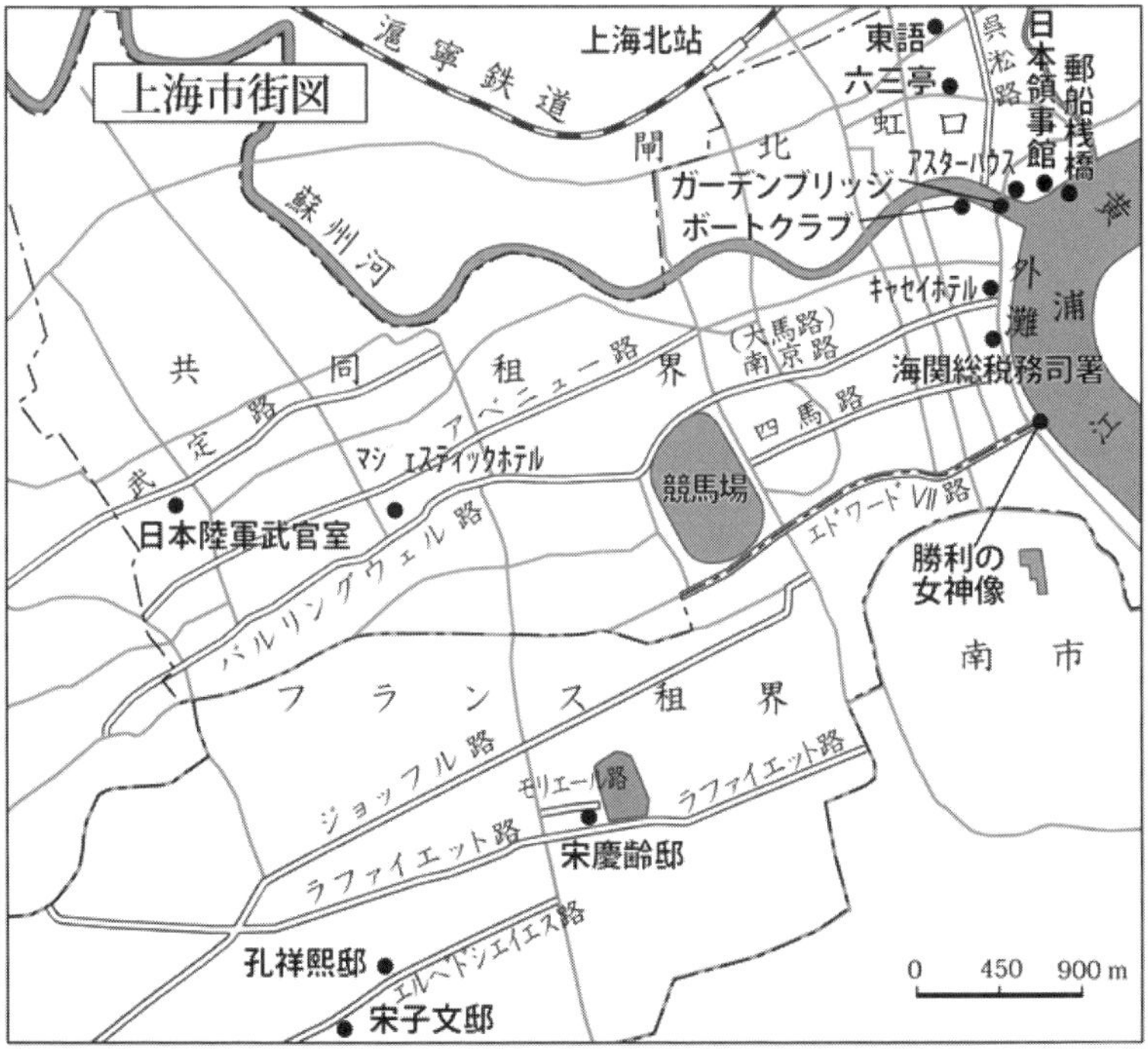
上海市街図
滬寧鉄道
上海北站
東語
六三亭
呉淞路
日本領事館
郵船桟橋
閘北
虹口
蘇州河
ガーデンブリッジ
アスターハウス
ボートクラブ
黄浦江
キャセイホテル
外灘
海関総税務司署
共同租界
(大馬路)
南京路
アベニュー路
武定路
四馬路
マジェスティックホテル
競馬場
エドワードVII路
日本陸軍武官室
バルリングウェル路
勝利の女神像
南市
フランス租界
ジョッフル路
モリエール路
ラファイエット路
宋慶齢邸
エルベドシエイエス路
孔祥熙邸
宋子文邸
0 450 900 m

単語の説明

（日本語読みの五十音順に列挙した。ここで掲載した単語には各作品での初出時等に「注」印を付してある）

アジア・モンロー主義…アジアへの欧米等域外からの政治的、経済的干渉を排除するとの考え方。

天羽声明……天羽英二（あもう・えいじ）外務省情報部長が一九三四年四月に記者団に対しておこなった「日華関係を悪化せしめるような外国の作為的行動、たとえば武器や借款の供与などについて日本政府は重大な関心をもっている」との説明。欧米はこれを日本のアジア・モンロー主義宣言とみなし非難した。

外貨本位制…金本位制では自国通貨を金の一定量と結びつけるが、金の代わりにポンド、ドル等との交換比率を一定にする制度。自国通貨のポンド等との交換比率を一定に保つために通貨当局は適宜市場介入しなければならず、ゆえに十分なポンド等をあらかじめ保持しておく必要がある。なお、ポンド等が金本位制を採用していれば金為替本位制と呼ばれ、実質的な金本位制となる。

関東軍………大日本帝国陸軍の総軍（軍隊における最上級の編成単位）のひとつで、満洲全域の守備を担う。

旧平価………第一次世界大戦勃発により各国は金本位制から一時離脱するが、旧平価はその離脱前に採用していた自国通貨の対金レート。ポンドの旧平価は純金一オンス＝三ポンド十七シリング十ペンス1／2。日本円は純金七五〇mg＝一円（一オンス＝約三十八円）

金本位制……ある国の通貨が法律により一定の金の量に結びつけられている制度。通貨当局は法で定められたレートで自国通貨と金との兌換に応じなければならないので、その必要に備えて十分な量の金を保有しておかなければならない。裏を返せば、兌換請求に応じられる範囲内に自国通貨の発行量を抑えなければならず、理論的には、例えば貿易の赤字が続いて金が国外へ流出すれば通貨の発行量が減り、国内物価が下がって輸出品が国際競争力を得る一方で輸入品は割高となるので、貿易収支が均衡に向かうという自動調節メカニズムが働く。

銀本位制……ある国の通貨が法律により一定の銀の量に結びつけられている制度（金本位制の項参照）。

行政院長……首相に相当。

黄埔軍官学校…国民党が広州近郊の黄埔（こうほ／フアンプー）に設立した陸軍士官学校。

国民革命軍…一九二五年から国民党が台湾に逃れるまでのあいだの国民党の軍で、国民党政権下の中国の政府軍でもあった。

国民政府……国民党が建てた政府。政府所在地の地名（広州、武漢等）を冠して呼ばれることが多い。

国民党………一九一九年に孫文が中心となって設立された政党。

コミンテルン…共産主義政党の国際統一組織。共産主義インターナショナルの略。

財政部長……現代の日本でいう財務大臣に相当。

財務官………大蔵省の国際関係業務を担う次官クラスの役職。第二次大戦前は海外の金融の重要拠点に設置された。

三民主義……孫文の革命理論。満洲族の王朝である清朝を倒して国内の諸民族の平等を実現し、外国による半植民地状態から脱することを目指す民族主義、民主制を目指す民権主義、地権の平等（農民への土地再配分）や私的独占資本の制限により経済的平等を目指す民生主義から成る。

十九路軍……国民党・国民政府の陸軍部隊のひとつ。一九三二年の第一次上海事変で日本軍相手に奮戦して有名になった。

浙江財閥……上海を本拠とする浙江（せっこう／ジャージアン）省や江蘇（こうそ／ジアンスー）省出身の資本家。その資金力を背景に中国経済において強い影響力を有した。

銭荘………せんそう／チエンジュアン。銀と銅銭の両替等をおこなう中国の伝統的な金融機関で、近代では預金・貸付など銀行と同様の業務もおこなった。

孫中山・孫逸仙…孫文は複数の号をもち、中国では孫中山、欧米では孫逸仙（Sun Yat-sen と綴る）と呼ばれるのが一般的。

中央銀行……国民政府の国有銀行で、〝中央銀行〟は固有名詞だが普通名詞としての中央銀行の機能ももつ。

通貨制度……一九二〇年代の中国では銀貨、銅貨、紙幣が並行して使用されていた。銀貨には秤量貨幣（貴金属としての価値がそのまま交換価値となる貨幣）である銀塊（単位は「両」。銀塊一両は約三十七・三グラム）と計数貨幣（一定の品位・量目を有し、その個数によって交換価値を計られる貨幣）である銀コイン（単位は「圓」（もしくは「元」））との二系統があった。一圓銀貨は一般的に「大洋」と呼ばれ、それに対して少額銀貨は「小洋」と呼ばれた。単位は「角」。本来角は圓の十分の一を示す通貨単位だが、大洋の銀含有率が九十％前後であったのに対し小洋の銀含有率は七十％程度と大きく品位が劣ったので、やがて一角は〇・一圓以下の価値となり、圓と角とのあいだで交換レートが建てられるようになった。銅貨は各地方政府がばらばらに鋳造したため品質は一定しておらず、需給によって銀貨との交換比率が変動した。紙幣は、一八五〇年前後より進出が相次いだ外国銀行が治外法権を活かして勝手に発行し、一九〇〇年代にはいると外国銀行に倣い中国の商業銀行や地方政府なども、ほとんど規制を受けずに発行した。

塘沽協定……一九三三年に河北省の塘沽（とうこ／タンクー）で締結された満洲事変後の停戦協定。

武漢三鎮……長江と漢水の合流地点に川をはさみ相対する漢口、武昌、漢陽の三都市をあわせた呼称。

北伐………国民党・国民政府による全国統一事業。

ポンド・リンク…自国通貨の対ポンド交換レートを一定にすること。A国の通貨がB国の通貨によりリンクされればA国の企業や個人は為替レートの変動リスクなくB国との貿易や投資をできるメリットがある。また、ある国が経常収支の赤字を出し続ければ対外支払い準備の枯渇を避けるため引き締め政策によって景気を冷やし輸入を減らす等の措置を採らねばならなくなるが、A国はB国との関係において自国通貨でいくらでも決済できるので、そのような制約がない。

万宝山問題……吉林省長春に近い万宝（まんぽう／マンバオ）山で起きた現地中国人農民と朝鮮人入植者との衝突事件。中国人地主から広面積の借地をした朝鮮人農民が、その開墾地への引水のために伊通《イートン》河に堰を設け開墾地までの用水路を掘ろうとした。現地農民はそれを阻止せんとして武装し、長春県長も巡察隊を繰りだし、他方長春日本領事館が自国民保護を目的として警察隊を派遣して両者が対峙した。朝鮮日報が「両者が七月二日に衝突し多数の朝鮮人死傷者がでた」と報じ、その結果朝鮮で大規模な中国排斥運動が起きた。

民生主義……孫文の革命理論である三民主義のうちのひとつ（三民主義の項参照）。

リットン調査団…満洲事変や満洲国の調査のために国際連盟が派遣した調査団。その報告書は、満洲における日本の利益を認め、中国主権のもとで設立される自治政府の外国人顧問や官吏のうち日本人が十分な割合を占めるべきであるとするなど日本にも配慮した内容だったが、満洲国独立を既に承認し、国際的な承認を求めていた日本は報告書に同意せず、国際連盟を脱退した。

聯俄容共扶助農工……孫文の基本政策のひとつ。ロシアと連携し、共産主義を容認し、農民・労働者を扶助する、の意。

廬山……………ろざん／ルーシャン。江西省九江の南に位置する山地。標高は千メートルを超え真夏でも涼しく、十九世紀末よりイギリス人が、北伐軍が廬山周辺を勢力下に収めてからは中華民国政府要人が多数避暑に訪れた。

主要登場人物

（本書掲載作品の複数にまたがり登場する人物など、主要登場人物を日本語読みの五十音順に並べた。ここで掲載した人名には各作品での初出時等に「※」印を付し、原則本文中ではルビをふっていない。なお、これらはあくまで物語中で設定された人物であり、各自の考え方などは実在の人物のそれとは異なる）

アーサー・ニコラス・ヤング　国民政府経済顧問。元アメリカ国務省職員。

アレクサンダー・カドガン　駐南京イギリス大使。日本を刺激する政策に反対し大蔵省と対立する。

磯谷廉介（いそがい・れんすけ）　上海駐在陸軍武官、少将。幣制改革で中国の統一が進むことを懸念する。

エドマンド・ホール＝パッチ　イギリス大蔵省職員。幣制改革後も財務官として上海に駐在する。

燕克治（えん・かつじ／イエン・クージー）　蒋介石を憎み、王亜樵の配下で蒋介石殺害をもくろむ暗殺者。

王亜樵（おう・あしょう／ワン・ヤーチアオ）　安徽出身労働者を中心とするマフィア〝斧頭幇《フートウバン》〟の首領。複数の要人暗殺を手掛け〝暗殺大王〟の異名をもつ。

汪兆銘（おう・ちょうめい／ワン・ジャオミン）　孫文にも信認された国民党の中心人物。「一面抵抗、一面交渉」を唱えて日本との対話の道を模索し、のちに日本の傀儡政府の行政院長に就任する。中国では一般的に号の精衛（せいえい／ジンウェイ）で呼ばれる。

許清（きょ・せい／シュー・チン）　性風俗店などを手広く経営し、秘密結社〝青幇《チンバン》〟の幹部でもある。かつて日本の紡績会社の工場で労働者の監督をしていた。カネをもらえばなんでもする男。

孔祥熙（こう・しょうき／コン・シアンシー）　実業家として財を成し、国民政府の行政院長、財政部長等を歴任。一八八〇年生。妻は宋家長女の靄齢。

小島譲次（こじま・じょうじ）　聯盟通信社北京駐在記者を経て上海支局長。東京高等商業学校（現一橋大学）

を卒業後にハーバード大に留学し経済学を専攻。元プロ・テニス・プレーヤー。

朱偉（しゅ・い／ジュー・ウェイ）　燕克治の舎弟。

蒋介石（しょう・かいせき／ジアン・ジエシー）　国民党北伐時の国民革命軍総司令。一九三一年時は国民政府主席。一九三五年時は国民政府軍事委員会委員長。

宋靄齢（そう・あいれい／ソン・アイリン）　宋家長女。一八八九年生。夫は孔祥熙。

宋慶齢（そう・けいれい／ソン・チンリン）　宋家二女。一八九三年生。夫は孫文。

宋子文（そう・しぶん／ソン・ズウェン）　宋家長男。一八九四年生。英字では Tse-Ven Soong と綴り、その頭文字をもってTVと呼ばれることが多い。

宋美齢（そう・びれい／ソン・メイリン）　宋家三女。一八九七年生。夫は蒋介石。

孫鳳鳴（そん・ほうめい／スン・フェンミン）　蒋介石暗殺団の一員。元十九路軍で、拳銃の使い手。

陳立夫（ちん・りっぷ／チェン・リーフー）　蒋介石の懐刀で、一九三五年時は軍事委員会調査統計局局長。調査統計局は共産党の活動や反蒋介石の動きの監視等を担う特務機関。

杜月笙（と・げつしょう／ドゥ・ユエシェン）　秘密結社〝青幇《チンバン》〟の首領。蒋介石を助けて上海の労働者弾圧などをおこない、蒋介石政権に深く食いこみ政府顧問のような地位を得る。

フレデリック・リース＝ロス　経済調査訪中団の団長。イギリス政府首席経済顧問。中国経済の復興のほかにもイギリス政府から課された密命の実現をめざす。

森尾慶（もりお・けい）　陸軍三等主計正。東京大学経済学部選科で経済学博士取得。アメリカ留学経験もある。将来日中間で経済戦争がおこなわれると確信し中国経済を脆弱な状態におくべく画策する。

柳場賢（やなぎば・けん）　銀相場やギャンブルなどでカネを稼ぎ暮らす上海在留の不良邦人。元大蔵省職員で「大蔵省始まって以来のエコノミスト」といわれたが、金解禁時の失敗がもとで退職。

ステーツマン

1

——なんだ簡単なことじゃないか。

宋子文[※]は長江を遡る汽船のデッキで風に向かってつぶやいた。

川岸に立ち並ぶ松の枝葉はわずかにしか揺れていない。しかし、船首に立つ子文の顔には強い風が吹きつけ、撫でつけた髪を乱している。

風を受けるのは、自分が進んでいるからなのだ。

そんな簡単なことに気づき、子文は心に小さな感動を覚えていた。凍てつく風を嫌うのであれば立ち止まればいい。しかしそれでは永遠に目的地にたどりつくことはできない。

九江《ジウジアン》を発った汽船は国民政府[注]の新しい首都、武漢に向かっている。

五ヶ月前の一九二六年七月、国民革命軍[注]総司令の蒋介石[※]は、群雄割拠する中国全土の統一を目指し広州を起点にして北伐[注]を開始した。北伐軍は軍閥の呉佩孚《ウーペイフー》の勢力下にあった地域を制圧しつつ北上し、八月には湖南省の長沙《チャンシャー》を抜き、湖北省の武漢三鎮[注]を十月十日までに陥落、江西省の南昌《ナンチャン》を激戦の末十一月九日に制圧した。

蒋介石の発議により、国民党[注]は国民政府首都を広州から武漢へ遷都することを決め、財政部長[注]で中央銀行[注]総裁を兼ねる宋子文を含む党の幹部の一部およびコミンテルン[注]から派遣されているミハイル・マルコビッチ・ボロジン顧問ら数十人が先遣隊として武漢に遷ることとなった。

一行は十一月十六日に広州を発って広州の北約百kmの韶関《シャオグアン》まで鉄道でいき、その先は山間の難路を、あるときは徒歩で、あるときはロバや輿に乗って進んだ。この山間地域は国民政府の支配下にはいったばかりで国民政府の紙幣が通用しない。財政部長である子文は銀貨を大量に詰めたカバンを携行し、食費や宿泊費、輿を担ぐ人夫の報酬など道中の費用の支払いをみずからおこなった。

約二週間をかけて山間を抜け、蒋介石が軍司令部を置く南昌に着く。南昌からは蒋介石も加わって鉄道で北上し、十二月四日、一万の熱狂する民衆に迎えられて九江にはいった。翌五日、一行は静養を兼ねて九江の南約二十㎞の景勝地、廬山[注]に登り、会議をおこなった。そこで蒋介石は北伐の継続を主張し、富の集中する江蘇、浙江方面へと軍を進めるべきと主張したが、会議の大勢は、まずは占領地域の政治的・経済的安定が必要と唱え、結局蒋介石が折れ、北伐の一時休止が決定された。

一行はさらに二日廬山に滞在して旅の疲れを癒し十二月十日に武漢にはいることになったが、三十歳を越えたばかりで若さみなぎる子文にとって静養はむしろ苦痛であった。子文は先行して下山し汽船で武漢に向かうことにした。

汽船はあと数時間で武漢三鎮のひとつの武昌《ウーチャン》に着く。

船室に戻ろうと振り返った子文の視線の先に、デッキの手摺りにもたれて物憂げに川面をみつめる姉、宋慶齢[※]の姿があった。

子文にはふたりの姉、長女靄齢[※]と二女慶齢がおり、したには三女美齢[※]、二男子良《ズーリアン》、三男子安《ズーアン》がいるが、なかでも年齢の近い姉、慶齢との仲がいい。慶齢はやさしく、穏やかで、美しい。気立ても器量も、子文が思うに、三姉妹のなかで飛び抜けている。

子文は慶齢の方へ数歩歩き、立ち止まった。慶齢の白く透き通った横顔をみて、大洋を渡ってきた鳥が手摺のうえで羽を休めているかのように思え、声を掛ければどこかへ飛んでいってしまいそうな気がしたのだ。

一八九三年生まれの慶齢は、米国留学ののち、二十二歳のときに親の反対を押し切って孫文の妻となった。それから十年にわたり陰日向になって孫文の革命を助けたが、二年前に夫に先立たれてしまっている。その直後のやつれた様は痛々しかったが、孫文革命の継承者として慶齢はすぐに立ちあがらなければならなかった。いまやその細い肩で国民党と新しい中国を担っている。中国統一の象徴である慶齢は子文とともに先遣隊として広州を発ち、いくつもの山を越え長江に達した。そして、新首都にはいる第一陣としてこの汽船に乗ったのである。

颪にはためくコートの裾をおさえようとした慶齢が子文の視線に気がついた。

「なあに?どうしたの、そんなところでぼうっとして」

「あっ、いや。別に。なんとなく声を掛けづらくってね」

「なにそれ。変なの」

と、慶齢はやさしく笑った。

「姉さんこそどうしたんだい。こんなところにひとりで」

「別になんでもないわ。そとの空気を浴びたくなっただけよ。それに、もうそろそろ武漢がみえてくるころじゃないかなと思ってね」

慶齢は、冬の颪に目を細めながら川岸の景色をみわたした。

「姉さん。いよいよ武漢だね」

孫文は一八九五年の広州起義(蜂起)以降、繰り返し武装蜂起を試み、都度失敗を重ね、数え切れない同志が犠牲となったが、辛亥《しんがい》の年である一九一一年に武昌でいわゆる武昌起義が成功し、それをきっかけとして清朝が倒れ、一九一二年に中華民国が建てられ孫文が臨時大総統に就任した。すなわち武漢は国民党にとっても慶齢にとっても特別な場所であり、子文は慶齢の感動を推し量って「いよいよ」と

いったのである。ところが慶齢は、

「そうね」

と、小声で答えただけだった。

「なんだい。気のない返事だね。武漢に着いたらやらなくてはならないことが多すぎて、さすがの姉さんも、気負いが過ぎて、却って脱力してしまったということかな」

「いいえ。そういうわけではないわ」

慶齢は再び視線を川面に落とした。

「それじゃあ――」子文は慶齢の横顔に訊いた。「やっぱり、蒋介石のことかな」

慶齢を悩ますことといえば孫文の建てたこの国のゆく末に絡むことのはずであり、この国のゆく末にとっての最大の脅威といえば蒋介石であろう。

日本に軍事留学をしていた蒋介石は辛亥革命勃発とともに帰国した。孫文のもとで革命活動に従事し、軍事の専門家として次第に頭角を現し、黄埔軍官学校[注]の校長にも就く。ただし孫文病没の時点では、あくまで軍関連の有力な指導者のひとりに過ぎなかった。一九二五年七月に成立した中華民国国民政府主席は汪兆銘※で、蒋介石は同政府の最高指導部である常務委員（汪兆銘、胡漢民《フーハンミン》、廖仲愷《リャオジョンカイ》、許崇智《シュチョンジー》、譚延闓《タンイエンカイ》）にも選ばれず、軍事関連の最高機関である軍事委員会の主席は汪兆銘が兼ね、蒋介石は軍事委員会の九人の委員のひとりという立場だった。しかし、国民党に叛旗を翻した勢力の討伐に成功し、また、常務委員五人のうちの廖仲愷が暗殺され、この暗殺事件に関連して同じく胡漢民と許崇智が失脚したこともあって、蒋介石はわずかの期間で汪兆銘に次ぐといっていい地位を得た。そして一九二六年三月、いわゆる〝中山艦《ちゅうざんかん》事件〟が発生する。広州に停泊していた軍艦〝中山艦〟が広州東部に位置する黄埔軍官学校沖に回航したことをきっかけにして蒋介石が共産党員を逮捕、追放した事件である。蒋介石は中山艦の回航はクーデターを企てた共産党の陰謀であると断じたのだが、全ては蒋介石による謀略だったのかもしれず、はたまた共産党でも蒋介石でもない第三者が企てたものであったのかもしれない。いずれにしても結果として、共産党に寛容な姿勢をとり国民党左派の中心である汪兆銘が失脚しフランスに亡命した。つまりは、わずか一年にも満たない間に国民政府成立時の常務委員五人のうちの四人が消えてしまったのである。こうして蒋介石は国民党の実質的な最高実力者に登り詰めた。

黙っている慶齢をみて、子文はいった。

「やっぱり蒋介石のことなんだね。廬山での彼との会合以来、元気がないようだし」

廬山で蒋介石は、北伐の継続のほかにも、首都を武漢ではなく南昌に遷すべきと主張した。広州から武漢への遷都は蒋介石自身が提議し党により認められたものなのだが、一カ月ののちに前言を翻したのである。南昌遷都案は慶齢を含む幹部の大勢の反対により否決されたが、議決に至るまでには、蒋介石と慶齢らのあいだで互いに相手をなじる激しい論争があった。

「蒋介石は、自分でいいだした武漢遷都をなぜ急に引っこめたのだろうね」

「武漢への遷都を思いついたのは南昌を攻め落とすめどが立つよりも前だったのでしょう」

南昌陥落は十一月九日であり、武漢陥落からほぼ一カ月後である。蒋介石が武漢遷都を提議したのは両都市の陥落のあいだだった。

「蒋介石は、北伐軍の主力が駐留する南昌に首都を動かして、武器をちらつかせながら党を自分の思いどおりに動かしていこうと思っていたのだろうけど、果たしてどこまでやるつもりだったのだろう。党内で自分の声を通りやすくしたいと思っていただけならまだいいけれども、独裁体制への第一歩とするつもりだったのではないかと少し心配だよ」

「ほかにも心配なことがあるわ」

「ほかにも心配なこと？」

「武漢は共産党の勢力が相当に強いようだから、蒋介石はそれを嫌ったのかもしれないわ。彼は共産党との決別を決めているんじゃないかしら。共産党に支配されている武漢を避けて、自分の影響下で共産勢力を抑えこんでいる南昌に遷都したうえで共産党を排除していこうと思っていたのではないかしら」

「確かにその可能性はあるけど、どうかな」

「南昌遷都は北伐継続が否決されたからいいだしたことなのかもしれない。北伐を中断するのならば、そのあいだに共産党を倒してしまおうと考えたのかもしれない」

と、慶齢はひとの心の闇を覗きこむようないいかたをした。子文は、限りなく清らかな姉には似あわない、と思い、姉を悩ませる蒋介石に嫌悪を抱いた。そして同時に、慶齢と蒋介石との溝は深まっていき、いずれ激しく対立することになる、と予感した。

蒋介石は、北伐を成功させるため共産党との連携を容認したが、反共の考えが強いことは中山艦事件で共産党員に対して厳しい弾圧をおこなったことからも明らかだった。北伐を停止するのならば、共産党との連携は百害があって利は全くないと考えているかもしれない。一方で慶齢は共産党に対して常に寛容だ。孫文はロシア革命に影響を受け、「聯俄容共、扶助農工（ロシアと連携し共産主義を容認し農民・労働者を扶助する）[注]」を基本政策のひとつとして掲げていた。孫文の遺志を忠実に継承しようとしている慶齢が、共産党を嫌う蒋介石を警戒の目でみるのは自然なことだ。

「蒋介石はこのままおとなしくしているかな」

「どうかしら」

「彼のことだ。きっとなにかやってくるよ。いまごろ南昌で次の策を練っているに違いない」

慶齢が子文の方へ向きなおった。子文は慶齢にまっすぐにみつめられ、その輝く視線に思わずあとじさりした。

「子文。もし蒋介石が国民党をふたつに割いて独立しようとしたら、あなたはどうするの」

「え？いや、僕は――」子文は口ごもった。「蒋介石が独立しようと考えているとは思っていないよ。いまごろ南昌で、国民党から共産党を追いだす方法を練っているのかもと思っただけだよ」

「国民党から共産党を排除することは、わたしだけじゃなく多くの党幹部が反対するわ。ならば蒋介石は、右派の人間をつれて党を割ってから、わたしたちをつぶそうと考えるかもしれない。軍を握っている蒋介石ならそれも可能だわ」

「武器をもっているだけでは無理だよ。蒋介石は独力で自分の部隊を養うことはできないのだから」

「そうよ。だから聞いているの。あなたが蒋介石の側につければそれもできるようになる。蒋介石は資金を得られる。わたしたちに戦争を仕掛けることが可能になる。あなた次第といってもいいわ」

「姉さん。それはかいかぶり過ぎだ。僕にそんな力はない」

「そう思っているのはあなただけ。あなたがいなければ今日こうして武漢にはいることはなかったわ。国民党はとうの昔に崩壊していたでしょう。あなたなしでは一日だってもちはしない」

「姉さんにそういってもらえるのは嬉しいけど――」

「どうなの。あなたの考えを聞かせて」

子文は慶齢に並んで立ち、手摺りに肘をついて川面に視線を落とした。

「僕は、孫中山[注]先生の遺志を実践するだけだよ」

アメリカに留学し自由主義経済に浸かった子文は共産主義に対して批判的で、共産党と連携するいまの国民政府に疑念を抱いている。ゆえに共産党排除の気配をみせる蒋介石に共感するところもあるのだが、一方で、孫文の教えを忠実に守り、かぼそい両腕で必死にこの国の未来を切り開こうとしている慶齢を全力で支えたいと思っており、その気持ちを、孫文の遺志を実践する、ということばで表したのだ。

慶齢は、子文のことばに満足したのか、まばゆい微笑みを浮かべ、遠くにみえてきた武昌の街を望んだ。

「ほら。きれいよ。みてごらん」

慶齢は武昌の埠頭を指さした。

この汽船の到着を迎える群衆がみえる。南昌でも九江でも迎えのひとの多さに圧倒されたが、ここでもおそらく万を超える労働者や農民が集まっている。人々は幟を押し立てて汽船の到着を待っている。そこに書かれている文字は読みとれないが、無数の幟が風にはためくさまをみて姉は無邪気に「きれい」といったのだろう。しかし子文には美しいとはとうてい思えなかった。南昌でも九江でも、群衆に囲まれたとき、その熱狂ぶりに恐怖を感じた。いまも背中にうすら寒いものを感じている。

群衆が集まる埠頭のすぐそばに数隻の軍艦が停泊している。

慶齢がつぶやいた。

「呉佩孚《ウーペイフー》は追いだしたけど、武漢はまだわたしたちのものになっていないのね」

子文は軍艦のうちのひとつを指さした。

「あれはコックチェイファーかな」

コックチェイファーはイギリス海軍のガンボート（砲艦）である。河川警備専用のため喫水が浅く、排水量は六百二十五トンに過ぎない。

慶齢は子文が指さした軍艦を厳しいまなざしでみた。一年前、長江上流の万県《ワン》（現四川省万州区）でイギリス船舶と軍閥の楊森《ヤンセン》との間で小さな衝突があり、イギリス海軍が万県を砲撃し、イギリス側数十名に対し、中国側に数百名の死傷者がでるという事件が発生した。いわゆる〝万県事件〟である。その砲撃を担ったのがコックチェイファーだ。

「小さいねぇ。まさにコックチェイファー（フキコガネ虫）の名が相応しいね」

と、子文はからかうようないいかたをした。イギリス海軍は河川警備専用のガンボートをインセクト・サイズと分類し、グローウォーム（ホタル）、モス（蛾）、タランチュラ（毒ぐも）といった昆虫の名をつけている。

「虫の名のついた船に乗って乗員は気分が悪くないのかなあ。イギリス人の考えることは全くよくわからないよ」

と子文は笑ったが、慶齢はガンボートを睨んだままである。

後方よりエンジン音が聞こえてきた。

振り返ると、複葉の飛行機が長江のうえを水平に飛び、近づいてくる。

「みて。青天白日よ」

と、慶齢が叫んだ。太陽が十二の光芒を放つ姿が深紅のリングのうえに配された国民党党旗の〝青天白日満地紅〟が機体に描かれている。

「ボロジンがソ連から持ちこんだ飛行機だよ。複座複葉の軽爆機だ」

と、子文は落ち着いて講釈したが、慶齢は嬉しそうな表情で真上を飛び越してゆく機体をみつめている。

軽爆機がイギリス軍艦のすぐうえを、かすめるようにして通り過ぎた。明らかに挑発的な飛びかただ。そして高度をあげつつ旋回し戻ってきて、今度は埠頭の群衆のうえを翼を振りながら飛んだ。

埠頭の群衆から大きな歓声があがる。

慶齢は飛び去ってゆく軽爆機に向かって手を振りながら、

「私たちの到着に華を添えるつもりなのよ。蒋介石もいいところがあるじゃない」

と笑った。

子文は、軍事力を武漢の住民にみせつけんとする示威飛行だと思ったが、それは口にはださず、無邪気に微笑む慶齢の横顔をみつめていた。

2

宋子文は一八九四年、上海で生まれた。

宋子文というひとについて述べるためには、その父、宋嘉樹《ソンジアシュ》について触れなくてはならない。

子文の祖父は海南島の出身で、当時のほとんどの中国人と同じように、ごく狭い土地を有するだけの貧しい農民だった。姓は韓である。その子の嘉樹は子のなかった親戚の宋家に養子にだされた。養父はボストンで茶販売店を営んでおり、嘉樹は十歳前後でアメリカに渡る。ボストンでしばらく養父の店を手伝ったが、やがて学校にいきたいと思うようになり、養父にそれを反対されたことから家をでる。苦労して大学に進み神学を学び、卒業後、伝道師として中国に送られることとなった。上海とその周辺で布教活動や英語の教師をしたのち、聖書の出版事業を始め、製粉業や外国貿易などにビジネスを拡大、成功し大きな財を成すに至る。

青年期をアメリカで過ごし中国の封建的な伝統に染まらなかった宋嘉樹は、子供たちを性で区別せず、娘たちにも男子と同様の教育を授けることとし、六人の子全員をアメリカへ留学させた。子文の妹の美齢は、満十歳のときに姉の慶齢の留学にあわせて出国し十年にわたってアメリカに住み教育を受けるが、彼女が生涯にわたってアメリカに極めて近かったのはそのためである。一九三〇年代、日本に融和的な態度をとり続けていた蒋介石が日本と対立する姿勢に転じアメリカの支援のもとで徹底抗戦をおこなうに至ることには、その妻、美齢の影響が小さくなく、宋嘉樹の生い立ちが日本の命運に少なからず影響を及ぼしたということもできる。また、嘉樹は強い愛国心をもっていた。当時のアメリカでは大陸横断鉄道建設や鉱山採掘などのために中国人が多数用いられていたが、彼らは多くの職業から締めだされ、ときに暴行を受けるなど甚だしい差別を受けていた。一八八二年には中国人移民排斥法が可決されている。宋嘉樹もそうした社会の風潮と無縁ではいられず、自分は中国人であると強く意識し、深い愛国心を抱くようになった。さらに、長く中国をそとからみていたため、その社会体制や伝統的習慣などの問題点を感じ、愛する祖国を変革しなくてはならないと思うに至る。こうした嘉樹の意志は、少なくとも慶齢と子文に濃厚に引き継がれることになる。

子文は一九一二年、ハーバード大学へ留学した。渡米時の年齢は十七である。長女靄齢と二女慶齢が十四歳、三女美齢が十歳なので、それらに比べれば遅い渡米だった。経済学修士を取得したのちニューヨークに移り、ウォール街の銀行に勤めて国際為替業務などを経験すると同時に、コロンビア大学に学び経済学博士を取得する。一九一七年に帰国し、鉄鋼企業で財務を担当したり商業銀行に勤務したりしたのち、孫文夫人である慶齢の推薦により、一九二三年に広州にはいり孫文革命に参加した。

子文はまず大本営秘書に任じられ、十月には塩務稽核処(塩事業の監督部署)経理の任に就く一方で、紙幣発券銀行である中央銀行開設の重責を託された。中央銀行は一九二四年八月に開業し、孫文は子文をその総裁に任命した。つまり子文は、満年齢でいえば三十にも達しておらず、政府内での実績は一年にも満たないときに大臣クラスの要職に就いたのだった。この大抜擢は、この政府にいかに人材が不足していたかをものがたるものだが、このころの中国の通貨制度[注]は無秩序といっていい状態にあり、新政権の統治を確立し中国全土の統一を成し遂げるためには金融の改革が急務であって、若手の登用により軋轢が生じようとも構ってはいられなかったのだろう。

　子文は、中央銀行および中央銀行券の信用力維持に心血を注いだ。のちに国民政府は武漢、上海にも中央銀行を設立し、いずれも財政需要を賄うために紙幣を乱発し、インフレーションを引き起こしてしまうのだが、広州の中央銀行については、少なくとも北伐開始までの期間においては発行準備の充実がはかられ、政府への貸付においても担保を要求するなど、よく秩序が保たれた。一九二五年八月に財政部長である廖仲愷《リャオジョンカイ》が暗殺され、そのため広州市内に戒厳体制が敷かれ、市民の動揺が金融にも波及し、中央銀行券の現銀への兌換を求める市民が中央銀行店頭に殺到する騒ぎが発生したが、このとき子文は、中国銀行香港支店から現銀を借り入れ支払い準備を充足させたうえで、各店の営業時間を二時間延長して兌換に応じさせた。この措置により取りつけ騒ぎはすぐに収束し、中央銀行は信用力を一層高めることとなった。中央銀行発行紙幣は信用力が高く、国民政府支配地域のそとでも一部流通し、他の銀行券に対して一％を超えるプレミアムがつけられ使用された。

　一九二五年、末期の肝臓癌で最後のときを迎えつつあった孫文は「現在革命尚未成功（現在のところ革命はなお未だ成功していない）」という文言で有名な遺言、〝総理遺嘱〟を遺すが、子文はその証人のうちのひとりとなった。二月二十四日、子文、汪兆銘、孫科《ソンクー》、孔祥熙※の四人が孫文の病室にはいり、汪兆銘が孫文の遺言を代筆した。孫文が内容に了承し署名しようとしたとき、病室のそとで次第を聞いていた慶齢が泣きだしてしまったため、孫文は「いまはまだよかろう」といってペンを置いた。総理遺嘱が孫文により署名されるのは死去の前日の三月十一日である。子文は孫文の義弟であり、孫科は孫文の実子、孔祥熙は慶齢の姉、靄齢の夫である。つまり二月二十四日の総理遺嘱起草の場に立ち会ったのは、汪兆銘以外はいずれも孫文と姻戚関係者であり、子文は孫文の姻族であるがために総理遺嘱に関わる重要な場にいあわせることになったのだが、これにより党の内外から国民党の重要人物とみなされるようになった。

同年七月に子文は広東省の商務庁長に任じられ、暗殺された廖仲愷を継いで九月に国民政府財政部長に就いた。中央銀行総裁をも兼ねる子文は広州革命政権の経済行政を一手に担ったといっていい。

各種税や塩専売事業等について、法令を整備し、管理徴税機構を整理し、不正撲滅を押し進めるなど大胆な施策を次々と繰りだした。軍事費関連の改革にも着手し、各軍に対して、予算制度の確立、資金の留保の禁止、資金管理の厳格化などを求めた。

この時期、翌年に始まる北伐の準備が進められており、軍事費が急速に拡大していた。一九二五年十月からの一年間についていえば歳出の実に約四分の三が軍事費である。この急増には税収や塩事業収入の増加だけでは到底追いつけない。中央銀行による紙幣増発により賄うという道もあったが、子文は公債発行によって資金を調達することとした。とはいえ数千万元の巨額となれば公債の消化は容易ではなく、苦肉の策として、くじつき公債を発行することとし、軍、政府、教育機関の人員に対し三か月間にわたって給与の三十%をくじつき公債で支給するといった公債消化策を実施した。

北伐は子文によって賄われたのであり、彼がいなければ、国民政府による中国全土の統一はなかったか、大幅に遅れたはずである。

子文の辣腕により財政状況は一気に改善する。歳入は子文の財政部長就任前後で十二倍以上にもなった。この数字には公債発行や税外収入による金額が含まれているが、それらを除いても約八倍である。子文が財政部長就任時の施政方針演説で財政再建の目標を示したとき、香港の新聞はその目標を無謀であるとして一斉にあざける記事を掲載したが、それから半年もしないうちに各紙は「宋子文は口にしたことばを違えない信頼できる男である」と称えたのだった。

子文は短期に驚くばかりの結果を残したが、この成果を、この政権が樹立されてから日が浅く、ほぼなにもないところから始められたがゆえに得られたものと片づけてしまうべきではない。孫文が政権を掌握した一九二三年初から子文が財政部長に就くまでの二年半の間に五人の財政部長が入れ替わり就任したが、誰ひとりとしてこれほどの業績を残すことはできなかった。子文のみが多くを成し得たのは、アメリカで学んだ経済についての広い知識と深い理解や、ニューヨークおよび上海に戻ってから広州にはいるまでの期間で得た金融・実業界での経験に加えて、孫文の臨終に立ち会ったために党内での序列が最高位に近いところにまで高まり各方面での軋轢を顧みずに諸改革を実施する力を得ていたことや、若いがゆえの柔軟な発想力と大胆な行動力があったこと、そしてなにより、改革実現への強い意志を有していたことによるのだろう。

3

小島譲次※は、武漢三鎮のひとつ、漢口《ハンコウ》の長江沿いの道を歩いている。この道は各国の租界を貫いており、いま歩いているのはドイツ租界で、前方の交差点を越えればフランス租界にはいる。

小島は聯盟《れんめい》通信社の北京駐在記者である。武漢や九江、南昌等が国民革命軍に占領され、国民党幹部が武漢にはいったと聞き、その状況を取材しようと思いたったのだ。本社には、まだ混乱状態にあるようだからやめておけといわれたが、小島は耳を貸さずに北京と漢口とを結ぶ京漢鉄道に乗った。

荒野を走る二泊三日の退屈な汽車旅ののちにたどり着いた武漢は、労働運動と反帝国主義、特に反英の気勢に覆われていた。街を歩いて目についたのは労働条件改善等を掲げたビラと、街のあちらこちらをわがもの顔で練り歩くデモ行進、各所で大声を張りあげる街頭演説、そして、それらに対抗して要所要所に配備された各国の陸戦隊員と、市民を威圧するように長江上に浮かぶ数十隻の小型の軍艦だった。この街がこういう状況にあることは事前に新聞報道や漢口領事館からの情報で知ってはいたが、一触即発ともいえる緊張状態にあるとは思わなかった。

小島はフランス租界もぬけてロシア租界にはいり、ロシア領事館の前を過ぎてすぐの交差点で立ち止まった。

角にクリーム色の外壁の小ぶりな洋館が建っており、小島はそれを軽く見上げて笑った。

（これが財政部の新庁舎というわけか。彼らしい、というべきかな）

小島は、その出張った肩をぶつけずには通り抜けられないかと思えるほどに小さなドアから建物にはいり、受付の女性秘書に自分の名を告げると、秘書は、突然の訪問者に不審の目を向けながらも小島を二階に案内した。

薄暗いロビーで待っていると、ほどなくして奥の部屋から男がでてきて、嬉しそうに「ジョージ」といいながら両手を広げた。小島も「ＴＶ《ティビー》。久しぶりだな」と応え、ふたりはしっかりと抱きあった。アジアの男同士らしくない所作に秘書は戸惑いの表情をみせているが、ふたりは構わずにお互いの肩を強く叩きあった。

宋子文は自分の姓名を英字では Tse-Ven Soong と綴り、ＴＶはその頭文字をとったもので、アメリカでの友人たちはみな彼のことをＴＶと呼ぶ。小島は東京高等商業学校を卒業したのちにハーバードに留学し経済学を専攻したのだが、そのときに子文と出会った。年齢が近く、国費留学生ではなく、一代でたたきあげて財を成した父親の教育方針でアメリカに渡ったという共通点もあり、ふたりは馬があった。

「わるかったかな。アポイントメントもなく急にきて」

「きみならいつでも大歓迎だ」

と、子文は笑った。

「漢口の領事館経由でアポイントメントをとろうとしたんだが、『おまえのような木っ端記者が一国の大臣に簡単に会えるわけはなかろう』といわれてしまってね」

「ハハハ。この不安定極まりない政府を日本が一人前扱いしてくれているとは思わなかったよ。財政部といってもこの程度の規模に過ぎない」

子文は、この部屋がその全てだというように、両手を広げてみせた。

「確かにこの建物はずいぶんと小ぢんまりしているね。むろん財政部の多くのスタッフは広州に残っているのだろうが、それにしても狭い。昨日、外交部の前を歩いて通ったが、あちらの方がずいぶんと大きいな。外交部の正面に通りを隔てて建つボロジンの邸宅ですらここよりずっと立派だった。ここはきみの公邸で、財政部の機能は別のところにあるのかとも思ったが、そうではないのか」

「財政部であり、僕の住宅であり、さらに姉さんもここに住んでいる。だから姉さんが客を迎える場合の接見の場でもある」

「財政状況の苦しいおりに財政部長が率先して倹約をしてみせているということか。みえを張りたがる輩がやたらと多いなかで好感がもてるよ」

子文は照れたように小さく鼻を掻いた。

「それでジョージ。武漢にきた目的はなんだ。政情はみたとおり相当に不穏だ。こんなときにわざわざくるほどの重要案件かい」

「いや。きみの顔をみにきただけだよ」

「おいおい。恋人に対してのようなセリフをいうなよ。気持ちが悪い」と子文は笑ってから、思いだしたかのように「ひょっとして、きみの目的というのは――」

子文は語尾をのばしつつ横の壁をみた。そして小島に視線を戻し大げさに二度うなずいてみせた。

「な、なんだよ。ひとりで納得するなよ」

「姉さんだな、きみの目的は。姉さんに会いにきたんだろう」

「お、おい。ばかなことをいうな」

小島は明らかに動揺した。

「ハハハ。わかりやすい男だな。しかしきみは運が悪い。姉さんは隣の部屋に住んでいるんだが、数日間漢口にはいないのだよ」

宋慶齢の留学期間は一九〇七年から一九一三年で、その後半が小島の留学期間と重なっている。ジョージア州にいた慶齢は弟のいるボストンを数度訪れており、そのたびに小島は慶齢と会い、ともに食事をしたり、キャンパスや市内を案内したりした。慶齢はそのとき二十歳前後で、その美しさはまさに眩いばかりで、ときにみせる微笑みは南の島の浜辺に咲く花のように華やかで、それでいて、しぐさは常にしとやかだった。小島は妹の美齢とも交流があったが、妹の方はしとやかということばと最も遠いところにいる活発な娘だった。美齢に「少しは姉さんを見習えよ」というたびに彼女は口を尖らせた。

子文は落胆の色を隠せない小島を楽しそうにみている。

「残念ながら姉さんには会えないが、明日、美齢が武漢に遊びにくる。美齢に会っていってくれよ」

「美齢か。懐かしいな。しかしボストンにいたころから十年以上が経ったということは、彼女ももう三十だろう。縁談はないのか」

小島がそう訊くと、子文は眉のあいだに皺を寄せた。

「うん。それがね。ちょっと面倒なことになりそうなんだ」

「なんだ。面倒なことって」

「どうやらジェネラル（将軍）が美齢に懸想しているらしい」

「ジェネラルって、蔣介石か」

子文はうなずいた。小島は顎に手を当て考えてから、

「それはつまり、蔣介石が孫文の義兄弟の地位と宋家の財産を狙っているということか」

「そう考えるのが妥当だろうね。仮に総司令がほんとうに美齢のことを好いているとしても、それは美齢が孫文夫人の妹であり、巨万の富をもつ実業家の孔祥熙夫人の妹でもあるからだろう」

「軍事費をいくらでも賄ってくれる男の妹ということもつけ加えた方がいいな」

「それはどうかわからないが、いずれにしてもかなり打算的であるのは間違いがない」

「いや、ちょっとまて」小島は顎をさすり、「蔣介石には妻がいるんじゃないか」

「そうだ。十代のときに親にいわれて結婚して、すぐに男子が生まれている。三十になるころに歌手を妾《しょう》にした。そして三十五のときに新しい妻を迎えている。もとの妻と妾は慰謝料を払って遠ざけたようだ」

「まさか美齢を妾にしようというのか。まあ袁世凱も九人の妾がいたというし、中国の指導者には当然のことなのかもしれんが、あの誇り高い美齢が妾の地位で納得するとは思えないが」

「いまの妻とも別れるつもりだろう。しかし姉さんは、いまの妻と別れて正妻として迎えるのだとしても絶対にだめだと反対している。姉さんは子供がいる男との結婚は認めないといっている」

「彼女がいいそうなことではあるな」小島はうなずいたが、すぐに首を傾げ、「いやまて。孫文には慶

齢と結婚する直前まで妻がいたし、子供もいたはずだ」

「そのとおりだよ。そこは矛盾しているのだけれど、姉さんはともかくこの結婚を認めたくないようだ」

「それほどまでに蒋介石を嫌っているということか」

「まあ、そうだ」

「しかしこの問題は美齢自身が断れば済む話だろう。相手は四十過ぎの中年だ。美齢にその気はないのだろう」

「そうだと思うけれども――」子文は小さくため息をついた。「嫌いというわけでもないらしい。蒋介石を英雄だと思っているようだ。強い男に魅かれるという感じはあるのかもしれない」

「なるほどね。きみは慶齢と蒋介石のあいだに立って調整をしなくてはならなくなるかもしれないわけだ。確かにこれは面倒だ」

「わかってもらえてありがたいよ。いっそのこと、きみが美齢に求婚してもらえないかね」

「それは悪い冗談だ」

小島はそういってすぐに子文の妹をそしる失言だったかと思い、子文の顔を覗きこんだ。

子文は「フフッ」っと小さく笑って話題を変えた。

「それでジョージ。この街の印象はどうかな」

「緊張状態は想像していた以上だ」

「これでもわれわらが武漢にはいる以前に比べれば良くなっているのだよ。ストライキもデモ行進も半減した」

「僕の目には街全体が真っ赤に染まっているようにみえる」

「ピンクといったところだろう」

「日本人居住者の使用人たちのストライキはかなり長引いたようだな。漢口の日本総領事が蒋介石に助けを求めたが、蒋介石は沈黙したと聞いた」

武漢在留邦人に雇われるコックやボーイらが組織する労働団体が賃金の一律値上げ等を要求し、一九二六年十一月二十日より集団でストライキをおこなった。団体会員が水道電燈を破壊したり、邦人に対して罵言し殴打負傷させる等の事態に発展したため、日本政府は蒋介石に対して事態収集を依頼したが、蒋介石は回答しなかった。

「黙っているしかないのだろう。心の底では労働者を武力で鎮圧してしまいたいと思っているだろうけどね。しかしそれをいまやれば共産党との合作は終わることになるし、党内の左派とも対立し、国民党が分裂することになるかもしれない」

「北伐を再開するために、いま共産党や左派を怒らせるわけにはいかない、ということか」

「そういうことだ」

「逆にいえば、蒋介石は北伐完遂後に共産党と決別し、党内の左派と決着をつけようと考えているのか」

「そうかもしれない」

「そのとき、きみはどうする」

子文は黙っている。小島は問いを繰り返し、

「遅かれ早かれ国民党は割れることになるのではないのか。そのとき、きみはどちらにつく」

子文がしゃべらないので、小島は続けて、

「きみの基本的な考えかたは僕と同じはずだ」

といった。

子文にはその意味がすぐにわかる。ボストンでともに学んだものの導くところに従い判断をなすはず

だ、と小島はいったのだ。ふたりが学んだのは、いまでいう新古典派の経済理論で、価格は自由に伸縮すると想定するので失業が発生しても賃金の速やかな下落により労働市場は均衡し失業も解消されると考える。よって賃金の伸縮を妨げる労働組合の存在は市場を歪める有害なものということになる。アメリカでは南北戦争以降レッセフェール（自由放任）を基本とする経済学が広まった。一八七三年からの恐慌の影響で市場を監視・制限する制度の必要性を説く制度派経済学が一時幅を利かせるが、ハーバードと、子文が博士を取得したコロンビア大学、およびエール大学では、変わらずレッセフェールを信条とする新古典派が主流であり、ゆえにそこで学んだ若者が、乾いた砂地に水をまくように、新古典派の理論を吸収するのは自然なことだった。ちなみに失業の存在を理論的に説明したJ・M・ケインズの「雇用・利子および貨幣の一般理論」が発表されたのは、この時点から十年も先の一九三六年である。

子文はあいまいにうなずいてから、「ただ――」といいかけて黙ってしまった。

「ただ、なんだ」

子文はひとさし指を鼻先に当てて黙っている。

「まさか慶齢のことが気にかかっているのではあるまいな。きみの姉さんは左派の旗頭だ。慶齢と袂を分かつことはできないとでも考えているのかい」

と、小島は冗談めかしていったが、子文はやはり黙っている。

「おいおい。これは美齢の結婚とは別次元の話だぞ。美齢の結婚に慶齢が反対するのならきみも反対するということはあるかもしれないが、社会のありかたの問題で、きみは自分の考えを捻じ曲げることができるのか」

「いや。僕は党を分裂させたくないのだよ。党が分裂しそうになれば、どちらにつくかを考える前に、分裂させない方法を考えようとするだろう」

「きみの努力もむなしく党が分裂したならばどうする」

「その場合は――」子文はゆっくりと顎をあげて、いった。「僕の父は常々いっていた。中国人民を封建主義や欧米列強による抑圧から解放しなくてはならないのだと。そのことばは僕の骨髄に染みついている。アメリカから帰国後広州にいったのは、孫文先生の思想こそが中国の人々を解放するものだと心から信じたからだ。孫文革命は道半ばであり、僕は先生の遺志の実践に努めるだけだ。そして姉さんは全力で先生の遺志を継ごうとしている」

「孫文は『聯俄容共、扶助農工』を掲げていた。共産主義にはかなり寛容だったわけだが、慶齢は、真っ赤に燃える武漢で女神のように崇められているうちに、寛容を越えて共産主義に染まったということはないか」

子文は黙っている。

小島は窓のそとへ視線を動かした。黒に近い灰色の長江のうえに、水面とほぼ同色の軍艦が数隻停泊しているのがみえる。

「党の分裂を心配するよりも、列強との衝突を先に心配すべきなのかもしれないな。武漢市民の反帝国主義意識は相当に強い。特に反英感情はひどい。イギリス租界を歩いてみればそれを痛感するよ。列強の長江上からの威圧も相当なものだ。いつでもかかってこいという感じだ」

「これでも一時に比べれば改善したのだよ。冬になり水位が下がると喫水の深い艦はここからでられなくなってしまうから、駆逐艦の多くは先月末には武漢を離れた。いま残っているのは喫水の浅いガンボートがほとんどだ。一時はデモ隊と列強の陸戦隊との衝突がいつあってもおかしくなかったが、列強の軍艦が減ったおかげで緊張が薄れている。いまは租界のデモ行進も整然としているよ」

小島は窓から長江の軍艦の数を指で数えながらいった。

「じゃあ、衝突の危険はもはやないと考えているのかい」

子文は首を横に振った。

「いや。一時に比べればましになったというだけで、未だに危険な状態にあることには変わりはない。ただ、仮に衝突が起こっても大事には至らないのではないかと思う。北伐を優先する蒋介石は列強との妥協の道を探るだろうし、列強側も、このナショナリズムの高まりを目にしているのだから、へたに動けばことが大きくなり過ぎると考えるよ。自国民が殺されるようなことでもなければ、あまり強硬な手段には訴えないと思う」

小島は窓から視線を戻していった。

「それにしても、この街でのボロジン人気は異常だな。ボロジンを称えるポスターがあちらこちらに貼られている。蒋介石のポスターなど全くないし、国民党の宣伝ポスターはあるけれども、ボロジン個人を称賛するものの方が多いだろう。蒋介石はこの状況をみてどう思っているのかね」

ボロジンはコミンテルンから派遣された国民政府の政治顧問である。

「蒋介石は僕らが武漢にきてから一度もこちらにきていないよ。もちろん武漢の状況は知っているだろうけれどもね。こんな状況をみたくないからこないのか、もしくは、必要以上に身の安全を気にするひとだから、大衆に襲われるのを恐れてこないのかもしれない」

「蒋介石はこの街を解放したのは自分だと思っているのに、その手柄を敵兵をひとりも倒していないボロジンにさらわれたのであれば、それはおもしろくないだろう」

「蒋介石の評判はよくないが、僕の評判はそれ以上に悪い。革命軍は、どこかを占領すると、人気とりのために民衆が喜びそうな政策の実施を約束するが、そのときに必ず『悪税を撤廃して税を軽減する』と宣伝する。市民は大いに喜ぶ。でも、悪税の撤廃はいいけれども、悪税の撤廃で失われた税収をほかの税で埋めなくてはならないし、民衆を喜ばせる新規施策を実施するにも、その資金は民衆に求めなければならない。誰かが嫌われものを演じなくてはならないが、それが僕というわけだ」

「やむを得ないとしかいいようがないな。財政当局というのは大衆に嫌われるものだ」

「大衆だけではない。生産者や知識階級も僕を嫌っている。僕は徴税の仕組を整えたり、軍閥が発行した紙幣の整理をしたりしているが、これらの施策は資産家にすこぶる評判が悪い」

軍閥政権は地元の名士などに保証金を積ませたうえで徴税を担わせていた。国民政府の支配下となり直接税官吏が徴税する仕組みに改められたことにより地元名士たちは既得権益を奪われた。また、軍閥政権は軍事費などを賄うために紙幣を乱発したが、子文はそれら紙幣を無効にし、または額面の数分の一で中央銀行券に置き換える措置をおこなったが、これにより軍閥政権の紙幣を多数保有していた資産家はみな大きな損をした。

「軍閥にわずかにでも縁があった者は資産が没収されているらしいが、その恨みも財政部の長であるきみに集中しているのだろうな」

「北伐のいいところはみなボロジンのおかげ、悪いところはみな僕のせい。そういう感じになっている」

子文は苦い笑いかたをした。

「ボロジンといえば、今日は税関の前で演説会をおこなうらしいな」

「興味があるのかい」

「思想には全く興味はないが、どういう話をすればそんなに人気を得ることができるのか、それを知りたいとも思う。ちょっといってみないか」

「そうだなぁ。あまり気は進まないが――」子文は壁の時計をちらりと見あげた。「まあ、ちょうど時間もあるし、ちょっとつきあうか。ここから歩いてすぐだ」

ふたりはコートを羽織り、イギリス租界へ向かった。

街頭演説の場は千人に達するのではないかとみられる聴衆の熱気で満ちていた。それを取り囲むようにイギリスの陸戦隊員と国民革命軍の兵士が並んで立っている。

演説の内容は、革命は未だ完成しておらず、中国の統一や不平等条約撤廃、土地問題の解決、民衆の政治参与などを実現しなければならず、直面する問題は経済と財政の改善であるといったもので、特に目新しいものではなかったが、ボロジンの巧みな弁舌と絶妙な間が聴衆たちを熱狂させた。

小島と子文は聴衆の群れからやや離れて遠い演壇をみている。

小島は、数歩離れたところに立っている男数人がこちらをちらちらとみていることに気づいた。

そのうちの中央にいる男がこちらを指さし、左右の男になにかをいっている。

「TV。この街でのきみの評判はよくないといっていたな」

「ああ。そうだが」

「軍閥の圧政から市民を解放した英雄として扱われていたりはしないのかい。それとも単に財布からカネを巻き上げる盗賊と思われているのか」

「後者だよ。間違いなくね」

「ならば、この場を離れた方がよさそうだ」

小島の視線の方向を子文がみたとき、男がこちらを指さして叫んだ。

「宋子文！宋子文がいるぞ」

聴衆の最後尾の人々が一斉にこちらを向いた。無数の目がふたりをみる。

子文が小島の袖を引いた。

「そうだな。離れよう」

しかし、ふたりは群衆に囲まれた。

人々はふたりを指さし、怒鳴り声で小島には理解できないことばを浴びせてくる。

ふたりは演台から離れる方向へ歩き始めたが、群衆は道を開けようとしない。

ふたりを囲む輪が徐々に縮まってきた。

前を遮る者を押し退けて進むしかない。小島はそう思い、「走るぞ」と、子文に声を掛けたとき、ふたりの男が小島にぶつかってきた。

小島は反射的に身を翻してひとりをかわし、次にきた男を払腰で投げた。

これが群衆を激高させた。

さらに数人を投げ飛ばしたが多勢に無勢である。

小島は子文の頭をうえから押して屈ませ、そのうえから覆いかぶさった。

小島の背中は無数の足で踏みつけられた。分厚いコートのおかげで痛みはさほどでもないが、いつ終わるともわからない、このまま殺されるかもしれないという恐怖が襲う。腹部を横から蹴られ、首を踏まれ、後頭部を打たれた。苦痛と恐怖で、小島の意識は次第に遠のいていった。

一発の銃声が響いた。

小島を蹴る足が止まった。

小島はそのまましばらく子文に覆いかぶさったままでいたが、肩を軽く叩かれ、顔をうえに向けた。

国民革命軍の兵士だった。

ふたりは兵士に両脇を支えられて群衆の輪を離れた。

「TV。怪我はないか」

「きみのおかげでどうやら無事だ。きみはどうだ」

「怪我があるのかどうか、あるとしてもそれがどこかわからないほどに身体じゅうが痛む」

小島はそういいながら小さく笑ってみせた。

4

蔣介石は九江の埠頭に立って長江の川面をゆっくりと進む船をみている。

待っているのは中型の外輪式の蒸気船だ。船が上流から近づいてきて姿が次第に大きくなり、求める型と違うものであることが判明するたびに蔣介石は「はあ」だの「ふう」だのため息をついた。

この場で待ち始めてからかれこれ一時間になる。よく晴れた午後だが、長江上に出張った船着き場のうえであり、真冬の川風が頰に痛い。

うしろに銃剣を手にして並ぶ親衛兵は微動だにしないが、傍らに立つ秘書の陳立夫※は、耳に手を当てて背中を丸め、蔣介石のため息が聞こえるたびに調子をあわせるように吐息をもらした。

蔣介石は宋美齢の乗った船の到着を待っている。

武漢の党左派との対立に頭を悩ませる日々だが、数日前に美齢から電報を受け取ってからは、武漢政府からの自分を糾弾する電報をみても笑っていられるようになった。

美齢の電報には
〈大兄のところへ遊びにいきます。武漢から靄齢姉さんの船でいきますので、お迎えにいらしてくださ

い。お会いできるのをとても楽しみにしています〉

とあった。その電報は胸のポケットに入れてある。それがあると、寒い日でも胸がぽかぽかとあたたかく感じられるのだった。

美齢に初めてあったのは五年前、上海の孫文の家で開かれたパーティーでだった。

初めてみた美齢は噂に違わぬ魅力ある女性だった。陽気で、話題が豊富で、巧みなユーモアでひとを笑わせる聡明さもあった。孫文や兄の宋子文とときおり英語を交えて会話をする姿を眩しく思った。明るい衣装を身にまとった美齢は、まさしくパーティーの中心に咲く花だった。

その日から美齢のことが頭から離れなくなった。日に何度も彼女のことを想うようになった。

孫文に美齢と交際できないものかと相談したところ、数日後に返ってきた返事は「待て」であった。どうやら孫文の妻の慶齢が猛烈に反対したようだ。姉の反対があったためか、しばらく美齢の態度はつれないものだった。しかし黄埔軍官学校の校長に就任したころから美齢の態度に変化が現れた。パーティーで会うと、すぐに蒋介石のところに寄ってきて、英雄をみるように瞳を輝かせ話を聞きたがるようになった。

いまでは頻繁に手紙を交換する仲だ。美齢は昨年末から母親と姉の靄齢とともに武漢にきている。年初に会議に出席するために武漢にいったが、交際に強く反対している慶齢の手前もあって美齢とことばを交わすことができなかった。そのときはなんともいえぬ寂しさがあったが、今日こうしてわざわざ九江まで会いにくるということは、美齢もおそらく同じ気持ちなのだろう。

また一隻の蒸気船が目の前を通り過ぎていった。

蒋介石は大きくため息をつき、横にいる陳立夫も、一瞬遅れて小さい吐息をもらした。

「迎えの船をだすべきだったんじゃないのか」

蒋介石は陳立夫に叱るようにいい、陳立夫は首をすくめて頭を片手で隠した。どつかれることに慣れた陳立夫は蒋介石の甲高い声を聞くと自然に防御の姿勢になるのだ。

その動作が気にくわなかったのか、蒋介石は陳立夫の横腹を拳で突いた。

陳立夫は片手で腹をおさえ、片手で上流を指さして、いった。

「あっ。また蒸気船がきましたよ。ご覧ください」

いわれた方へ視線を向けた蒋介石の頬が少しずつ緩んでいった。蒸気船が近づいてくるにつれ、デッキにひとが立っていることがわかり、それが女性であることがわかり、風にはためくスカートの柄がグレン・チェックであることがわかった。

「来了《ライラ》。来了来了！」

蒋介石は陳立夫の背中を叩きながらいった。

ところが蒋介石の表情はすぐに険しくなった。

「違うじゃないか。あ、あ、あれは……」

蒋介石は首を項垂れた。

「あれっ。本当だ。違いますね」陳立夫が目を凝らす。「あれは、お姉さんですね」

デッキのうえの女性は三女美齢ではなく、長女の靄齢だった。蒋介石がつぶやいた。

「次女は傾国、三女は傾城。同じ親からなぜあの長女が生まれ得るのだ」

「傾城、ですか……」

陳立夫は、フフッと小さく笑った。

「なにがおかしい」

「あっ。いえ、別に」

陳立夫は顔の前で手をすばやく横に振った。

「おかしなやつだ」

「もし美齢小姐《シャオジエ》が傾城だとおっしゃるのなら、おつきあいはお考えになられた方がよいのではありませんか。南昌の城を傾けられでもしたら大変です。まあ、次女はまさに傾国ですが、三女が傾城というのはどうかとも……」

陳立夫がそこまでいったとき、蔣介石の鉄拳が動き、陳立夫の防御よりも一瞬早く彼の頭を強烈にどついた。

蒸気船が蔣介石の目の前に着岸した。

デッキに立つ靄齢はにこやかに乗船を促した。蔣介石は陳立夫と衛兵を埠頭に残し、ぎこちない微笑みを浮かべて船に乗りこみキャビンにはいった。

蔣介石にソファに座るよう促しながら、靄齢がいった。

「がっかりしたでしょう。デッキに立っていたのが私で」

「はい。あっ。いえ。とんでもありません。よくぞいらっしゃいました」

「無理をしなくてもいいです」

「それで、美齢小姐は？」

「安心なさい。一緒にきていますよ。ただ、お会いいただく前に、少しご相談したいことがありましてね」

「相談、ですか――」

蔣介石は警戒し、ぎこちない笑みを消して真顔になった。

「美齢とのことについてです」

「はあ。どのような――」

「美齢とかなり親しくしていただいていますが、今後、どうされるおつもりなのか。お聞かせいただけませんか」

唐突な問いだが、蒋介石は戸惑わなかった。その問いに対する答えは決めてある。

「妻に迎えたいと思っております」

と、蒋介石は軍人らしく、きっぱりといった。

「そうですか」と、靄齢は感情を感じさせない冷めた声でいった。「しかし、あなたには奥様がおられるではないですか。どうなさるおつもりですか」

「そ、それは――」

と、蒋介石は口籠った。その問いに対する答えは用意していない。

「母はふたりの結婚に反対しています。妻も子もある男性との結婚は認められないといっています。慶齢も反対しています。慶齢は母以上に強く反対しています。聞くところによれば、あなたには三人も奥様がいらっしゃるとか」

「いえ。最初の妻は十代のころに親にいわれて妻にしたもので、愛もなく、彼女はいまは仏門に帰依しています。ふたりめは歌姫を身請けしたものですが、次の妻を娶るときに、カネを渡して夫婦関係を絶ち、いまは兄と妹の関係になっています」

「三人目が陳潔如《チェンジエルー》ですね。彼女とはずいぶんと仲がよさそうですね。私の家にお招きした際も、おふたりが寄り添っておられるのをみました。いっしょに暮しておられるのですよね。広州からこちらへ呼び寄せたと聞きましたが」

「はい。九江に住んでおります」

「どうするおつもりですか。まさか美齢を妾にしようというのではありませんよね」

「とんでもありません」

「では陳潔如はどうされるのですか」

「当然――」

蒋介石は、当然手を切る、といいかけたが、あらかじめ決めていたわけではなく、いまここでそれを約束することは、むしろ軽薄ととられるのではないかと思い、口を噤んだ。

「母はあなたが美齢を正妻とするのであれば結婚を許すかもしれません。しかし慶齢はだめでしょう。慶齢はああみえて激しい性格ですから、あなたと美齢が結婚するのをみるぐらいなら『美齢が死ぬのをみる方がいい』とまでいっています」

「でも、孫中山先生にも奥様がいらして、お子さんもいらした」

「そうです。慶齢自身が妻と子のある男性と結婚しています。だからこそだめだというのでしょう。孫中山先生と慶齢は仲のいい夫婦でしたが、われわれにはわからない辛い思いをしたのだと思います。自分と同じ辛い思いは妹にはさせたくないと思っているのでしょう」

「はあ――」

蒋介石は、慶齢の感情がよく理解できず、曖昧な相槌を打った。

「慶齢は、あなたは美齢のことを好きなのではなく、ただ孫中山先生の義弟になりたいだけなのだ、ともいっています」

「そんなことはありません」

孫文の妻の妹を娶ることにより孫文の義弟となれば、孫文の後継者としての地位が一層固くなると思っていないといえば、うそになる。ただここは、きっぱりと否定しておかなくてはならない。

「では愛しておられると」

「心から愛しております」

蒋介石は、恥ずかしさをおさえ、きっぱりといった。

「最初の奥さまや二番目の奥さまより三番目の奥さまの実家の陳家の方が立派な家だったから結婚した。そしていま、陳家より宋家の方が大きな資産を有しており、その次女が国母ともいわれるほどの女性だから宋家の娘を妻に欲しいと考えている。そうではありませんか」

「そ、それは――」

と、蒋介石は口ごもったが、靄齢は答えを待って蒋介石の目をしっかりとみている。蒋介石は思わず目を伏せた。気圧される自分が忌々しかった。靄齢が小さく笑う音が聞こえた。

「でも、私は慶齢とは違いますよ。ふたりの結婚に反対しているわけではありません。条件によっては、ふたりの結婚に賛成し、母と慶齢の説得もいたしましょう」

「条件？」

蒋介石は伏せた目をあげた。目の前に座っている、頬は丸々とし、その頬につりあう大きな鼻で、それでいて小さくどんよりとした瞳の女は、やはり美齢と同じ親をもつ人間とは思えなかった。

「はい。条件を受け入れていただければ、私がふたりを結婚させてあげましょう」

「お聞かせください」

「まずは、陳潔如と別れること」

「彼女を妾にしたのではだめだということですか」

「もちろんだめです。同じ街にいて、いつでも会えるというのもだめです。慶齢が承諾しません。完全に別れていただく必要があります」

「完全に別れる？」

「彼女がこの世からいなくなるのが一番いいんですけれどもね」

冗談なのか本気なのか判断がつきかね、蒋介石は靄齢の顔をまじまじとみた。靄齢が続け、

「別れかたはお任せしますが、とにかく完全に別れていただきます。それが第一の条件。そして第二の条件は――」

靄齢がもったいぶるように間を空けたので、蒋介石はごくりと唾を飲みこんだ。

「第二の条件は、あなたが王となることです」

「えっ？なんとおっしゃいました」

「王となること、それが第二の条件です」

「それは、つまり、新たな王朝を開けということでしょうか」

自分の口からでたことばの恐ろしさに、蒋介石は一瞬背中を震わせた。

「ホッ、ホッ、ホッ」

と、靄齢はゆっくりと笑った。

「武漢の政府から独立を宣言して武漢を倒し、北伐を完遂したのちに帝政を敷く。そういうことでしょうか」

「皇帝になっていただけるなら一番ですけれども、それでは結婚まで何年かかるかわかりませんし、そもそも、いまはもうそういう時代ではないことは私もわかっています。王となることが条件と申しはしましたが、帝政を求めているわけではありません。武漢の政敵を倒して、この国で唯一無二の男となっていただければ、それでいいでしょう」

「なぜ、また、そんな？」

「不思議ですか。私は美齢をファースト・レディーにしてあげたいのですよ。私はなれませんでしたが、慶齢は孫中山先生の夫人となったことで、この国の母と呼ばれるようになりました。美齢は負けん気の強い娘です。子供のころに慶齢がきれいな服を着ていれば、美齢もそれと同じか、それよりきれいな服を着たがりました。慶齢がアメリカに留学すると聞けば、まだ十歳だったのに、自分もいきたいと何日も泣いて親に訴えましたし、慶齢よりも長くアメリカにいたいといって、慶齢とともに帰国することを拒みました。あの娘はいま、孫中山先生に負けないくらい偉大なひとに嫁ぎたいと思っているのです」

蔣介石は、

(慶齢に対抗意識をもっているのは美齢ではなくて靄齢の方なのではないか)

と思った。対抗意識というより劣等感というべきか。かつて美齢が「私だけは大姐《ダージエ》(長女)とも二姐《アージエ》(次女)とも仲がいいのよ」といっていたことを思いだした。「私だけ」というからには、靄齢と慶齢の仲はよくはないのだろう。慶齢の容姿は靄齢に勝り、慶齢は国父と呼ばれる男に嫁いだが、靄齢の夫孔祥熙は、孫文に比べて勝っているのはカネをもっていることだけで、名声も頭脳も容姿も大きく劣る。靄齢が慶齢に対してよくない感情をもっていても不思議なことではない。

「よろしいのでしょうか。夫である私が武漢を倒せば、姉妹で対立することになるのではありませんか」

「それはやむを得ないでしょう。ファースト・レディーはひとつの国にひとりしかいません」

「このようなことは、さすがにいまここでお約束することはできませんが」

「ここで口約束をしていただいてもだめです。武漢政府と袂を分かつことを世間に向けて宣言してください。それが第二の条件です。そして、第三の条件は――」

「ま、まだあるのですか」

「条件はこれで最後です。安心してください」

「はあ――」

「第三の条件は、私の夫、孔祥熙をあなたの政府の要職につけること。行政院長注か、少なくとも財政部長あたりのポストを用意してください」

「なるほど」

「第三の条件は、簡単すぎたかしら」

と、靄齢はいたずら好きな子供のような表情でいった。確かに第二の条件を満たし政権を掌握しさえすれば難しいことではない。だが、最も応じてはならない条件のようにも思われた。自分の率いる組織を最強のものにしたい。人事を私情でおこなえば組織は弱体化する。それを嫌うのは軍人としての本能であろう。

蒋介石は腕組みをして天井を見上げた。

「いかがかしら」

と、靄齢は答えを促した。蒋介石は天井を見上げたままである。

「美齢のためならどんな条件でも飲むと即答いただきたいところではあるのですけれどもね」と、靄齢は不満げな顔をして、「ではこちらからは、あなたが美齢の次に欲しいものをさし上げることにしましょう。いえ。美齢よりも欲しいものかもしれません」

「私の欲しいもの？」

蒋介石が首を傾げると、靄齢は一枚の広州中央銀行券を取りだしロー・テーブルのうえに置いた。

「銭、ですか――」

「美齢と夫婦となれば、あなたは宋家と孔家の資産を自由に使うことができるようになります。ただ、それだけでは北京まで攻めのぼるには足りないでしょう」

「それは、まあ、そうですが」

「だから、この中央銀行券をさし上げるのではなく、中央銀行券を刷る人間をさし上げようと思います」

「それは、つまり——」

と、蒋介石は目をしばたたいた。

「子文です」

「宋子文——」

「子文がいれば、あなたは宋家や孔家の資産などとは比べものにならないほどのものを手に入れるでしょう。子文なら浙江財閥[注]をまとめあげ、あなたを支援させることができるでしょう。アメリカやヨーロッパからの支援も引きだせるかもしれない。あなたが国をつくるとき、あなたの国の経済は子文によってつくられるでしょう」

（確かに、宋子文をわが陣営に入れることができれば、これほど心強いことはない）

と、蒋介石は思った。宋子文がいれば、資金や民政のことを考えずに軍事に専念することができるだろう。それに宋子文を武漢から引きはがせば武漢政府は早晩資金不足に陥り、破綻への道を転がり落ちていくに違いない。

「しかし、そのようなことが本当に可能なのでしょうか。宋子文は武漢から離れようとはしないのではないですか。なにしろあちらには——」

「慶齢がなんです」靄齢が遮って強い口調でいった。「私は長女です。子文は必ず私のいうことを聞きます」

「そうですか——」

「あなたのお答えはひとつに決まっているとは思いますが、一応はっきりとお聞かせいただけませんか」

「さすがにいますぐにお返事することはできかねますが」

「そうですか」靄齢は顔を横に向けた。その視線の先にドアがふたつある。「では左側の扉からお帰りください。そとにでることができます。ただもし、いますぐ私の条件を受け入れていただけるのであれば右側の扉を開けてください。その扉の向こうには別の部屋があり、そこで美齢が待っています。あなたが右側の扉を選んだならば、私は美齢を残して下船しますので、九江に宿を用意していただけますか」

蔣介石は立ち上がり、左と右のドアを交互にみた。そのまましばらく直立していたが、やがて背筋をのばし、長靴の片足で一回床をカッと鳴らしてから右側のドアへと歩きだした。

右のドアを開けると、すぐそこに笑顔の美齢が首を少しだけ横に倒して立っていた。


蔣介石が蒸気船を降りたのは翌日の昼過ぎである。

下船してからしばらくは、美齢のぬくもりを思いだしては、知らず知らずのうちに口元がほころんだ。しかし家が近づくにつれ、蔣介石の表情は固まっていった。

妻の陳潔如にどう話せばよいのか。考えはなかなかまとまらなかった。

結局なにも思いつかないうちに、蔣介石の乗った車は官舎に横づけされた。

蔣介石は陳潔如に、靄齢が会いにきたので彼女と重要な会合をしてきた、といった。つまり、美齢が九江にきていることはいわなかった。そして、靄齢のだした第二の条件、すなわち蔣介石が武漢政府から独立し新政府を建てるということ、および第三の条件、すなわち靄齢の夫、孔祥煕を新政府の要職に就けること、これらの条件を蔣介石がのめば、宋子文が武漢政府を離れて新政府側につき、浙江財閥は挙って蔣介石のスポンサーとなる、と語った。つまり、第一の条件である陳潔如と別れるということについては伏せた。続けて、現在の政治状況を語った。共産主義がいかに問題か、武漢がどういう状態にあるか、武漢政府がこのまま国を統一したら中国はどうなるか。そういったことについて滔々と説明し、自分の野望のためではなく、中国の民衆のために自分は立たなければならないのだと、陳潔如に一切の口をはさませない興奮した口調でまくしたてた。

そして蒋介石はおもむろに「五年間だけアメリカに留学してくれ」といった。

陳潔如はなにをいわれたのかわからず、目を見開いている。

蒋介石は、靄齢のだした第一の条件について述べた。そして、ふたりが別れるのは五年間だけであり、五年すればいままでと同じようにともに暮らせるのだと、疑いを抱かせないよう、せいいっぱい自信ありげにいった。

陳潔如の顔から表情が消えた。

蒋介石は、自分の愛するのは陳潔如のみであり、美齢とは愛のない完全な政略結婚なのだと説いた。

陳潔如は無表情のままである。

蒋介石は、自分の事業の成功と中国民衆の幸福は、すべて陳潔如の決断にかかっているのだ、といい、涙を流してみせた。

陳潔如は突如狂わんばかりに泣きだした。そして蒋介石の胸を両手の拳で何度もたたく。

蒋介石は陳潔如の頭をなでながら、彼女からは見えない口元を微かに歪めた。

蒋介石は北伐を再開した。

北伐軍は福建省方面から沿海部を進む東路軍、長江の両岸を進む中路軍、北方の河南省方面の敵に対する西路軍にわかれ進撃した。めざすは全中国の約四十%の富が集中するといわれる上海を中心とする長江下流地域である。

同時に蒋介石は共産主義への対抗姿勢を一層強め、共産主義・共産党を強く批判する演説を繰り返し、十数の都市において労働運動を武力で鎮圧した。

北伐軍が上海にはいったのは一九二七年の三月二十二日であり、南京入城は三月二十四日である。このとき、いわゆる南京事件が発生する。各国の領事館や居留民に対する殺戮、暴行、略奪がおこなわれ、日本人を含む外国人に多数の死傷者がでた。事件の原因について蒋介石は共産党の謀略によるものだとしたが、日本、アメリカ、イギリス等は蒋介石の軍が引き起こした不祥事ととらえ、蒋介石個人に対する不信の念を抱いた。

北伐軍が東進を続けているころ、武漢にいる宋子文は、広州での数年間と同じように短い間に次から次へと制度改革を断行し新政策を実施していった。新たに国民政府の版図に加わった地域で新税目の設置や徴税方法の改善等全面的な税制改正を実施し、中央銀行漢口分行を開業し子文みずから行長に就任して銀行券を発行した。北伐軍を賄う資金調達もおこなわなければならず、計三五〇〇万元の公債発行を開始した。三五〇〇万元の使途内訳は、旧紙幣回収が七〇〇万元、軍閥の債務買い取りが二〇〇万元で、残りの二六〇〇万元は全て軍事費である。

北伐軍の東進にともない子文の関心は東方にも向けられた。国民政府が上海を勢力下に収めれば、いまの苦しい財政事情は大幅に改善されるだろうし、戦線が膠着し上海が北方の軍閥の支配下にあり続ければ、潤沢な資金力を背景にして敵が力を盛り返すことになる。子文は三月中旬に開催された国民党の

第三回中央執行委員会全体会議において、北方軍閥の張宗昌《ジャンゾンチャン》が上海の銀行界に借款を強要しようとしていると述べ、上海の銀行界に対して張宗昌への借款をおこなわないよう警告し、張宗昌の債務を国民政府が肩代わりすることはないと通知すべきであると提議し、会議はそれを了承した。

また子文は、上海陥落後すぐに江蘇、浙江両省財政の国民政府への統合に着手すべきと提議した。この提議は数日前に慶齢が子文にいったことばに基づいている。

いつものとおり子文が慶齢とふたりだけで朝食をとっているとき、慶齢が

「北伐軍が上海にはいったら、すぐにあなた上海にいきなさい」

といった。子文は、なぜ姉がそんなことをいうのかと思いつつ、

「もちろんそのつもりだよ。武漢での仕事を一段落つけ次第いくよ」

と答えると、

「だめよ。それじゃ。上海が落ちたという報せがきたら、その日のうちに武漢を発つぐらいのつもりでいなさい」

と、慶齢は強い口調でいった。

「なぜそんなに慌てる必要があるんだい」

「蒋介石よ。蒋介石は上海の富を独占するつもりでいるわ。それをさせてはいけない。それより先にあなたが上海にいって、上海の富を国民政府に組み入れなくてはいけない」

慶齢は、蒋介石は敵であるという前提で全てを考えている。子文は、慶齢の心配は過剰だと思っているのだが、姉のことばに従って中央執行委員会全体会議に提議をおこなったのである。

会議はこれを了承し、子文を江蘇、浙江の財政責任者に任じた。

子文は、上海陥落後すぐの三月二十七日に武漢を離れ上海へ向かった。上海に到着するのは三月二十

九日、すなわち北伐軍の上海入城のわずか七日後である。ちなみに武漢陥落時に子文が武漢にはいったのは陥落の二ヶ月後だった。

イギリス、スワイヤー社の汽船は長江を二晩くだり、呉淞《ウーソン》砲台を右手にみながら右方へ針路を変えて、黄浦江《ファンプージアン》を遡り始めた。

海と見まがうほどに川幅が広い長江とは対照的に黄浦江は狭く、両岸に手が届きそうなほどだ。上海の港に着くまでにはまだ数時間あるが、子文が気持ちの高ぶりをおさえられずにデッキにでたのは小一時間前のことである。暖かな日ざしと、やさしく頰を撫でるような風が心地よい。広州から武漢に移るために冷たい雨の降る江西省の山間を歩いたのは十一月の下旬だった。武漢では、一日の寒暖差が大きく朝夕の凍てつく寒さに閉口した。しかし、まもなく到着する上海は春まっただなかにある。デッキから見える一面黄色の菜の花畑も美しい。

子文の心を一層躍らせているのは上海が故郷であるということだ。子文は上海に生まれ上海で育った。故郷という呼びかたにふさわしい山も小川もないけれども、外灘《ワイタン》に聳え立つ摩天楼が山であり、南京路の絶え間ないひとの流れが小川なのだ。

外灘の摩天楼群が前方にみえてきた。子文はデッキの手すりから乗りだして頰を緩めた。考えてみれば、実に四年ぶりの上海だ。

出迎えのひとと苦力《クーリー》でごったがえす埠頭に降り立った。

一足先に乗りこんだ財政部のスタッフの迎えがいるはずだとみまわしていると、群衆を押しわけながら娘がひとり、手を振りながら撥ねるように駆けてきた。

「哥哥《グーグ》（お兄ちゃん）！」

美齢である。

「あれ、どうしたんだ。財政部の迎えは？」

「私が迎えにいくから誰もこなくていいっていったのよ。財政部だけじゃなくて、銀行や貿易会社のひとなんかも迎えるつもりだったみたいなんだけど、全部私がことわった」

美齢はそういって、舌をぺろりとだした。

「おいおい。あまり勝手なことをするなよ」

「あら。だっておおげさに迎えられたりするの、あまり好きじゃないでしょ。違った？」

「いや、まあ、そうだけど」

子文は苦笑した。

「それに、哥哥に急いで伝えなくてはならないこともあったし」

「なんだ。伝えなくてはならないことって」

「蒋総司令が、明日の午前中なら時間をとれるって」

武漢をでる前に蒋介石に対し上海に到着次第会談したいとアポイントメントの申し入れをしておいたのだ。

「明日の午前？上海占領直後で忙しいかと思ったが、そうでもないのかな」

「とんでもない。すごく忙しいのよ。でも哥哥のためなら無理にでも時間をつくるって」

子文は顎をさすり考えて、

「でもなぜおまえがそれを伝えにきたんだ」

美齢は答えずに、ウフフッと微笑み先に歩き始めた。

子文は首を傾げ、美齢のあとを追った。

三月三十日朝。子文は蒋介石との会談に臨んだ。

北伐軍の快進撃を讃えることばを述べるべきだろうけれども、北伐軍が東進する過程でなした数々の暴行を思うと、その気にはなれなかった。それどころか、

「先週南京で軍が起こした騒動。あれは非常にまずかった。これでイギリスやアメリカ、日本は支持の重心を北方へ移動させるでしょう。北伐が成ったあとも、この国を建て直していくためには諸外国の財政面等での支援が必須です。にもかかわらず、それが難しくなりました」

と、苦言を呈した。蒋介石は険しい形相で
「あれは共産党の陰謀があったのだといっているだろう」

と、声を荒らげた。子文は共産党の謀略という考えかたには疑問を抱いており、

「このような事件を引き起こすことに、共産党にいったいなんの利益があるのですか」

「外国の干渉を招くために決まっている」

蒋介石はテーブルを拳で強く叩き、威圧した。しかし子文はひるまずに、

「共産党はわれわれと協力関係にあり、北方軍閥の利益になるようなことを敢えてするとは思えません」

「調査の結果共産党の謀略だった。いうことはそれだけだ。この話はもういい。武漢は暇なのかもしれんが、ここではむだ話をしている余裕はない」

武漢での激務を思えば暇といわれれば腹が立つ。しかしそれは顔にはださず、子文は落ち着いた声でいった。

「確かに上海でやらねばならないことは山のようにあります。税制を改正し、徴税の仕組みも整えなくてはなりません。中央銀行を開業して紙幣を発行しなければなりませんし、公債を発行して資金調達もしなければなりません。まさに寝る間もないでしょう。ただまあ、広州と武漢でやってきたことの繰り

返しではあるのですが」

「しかし規模が全く違う。湖北、湖南、江西はいうに及ばず、広東に比べても江蘇、浙江の経済力はけた違いに大きい。この地の経済掌握は革命完遂のための必須の条件といっていい」

「そのために全力を尽くすつもりですが、まずは財政部の出先機関の設置です。すぐにも財政部の上海弁事処を設置する予定で、ここ数日はそのための雑務に追われるでしょう」

「ああ。そのことだが――」と、蔣介石は語尾をのばした。「実は、当地の財政関連の委員会を設置することにした。名称は江蘇兼上海財政委員会だ。委員もすでに決まっている」

「それは――」と、いいかけて子文は口を噤み、一瞬考えてから「いけない」と短くいった。

「しかしすでに決めたことだ」

「財政部の出先機関が開設されるまでの暫定措置として委員会設置を決められたのだと思いますが、僕がこうして上海にきたのだからもはや必要ないでしょう。財政部のスタッフも数人こちらにきていますし、必要となればすぐに増やすこともできます」

そういいながら子文は、蔣介石の動きはあまりに早い、と思っていた。子文が上海にくるよりも先に委員会を設置しようとしたと思えなくもない。慶齢のいったとおり、蔣介石は上海の富を独占しようとしていると疑いたくもなる動きである。

蔣介石は顎に手をあてて、探るような目で子文の目をみた。そしてそのまましばらくなにかを考えたのちに、

「まあ、いいだろう。では委員会は当面開催しないこととする」

「当面開催しないのではなくて、委員会の設立自体を中止していただけませんか。形だけといえどもふたつの財政機構が並立することになってしまい、財政部がおこなう施策の執行力に悪影響を及ぼすこと

が予想されます」

「しかしすでに記者発表をしてしまっている。明日の新聞には委員の名簿が掲載される」

「僕が上海にくることは数日前にはわかっていたではないですか。それに中央執行委員会全体会議が僕を上海に派遣することを決めたのは二週間も前のことです。上海に財政委員会を設置すれば、武漢は蒋総司令が武漢とは離れて独力で民政をおこなおうと考えていると捉えるでしょう」

「別に構わん。いまはそんなことに構っている時間はない」

「民衆は蒋総司令と武漢との対立を想像します。国民党に溝があると思われては、北伐の推進にも支障をきたすのは必定ですよ。国民党の分裂により北方軍閥の優位が増したと人々が考えれば、中立的勢力は北になびくでしょう。それに、われわれの資金調達は難しくなり、北方は容易く資金を得られるようになります」

「北伐軍が上海にはいる前であればあるいはそうだったかもしれんが、いまやわれわれは上海をおさえ、優位を決定的なものとした。浙江財閥はもはやわが手のうちにあり、北に流れることはない」

子文は蒋介石の目を見据えて、

「総司令は武漢と決別するおつもりなのですか」

と、ゆっくりといった。蒋介石は小さく笑い、

「そうとはいっていない。そう思われても構わないといっているだけだ」

「江蘇兼上海財政委員会の設置は、上海の経済力を武漢にわたすまいとしているからではありませんか。それはすなわち、武漢との決別を決めておられるからではありませんか」

「そんなことはない」

「私は党内に右派と左派があり両者には意見の相違があって論争がなされることは正常なことだと

思っています。しかし党をふたつに割ることには反対です。多少の意見の相違はあっても論争により意見を調整し、諸派が一丸となってこの国の改革を推進していかなくてはなりません」

蒋介石は黙り、再び子文の目を探るようにみた。そして
「上海で姉上に会ったか」

と、唐突に訊いた。

「いえ、まだ会ってはおりませんが。それがなにか」

蒋介石はなにかに納得したかのように首を縦に揺らし、

「とにかく、記者発表までしたものを、いまさら引っこめることはできない」

と、きっぱりといった。子文は少し考えてから、

「では、司令から声明をだしていただけませんか。『宋子文および財政部を支持する。上海、江蘇、浙江のいかなる機関も団体も、革命完成のために宋子文および財政部の施策に従うように』と」

「ああ。いいだろう」

と、蒋介石は短くいった。

6

翌三月三十一日。上海各紙に江蘇兼上海財政委員会の委員一覧が掲載された。委員には陳光甫《チャングアンフー》、虞治卿《ユーチアチン》、銭永銘《チエンヨンミン》など上海実業界、金融界の重鎮を中心に十五人が名を連ねた。上海陥落後わずか一週

間ほどで委員会が組織されたことになるが、これは蔣介石が当地の金融・実業界をいかに重視していたかを物語るものである。蔣介石は南昌に腰を据えてからすぐに腹心を上海に派遣し銀行家などに接触させている。それを受け、早くも二月に陳光甫、虞洽卿、銭永銘などが蔣介石への支援を申し入れた。蔣介石が労働組合や共産党に打撃を与えてくれるものと期待しての支援である。

この翌日から始まる一九二七年四月は、記しておくべき事項が多い。

四月一日。中山艦事件による政治的混乱のなかでフランスに亡命した汪兆銘が帰国し上海にはいった。それを聞きつけた蔣介石はすぐに汪兆銘を招き、蔣介石に近い党幹部たちを同席させて会議を開くこととした。場所はモリエール路（現香山路）にある孫文邸、すなわち慶齢の留守宅であり、いま子文が寝起きをしている家である。

この孫文邸は現存し、〝孫中山故居記念館〟として公開されている。なかにはいってみるとすぐにわかるように一般的な住宅であり、十数人が着席して会議をおこなえるような部屋がない。

リビング・ルームのソファ・セットで汪兆銘と蔣介石が向きあって座り、その他の会議出席者は立ったままでソファ・セットを取り囲んだ。会議といっても汪兆銘ひとりを吊るし上げるような雰囲気である。蔣介石らは汪兆銘に対しボロジンの追放と共産党との決別を迫った。しかし汪兆銘は首を縦に振ろうとしない。蔣介石らは泡を飛ばして訴え、土下座するものまでいたが、汪兆銘は「扶助農工が孫中山先生の遺志である」といって、最後まで共産党排除に同意しなかった。

ちなみにこのとき子文は単に会議の場を提供しただけの家主のような立場であり、出席者のなかで最年少であることもあってソファ・セットを取り囲む輪にもはいらず、リビング・ルームに隣接するダイニング・ルームのテーブルにひとりで座り、終始沈黙を保ち討議を聞いていた。

四月五日。汪兆銘と共産党指導者である陳独秀《チェンドゥシュウ》との連名で、国民党と共産党との〝聯合宣言〟が突如新聞に掲載された。孫文邸での会議に出席した者たちは大いに驚いたが、彼らをしりめに、その日の夜、汪兆銘は忽然と姿をくらます。密かに武漢への汽船に乗船したのだった。

四月八日。蔣介石は財政部の活動を支持する旨の布告をだした。江蘇兼上海財政委員会は活動を開始しておらず、すなわち蔣介石は三月三十日に子文と交わした約束を守ったのである。翌四月九日に子文は財政部の上海事務所設立を発布した。また、上海の中央銀行設立準備室を同事務所内に開設した。

そして四月十二日。中国近代史において極めて重要な意味をもつ日である。この日、いわゆる〝上海クーデター〟が発生した。

蔣介石の命を受けた国民革命軍はこの日の未明から上海の労働組合員を次々に逮捕し、労働者糾察隊（共産党の指導下で組織された労働者の武装組織）に対し武装解除を求めたが応じなかったため強行突入し、労働者数百人が死傷した。その後数日にわたってデモ隊や武装労働者に対する武力鎮圧が実行された。逮捕者数は数千人にのぼり、国民革命軍の発砲を受けて死んだ者数百人を含む多数の死傷者がでるに至った。

蔣介石は中国の指導原理としての共産主義の排除を断行したのである。同時に、プロレタリア階級を切り捨て、国民党内左派とも決別し、浙江財閥を中心とするブルジュワジー層を支持基盤として国家を建設していくという決意をはっきりと示した。

十七日、武漢側は蔣介石の党籍を剥奪、各職責から罷免し、さらに蔣介石に対する逮捕状を発出した。これに対し蔣介石はすぐに行動し、南京で〝国民党中央執行委員会政治会議〟を開催し、十八日、国民政府の成立を祝う式典を開催した。主席には国民党長老の胡漢民《フーハンミン》が就いた。

上海クーデターによって中国の近代史はその進路を大きく変えることになるのだが、子文の身のうえにも上海クーデター勃発からわずか一週間のあいだに大きな変化が起こる。

上海クーデター勃発の日、子文は上海金融界から三百万元の借り入れをおこなう交渉をする予定にしていた。朝から上海市内各所で軍と労働者との衝突が起きているとの情報を得てはいたが、子文は予定どおりに市内の殺伐とした空気とは無縁のイギリス租界内の餐廳に銀行や銭荘[注]の経営者たちを集めて宴を張り、借款を申し入れた。

翌十三日、上海金融界は子文に対し、借款で得た資金を上海周辺でのみ使用し、その使途を明示することなど五つの条件を提示した。上海金融界はこのまま南京と武漢とは分裂すると予想し、南京側のみを支援するという姿勢を示したのである。

十五日。広州で上海と同様の粛清がおこなわれた。国民党右派で広州にいる古応芬《グーインフェン》、李済深《リージーシエン》らが武漢政府からの離脱を宣言し、あわせて子文が兼務していた広東財政庁長に古応芬が、広東中央銀行総裁に李済深がそれぞれ就いた。武漢の国民政府は歳入の多くを広東省に依存しており、広東が離脱することは武漢国民政府の財政が危機的状況に陥ることを意味していた。

同日、武漢国民政府は経済的困難に対処するため戦時経済委員会を設立した。子文もその委員のひとりとされたが、むろんこのとき子文は武漢におらず、汪兆銘らが本人の承諾を得ずに構成員に加えたのである。

同委員会は十七日に〝現金集中条例〟を決定した。この「現金」を英訳するならばハード・カレンシーであり、銀本位制度のもとにある中国においては現物の銀のことを指す。つまりこの条例は、現銀を中央、中国、交通三銀行等に集中させ、市場では中央、中国、交通三銀行発行の紙幣のみの流通を認めて現銀の流通および域外への持ちだしを禁じるというものである。資産家たちが南京と武漢との対立をみて現銀をより安全な上海に移しており、その額は政府の歳出額をもうわまわるほどの巨額にのぼっていた。この経済的危機への対処策として、子文が不在であるにもかかわらず、緊急に条例が公布され即日施行された。

子文は十七日の夜に武漢からの電報で現金集中条例の施行を知った。

子文は、事務所で秘書から手渡された電報を握りしめ、「いけない。これはいけない」とつぶやいて唇を噛んだ。そして「武漢は自分で自分の首を絞めている」といって、天井を仰いだ。

秘書が、

「現銀の取引を禁じて国有銀行発行の紙幣のみの流通を認めるというのは部長が以前より考えておられたものですよね。部内で検討していたものが急遽施行されたのだと思いますが、なぜ問題なのですか」

と訊くと、

「これは北伐が完成したあとに実施しようと考えていたものなのだよ。これは経済的な大きな改革だ。大改革ゆえに、周到な準備のもとで、タイミングをみて実施しなくては失敗する」

「でも、日々武漢から資金が逃避するなかではそうせざるを得なかったのではないでしょうか」

「この条例のせいで武漢は上海や中国のその他の地域から分離され経済的に孤立するよ。取引の対価に現銀を受け取れないのであれば域外の者は誰も武漢にモノを売ろうとしなくなる。それに、リターンを現銀でもらえないのだから武漢に投資しようという者もいなくなる。つまり、武漢からの資金の流出を止められても域外からの流入も止まり、政府は財政を紙幣を発行して賄うしかなくなる。いきつくところは深刻なインフレーションだ」

この子文の予想はすぐに的中することになる。

早くも翌十八日、上海の銀行業界団体が武漢との間の一切の業務を停止すると声明をだし、北京、南京、広東等の銀行業界団体も上海にならって武漢との経済断行を宣言した。これにより武漢は深刻な物不足とインフレーションに苦しむこととなる。武漢政府はこのあと半年ほどで崩壊するが、現金集中条例の施行がその重大な要因のひとつだったといっていい。

子文は、上海金融界からの借り入れを停止せざるを得なくなった。資金を借り入れてもそれを武漢に送金することはできない。送金できないとなれば、調達した資金は南京が武漢を攻めるための軍事費に使われるだけである。

この行為が子文の今後を決めるきっかけとなった。

蒋介石は、子文が武漢側につくと宣言し蒋介石に敵対する行為にでたものと判断し、それまでの協調的な姿勢を一転させる。南京政府は武漢政府の各部長の南京への合流を期待し当面各部長職は空席とすると発表したが、司法部長、交通部長、財政部長職については例外であるとした。十九日には南京政府の財政部長に古応芬が任命された。


そして二十日、早朝。

子文は、モリエール路の孫文邸の来客用の寝室で、階下から聞こえるドアを強く叩く音で目覚めた。住みこみのメイドが応対するだろうと思ってそのまま目を閉じていたが、ドアを壊そうとするかのようなノックの音は鳴りやまない。

起きあがり、北側の部屋から玄関口をみおろすと、ドアを叩いているのは軍服を着た兵士だった。モリエール路に自動車が一台停まっている。後部座席にひとが座っており、顔はみえないが、窓枠に置かれたカーキ色の袖をみて、それが誰であるかがわかった。

子文は階下に降り、おびえて座りこんでいるメイドの肩を二度叩いてからドアを開けた。

リビング・ルームにはいってきた蒋介石は月初にこの家で開かれた会議のときと同じ位置に座り、子文は汪兆銘が詰問されていた位置に座った。

「南京におられるものと思っていましたが」

と、子文は蒋介石の目をみずにいった。

「昨夜戻ったのだ。きみと話をしなくてはならないからな」

「話とは、なんでしょう」

と、子文はとぼけてみせたが、要件はわかっている。

「武漢に戻るのか、南京にくるのか、そのいずれかを問いにきた」

「昨日、南京の政府は財政部長に古応芬を就けたと発表したではありませんか。その意味するところは、僕が南京に合流することはないと判断されたということだと思っていましたが」

「武漢に戻ると決めているのか」

子文は黙って首を縦に振った。

「武漢にはもはや明日はない。軍事で南京に勝てないのはもちろんだが、経済面でも孤立している。一年ももたないぞ」

「半年ももたないかもしれません」

と、子文は蒋介石のことばを修正した。

「それがわかっていながらなぜ武漢にいく。愚かなことはやめろ」

「愚かなこと? そうでしょうか」

蒋介石は声の調子を落として、落ち着いていった。

「私は武漢を倒し、北京を倒し、国を統一したあとは列強諸国と戦うことになる。その長い戦いを経済面で支える人材が必要なのだ。軍事面で全てを成し遂げたあとには国の経済を建て直し、強固なものにしていかなくてはならない。それをできるのはきみだけだ。きみのほかには誰もいない。いったん財政部長に古応芬を据えたが、きみがわれらの陣営に加わると決心すれば、すぐに財政部長の椅子を与えようと思う」

「国内の統一は、本来は武によらず話し合いにより成し遂げるべきものだと考えます。あなたは武漢から上海にはいる過程で多数の民衆を傷つけ、上海では何百人も殺しました。南京での事件もあなたの兵が起こしたことであり、あなたは責任を免れません。上海から北京へのぼるときにも多数のひとを殺すのでしょう。そういうあなたに僕はついていくことはできない」

子文は一気にいって心のうちを吐きだした。子文のことばを聞きながら蔣介石の顔は赤らんでいき、子文が話し終わると同時に、

「甘いことをいっているんじゃない。これは革命なのだ。ひとの命が失われるのは当然のことなのだ」

といって勢いよく立ち上がった。そして、

「よく考えてみるんだな。自分がどうするべきなのか」

といって、早足で玄関へ向かった。子文も立ち上がり、

「気が変わることはありません。僕は武漢へ帰ります」

といいながら、蔣介石の背中を追った。

ところが、子文の前をふたりの衛兵が遮った。子文は手で押しのけようとしたが、衛兵はびくともしない。

蔣介石が振り返り、いった。

「武漢にいかせるわけにはいかない。きみがいけば、死ぬべきはずの武漢が生き返りかねない」

「ばかなことを。僕の自由を奪うつもりですか」

「武漢にはいかせない。しかし、上海の市内を動くことは構わぬ。姉さんのところへでもいって、自分

が今後どうすべきか、よく相談してみるんだな」

蒋介石はそういって、でていった。

この日の午後、蒋介石はいったん休眠させた江蘇兼上海財政委員会を招集した。同委員会は二日後に二千万元の公債発行を決定する。二十五日には軍総司令部の名で、江蘇、浙江両省の財政は各省の財政委員会が責任をもって処理すること等が布告された。

子文の財政部上海事務所は開設から一ヶ月も経たずに有名無実となった。

7

小島譲次は漢口の財政部二階の薄暗いロビーで奥の部屋から声が掛かるのを待っている。

去年の暮れにここに訪ねてきたときは、物見遊山でみにいったボロジンの演説会で怪我を負い、彼女に会うことが叶わなかった。それから半年が過ぎ、学友の宋子文は上海にいってしまっているのだが、彼女の顔がみたくて京漢鉄道に乗った。聯盟通信社の本社には「半年前に取材した武漢にまたいくのか」といやな顔をされたが、南京と武漢が対立し、武漢側が日に日に不利になっていく情勢のなかで、彼女が武漢をでてしまうのではないか、国外へ亡命でもすれば二度と会えなくなるかもしれない、などと思い、本社のことばを聞こえぬふりをした。

奥の部屋から数人の男がでてきた。

そのうちのふたりについては小島も顔を知っている。先頭を歩く鼻のしたに髭をたくわえた彫の深い男は昨年十二月の演説会で演台に立っていたボロジンだ。それに続くのは外交部長の陳友仁《チェンヨウレン》。男たちはことばを交わしながら小島の前を通り過ぎた。国民政府の公用語は英語である。陳友仁はイギリス領のトリニダード生まれで流暢にしゃべる。ロシア人であるボロジンの英語が最もなまりがきついようだ。

小島の名刺をもって秘書が奥の部屋にはいっていった。そしてすぐに戻ってきて、

「お会いするそうです。もう少しだけお待ちください」

音のないロビーでさらに数分を待つ。

奥の部屋のドアがゆっくりと開いた。

黒いシルクのドレスをまとった宋慶齢が現れた。

慶齢はドアをでて立ち止まり、たおやかで、おだやかでありながらも、明るくて、甘い笑顔をみせた。そして、

「ジョージ。きてくれたのね」

と、やさしく透明な声でいった。

小島は魔術にかかったかのようにその場で動けなくなった。このロビーには太陽光がほとんどはいってきていない。明るい奥の部屋を背にして開いたままのドアの前に立つ慶齢が、まるで全身から光を発しているようにみえた。

秘書に「さあどうぞ。おはいりください」といわれるまで、小島の意識はどこかへ飛んでいた。

「ほんとうに久しぶりね。何年ぶりかしら」

「十四年かな」

「もうそんなになるのね」

「僕の方はなにも変わっていないけど、きみにはずいぶんといろいろなことがあった」

身体は少しだけ丸みを帯びたようで、それが彼女の包みこむような雰囲気を一層強くしていることが外観の唯一の変化で、艶やかな小顔と百合の花びらのように白くてなめらかな肌には一切の変わりがない。

しかし慶齢はこの十四年間で、結婚し、夫と死別し、この国で最も尊敬される女性に仕立てられ、国家のゆく末を担う最も重要な指導者のひとりにまつりあげられている。これほどの環境の変化を経験した女性はほかにはいない。

「そうね――」

といって、慶齢は視線を左に落とした。記憶をたどっているようだが笑みはなく、楽しい思い出を振り返っているようには見えない。

視線を戻して慶齢が訊いた。

「武漢にはいつきたの。街に活気がなくて驚いたでしょう」

「どうかな。そういえば、あまり活気はないかな」

小島が武漢にはいったのは昨日で、駅に着いてからはフランス租界内のワゴン・リ社経営のターミナル・ホテルまで歩いただけだ。今日もホテルからここまでまっすぐ歩いてきたので街の様子をほとんどみていない。ただ、いわれてみれば路上の人の数がずいぶんと少なかったような気もする。なかでも、外国人の姿をみた覚えがない。租界の西洋の街並みのなかに西洋人がいないのは異様ともいえる。

「租界に住んでいた外国人が上海や国外へどんどんでてしまっているの。漢口に残っている外国人は軍人ぐらいのものね。街を歩けば軍服と銃剣ばかりが目につくわ」

「閉まっている商店が多いようだね」

「そう。最近ではそとで食事をするのにも苦労するようになったわ」

「武昌や漢陽は？あちらはもともと外国人が少なかったから、あまり変わりはないんじゃないのかい」

「モノの不足が深刻なの。長江の下流からはもちろん、武漢の周辺からも、蔣介石の軍隊が邪魔していてモノがはいってこない。外国企業はどんどん逃げていくか、残っている会社もここ数か月労働争議が多くて生産が不十分なの」

「じゃあ、物価が騰貴しているだろう」

「ええ。なかでも食料品が不足していて、農産物のインフレーションがひどい」

「企業の撤退が続いているなら雇用もよくなさそうだな」

「漢口では街でみかけるひとが減ったけれども、武昌ではむしろ路上にひとが増えているわ。彼らの多くは失業者」

「そうか。なかなか厳しいな」

慶齢はかぼそいため息をつき、

「どうすればいい、ジョージ。あなたの意見を聞かせて」

と、すがるような声でいった。

小島は答えに窮した。宋子文とともにアメリカで新古典派の経済理論の光を浴びた小島は共産主義に対して批判的であり、弱者に対して同情する優しさをもちあわせていない分、宋子文よりもその度合いが強いといえる。共産党との連携を捨てられない武漢政府は沈みゆく船だと思っている。慶齢を船から降ろさなければならない。しかし慶齢は、夫、孫文の思想という柱に自らの身体を括りつけ、船とともに沈もうとしているようにみえる。

「どうかなぁ」

と、小島はあいまいにいった。慶齢の瞳にまっすぐにみつめられているときに、彼女が正しいと信じる武漢政府の体制を批判することばを発することなどできない。

小島は話題を変えようと思い、この部屋にはいったときから気になっていたことを訊いた。

「目が赤いようだけど、どうした。僕に会えたのが嬉しくて思わず泣いてしまったのかな」

慶齢の手にはレースのハンカチーフが握られている。

慶齢は恥ずかしそうに顔を伏せた。

小島はむろん冗談でいったのだが、慶齢の反応にとまどった。

「ジョージがきたと聞いて昔のことを思いだしてね。アメリカでの楽しかったときのことを。それから、子文のこと」

「ああ、なんだ、そういうことか」

「なに?『そういうことか』って」

「あっ、いや、なんでもない」

「子文はどうしているかしら」

「上海のきみの家で軟禁状態にあるらしいじゃないか」

「そうなのよ」慶齢はつぶやいた。「やはりあの子がいないと、だめなのかしらね」

「まあ、TVひとりがいても、どうなるものでもないと思うよ」

「そうかしら。広州で短いあいだに中央銀行をつくって、財政を立てなおして、北伐の費用までつくりだしたのよ。子文なら、いまの武漢の状況もきっとなんとかするわ」

慶齢が希望をみつけたかのような明るさでいったので、小島は反論を控えた。

「子文はここに帰ってくるのかしら。蒋介石に足止めされているのではなくて、武漢を捨てて南京にいくつもりでいるのではないかしら」

「いや。そんなことはないと思うよ。彼が南京につくことを決めたのだったら南京政府の要職に就いているはずだよ。武漢に帰りたくても帰れない状態にあるのだと思う」

「ねえジョージ。あなた、上海で子文の様子をみてきてくれない？できれば連れて帰ってきてほしいけど、それが無理でも、子文の様子を教えてくれるだけでもいい」

「つまりそれは、上海にいったあと、もういちどここに戻ってこいという意味かい。政情不安なこともあって本社は僕が武漢にくることにいい顔はしないんだ」

「そうよね。迷惑よね。でも私は、子文かジョージのどちらかは必ずここに戻ってきてくれるかと思うと、すごく嬉しいわ」

小島は日本語で「よわっちゃったな」とつぶやき、笑いながら首のうしろを小指でかいた。

小島は、上海で子文に会えたとしても、武漢に帰ることを勧めるのはどうかと思っている。

「どうなるかはわからないが、やってみるよ」

「ありがとう」

と、慶齢が嬉しそうに笑ったとき、秘書が部屋にはいってきて客の来訪を告げた。アメリカ人の新聞記者が訪ねてきており、子文の紹介状を携えているという。

「ごめんなさい。次のお客様がきてしまったわ。ねえ、ジョージ。今日の夜は空いているのでしょ。夕食でもいかがかしら」

「もちろんだよ。喜んで」

といって、小島は立ち上がった。

慶齢とともに部屋をでると、ロビーに次の来訪者の姿があった。来訪者はバッと音をたてて立ち上がった。緊張しているのか、指の先までのばして直立している。慶齢が声を掛けると、来訪者は口を半開きにして固まった。おそらく意識は飛んでいる。

　小島は、わずか数十分前の自分の姿をそこにみて、思わず苦笑した。

8

　子文は疲れていた。

　なにもできず、なにもすることがないことで、却って猛烈な疲労感を覚えている。孫文に招かれ広州にはいって以降、まさに寝る間もないほどに忙しかった。しかしいまは一切の職務を奪われ、日々その日にやることを思いつくのに苦労している。

　外出することはできる。遠くへいこうとさえしなければ行動を制約されることはない。しかし、どこへいっても常に誰かにみられており気が休まることはなかった。散歩がてらに蘇州河の北側へいってみようとしたときは、ガーデン・ブリッジを渡り終えるところで男が立ちはだかり、「これ以上先へいっていただいては困ります」とだけいい、理由を問うても答えず、川を越えることを断固許さなかった。あるときナイトクラブで銃声があり、その銃声は自分とは関係がなかったようなのだが、数秒もしないうちにどこからともなく現れた数人の男にとり囲まれ、抱えられて外へ連れだされた。

　暇を紛らわす役にはたつが、なんとも鬱陶しいのが数日に一度の頻度でやってきて南京側への転向を求める蒋介石の使者だ。なかでも最も頻繁に現れるのが孔祥熙だ。姉の夫である彼の来訪を無下に断ることはできないが、毎度毎度同じ話を聞かされるのにはうんざりしている。同じ話を繰り返さなくてはならない孔祥熙の方も同じだろうけれども。

しかし今日の客は、週に何度も押し掛けてくる客とは正反対の目的をもっている。目の前に座るアメリカ人ジャーナリスト、ビンセント・シーアンは「武漢へ逃げる手助けをしにきた」といった。

シーアンとは一ヶ月ほど前に初めて会ったのだが、年齢が近いこともあって、すぐにファースト・ネームで呼び合う仲となった。そのとき、武漢へいくので慶齢を紹介してほしいというので、一通手紙を書いて手渡した。シーアンはその手紙をもって慶齢に会い、慶齢は弟を武漢へ連れ帰ってほしいとシーアンに頼んだという。

「TV。きみには私の通訳ということになってもらう。広東省出身ということにしよう。きみは広東にいたのだから多少は広東語もしゃべれるよな。姓は王でいいな。イギリス船に乗って武漢に向かう。チケットの手配は任せてくれ。僕と同じキャビンに寝泊まりすれば安全だ。蒋介石が気づいても手だしはできない」

「僕は常に見張られているんだぞ。船に乗る前に止められる」

「監獄に収監されているわけではないんだ。見張りの目をかいくぐることはできる。一瞬でも見張りの目をくらませば、そのすきに服を変え、眼鏡をはずし、深くハットを冠って通訳のミスター王に変身すればいい」

蒋介石にはめられた枷をそうもたやすくはずせるとは思えなかった。しかし、武漢には帰りたい。それに、逃亡の試みが発覚したところで身体が傷つけられることはなく、この家に連れ戻されるだけのことだろう。

子文は首を縦に振った。


シーアンが帰ってから三十分もしないうちに来訪者があった。姉、宋靄齢である。夫の孔祥熙をともなっている。

靄齢はリビング・ルームのドアをうしろ手に閉めるなり、いった。

「子文。あなた、武漢へ帰るつもりではないでしょうね」

「な、なんだよ。いきなり」

シーアンが去ってからの時間があまりに短い。この家の監視者が不穏な動きを察知し孔祥熙に連絡したのか。家の中での会話が聞かれていたのかもしれない。

子文は背中に寒いものを感じた。

「それはダメよ。絶対にダメ」

「どうして大姐《ダージェ》がそんなことをいうんだ。僕が武漢に戻ることが姉さんとどう関係あるんだ」

「爸爸《ババ》が亡くなってから、私にはこの宋家をまとめる責任があるのよ。あなたが武漢にいけば宋家が危なくなるわ。全てを失うことになるかもしれない」

「どうして僕が武漢に戻ると宋家が危なくなるのさ」

「そんなこと、わかりきったことじゃない。あちらは共産主義よ。私たちのような資産家は敵なのよ。武漢が南京に勝ったらどうなると思っているの。私たちは全てを失うわ」

「いっているることがわからないよ。僕が武漢に戻ることと武漢と南京のどちらが勝つかということは無関係じゃないか」

「私はあなたの力を知っている。蒋総司令も同じ。あなたがいかに有能かを知っていて、あなたが武漢側にいってしまうことをすごく怖れているわ。だからあなたをここに閉じこめているんじゃないの」

「僕がいったところで武漢が優勢になるということはない。僕にそんな力はない」

「そう思っているのはあなただけよ」

「それにだ。もし仮に武漢が南京に勝ったとして、なぜ宋家が全てを失うことになるのさ。武漢政府が共産党と連携しているからといって共産党は決して主流ではないし、今後も主流には成り得ないよ。それに武漢政府が共産主義に染まることを怖れているのなら、むしろ僕があちらにいった方がいいんじゃないのか。武漢政府のなかにいれば僕は間違いなく政府の共産化に抵抗する」

この部屋にはいってからずっと黙ってふたりの議論を聞いていた孔祥熙が口を開いた。

「お姉さんはですね、あなたと敵味方になりたくないのですよ。家族がバラバラになるのを心配しているのです」

子文は、「それはおかしい」と孔祥熙に向かっていってから靄齢に向きなおり、「武漢には二姐《アージエ》がいるじゃないか。二姐のことはどうでもいいというのかい」と、感情的にいった。

靄齢は「ふん」と鼻をならし、横を向いた。

「大姐。僕のことはほっといてくれ。これは僕の問題だ。自分のことは自分で決める」

と子文が声を荒らげると、靄齢は驚いた顔をした。子文が靄齢に対して感情をあらわにして楯突くことなど、いままでに一度もなかったのだ。

「いっているじゃないの。これは宋家の問題よ。勝手は許さない」

悲鳴のような声で靄齢がいうと、孔祥熙が
「まあまあ、落ち着いて」

と、靄齢の気を鎮めようとした。

「なによ。これはあなたの問題でもあるのよ」

靄齢は夫に向かって目を剥いた。子文は腑に落ちず、

「なぜ義兄さんが関係あるんだ」といったが、孔祥熙をちらりとみてから、「まさか大姐は蒋介石となにか取引をしているのか。僕をさしだすかわりに義兄さんの重要ポストとか、なにかをもらう約束になっているのか」

靄齢はそれには答えず、

「それに美齢のこともあるわ。美齢と蒋総司令はおそらく結婚する。でもあなたが武漢にいったら、ふたりの仲がどうなるかわからないわよ」

「僕が武漢にいくこととふたりのことは関係がないだろう」

「あるわよ。慶齢だけならまだしも、あなたも武漢にいってしまえば、蒋総司令は陳潔如と別れてまで敵の妹である美齢と結婚することを躊躇するわ。美齢だって、大好きなあなたの敵とは結婚できないと思い苦しむでしょうね」

「結婚がなくなるのならばそれでいいじゃないか。媽媽《ママ》も二姐も反対しているのだから」

「ダメよ、そんなこと」

「なぜ姉さんがふたりの結婚にこだわる。いったい姉さんはなにをたくらんでいるんだ。ふたりが結婚すれば、この国で誰にも負けない力を得ることができるとでも考えているんじゃないだろうな」

「そんなこと、あるはずがないじゃない」

と靄齢は否定したが、目には動揺の色がある。

「大姐が蒋介石とどういう話をしているのかは知らないが、とにかく美齢と蒋介石との結婚はだめだ。

二姐は『それは愛じゃない、政治だ』といって強く反対している」

「あなたはどうなのよ」

「僕は――」答えを考えていなかった子文は一瞬詰まってから、「僕も反対だ。媽媽と二姐が反対している限り美齢は幸せにはなれない」

「それこそ美齢が自分で決めるべき問題じゃないの。美齢が結婚したいと思っているのだから、そうさせてあげるのがいいんじゃないの」

「そんなわけはない」

「あなたに美齢の気持ちがわかるはずないじゃない。女は強い男に魅かれるものよ」

「ばかなことをいわないでくれ」

「じゃあ、本人に訊いてみることね。いまは上海にいないけど、数日で帰ってくるわ」

「ばかばかしい」

といいつつも、子文は思った。蒋介石が一方的に求愛しているものと思いこんでいるが、もしそうではないとしたらどうだろうか。美齢の方が蒋介石と結婚したいと思っており、自分が武漢にいったことで破談になったとしたら、美齢にいったいどんなことばを掛ければいいのだろう。

それに、靄齢にどんな打算があるにせよ、姉のことばに逆らいその利益を妨げることは決して嬉しいことではなかった。

家族のことを思うとき、子文の心は川面で波に弄ばれる落ち葉のように揺れ動いた。

翌日、武漢行きの用意が整ったことを伝えにシーアンが訪ねてきた。

シーアンは、一晩にして子文の考えが変化していることに驚きを隠さなかった。

子文が「少し考える時間がほしい」というと、シーアンは、子文が武漢と南京のどちらの社会、経済体制が優れているか、それを悩んでいるものと捉えて、いった。

「私はコミュニズムを支持する気はないが、独占資本を制限し、農民へ土地を再分配して労働者や農民を扶助するというのが孫逸仙[注]の思想ならば、武漢政府にこそそれが引き継がれていると思う。きみが孫逸仙の遺志に従順であろうとするのならば、きみのいるべき場所は武漢なのではないのか」

「僕もそう思っているよ。それは間違いないのだけれど――」

「私には蒋介石はディクテイターシップ（独裁）を進めようとしているように思える。いや、インペリアリズム（帝政）を目指しているといった方がいいのかもしれない。彼は上海にくるまでに多数のひとを弾圧してきている。そしてあの四月十二日の上海での暴挙だ。民衆を軽んじてすでに独裁者きどりでいるとしか思えない」

「確かにやり過ぎていると思う――」子文は弱々しくうなずいた。「ただ僕は、独裁者に支配される社会以上に民衆に支配された武漢の方を怖れるよ。民衆はなんでもかんでも要求する。求めるばかりだ。しかし負担なくしてなにかを得ることなどできない。失望した民衆はさらに攻撃的になり、その結果経済は崩壊に向かうのかもしれない」

シーアンが小さく首を傾げていった。

「ひとつ確認しておきたいのだが、きみは大衆運動に対して感情的な敵意をもっていて、それがために大衆による社会革命を嫌悪しているということはないか。武漢で群衆に殺されかかった経験がそういわせているということはないか」

「そんなことは――」

そんなことはない、と反論しかかったが、子文はそこで口を噤んだ。確かに昨年末に群衆に襲われた恐怖は未だに心に染みついている。子文は冷静な口調でいった。

「確かに僕は大衆運動を嫌っているのかもしれない。ただ、民衆の方も僕を嫌っている。ただの経済官僚である僕は政治家のように大衆の人気をとろうとしないからね。僕は全く人気がないのだよ。そんな僕が武漢へいってなにができる。襲われるのは確かに怖いが、僕がおこなおうとする政策が支持されないことをこそ怖れる」

シーアンは首をうなだれて、

「もしきみが武漢にいかないという結論をだしたならば、きみのお姉さんに対していったいなんといえばいいのだろう。お姉さんはきみの帰りを心から待っている。あの可憐で美しい女性が悲しむ顔をみるのは実に忍びない」

「姉さんか――」

慶齢のことを想うと、とたんに判断の力が鈍くなる。自分が武漢にいかなければ慶齢は家族のなかでひとりだけ別の道を歩むことになる。慶齢の儚げな笑顔を思い浮かべたとき、子文の心は再び揺れ動く。

「とにかく、用意を整えてもらったのに申し訳ないが、いまは答えをだすことができない」

「ならば今日は帰ることにしよう。いずれにしても私は三日後に武漢に戻る。それまでに決めてくれたまえ」

翌日も訪ねてきたシーアンは政治的な話題には触れず、子文の家族のことを説得材料の中心に据えた。前日に慶齢に話がおよぶや子文の態度が変わったためだろう。このシーアンの戦略変更は効果があり、子文はシーアンの話に耳を傾け、武漢行きを否定することばは口にしなかった。

その翌日。

シーアンが予約した汽船の出航は明日に迫っている。

子文の心は武漢に傾いており、未だに煮え切らない気持ちを残しつつも、シーアンに対して
「きみとともに明日の船に乗ろう」

といって驚かせた。シーアンは喜んだが、すぐに表情を引き締めて、

「この家を監視している者に妨害されないよう密かに船に乗りこまなくてはならない。作戦はあらかじめ考えてある」

シーアンは前のめりになり、声を潜めた。

「私はこれからホテルに帰って車の用意をする。今夜、私は歩いてこの家に戻ってくる。監視者が顔を確認できるように正面から堂々と家にはいる。そのあとこっそり庭を通って裏の道にでて、用意した車に乗る。車のなかで帽子を深く被れば通訳のミスター王のできあがりだ。ミスター王は正面からこの家にはいり、そして数時間後、今度はきみがミスター王の帽子を被って私と一緒に家をでて、正面に待たせておいた車に乗りこむ。玄関前は暗いし、帽子を深く被っていれば監視者に気づかれることはない」

シーアンは、

「今夜決行するぞ」

といいながら、子文の肩を叩いた。肩を叩く力が思いのほかに強かったのは、もう迷ってくれるな、という意味なのだろう。

9

シーアンに対しては明日の船に乗るといったものの、子文の心のなかは未だに晴れてはいなかった。ビジネスの世界を離れて孫文革命に身を投じたときも、広州で中央銀行を設立し財政改革を実施していったときも、深く悩むことなく常に迅速な判断をおこなってきた。しかし今回ばかりは違う。軟禁状態に置かれていて考える時間がいくらでもあるために却ってそうなのかもしれないが、いくら考えても判断を固めることができず、いずれかに決めたように思っても、夕食をしたり、庭を一周したりするあいだにも気が変わってしまうのだ。

子文はシーアンが去ったあとのリビング・ルームの窓辺に立ち、庭に立つ樹木の枝葉が風にわずかに揺れる様を眺めた。

上海は梅雨にはいり、ここ数日雨が続いた。まさにいまの気分を表しているようだと思っていたのだが、今朝はまだ降っていたはずの雨は、いつのまにかにやんでいる。雲の切れ間からときおり顔をだす太陽がつくる庭の木々の影をみながら、自分だけが世間から取り残されているような、そんな感じがしていた。

背中から秘書に声を掛けられた。

「お客様がいらしているあいだに電話がありまして」

「誰からだい」

「妙な名前のかたです。シャオダオ・ランツーとか」

「シャオダオ？」

と、子文は訊き返したが、すぐに「ジョージか！」と叫ぶようにいった。

子文の張りのある声を久しぶりに聞いた秘書はとまどい、いった。

「今日、北京から上海に到着したそうで、お会いしたいとのことです。お急ぎかとお尋ねしたところ、急ぎではないが三日後には北京に戻らなくてはならないので、それまでに、とのことでした」

「いま、どこにいる」

「マジェスティック・ホテルにお泊りだそうです」

子文は「すぐにでるぞ」といって部屋を飛びだした。秘書は「車の用意をしますので、しばしお待ちください」と慌てていいながら子文のあとに続いた。

マジェスティック・ホテルは、南側をバブリィングウェル路（静安寺路・現南京西路）、北側をアベニュー路（愛文義路・現北京西路）に面した広大な敷地に建てられた高級ホテルである。大理石をふんだんに用いた内装、義和団の乱の際に北京の皇族の家から持ち去られたものといわれる豪華な家具、複数の広大な庭園などで知られる。

急に訪ねてきて小島譲次を驚かせた子文は、小島を庭園のうちのひとつ、イタリアン・ガーデンに連れだした。

半年ぶりの再開に右手を握り合い、左手で肩を強く叩きあったあとはずっと口を噤んでいた子文が、梅雨の合間の太陽光を反射して白く輝くしぶきを散らす噴水の横にきて、ようやく口を開いた。

「いまきみがきてくれるとはね。暗い海原のうえで彷徨っているときに、北の空に動かない星を見つけたような気分だ」

「大げさだな。でも、いつもきれいになでつけられているはずの髪が、いま起きたばかりのようになっているのをみれば、あまりいい精神状態ではないことは察することができる」

子文は素早く手を頭に当て、髪をおさえながら、ばつが悪そうに笑った。

「きみの精神状態を悪くしているのは蒋介石の監視かい。それほどまでに監視が厳しいということか。庭の中央にくるまで口を噤んでいたのも監視者に話を聞かれたくないと思ったからか」

子文は左右をみまわしながらいった。

「ここまで歩いてきたのは確かに監視者がどこかにいるためだが、僕が滅入っているのは、そのためだけではないよ」

「そうか」

「なぜ滅入っているか、訊かないのかい」

「訊くまでもない」

子文は友の察しの良さに満足を覚え、

「やはり北の空の星だ」

といった。

「それで、今夜か、脱出は」

「なに?」

といった自分の声の大きさに驚き、子文は再び左右をみまわした。

「なぜそれを知っている」

「先日、きみの姉さんに武漢で会ったんだがね。彼女の部屋からでるときに僕の次の訪問者だというアメリカ人のジャーナリストをみかけた。その男をついさっきホテルのロビーでみかけたんだよ。男は慌てたようにそとからロビーにはいってきて、コンシェルジェに『今晩ロースル・ロイスを使えるか』と訊いていた。ロールス・ロイスというのは、いまホテルの前に停めてある車のことだな。あれならばブラインドを閉めれば後部座席に座っている人間の顔は見えない。ちなみにその男は武漢で、慶齢の部屋の前で彼女をみた瞬間、棒立ちのままで気を失っていやがった。間違いなく惚れたな。いまやあの男は慶齢のいいなりのはずだよ」

「なるほど。そういうことか」と子文は納得したが、すぐに表情を硬くし、「いやまて。じゃあシーアンに尾行がいたならば、もはや今晩の計画は露呈していることになるじゃないか」

「ああ、そうだな。僕もずいぶんと油断した男だと思ったよ。ただ、一応ロビー周辺をみて回ったが、尾行されているようではなかった」

「そうか――」

といって、子文はまたもや周囲をみまわした。三度目である。そして、思いだしたかのように訊いた。

「ん?きみも姉さんに会ったあとで僕を訪ねてきたということは、姉さんにシーアンと同じことをいわれて上海にきたということか」

「まあ、そうだな。いや、ちょっと違うか」

「違うのか」

「あのアメリカ人はきみと一緒に武漢に帰ることになっているのだろうけど、僕の方は、きみが武漢にいくのなら僕はいかないことになっている。きみが武漢へいかないのなら、僕はその報告のために武漢にいくが」

「つまり?」

「僕は慶齢の顔をもう一度みたい」

といって、小島は照れた。

「なんだそれは」子文は一瞬考えて、「つまりきみは姉さんにいわれて僕を連れ戻しにきたが、僕が武漢へいかなければいいと考えている。そういうことか？」

「まあ、そうかな」

「きみは僕が武漢へいくべきではないと考えているんだな」

「武漢にいくかどうかを考えるのはきみだ。僕じゃない」

そのとき噴水が止まった。噴水の音が消え声が周囲に通りやすくなったのを嫌い、子文は噴水の畔を離れて庭園の奥へと歩き始めた。そして歩きながら、自分の悩みがどこにあるのかを語った。

ふたりは木々の茂った庭園を抜け広大な芝地にはいった。夏の夜にはここで露天の映画上映がおこなわれ、二千人近くもの租界の人々が猛暑を逃れて映画を楽しむ。

十分以上も歩いているが子文の話は終わらない。その冗長を嫌い小島は
「一度聞いた話を二度聞かされているような気がするが」

といって遮った。

「そうか。それはすまない」

「相当に混乱している」

「そのようだ」

「きみは孫文の思想は武漢政府に継承されており、ゆえに武漢に帰らなくてはならないといった。しかし孫文の民生主義[注]などは明らかにコミュニズムに近い。きみは僕とともにアメリカで自由を学び、それを信じるに至った。きみは国民党のなかでコミュニズムから最も遠いところにいる人間だと思っていたのだが」

「ならばこう考えてはどうだ。僕は武漢で政府が極端に左傾化するのを阻止し、理想的なソシアリズム（社会主義）の実現を目指す」

「ソシアリズムね。ちょっと想像してみようじゃないか。ソシアリズムのもとでは政府は肥大化する。それを押しとどめることはできない。そうだな」

「そう考えていい」

「するとどうなる。例えば通貨は」

「僕の集めてくるカネは農民や労働者の救済に注ぎこまれて、産業の発展のためにまわすことはできない。政府の赤字は拡大して、紙幣が増発されることになる。僕がつくった美しい中央銀行券は価値をどんどん落としていくことになる」

「それをみるのをきみは耐えられない」

「ああ、耐えられない。しかし南京の政府もカネを使いまくっている。僕が南京政府にはいって紙幣を刷っても、その紙幣は同じ運命をたどることになる」

「それは北伐が終わるまでのあいだのことではないか」

「どうかな。北伐が終わっても、続けて国内の共産主義と戦い、諸外国の帝国主義と戦い続けるだろう。軍事費は増えることはあっても減ることはない」

「うむ」

と、小島はひとりうなずいた。

「なんだよ」

「まだ経済を論じることはできるんだなと思ってね」

「どういう意味だい」

「さっききみの悩みを延々と聞かされたが、こういう話は全く聞けなかったのでね」

「こういう話とは？」

「武漢と南京、それぞれの社会のゆく末についての話だよ。武漢と南京のどちらの体制がより良い社会を築くことができるかという点について、きみはなにもいわなかった。きみの悩みのポイントはそこにはないということなのか」

「いや、そんなことはない」

と子文はいったが、声に自信の色がない。

「孫文の思想を所与のものと考えているのではないか。孫文の思想は絶対に正しく、きみはそれを実践していくのが自分の仕事だと思っている」

「僕はただの経済官僚であって思想家ではないし政治家でもない。思想家が設計図を描き、政治家が組み立てた骨組みのうえに肉づけをするのが僕の役割なのだよ」

「きみの考えがまとまらない根本的な原因はおそらくそれだ。孫文の教えは守らねばならないものとしているが、孫文の思想の欠陥をも感じているはずだ」

「繰り返すが、僕は単なる経済官僚だ。政治家ではないのだ。孫文先生に呼ばれて広州にいくと決めたときから僕は先生の考えを実現していくことだけを考えている」

「そうだ。きみは政治家ではない。武漢より南京の方が優勢だと思っているにもかかわらず武漢にいこうかと悩むきみの姿は、自分の利害を考える政治家のそれではない。しかしきみは単なる経済官僚でもない。それに徹することができないのだ。だから悩む」

小島は芝地の中央で立ち止まり、子文の目をまっすぐにみて、「友よ」と呼び掛けた。

「なんだよ、改まって」

「ステーツマンたれ」

「えっ？」

「自分を孫文の思想の実践者という枠にはめるのはやめたらどうだ。それから、どちらの政府が正統だとか、蒋介石のやりかたは横暴だとか、そういうこともこの際考えるのはやめようじゃないか。そして、人々をいかにすれば幸福にできるか。それだけを考えてみるのだよ。そうすればおのずと答えがみえてくる」

小島はそういって、広い芝地を庭園の方に戻り始めた。子文も遅れぬようあとを追いつつ、いわれたことばを頭のなかで反芻した。

（人々をいかにすれば幸福にできるか。それだけを考える）

簡単そうなことだが、確かにそういう考えかたはしなかった。

小島に追いつき横に並ぶと、

「さて、TV。きみの家族の問題だが。美齢の結婚について、きみは政略結婚だといった」

「ああ、いった。僕が南京につくことはふたりの結婚に同意することを意味してしまう」

「蒋介石が結婚に打算があるからといって、それがどれほどの問題なのか、実のところ僕にはよくわからないのだが」

「靄齢姉さんは美齢と僕とをさしだすかわりになんらかの見返りをもらう取引をしているようなんだ」

小島は顎を小さく突きだして話の続きを待つそぶりをした。しかし子文が続けないので、

「やはりなにが問題か僕にはよくわからないが、ただいえるのは、きみは美齢本人の意思を確かめていないのだろう。美齢の方から蒋介石に惚れているということはないのか」

「確認はしていない」

「その件についてはまずは本人に訊いてみることだな。あとは慶齢のこと、か」

「僕が武漢にいかなければ姉さんは孤独だ」

「ああ。いっそのこと僕が面倒みるといいたいところだが、まあ、向こうが断るだろうけど」

「そうかな。わからんよ」

小島は「ハッ、ハッ、ハッ」と快活に笑い、「人々をより幸福にするためにはどうすべきなのか。それを慶齢に語り、彼女に武漢を離れるよう説得してみてはどうか」

「姉さんが僕の意見に耳を傾けるはずはないよ」

「きみは慶齢に対して自分の考えを強く述べたことなど一度もないのだろう。やってみなければわからないよ」

「一度もないということはない――」

と子文は反論を試みたが、小島は構わずに、

「それでだめなら、それが彼女自身が選んだ道なのだからと諦めるしかない」

と、ひとりごとのようにいった。

子文はしばらく黙り、ようやくいった。

「きみのおかげで、なにかがみえたような気がするよ」

「ん？そうか。僕はもういちど彼女の顔をみに武漢にいけそうかな」

小島はそういって笑い、先にたってホテルのなかへはいっていった。


その夜、孫文邸の玄関ロビーで待つシーアンの顔をみるや、子文は、

「やはりいくことはできない。きみにはいろいろしてもらったのにほんとうに申し訳ない。でも僕は、いけない」

と、はっきりといった。シーアンは驚き、

「数時間前には武漢にいく決心を固めていたのに――」

といって、力なく階段の一段に座りこんだ。そして、

「いったいきみの姉さんにはなんていえばいいんだ」

と、頭を抱えた。

シーアンは諦めず説得を試みた。これまで散々揺らいだのだから、理を尽くせば再度考えを変えるのではないかと思っている。そう思わせたのは全く自分のせいであると思う子文は、自分と姉のためにここまで真剣になってくれる友人を「いけない」のひとことで帰らせることはできなかった。

子文は玄関ロビーを歩き回り、シーアンは階段に座りこんだままで、武漢にいく、いかないの問答が続いた。

零時をまわり、空気を変えたくなった子文は帽子を手に取り「僕の家族と話をしよう」といった。そして、「武漢にいかないという考えは変わってはいないが、実はひとつ気に掛かっていることがあるんだ。美齢の蔣介石に対する気持ちだ。それを確認しにいこう。もし美齢が蔣介石を好いているのであれば僕のなかの霧は全て晴れる。それできみも諦めてはもらえないか」

シーアンはうなずき、ふたりは靄齢の家に向かった。

家族の話し合いに同席することは遠慮したいというシーアンを車に残し、子文は靄齢の家にはいった。深夜に突然現れた弟を不審に思うでもなく、靄齢は夫の孔祥熙とともに「まだ決心をしていないのか」と叱り、武漢にいく愚と南京に合流する利を説いた。これまでになんども聞いたことの繰り返しであり、子文はほとんど聞き流し、美齢がリビング・ルームにでてくるのを待った。

すでに就寝していた美齢がリビング・ルームにはいってきた。電燈の明るさに目を細めている。

子文は美齢の姿をみるなり、

「教えてくれ。蒋介石と結婚したいと思っているのか?彼のことを好きなのか?」

美齢は目をこすり、

「なによいきなり。こんな夜中に」

と、迷惑げにいった。

「どうなんだ。答えてくれ。いまここではっきりと聞かせてくれ」

「好きよ。結婚したいわ。心からそう思っている」

子文は立ち上がった。

車に戻りドアを閉め、ふう、と息を吐いてから、いった。

「It's all settled（全て終わったよ）」

10

「久しぶりだな。風を感じるのは」

一九二七年七月十二日。子文は長江を遡る汽船の舳先に立ち、正面から強く吹く風に向かっていった。

去年の暮れにも長江の船上で風の声を聞いた。あれは広州をでて武漢に初めてはいる日のことだった。

思えばあのあとすぐに自分の歩みはとまり、風もぱたりとやんでしまった。しかしいま、子文の額には真夏の風が一層強く吹きつけている。

この旅は軟禁状態からの逃避行ではない。子文は蒋介石の命を帯びて、武漢政府に降伏を勧告する使者として長江を遡っている。

子文が南京に合流すると決めてからまだ一ヶ月も経っていない。しかし蒋介石は子文の翻意の可能性を微塵も考えずに使者に指名した。

むろん、子文の意志は揺らがない。蒋介石は子文の目をみただけでそれを確信したのだ。

右前方に漢口租界のヨーロッパの街並がみえてきた。上海をでてから三日目である。

乗客が全身をのばしながら、

「やれやれ、ようやく着くのか」

と、ひとりごとにしてはやけに大きな声でいっている。

子文はそれとは逆に、これから始まる長い旅を予感し、ようやくその第一歩を踏みだすのだ、と思っていた。

*

このとき宋子文は蒋介石に宋慶齢への私信を託されている。

そこには、

〈夫人が上海にこられることを待つこと、雲霓《うんげい》を待ち望む如くです〉

と記されていた。蒋介石は愛を訴えるかのようなことばで慶齢の南京政府入りを望んだのだった。

しかし宋慶齢はこれを頑なに拒否する。

一方で、武漢政府の支配地域の経済状況がますます悪化するなかで汪兆銘ら武漢政府中枢のほとんどは抵抗の気力を失っていた。汪兆銘は南京政府の使者として訪れた宋子文に対し、蒋介石下野を条件として、南京政府に合流する意思があると伝えた。

七月十五日。武漢政府は共産党との決別を宣言し、大量逮捕、集団殺戮など共産党員の粛清を開始した。孫文が始め、四年弱にわたって続いたいわゆる〝第一次国共合作〟はここに終了したのである。

八月十三日に蒋介石がいったん下野し、九月九日に汪兆銘、孫科らが武漢を離れ上海にはいった。同十一日、十二日の二日にわたって会議がおこなわれ武漢派と南京派に西山会議派（上海を本拠とする右派グループ）を加えた三派の連携が成立する。

しかし宋慶齢は、武漢の共産党員粛清のあと、しばらく上海モリエール路の自宅に籠り、八月下旬、密かに貨物船でソ連へと発った。出立後に声明をだしたが、それは社会・経済体制のありかたを論じるというよりも、孫文の思想に忠実であれと訴えるものであり、すなわち宋慶齢はこの声明によって国民党の政策変更の問題点を糾弾しようとしたのではなく、時間の経過とともに薄れてゆく孫文の影を護ろうとしてもがいていたかのようだった。

孫文の思想にというよりも、孫文への愛に殉じようとしたといっていいかもしれない。

上海ノース・ステーション

一九三一年七月二十四日、世界の耳目を驚かす記事が各国の新聞に掲載された。各紙が報じた内容は概ね次のとおりである。

二十三日朝七時、上海北站《ノース・ステーション》で中華民国財政部長注宋子文※が南京発急行列車から降りたところを襲撃された。宋子文およびその私設秘書唐腴臚《タンユールー》と衛士六名は降車後プラットホームを歩き、駅コンコースにはいったところ、突然手榴弾やモーゼル銃、拳銃による複数人からの襲撃を受けた。宋子文の衛士が応戦し、銃弾が飛び交い、煙が立ち籠めて、コンコースはさながら戦場のようになった。ちょうど多数の降車客が駅出口に向かっているときだったため大混乱となった。宋子文は無事だったが、秘書の唐腴臚が三発の銃弾を受け同日午後十一時三十分に絶命した。

ニューヨーク・タイムズ紙は宋子文に対するインタビュー記事も掲載している。それによれば事件のあと宋子文は次のように語った。

駅のそとに向かって歩き出口から十五フィートほどのところまできたとき両側から銃を撃ち掛けられた。自分が射撃の目標だと思い、暗い駅舎のなかでは目立ちすぎる白い帽子を冠っていたので放り投げ、人の群れに向かって走り、柱の陰に身を隠した。駅舎のなかは煙に包まれ銃弾が四方八方から飛んできた。衛士がすぐに反撃した。駅舎内の煙が消えるのに五分はかかった。少なくとも四人の刺客が銃を撃つのを衛士が目撃した。人数はもっと多かったかもしれない。煙が消えたとき、私と並んで歩いていた秘書が腹部と臀《でん》部、腕を撃たれたことがわかった。銃弾は彼の身体の両側からはいっていた。彼の帽子とブリーフケースにも弾痕があった。彼に比べてずっと背が高い私が傷を負わなかったことは奇跡としか思えない。

当時、中国の国民政府[注]は南京と広州に分裂し両者は激しく対立しており、南京を代表する蒋介石※は広州側から命を狙われていた。宋子文は南京側の最重要人物のひとりであり、また、秘密結社〝青幇《チンパン》〟の首領である杜月笙※とのあいだでトラブルを抱えていたようなので刺客を送られる理由はあった。

宋子文自身、最初の銃声を聞いた瞬間に狙われているのは自分だと思った。しかし撃たれたのは秘書だった。宋子文は有名人であり、かつ、かなりの上背があるので降車客が溢れるコンコース内においても離れたところから視認できるほどに目立ったはずだ。にも関わらず宋子文には銃弾がかすりもせず、そのすぐ横にいた小柄な秘書が三発もの銃弾を受けている。偶然とは思えぬ奇怪なできごとだった。

加えて、この南京発上海行きの夜行列車には日本の駐華代理公使、重光葵《しげみつまもる》が乗っていた。重光は宋子文と旧知であり、戦後に著した『外交回想録』のなかで〈上海に着く汽車ではたいがい宋子文と一緒になった。汽車が北停車場に到着すると、二人で連れ立って話しながら出口に歩いていくのが例になっていた〉と述べている。ところがこの日に限って宋子文より一足先に下車しており、ために難を逃れた。重光は駅舎をでて迎えの車に乗ろうとしているときに後方で銃撃の音を聞いた。弾丸のひとつは車の屋根をかすめていったという。そのとき重光は狙われたのは自分だと思ったはずだ。

一九三一年七月二十三日朝の上海北站での事件の裏には、翌朝の新聞記事を読んだだけの者はもちろんのこと、当事者である宋子文や重光のみならず、刺客たちすらも知らない事実が隠されていた。複数の事情が絡み合っていた。

それをみていくためには、ときを一ヶ月ほど遡らなければならない。

六月十四日早朝　廬山

深い朝霧のなか、遠くから小川のせせらぎが微かに聞こえてくる。どこかで一羽の鳥がときおりなにかを思いだしたかのようにさえずるが、耳にはいる音はそれらが全てだった。日の出の時刻はすでに過ぎたはずだ。しかしここは松の林に天を覆われ薄暗く、夜の底から抜けきれていない。

燕克治※はリボルバーの銃身をなでながら、十メートルほど前下方で石畳の坂道の左脇に立つ陳城《チェンチェン》の霧に霞む姿をみた。前方を見据えていた陳城はこちらを振り返り、再び前方に視線を移し、そしてすぐにまたこちらに顔を向けた。明らかに落ち着きを失っている。

陳城と坂道をはさんで立つ朱偉※は、克治がうしろにいることを忘れているかのように前方を睨み続けている。とはいえ落ち着いているわけでもなさそうだ。モーゼルを持つ右腕に強い力を籠め、肩を強ばらせていることがここからでもみてとれる。

遠くを覆う霧の白いベールの中央がうっすらと黒くなった。

（きたな）

靄のなかの黒い影が次第に濃くなり、やがてそれはいくつかの影に分かれた。五人だろうか。いや六人か。中央の影は、その周りを取り囲む影に比べてひとまわり小さい。それが蒋介石に違いない。その他は衛兵だろう。中央の影にやや遅れて坂を登ってくる。

前方右で乾いた金属音がした。右側に立つ朱偉がモーゼルの安全装置をはずした音だ。その音の意外な大きさに驚いたのか、朱偉は慌てたような表情で克治のほうをみた。

六つの人影はゆっくりと坂道を登ってくる。金属音には気づかなかったようだ。

ふたりを落ち着かせなければならないと考えた克治は、左手を胸に当て、首をうえに小さくゆっくりと動かしながら深く息を吸い、吐いてみせた。陳城と朱偉はそれにならって深呼吸をした。

男の話し声が微かに聞こえ始めた。蒋介石の声だ。ひとりでしゃべっている。ここに刺客が潜んでいるなどとは微塵も思っていないようだ。

手はずは、克治からみて左前方に潜む陳城が手榴弾を投げつけ、それを合図に右前方の朱偉が銃を撃ち掛ける。克治も銃を握ってはいるが遊撃である。前方のふたりだけで蒋介石を仕留める計画であり、克治のリボルバーの撃鉄は上がったままだ。

影が近づいてくる。しかしまだ遠い。陳城には十分に引きつけてから手榴弾を投げるよう命じてある。深い霧はこちらの姿を隠しているはずだ。焦る必要はない。


克治と陳城、朱偉の三人が廬山[注]に登ったのは七日前のことである。

克治はもともと首都南京で暗殺を決行するつもりだった。しかし蒋介石は中央陸軍軍官学校（陸軍の士官学校）内の官舎にいることが多く、外出する場合でも重厚な警備で護られているので襲撃の機会は全く得られそうになかった。克治は舞台を廬山に移すことにした。

標高千メートルを超え真夏でも涼しい廬山は、十九世紀末よりイギリス人が避暑に訪れるようになり、彼らの別荘や教会が次々と建てられた。北伐[注]軍が廬山周辺の南昌《ナンチャン》や九江《ジウジアン》などを勢力下に収めてからは国民政府の要人も避暑に訪れるようになり、いまでは夏の間の首都のようになっている。蒋介石もこの地を愛し春から秋にかけて頻繁に訪れる。

盧山にはいり調べてみると、蒋介石は南京にいるときとは打って変わって無防備だった。南京では太陽の光を嫌うかのように官庁と自宅の屋根のした、さもなければ移動の車のなかに閉じ籠っていた蒋介石が、盧山では頻繁にそとにでてくる。

なかでも朝の散歩は襲撃に絶好の機会と思われた。蒋介石は毎早朝、日の出前後に宿舎としている洋館をでて、わずかの衛兵と従者のみを従えて周辺を徒歩でまわるのだ。歩く経路は毎朝ほとんど変わることがない。克治はその経路の途中の長い直線の登り坂を襲撃場所に選んだ。坂のうえで待ち伏せれば坂を登ってくる者を遠くから視認できる。急な坂を登る者は俯き加減となるため坂のうえに潜む者に気がつきにくい。加えて、逃走する際に坂のうえにいれば、追手が急な坂を駆け上がってくる時間の分だけ逃走の時間に猶予ができる。

坂を登るおぼろげだった影がようやくひとの形になってきた。

三人の軍服姿の男が前を歩き、そのすぐうしろのふたりは長衣をまとっている。長衣のふたりは軍人ではないのだろう。そしてさらにひとり、軍服姿の恰幅のいい男がうしろからついてくる。前を歩く三人のうち中央の男は小柄で痩せている。蒋介石だ。間違いない。他のふたりよりやや前を歩いているようだ。警戒している様子は全く見られない。

中央の男、すなわち蒋介石が立ち止まった。左方を指さしなにかをいっている。目にはいったものについて衛兵と従者を相手に語っているのだろう。衛兵と従者も蒋介石が指さしたほうを見上げている。

蒋介石の語りが続く。まわりを囲む男たちはときおりうなずきそれを聞いている。標的は静止しているがまだ遠い。陳城と朱偉が潜む位置からは三十メートルほどだろうか。

右前方の朱偉が克治のほうを振り返った。目で「もう撃ってもいいか」と訊いている。

(まだだ。陳城が動くのを待て)

克治はそう頭のなかでいいながら、首を横にゆっくりと振った。

朱偉も首を横に振った。克治とは異なり、いかにも落ち着きなく小刻みに何度も振った。標的が近づけば近づくほど殺害に成功する可能性は高まるが、襲撃側が無事に逃げられる可能性は当然に低くなり、命を落とす可能性は格段に高くなってくる。蒋介石はまだ立ち止まっている。朱偉の目が泳いでいるのがここからでもわかる。再び歩きだすのを待つ時間が長く不安が増しているのだ。

(まずい)

克治がそう思った瞬間、朱偉が前方に向きなおってモーゼルを構えた。

その動きに蒋介石の脇に立つ衛兵のひとりが気がついた。

朱偉が最初の銃弾を撃つのとほぼ同時に衛兵が蒋介石の頭を下方に押さえつけた。

衛兵が蒋介石の前に遮るように立った。蒋介石は膝を突いた姿勢で屈んでいる。朱偉の弾が当たったのかどうかわからない。少なくとも蒋介石は死んでいない。

朱偉が二発目を撃つ。

衛兵は屈んだ蒋介石の背中を押しながら、自らも姿勢を低くして径の脇に向かった。

朱偉が先に銃を撃ってしまい、陳城の動きは遅れてしまった。陳城が手榴弾を懐から取りだし、木の陰から坂道に身体半分をだしたとき、敵の反攻が始まった。三人の衛兵が一斉に撃ち掛けてきた。

朱偉は咄嗟に身体を木の陰に隠した。

しかし陳城は身を隠さず手榴弾の安全装置をはずそうとした。

陳城の身体が崩れた。

坂道に倒れた陳城の指から手榴弾がこぼれ落ちた。

手榴弾が石畳の坂を転がり落ちてゆく。

蒋介石が伏せ、そのうえにふたりの衛兵が覆い重なった。

他の三人は径の脇の松林のなかへ駆けた。

手榴弾は転がり続ける。安全装置ははずされていない。蒋介石たちはそのことに気がついていない。

朱偉が走って坂を登り始めた。

克治も走った。朱偉がうしろから駆け上がってくる。

克治は坂道を逸れ松林にはいった。

銃声が続いている。衛兵が手榴弾は不発であると気づき、坂を走る朱偉に撃ち掛けているのだろう。

克治は走り続けた。

惜しかった。朱偉が計画どおりに動いていれば憎き蒋介石を討ち取ることができただろう。しかし失敗した。同志の陳城は命を落としたか、そうでなくても処刑されるだろう。

今後盧山での警備も南京同様に強化されるに違いない。

蒋介石暗殺はもはや難しくなった。

克治は朝靄のなかを走りながら唇を強く噛み締めた。

唇は微かに血の味がした。

六月十四日正午　盧山

小島譲次※は蛇行しながら緩やかにくだる坂道を歩いている。この道とは別に宿への近道となる急な坂道があるのだが、そこはどういうわけか今朝から通行が禁じられており、往路も復路も遠回りをしなくてはならなかった。

聯盟《れんめい》通信社の上海支局長である小島はアメリカ留学時代の友人のツテを使って蒋介石へのインタビューを申し入れ、半年ほど待たされた末に先方よりようやく「六月十四日の早朝に廬山にてインタビューに応じる」と通知があった。蒋介石への単独インタビューとなれば大スクープだ。小島は勇躍上海から長江を遡り九江《ジウジアン》を経て、昨夜廬山に登った。そして約束の今朝七時に指定された場所を訪れたのだが会議室で待つようにいわれ、数時間待たされたあげくにインタビューは中止だといわれて追い返されてしまったのである。

小島は東京高等商業学校を卒業後、ハーバードに留学し経済学を学んだ。そのときの同学に現在国民政府財政部長を務める宋子文がおり、子文が蒋介石へのインタビューの橋渡しをしてくれたのである。すなわちこれは軽く扱われるようなツテではないはずなのだ。小島は坂道をくだりながら、いったいなにが起きたのだろう、と思い首を傾げた。

洋館の別荘が建ち並ぶ細い道をくだっていく。

途中何度も銃を背負った兵士の姿をみかけた。ただの歩哨ではなくなにかを探しだそうとしているような緊張感が感じられた。小島も二度止められ身分証明書の呈示を求められた。

遠回りのせいで本来十分ほどの道のりを三十分ほどかけて宿に戻った。

瀟洒な洋館である。三十年ほど前にドイツ人が個人の別荘として建てたものだそうで、いまは国民政府が外国人の招待客を泊めるためによく使うらしい。

ロビーにはいった小島はそのままダイニングにいき、昼食を済ませたのちに二階の自分の部屋に向かった。

部屋にはいりリビング・ルームのソファにジャケットを脱ぎ捨てた。部屋のなかが薄暗い。今朝、日の出とともに部屋をでたのでカーテンを開けなかったのだ。小島はネクタイのノットを揺らして緩めながら窓辺に寄り、カーテンを横に引いた。

そのとき、後頭部に固いものが当てられた。

振り返ろうとすると、「別動《ビエドン》(動くな)」と、低い声が小島の動きを制した。

小島は両手を頭の高さに上げ、窓のほうを向いたままで「開けてもいいかな」と訊いた。

「構わん」

小島は開きかけのカーテンを端まで引き、反対側のカーテンも開けながら振り返った。

男が右手に持ったリボルバーで小島をさしている。

「銭は大して持っていないぞ。みたとおり僕は裕福な旅行者ではない。侵入する部屋を間違えたんじゃないのか」

「銭が目当てではない」

「そうか。じゃあいったいなんの用だい。心当たりがないのだが」

小島はそういいながらゆっくりとした挙動でソファに腰掛けた。

男も銃を小島に向けたままで正面のソファに座った。

「やはり人違いじゃないのか。そうならば通報はしないからでていってもらえないかな。朝が早かったから少し休みたいんだが」

「人違いではない」

「僕が目当てなのか」

「そうだ」

「わからんなぁ。心当たりが全くない」小島は眉間に皺を寄せて首を傾げた。「しかしその物騒なものを下ろさないか。きみに飛びかかろうにも僕はこのとおり座っているし、われわれのあいだの卓が邪魔をするのでできないよ」

男は一瞬考えてから銃を自分の傍らに下ろして、いった。

「昨夜食堂であんたをみかけた。そのとき、鍵の部屋番号をこっそりみさせてもらった」

「なぜ僕なんだい」

「この賓館の唯一の日本人宿泊客だからだ」

「おいおい。じゃあきみは抗日の活動家かなにかかい。でも僕を殺したところでなんにもならないぞ。日本製品の抵制《ディージー》（ボイコット）でもしたほうがましなんじゃないか」

小島はそういって大仰に両手のひらを男に見せた。

男は「フフ」と小さく笑った。

「抗日活動家じゃあない。前台《チエンタイ》（フロント）で自分は日本人だと偽り、あんたが部屋にいるかを訊き、外出していることを確認してから『同郷の友人と待ち合わせているから彼の部屋の鍵をくれ』といったのだよ。前台は疑うことなく簡単に鍵をくれた」

「なんだそれは。ずいぶんと杜撰だなぁ」

「日本人の宿泊客などめったにいない。宿に日本人が泊まっていることを知っているというだけで信用したのだろうよ」

「ほお。なるほど」小島は大きくうなずいてみせた。「いや、納得している場合ではない。なぜ他人の部屋に勝手にはいらなければならんのだ。金品が目的でもないのに」

この問いに対しては、男は小島の目をみつめたままで答えなかった。

小島は天井をみながら考えて、

「朝からこの村はどうも妙な感じだが、その原因がきみか。きみがなにか騒動を起こしたんだな。あちこちにいる兵士はきみを探しているんじゃないのか。それで身を隠す場所として僕の部屋を選んだ、というわけか」

男は口を開かない。小島は再びうえをみて天井に向かって喋った。

「もし官憲が追うべき相手は中国人だと確信しているのなら、日本人の部屋に逃げこめば安全だろうな。ならばきみは官憲に知られた人間でその顔をみられたか、もしくは仲間が捕まったか――」

やはり男は口を噤んだままだ。

「きみはいったいなにをしたんだ。いま蒋介石が廬山にきているから、まさか蒋介石を狙ったのか」

「なぜ蒋介石が廬山にいると知っている」

小島はゆっくりと立ち上がり、サイドボードのうえに置かれたブランデーのボトルとグラスふたつを手に取った。ブランデーは昨夜の寝酒用にと開けたものである。

ロー・テーブルにグラスを置き、ブランデーを注ぎながらいった。

「まだ陽が高いが、しばらくここに居座るつもりなんだろう。一杯飲め」

男は水のようにひとくちで飲み干した。小島は再度注ぎながらいった。

「僕は新聞記者だ。僕はきみが官憲に捕まることよりも、いったいきみがなにをしたのか、その動機はなんなのか、そしていったいきみが何者かを知ることに興味がある。話してくれれば見逃してもいい。山を下りる手助けをしてやることもできるかもしれない」

「新聞記者？」

「ああ、そうだ」

小島はそういってソファに脱ぎ捨てられたジャケットのポケットから名刺を取りだし、男に渡した。

男は名刺をしばらくみつめたのち、口を開いた。

「条件がある。条件を聞いてもらえるならば話してもいい」

「なんだ？条件って」

「いまから話す内容を記事にするな。それが条件だ」

「おいおい。むちゃをいわないでくれ。『興味がある』ということばの意味は、記事にしたい、ということだ。これは譲ることはできない」

それを聞いて男は脇に置いたリボルバーを取り、小島に向けた。十秒ほどそのままの姿勢で小島を睨んだが、やがて銃を脇に戻していった。

「あんたの想像のとおり、われわれは蔣介石を殺そうとし、失敗した。われわれは再度、機会を探して蔣介石を倒さなくてはならない。その前に記事がでては困るのだ。だから記事にするのは半年間待ってくれ。暗殺に成功した場合か、年内に暗殺ができなかった場合には記事にして構わない。それまでは待ってほしい。そういう条件でどうか」

小島は「ふむ」といって再度天井を見上げて考えた。

なかなか無茶な取引だとは思うが、男の条件を聞き入れてもいいような気もする。男の表情や挙動はやくざ者のそれとは思えず知性をすら感じさせるものであり、ただの殺人鬼というよりも政治犯なのだろう。逮捕されれば長期拘留されるか銃殺だろうが、それは惜しいような気もする。それにここで男を放ったところで蔣介石が容易に暗殺されるとも思われないし、そもそも銃を突きつけられており立場はこちらが圧倒的に弱い。

「いいだろう。条件をのもうじゃないか。きみらが成功するか年が明けるまでは記事にしない」

小島は手をさしだした。妙な握手だとは思ったが、男も手をのばし小島の手を握った。

小島は男の手を握りながらいった。

「僕のほうからきみに連絡をしたいことがあってもきみを探しようはないのだろう。暗殺者が定住所を容易く教えてくれるはずはないからな。きみらの計画が成功したり、もしくは実行を諦めたりしたときはきみのほうから連絡をくれたまえ」

小島は一度渡した名刺を受け取り南京での定宿の住所を書き入れた。首都南京で取材をするときは必ずその旅館に泊まることにしており、自分が南京に不在のときでもニュース・ソースが訪ねてきたりした場合、すぐに上海に連絡がくるようにしてある。

「ではさっそくだが、きみの名前から聞かせてもらおうか」

「姓は燕《イエン》。名は克治《クージー》という」

六月十五日　廬山

燕克治。江蘇省の出身で年齢は二十八。孫文を敬仰する父の影響もあって中学に進むころには孫文の三民主義[注]に夢中になった。学校での成績は常に最優秀で、金陵《ジンリン》大学に進んで間もなく国民党南京市党部の青年部長に推された。そのころの克治は三民主義の理想をいかにすれば実現できるか、そればかりを日々考える若者だった。

蒋介石を憎む気持ちはそのころ芽生えた。蒋介石は孫文に引き上げられていまの地位を得たにも関わらず、孫文が死ぬと後継者のような顔をしつつ、その教えに叛《そむ》き、無数の同志の骨を基礎にして築かれた政府を乗っ取ろうとしている。克治はそう考えた。

一九二七年三月、北伐軍が南京に入城し南京は蒋介石の勢力下にはいった。各所で蒋介石を批判することばを繰り返し、当局に危険人物とみなされ南京にいづらくなった克治は上海に移る。上海では同郷の友人ふたりと狭い部屋を借りともに暮らした。その友人は共産党員で左翼文化サークルの社連（社会科学家連盟）の主要メンバーでもあり、しばしば克治を左翼活動へ誘った。克治は、共産主義に染まりはしなかったが、友人の影響を受け左派に同情的になった。一方で、反共の旗を掲げ江蘇、浙江の資本家と結んで労働者を虐げる蒋介石に対する敵意は一層深まっていった。

蒋介石に敵意を抱く者は多い。

孫文死去以降、蒋介石は、国民党内の左派、地方軍閥、共産党との戦いに明け暮れ、その都度勝利して権力を集中させていった。一九二八年には国民政府主席に就き、一九三〇年には行政院長[注]を兼ねて独裁的地位を手中にする。しかし、その強引なやりかたには反発も強く、蒋介石の周りはみな敵という状態にあった。

一九三〇年秋、蒋介石は党を越えて横断的に各職能団体や学会等の代表者が集う〝国民会議〟を開催して、そこで暫定憲法ともいうべき〝約法〟の制定をおこなうべきと主張した。それに異を唱えたのが立法院長（立法府の議長）の胡漢民《フーハンミン》である。元老であり孫文の著作や思想に造詣の深い胡漢民は、孫文の考えによれば革命は軍事力によって国を統一する〝軍政〟、党が国を治め民衆を導く〝訓政〟、憲法に基づく議会制民主主義の〝憲政〟の三段階から成り、現在革命はそのうちの訓政期にあるので実質的な憲法である約法の制定は時期尚早である、として蒋介石に強く反対した。

胡漢民の主張の背景には蒋介石への権限集中に対する強い懸念があった。胡漢民は、党が主導する統治の仕組みを確固たるものにしなければならないという信念を有しており、国民会議の開催と約法の制定は党の権限を弱めることになって、ひいては蒋介石の独裁につながりかねず容認できない、と考えていたのである。

蒋介石と胡漢民は議論を尽くしたが、断固としてみずからの主張を変えない胡漢民に対する蒋介石のいらだちは増し、一九三一年三月二十八日、ついに蒋介石は胡漢民を南京郊外の温泉地、湯山《タンシャン》に幽閉するという挙にでた。

そして五月八日、蒋介石は国民会議開催を強行し、同十二日に〝中華民国訓政時期約法〟を決定する。国民会議閉会の一週間後、国民党左派の中心である汪兆銘※、孫文の実子の孫科《スンクー》、国民党元老の林森《リンスン》、広西派と呼ばれる地方軍閥などがこぞって蒋介石のもとを離脱し、広州に新たな国民政府を樹立した。これにより中国内にふたつの国民政府が存立することになった。

広州国民政府は言論をもって蒋介石に対抗しようとしたが、それだけで事態が解決されるはずもなく、かといって軍事力では南京側が圧倒的に優勢であり正面からぶつかっても勝ち目はない。そこで暗中での事態解決の方法が採られることになった。安徽出身労働者を中心とするマフィア〝斧頭幇《フートウバン》〟の首領王亜樵※に蒋介石暗殺を依頼したのだ。王亜樵は過去に複数の要人暗殺を手掛け〝暗殺大王〟とも呼ばれる男である。

王亜樵は侠気に富み、弱者を捨て置けないところがあって、上海の労働者をなにかと支援してきている。いわゆる上海クーデター（一九二七年に蒋介石がおこなった上海の労働者に対する大弾圧）に大いに怒り、以降蒋介石に対して激しい敵愾の念を抱いている。

王亜樵は蒋介石暗殺を請け負った。すぐに暗殺実行メンバーの選定を始め、克治にも声を掛けた。王亜樵は社連の主要メンバーである克治の友人に目を掛けており、しばしばその部屋を訪れた。そのため同居人の克治のことを以前からよく知っていたのである。

蒋介石を憎む気持ちで王亜樵に共鳴する克治は王亜樵の誘いを迷うことなく受けた。


蒋介石を襲撃したあと小島譲次の部屋に逃げ込んだ克治は、小島に対して暗殺の動機、すなわち蒋介石が抹殺されねばならない理由を孫文の三民主義に遡って説明し、そのうえで襲撃計画とその失敗の理由などを語った。その語りはブランデー・グラスを傾けながら日暮れまで続いた。

午後八時過ぎ、小島は克治のための夕食をダイニングから部屋に運んだあとで、安全な逃走経路を探すためにひとりで外出した。

盧山は南北に連なる山脈であり、山脈のうえの平坦な部分に盧山の集落があって、そこから南方向へと別荘地が広がっている。集落や別荘地からみて西側は断崖であり、東側には険しい山があって、それを越えるとこちらも断崖となる。よって下山するためには尾根に沿って北に向かい九江市にでるか、もしくは逆方向の南に向かうことになるのだが、外出から戻ってきた小島がいうには、南北方向の道には検問が設けられており通行することは不可能とのことであった。西方向も警備が厳しく、逃走するためには東に向かわなければだめだろう、と小島はいった。

克治は夜明けの一時間ほど前に宿をでて、東に向かった。

登山道を使うことはできない。山中をさまよい飲まず食わずで峠にでた。

そこからは壁のような急坂をくだらなければならない。克治は灌木に掴まりながら坂をくだっていった。ときに手を滑らせ数メートル滑落し、全身は打撲と擦り傷だらけとなった。

清流をみつけて喉を潤わせていたとき、なにかが林のなかをゆっくりと近づいてくる音が聞こえた。

態かもしれず、追手の官憲かもしれない。しかしもはや逃げる気力もなく、そのまま小川の岸に観念し座っていると、木々のあいだから顔を現したのは朱偉だった。朱偉は足をひきずり服は破れ、襲撃のときに撃たれたのか、シャツの袖のあたりが血で真っ赤に染まっていた。

暗殺は朱偉の怯懦のために失敗に終わった。朱偉が克治の指示どおりにもう少し蒋介石を引きつけていれば成功していたに相違ないし陳城が倒されることもなかっただろう。山中をさまよっていたとき、そのことばかりが頭を巡り怒りが募っていたが、満身創痍の姿をみると、それを口にだすことはできなかった。

ただ、朱偉が最初に吐いたことばを聞いたとき、克治は怒りを抑えきれなくなった。

「失敗したけれども首領は約束どおりに報酬を払ってくれるだろうか」

と、カネの心配を口にしたのである。克治は、

「失敗はおまえのせいじゃないか。今後警備が厳しくなる。もはや暗殺は難しくなった。それを申し訳ないと思う気持ちはないのか」

と詰《なじ》り、朱偉の傷のないほうの肩を強く突いた。

朱偉は弱々しく崩れ、座りこんだ。

その場所でふたりで夜を明かし、鄱陽湖畔《ポーヤン》にでたのは翌日の夕刻である。

長江をくだって梅雨まったただなかの上海に着いたのは十日後であった。

六月二十六日　南京　日本公使館

在南京日本公使館のテニスコートのすぐそとに立つ巨木がコートサイドに小さな木陰をつくっている。

この年の梅雨は雨量が例年になく多く、先週末から降り始めた雨も一週間近く降り続き、今朝になってようやく止んだ。この雨のおかげで気温は穏やかだが、久しぶりの強烈な太陽光によって雨水が大気中に浮上し、異常な蒸し暑さとなっている。

重光葵《しげみつまもる》代理公使はコートサイドの木陰のなかに設えられたチェアにどさりと座り、丸テーブルのうえのラムネを手に取って一気に飲み干した。

「いやぁ。完敗です」

と、爽やかに笑ったのは王正廷《ワンジェンティン》国民政府外交部長で、王正廷はこめかみのあたりの汗をタオルで軽く拭きながら、丸テーブルの向こう側に静かに腰を掛けた。

「いやいや、接戦でしたよ。技術では明らかに私のほうがしたなのに、私のほうが五歳若い分、蒸し暑さに辛うじて耐えられた。そういうことでしょう」

重光はタオルで額の汗をごしごしと磨くようにして拭いとった。

南京には日本のほか英米仏伊独等の国が外交施設を有しているが、いずれもごく少数の館員を置いているのみである。ゆえに南京の外交団の規模は極めて小さいのだが、小さいだけに外交団のあいだでの交流は盛んで、日本の発案で、この夏のあいだに外交部を加えてテニスの試合を総当たりでおこなうということになった。その最初の取り組みとしてこの日、日本公使館と外交部との試合がおこなわれた。

日本公使館には過去の任地で腕を磨いてきたものが複数おり、対戦前の下馬評では日本が明らかに優勢だった。そこで外交部側は日本代理公使対外交部長のシングルスの試合を組むよう申し入れてきた。

王正廷部長はテニス上級者なので、外交部側はこの取り組みで確実に星をとり、団体戦で負けても大将戦で一矢を報いておきたい、と考えたのだ。

重光代理公使と王正廷部長の試合は接戦だった。第一セットは6—4で重光が取り、第二セットは6—2で王正廷が取り返した。ふたりの満年齢は重光が四十三で王正廷が四十八である。王正廷は中国体育協会の会長も務めるスポーツマンだが、この年齢差がハンディキャップとなり、最後の第三セットは疲労困憊した王正廷が力尽き、6—4で重光が勝利した。

「代理公使。失礼ながら代理公使がこれほどにお上手だとは思っていませんでした。外交部内ではこの取り組みは確実に私が取ると星勘定していました」

「実はずいぶんと練習しましてね。公使館の若い連中に特訓を申しつけられまして。この数週間、ランチのあとは雨が降っていない限り毎日猛練習ですよ。そのうえコーチが無慈悲な男でね。ランチのあとの一時間、休みなくコートのうえを走り回らされました。テニスの練習というよりもマラソンの練習か、もしくは単なるいじめのようでしたよ」

審判台から下りてきたのは小島譲次である。小島は重光の傍らに立っていった。

「僕の思ったとおりに試合が運びましたね。第一セットは練習を重ねた代理公使が、多忙で最近テニスから遠ざかっている王部長に勝ち、第二セットは技術で勝る王部長が取る。そして最終セットが鍵となる」

重光が小島を指さした。

「この男がその無慈悲なコーチですよ。ドクター・ジョージ・コジマ。ご存じですか」

「存じてますよ。宋財政部長のお宅で何度かお会いしています。それほどまでに無慈悲なひとだとは知りませんでしたが」

王正廷はそういって小島に向かって小さく頭を下げた。

小島も会釈を返してからいった。

「最終セットは体力勝負になると読んだのですよ。だから代理公使にはテニスではなくマラソンの練習をしていただいたのです」

留学前に日本では軟式テニスをしていた小島は、アメリカ留学中は硬式テニスに熱を入れた。帰国後は黎明期の日本テニス界においてはほぼ無敵で、国際大会の出場経験もある。当時の小島の最大の弱点は、毎夜前後不覚になるまで飲まずにはおられないということで、海外遠征中のある日の夜、酔って公道を彷徨《ほうこう》し、散歩中のジャーマン・シェパードに抱き着こうとして右足を噛まれ、翌日の試合を欠場したことがあった。以来乱暴な飲み方をするのはやめたが、右足に小さな障害が残ったことからテニスもやめた。そしていまから六年前に聯盟《れんめい》通信社に入社し、北京支局長を経て上海に赴任したのである。

王正廷は小島の肩を叩き、

「優秀なコーチがついていたんでは敵わないはずだ」

「いえいえ。僕はただの新聞記者ですよ」

「代理公使は試合前にあなたを指さして、『今日はプロフェッショナル・プレーヤーがきているので審判をしてもらう』とおっしゃっていましたよ」

王正廷はホッ、ホッ、ホッと澄んだ声で明るく笑った。重光がいった。

「ドクター・コジマが新聞記者のようなことをしているとは聞いたことがありますが、私は彼がテニスをしているところしか知らない。彼の特訓があまりに厳しいので、記者だというのは世を謀《たばか》る仮の姿に違いないと確信しました。ブオッ、ブオッ、ブオッ」

重光は王正廷をまねて涼やかに笑おうとしたのだろうが、咳きこむかのような濁った笑いだった。

王正廷は首を左から右に大きく回してコートの外周を眺めた。

「それにしても弱りましたね。こんなに観客がくるとは思いませんでしたよ。明日の新聞がわがほうの敗北をどう報じるかが心配ですよ」

日中間の緊張が日増しに強まるなか、この日本と中国とのテニス対抗戦は試合前から大いに話題となり、南京の地元紙は勝敗予想を掲載するほどで、多数の新聞記者や在留邦人、外交部の職員家族などが観戦にきている。

小島もコートを取り囲む記者たちをみていった。

「えげつないことを書く連中ですからねぇ。ラケットとライフル、ボールと手榴弾を取り違えて書きそうだ」

重光が座ったままで小島の尻を叩いた。

「まるできみは新聞記者とは別人種であるかのようないい方じゃないか。やはりきみが記者だというのは嘘だな。私の睨んだとおりだ。ブオッ、ブオッ、ブオッ」

「王部長。わが社以外の明日の紙面がひどい内容になることは避けられませんので、世論を冷ますために近いうちに再戦をされてはいかがですか。今度は外交部のほうに日本攻略法を伝授いたしますので」

「それはいいですね。ぜひ再戦をお願いしたいですな。一か月ほどお時間をいただいて、今度はこちらがコーチの特訓を受けてから試合に臨みましょう」

重光はシガーに火を点けながらいった。

「一か月後は夏真っ盛りですな。そんなに急がなくてもいいでしょう。私は逃げませんので涼しくなってからにしましょうよ」

「いや。秋を待っていては再戦の機会はもはや二度とこないかもしれません」

王正廷は微笑みながらそういったが、そのことばの背景には日中関係が今後短期間でさらに悪化し、とてもテニスの試合どころではなくなるかもしれない、という考えがある。

王正廷のことばを聞いて重光は黙り、ゆっくりとシガーの煙を吐いた。


ここでこの時期の日中関係について概観しておきたい。

一九二八年五月、北伐中だった国民革命軍[注]と在留邦人保護の名目で出兵した日本軍との間の武力衝突、いわゆる済南《さいなん》事件が発生し、それを契機に日中関係は極めて険悪となったが、済南周辺に居座った日本軍の撤兵（一九二九年五月）や、いわゆる幣原《しではら》外交（一九二九年七月に組織された濱口雄幸《おさち》内閣の外務大臣、幣原喜重郎《きじゅうろう》により展開された対英米協調的な外交）のもと、中国の関税自主権を認める〝日華関税協定〟が締結された（一九三〇年五月）ことなどによって、一時好転する。

ところが一九三〇年ごろから、王正廷外交部長によるいわゆる革命外交（不平等条約撤廃、利権回復等を目指す急進的外交）が推進され、日中両国のあいだには旧にも増して険悪な空気が流れ始める。

中国にとって、国内の統一と民主化に並び、外国との不平等条約撤廃は孫文の時代からの悲願であり、国内基盤が確立されていくのに伴い、蔣介石政権が対外問題の解決に力を注ぐようになるのは自然の流れだった。一九三〇年十二月、王正廷は実質的な租界となっている北京東交民巷《ドンジアオミンシアン》の回収を各国に対して通告し、同時に北京、天津に駐屯する部隊の撤退を要求した。また王正廷は外交方針として五つの段階にわけて対外問題を処理していくと発表した。それはすなわち、関税自主権回復、治外法権撤廃、租界回収、租借地回収、鉄道・内航船航行等の利権回収の五段階である。租借地回収には大連や旅順などの関東州が含まれ、鉄道利権の回収には満洲鉄道が含まれる。日本にとって大問題であった。

去る五月に蔣介石が開催した国民会議は、暫定憲法たる約法の制定と並んで不平等条約破棄の決議をすることを目的としていた。国民会議以降、不平等条約撤廃に向けた中国側の態度は一層強硬になった。王正廷もテニスコートでの涼しげな表情に似合わず外交交渉のテーブルにおいては頑なだった。重光が、まずは治外法権の問題を片づけ、日中関係が良好になった頃合いを見計らってその他の問題に着手しようと提案しても、王正廷は短期間での解決を求めて首を縦に振ろうとはしなかった。

加えて日中関係は満洲という火種を抱えている。蔣介石から満洲の統治を任されている張学良は、日本が経営する満洲鉄道および大連港に対抗して、満洲鉄道に平行する鉄道路線と、大連から湾を隔てて対岸に位置する葫蘆島《フールー》の港湾建設を計画するなど日本への対抗姿勢を明らかにしつつあった。各地で日本人排斥運動も起こり、それに呼応するようにして日本側の対中感情も悪化していった。

急坂をくだるように悪化するばかりの日中関係の流れを変えねばならないと焦る重光は、毎週のように王正廷や宋子文のもとを訪れ協議を重ねているが、捗々しい成果は得られていない。

小島は秋の再戦を望む重光の意を酌んで提案した。

「外交部に日本攻略法を伝授さし上げるためには二、三ヶ月はほしいですね。やはり秋に再戦ということで仮に決めておきませんか」

重光はシガーを灰皿に置きながら王正廷にいった。

「そうしましょう。夏の間は互いに仕事に精をだし両国の関係改善を図り、そのうえで秋の再戦を迎えようではないですか」

王正廷は顔から笑みを消していった。

「両国関係を改善させる最も有効な方法は不平等条約の撤廃です。日本が他国に率先して不平等条約撤廃を断行すれば、わが国の対日感情は一気に好転します」

重光は両国ともに譲るべきところは譲るなどして歩み寄り両国関係の改善を目指そうといったつもりだろうが、王正廷はいかにも日本側のみが努力すべきというようないい方をした。重光は少なからず気分を害したに違いないが、それは顔にはださずに黙って吸いかけのシガーに手をのばした。

重光の気持ちを察したのか、王正廷がつけ加えた。

「むろん代理公使が日本国内での強硬意見に対抗して、不平等条約撤廃に向けて奔走しておられるということは十分に理解しているつもりです」

小島が

「日本以外の国との交渉はいまどんな状況でしょうか」

と訊くと、王正廷は、

「妥結も近いといっていいでしょう」

と、きっぱりといった。

王正廷のことばを額面通りに受け取ることはできない。しかし英米との交渉が妥結に向けて順調に進捗しているのは本当なのだろう。英米との交渉が妥結してしまえば日本もそれに追従するしかなくなる。いずれにしても不平等条約撤廃をおこなわなければならないのだから、日本は多少のことには目をつむってでも他国に先んじて交渉妥結をするべきなのだ。

「私は帰朝するたびに政府内で、わが国が率先して不平等条約撤廃に動くべき、と強く訴えています。ただ、貴国においてわが国に対する強硬的意見が高まるのと並行して、わが国においても強硬的な意見が主流になりつつあります。昨今は、幣原と重光の外交は軟弱である、と攻撃する声が強まっています。だからいま、諸利権の返還を一気におこなうことは非常に難しい。そのことはぜひご理解いただきたい」

そう重光はよどみなくいい、王正廷は黙ってうなずいた。おそらく両者の会見のたびに重光が繰り返しいっていることばなのだろう。王正廷も十分に理解しているのだ。

ふたりの会話が途絶え、そのままふたりは黙りこくった。

傍らに立つ小島は天を見上げた。

強い太陽光が降り注いでいる。

(暑い夏がくる)

小島はそう思いながら手のひらを翳し、瞳を刺す太陽光を遮った。

七月五日　上海　ラファイエット路

上海フランス租界のラファイエット路(現復興中路)に面した洋館の客間で、燕克治は王亜樵とともにふたりの客と相対している。

客の名は蕭佛成《シアオフォーチエン》と馬超俊《マーチャオジュン》。いずれも蒋介石の胡漢民《フーハンミン》軟禁のあと南京の国民政府を離脱し、孫文の子の孫科《スンクー》らにより建てられた広州国民政府に合流している。ふたりは蒋介石暗殺の経過報告を聞きにきたのである。

王亜樵は、蒋介石が南京ではいかに厳重に警備されているかということをくどくどと説明し、南京での襲撃は不可能であり襲撃場所を廬山に移さざるを得なかった、と多少いいわけがましくいった。そのうえであらかじめ克治から聞いた話をもとに廬山での首尾について概略を述べた。

王亜樵の声は控えめだった。

この場の四人の満年齢は克治が二十八、王亜樵が四十二、蕭佛成は六十九、馬超俊が四十四である。誰と相対しても臆することのない王亜樵だが、蕭佛成については二回り以上も年長であり敬意を示さざるを得ず、そのうえ相手は王亜樵にとっての大スポンサーである。仕事を打ち切られることを恐れ、それどころか、失敗したのだからと返金を求められるかもしれないという不安もあって、暗殺団の大頭目にはおよそ似つかわしくない諂った態度にならざるを得なかったのだ。

王亜樵は廬山での概略を述べたのち、詳細の説明は克治に譲った。

克治の話を目をつむり黙って聞いていた蕭佛成が、話が終わるのを待ってゆっくりとまぶたを開いた。

「殺害の機会は十分にあったにも関わらず、きみらの不手際が原因で失敗したということじゃな」

口調は柔らかいが強い目線で王亜樵を見据えている。

王亜樵は目を逸らし克治の顔をみた。克治が答えざるを得ない。

「はい。そうです。われわれ実行部隊の不手際です。計画どおりにやっていれば成功していたのではないかと思われます」

そういったあと克治は詰問のことばを受けるものと思い身構えたが、蕭佛成は腕組みをして再び目をつむってしまった。

かわりに馬超俊が口を開いた。

「蒋の警備は今後相当に厳重になるでしょうな」

克治はうなずいた。

「はい。廬山に滞在するときでも南京にいるときと同様にほとんど大衆の面前には姿を現さなくなると思われます」

「では、どうしますか」

「しばらくは様子をみざるを得ないでしょう――」

そう克治がいうと、それを遮るように王亜樵がいった。

「いや、機会はあるはずです。多少の困難はあっても草頭《ザオトウ》(盗賊団の頭目)の蒋を殺さねばなりません」

馬超俊は「うむ」と唸り、腕組みをして目をつむったままの蕭佛成の耳元になにかをいった。蕭佛成はそのままの姿勢でしばらく考えていたが、やがて黙って首を縦に振った。

それをみて馬超俊がいった。

「蒋を狙うのは当面みあわせたほうがよさそうですね。警備が厳重になり、蒋がもはや公の場所にでてこなくなるというのではどうにもなりますまい」

「いや、しかし――」王亜樵はやや慌てていった。「いま新たな方法を探っているところです。次こそは蒋の首をあげてご覧にいれましょう」

「そんなに焦らなくてもいいです。仕事を打ち切ろうというのではありませんから」

「とおっしゃいますと」

「仕事は続けてもらいましょう。ただ、殺害する相手を変更します」

「変更?いったい誰を狙うのです」

「宋子文」

「宋子文?」

王亜樵は訊き返した。克治も馬超俊の意図がわからず、首をひねった。

宋子文財政部長。財政部長といえばむろん要職ではあるけれども、国家の進路を左右するほどの立場ではないはずだ。宋子文は蒋介石夫人宋美齢※の兄であり、すなわち蒋介石の義兄となるが、だからといって蒋介石の罪を肩代わりさせる理屈にはならない。宋子文を殺害したところで蒋介石の反革命的な行動が改まるはずもない。

そう考えた克治が訊いた。

「なぜ宋子文なのでしょうか。宋子文が広州と対立しているという話は聞いたことはありませんが、私の認識違いでしょうか」

王亜樵が「おまえが口をはさむな」と小声でいって克治を睨んだ。

克治は構わずに続けた。

「宋子文はただの経済官僚ではないですか。ただの経済官僚を殺害する目的がわかりかねます。まさか税警団をもっているからではないですよね」

税警団は宋子文が塩の密売取締を目的として創設した武装組織である。装備が充実し士気も高い精鋭で、実質的な軍隊であった。このときから約半年後の上海事変の際には、宋子文は税警団を上海防衛の部隊として戦場に送りだしている。

蕭佛成が答えた。

「確かに宋子文は経済官僚じゃが、蒋介石を支えているのは宋子文じゃ。蒋介石は軍を握っているから絶大な力をもっている。その軍は宋子文によって養われている。蒋介石は猛然と突き進む蒸気機関車じゃが、石炭がなければ走ることはできない」

「しかし宋子文を殺しても、ほかの経済官僚が宋子文に代わって同じ役割を担うだけではありませんか」

「宋子文のやっていることは誰にでもできることではない。いや、宋子文にしかできないといっていい。彼は浙江財閥[注]のなかに広い人脈をもち、かつ絶大な信用を得ている。国債を引き受ける者はみな国債の券面に彼のサインがあることを確認する。それがなければ国債など紙切れ同然じゃ。彼がいなければ蒋介石は一日たりとも玉座に座っていることはできんのじゃよ」

「そうですか――」

と、克治はいったが納得してはいない。蔣介石は孫文の教えに叛《そむ》いて約法の制定を強行したり、上海の労働者の大量虐殺や胡漢民《フーハンミン》の幽閉など非道な行為を繰り返している。ゆえに抹殺されなくてはならない。他方で宋子文は官僚として与えられた職務をこなしているだけなのではないか。そんな宋子文を殺害するというのは、無垢な労働者を殺すのと同じく非道なことなのではないか。

しかし隣に座る王亜樵は、

「わかりました。では襲撃対象を宋子文に変更しましょう」

といって、自分の胸を叩いた。宋子文ならば暗殺に成功する可能性は蔣介石を狙う場合に比べて格段に高く、宋子文を暗殺すれば蔣介石暗殺のために前金でもらったカネを返さないで済むのであればありがたい、と考えて胸を撫で下ろしたのだろう。

「しかし――」

克治は異を唱えようとして口を開いたが、王亜樵は克治に向かって手のひらをみせ、発言を制した。そして口元を歪めた笑みを浮かべていった。

「ただ、蔣介石暗殺のために事前にいただいた資金はほぼ使い果たしてしまいました。宋子文をやるためには追加の軍資金をお願いしたいのですが」

克治は呆れて王亜樵の横顔をみた。つい先ほどまで資金の返金を求められないようにと諂っていた男のことばとは思えなかった。蕭佛成の身体は吹けば飛びそうなほどに痩せこけている。それをみているうちに吹っ掛けてみたくなったのか。

蕭佛成と馬超俊は額を寄せて小声で二言、三言を交わした。なにをいっているかは聞こえないが、馬超俊の険しい表情からは、馬超俊が追加の支払いに反対し、蕭佛成がそれをなだめていることが察せられた。

蕭佛成が王亜樵に向きなおっていった。

「いいじゃろう。追加で四万元払おうじゃないか。ただし期限を切らせてもらう。一か月。一か月以内に必ず実行するんじゃ」

王亜樵は大きくうなずいてから「お任せください」といって、声をだして笑った。

七月十二日　上海　虹口

小島譲次は上海アスター・ハウス（浦江飯店）で開かれている結婚披露宴に出席している。新郎の名は唐腴臚《タンユールー》。小島のハーバード留学時代の学友である宋子文の私設秘書である。唐腴臚もハーバード卒であり、卒業後すぐに子文に呼ばれてそのもとで働き始めた。

小島はビュッフェ・テーブルの前で料理を選ぶ重光葵代理公使の姿をみつけ声を掛けた。

「しばらく公使館のテニス・コートに呼びだされておりませんが、暑さにやられましたか」

「いや、暑さもあるが、ちょっとこのところ忙しくてね」

「万宝山問題[注]ですか？」

「うむ」

重光は曇った顔でうなずいた。万宝山問題とは、吉林省長春に近い万宝山で起きた現地中国人農民と朝鮮人入植者との衝突事件のことである。

「朝鮮ではひどいことになっているようですね。襲撃された平壌在住華人の死者は相当の数になっているとか」

「ちょうど昨日、中国政府からの抗議に対する本邦の回答文書を王正廷外交部長に手渡したのだが、その回答文書には平壌他で死者百名、負傷者百二十名とあった。おそらくは少なめに書いているだろうから、実際の死傷者は数百人では済まないだろう」

「しかしどうやら七月二日に万宝山で数百人の朝鮮人が殺されたという記事は誤報のようじゃないですか。ひとりも死んでいないという話もあるし、用水路も結局は完成したと聞きました。それにも関わらず報復がなされ死傷者が数百人だなんて」

「仲の悪い夫婦は夫や妻の箸の上げ下ろしにも腹が立つようになる。それと同じだよ。もはや日支の間で起こるいかなる事件も大きな問題に発展するようになってしまっている。危険な状態だ」

重光は深くため息をついた。

「一昨日、あらたな火種になるかもしれない情報を耳にしましたが、ご存知でしょうか」

「なんだね」

「一昨日の夜、満洲取材から戻ったアメリカ人記者と食事をしたのですが、チチハルで蒙古人たちの間で噂になっている話を聞いたというのです。その噂によれば、蒙古地方に入ろうとした日本の軍人が張学良配下の兵に捕まり殺された、と」

「なんだって」

と、重光は周囲が振り返るほどの驚きの声をだした。

「それで昨日、関東軍[注]の参謀部の知り合いに問い合わせたのです。そういう事実はあるのか、と。彼はそんな話は全く聞いていないと笑っていたのですが、今日になって彼のほうから連絡があり、調べてみたところ調査旅行で蒙古地方にはいった大尉が帰着予定を七日過ぎても戻らず連絡も途絶えているようなので、そのアメリカ人記者の話というのをもう少し詳しく聞きたい、といってきたのです」

「その噂が事実なら一大事だ。関東軍はそれを理由にして部隊を動かすかもしれん」

重光の声が大きい。小島は自分の唇にひとさし指を当てて重光に声を抑えるよう促した。

声量を落として重光が続けた。

「その問題の解決を関東軍に任せたら戦争になりかねない。なんとしても外交交渉で解決しなければならん――」

重光は顎に手を当て一瞬考えてから、

「日本国民にへたな伝わり方をするとまずい。国民が激高すれば関東軍が動く」

「私のほうはだいじょうぶですよ。いずれにしても記事にするにはまだ情報が少なすぎる」

小島が小声でそういったとき、後方から肩を叩くものがあった。

「なんの密談だい」

振り返ると宋子文であった。

「いや、密談ということはないが――」

と、小島はやや口ごもったが、重光はすぐに笑顔に切り替えて子文の手を握った。

「代理公使、昨日の外交部長宛の公文は拝見しました。あの文書は貴国の誠意を感じるものではありましたが、代理公使は口頭でわがほう官憲による朝鮮人圧迫が原因であると説かれた、と聞きました」

「本省からの訓令でそう口頭で伝えるよう命じられましてね」

「そうだろうと思って先ほど私のコメントを南京に送っておきました。『おそらく日本政府内では、代理公使が口頭で述べた内容を文書に盛り込めという意見があったに違いない。それがこの文面でまとまったことは評価できるのではないか』と」

「それはありがたい」

重光は小さく頭を下げた。

「ところでTV――」と、小島が話題を変えた。子文はアメリカ時代、自らの姓名をSoong Tse-Venと綴っていた。TVはその名の頭文字をとったもので、留学時代、彼の友人たちはみなそう呼んでいた。

「僕はきみとのつながりでこの式に招待してもらったが、新郎のことはきみの秘書であるということ以外になにも知らない。どういう人なんだい」

「彼は僕のところにきてまだ一か月ほどだからきみが知らないのも無理はないな。ハーバードの後輩だよ。すなわちきみの後輩でもある。一をいえば九を補い十の仕事をする優秀な男だよ。年は三十一で三十六の僕とは五歳しか違わないせいもあって部下というよりも弟のような感じだな」

子文はそういって、いかにも愛してやまないというように目を細め、新婦とともにフロアを挨拶してまわる新郎に目を向けた。

「おいおい。恋人をみるような目だな。唐朋朧を新婦にとられるので嫉妬しているんじゃないか」

子文は「アハハ」と笑い、

「新婚なんだから何日か休んで旅行にでもいってきたらどうかと勧めたんだがね。『忙しくてとても休んではいられない』のだそうだ。彼が僕のところにきてからというもの朝から晩まで顔を突き合わせていて多少うんざりしてきたんだが、明日からもそれは続くよ」

「彼が忙しい分、きみのほうは少しは楽になったかな」

「そうだな。少なくとも毎晩家には帰れるようになったよ」

子文はそういいながら新郎のほうへ手を上げた。

それに気づいて唐腴臚は他の招待客との会話を打ち切り、新婦とともに小島たちのそばにきた。唐腴臚は小柄で、ちょうど重光と背丈も体格もほとんど同じである。身長百八十センチの小島とほぼ同身長の子文とはずいぶんと身長差があるが、そのため嬉しそうに唐腴臚を小島たちに紹介する子文の姿は、できのいい息子を紹介する父親のようにみえた。

唐腴臚の傍らに寄り添う新婦は純白のウエディング・ドレスをまとい、幸せそうな笑みを浮かべている。小島が子文の胸を指さして、「この男が唐先生を独占しないよう、僕からよくいい聞かせておきます」というと、新婦は小さな唇を開き、「ありがとうございます。でも私はだいじょうぶです」と、まばゆい白い歯をみせた。

子文と新郎新婦が離れたあと、小島と重光は再び小声で話し始めた。

「一昨日、田中大尉と飲んだのですが、そのとき彼が物騒なことをいっていましたよ。『軟弱な幣原外交の手先である重光は許すわけにはいかない』などと吠えていました」

田中大尉とは昨年秋に公使館付武官補佐官として上海に赴任した田中隆吉《りゅうきち》のことである。のちの東京裁判において連合国検察側証人として日本陸軍の内部事情を暴露し、被告であるかつての上官たちに数々の不利な証言をして物議を醸す人物である。

「私を殺すと息巻いているんだろ。知っているよ。まあきみの耳にもはいっているくらいだから問題はないと思っているよ。本気ならば密かにことを進めようとするだろう」

「ご存知でしたか。まあ田中さんは『明後日の夜に代理公使に会う機会があるから、そのときにやる』っていっていましたので、僕も冗談だろうと思っていました。『明後日』はすなわち今日ですからね。代理公使が今日の結婚披露宴にでられることを知っていましたから」

「今晩会うといっていた？」重光はそういって顎をさすった。「少し妙ではあるな。公使館の堀内君や土田君らが今晩田中君に六三亭で会うのだといっていた。田中君は確かに私に会うといったのかい。堀内君や土田君にではなく」

「間違いありません。代理公使に会うのだといっていました。代理公使のほうから呼ばれた、と」

重光は首を傾げた。小島が訊いた。

「それで堀内さんらはなんのために田中さんに会うといっていました？まさか単に親交を深めるためではないでしょう」

「田中君が本気で私を殺害するつもりなのかどうかを確かめ、もし本気ならば考えを改めさせる、といっていた」

「考えを改めさせる、ですか。そのために公使の名を語って田中さんを呼びだしたんですかね――」

小島も首を傾げ少し考えてから、

「ちょっと気になりますね。様子をみてきますよ」

「いまからか」

「新郎新婦に挨拶もできましたし、六三亭ならここからすぐですから」

小島はそういってその場を辞し、アスター・ハウスをあとにした。


アスター・ハウスから日本料亭の六三亭までは七百メートルほどである。小島はその道のりを走った。いやな予感がしたのだ。田中の傍若無人ぶりは在留邦人の間で極めて評判が悪い。血の気が多く、常識では考えられない無茶なこともする。一方で公使館の土田は熱血漢で恐れるということを知らず、堀内も不正をみれば相手が誰であれ向かっていくような男だ。そのような者どもが集まり酒がはいれば些細なことでも面倒に発展する可能性は低くない。ただ、もしそこに小島がいれば問題は起こらないだろう。

彼らにも新聞記者のいる前では暴力沙汰を起こさないくらいの理性はあるはずだ。

六三亭に向かって呉淞路《ウーソン》を駆けた。

六三亭に着き、引き戸を開いてなかにはいり、でてきた女将に息を切らしながら「公使館の連中はきているか」と訊いた。

「はい。今日はずいぶん早く、日が暮れる前にいらしてますよ」

すでに一時間以上が過ぎている。

「田中大尉はきたか」

「はい。公使館の方々のお部屋にご案内しました」

「いつきた」

「ほんの十分ほど前でしょうか」

(間に合ったか)

小島は「フウ」と息を吐いた。

女将について部屋に向かった。廊下を歩いているとき、田中と堀内の声が聞こえた。互いに激しく怒鳴り合っている。

部屋にはいると、田中と堀内、土田、さらに公使館の林出が小島を見上げた。

田中が「小島、なんの用だ。みた通り取りこみ中だ」と怒鳴った。

小島は「今日くるはずだった重光代理公使が別件でこられなくなってね。その代理できたんだよ」と、飄然といった。

七月十四日　上海　四馬路

田中隆吉は、妓院の建ち並ぶ四馬路《スーマー》(現福州路)を、しな垂れ掛かってくる客引きの女たちを押し退け、遊び場を決めかね、たむろする各国の水夫たちのあいだをすり抜けて早足で歩いている。

田中は昨年の秋に公使館付武官補佐官として上海に赴任した。

赴任したてのころは夜毎に膨れ上がってくる欲望を解き放つためにこの道をさまよったものだ。しかし、しばらくして女ができ、その後はこの道に足を踏み入れることはほとんどなくなった。上海赴任後すぐに女ができるのは至極当然のことであり、田中の前任者たちもみなそうだった。ただ前任者たちと桁はずれに違うのは女の出自である。女の名は日本名川島芳子《よし》。芳子を初めてみかけたとき、その容姿に感じるところは一切なかったが、清朝粛親王の十四王女であると知った瞬間に田中の心に火がつき、その火は一瞬に燃え上がった。田中はイヌ科の動物が何日もかけて獲物を追いこんでいくように執拗かつ周到に芳子を追い詰めていった。最後には半ば強引にベッドに乗せ、それでようやく芳子は落ちた。いまはフランス租界に借りた洋館で同棲をしている。

田中は客引きもなく門構えも地味な妓院の前で足を止めた。入り口の横に作りの悪そうな椅子に腰掛け新聞を読んでいる男がいる。その男に短く声を掛けてから建物のなかにはいった。

建物にはいってすぐの部屋には方卓が四台置かれており、そのうちの三台それぞれにひとりずつが座っている。いずれの男も目は開いているが口も微かに開き、呼吸にあわせて身体を前後にわずかに揺らし続けている。生きてはいるのだろうが脳を全く活動させていないかのようだ。

空いている唯一のテーブルに腰を掛けると、ほどなくして真っ青な旗袍《チーパオ》を着た女が部屋にはいってきた。田中が立ち上がると、女は田中の首に両手をまわした。この店の雇われ経営者である。女としての興味の対象ではないので、名は覚えていない。

「もうお待ちよ。ご案内するわ。ご用が終わったら呼んでね」

と女はいった。口調は柔らかいが声は嗄《しわが》れており、顔にはなにやら打算的な笑みを浮かべている。

腕を絡めてきた女に連れられて階段を二階に上がり、指さされた小部屋にはいった。

部屋の奥に対照に二台の寝台が置かれている。そのうちのひとつに男が横たわり、紅い旗袍の女が傅《かしず》いている。男の枕元に置かれたランプの揺らめく光がその女の頬に当たっている。子供だ。おそらく十二か十三くらいか。うしろの壁に投影された少女の影が風に吹かれる柳のように揺れている。

寝台に横たわっている男の名は許清※。性風俗店などを手広く経営し、秘密結社〝青幇《チンバン》〟の幹部でもある。かつて日本の紡績会社の工場で労働者の監督をしており、そのときに日本との関係ができた。以前はわずかなカネをだせばなんでもする男だったようだが、いまは羽振りが良くなり動きが鈍くなっている。とはいえそれは金額の問題であり、大洋《ダーヤン》（銀貨）が積まれさえすれば国を売ることもなんとも思わない男だ。

部屋のなかは甘酸っぱい匂いで充ちている。阿片の匂いだ。

田中は小さな舌打ちをした。

許清は阿片を吸うと話が饒舌になり、それでいて必要なことをいい忘れたりするのだ。田中は阿片をやらない。上海赴任後すぐに興味で吸ったことはあるが、その一度だけだ。そのときは、身体が確かに床から数ミリ浮き上がり、周りの色彩が艶やかになり、鼻腔が甘美な香りで充ち、耳には鳥の囀きが聞こえた。が、それだけのことだった。その感覚を再び求めたいと思うことはなかった。

許清は寝台に横たわったままで目をつむって阿片を吸い続けている。田中が部屋にはいってきたことに気がついていない。

「おい。今日はいったいなんのようだ」

と田中がいうと、許清は重そうな瞼をゆっくりと開いた。

「ああ、きてたのですか。そっちに座ってください。ゆっくりどうぞ」

許清の日本語はさしてうまくなく、そのうえ呂律が怪しくて聞き取りにくかった。

「おれは阿片はやらん。それよりも用件を話せ」

田中はそういって、空いているほうの寝台に腰をおろした。

許清は緩慢な動作でパイプを少女に渡し、身体をわずかに起こした。

「おもしろい情報があります。買いますか」

「なんの情報かも聞かずに買うというわけがなかろう」

「王亜樵の関連の話です」

「王亜樵？なにものだ」

「知らないのですか。斧頭幇《フートウバン》の首領です。暗殺大王《アンシャーダーワン》と呼ばれています」

田中は「フートウバン」というのは聞き取れなかったが、「アンシャー」が暗殺であること、「ダーワン」が大王を意味することは知っていた。

「まずは聞こう。カネを払うかどうかはおれが決める」

なにか反論するかと思ったが、許清は一瞬黙ったのち、口を開いた。しゃべりたいのだろう。阿片で気持ちが大きくなっているためなのかもしれないが、話さずにはおられないほどに大きな情報なのかもしれない。

「王亜樵は広州国民政府の依頼を受けて蒋介石を殺そうとしています。先月、王亜樵の配下が廬山で蒋介石を狙いました」

田中は驚き目を瞠ったが、許清は無表情に続けた。話のポイントはさらに先のようだ。

「しかし蒋介石は無事でした。王亜樵の配下は蒋介石に向けて銃を撃ちましたが失敗しました。王亜樵のほうはひとりが衛兵に撃たれて捕まり、他は諦めて逃げました」

許清はそこで間を置いた。呼吸が苦しくて一度に長くは話せないというふうである。田中はうなずくこともなく許清の目を見据えて続きを待った。

「その結果、蒋介石の周りの警備が非常に厳しくなりました。もはや襲撃することは不可能になりました。いまはネズミ一匹でも近づくことはできません」

許清が再び間を置く。田中は焦《じ》れて舌打ちをした。息苦しくて話を区切っているのではなく、勿体ぶっているのか。許清の頭のなかでは、間を置くたびに情報料を示すメーターの針が上がっているのかもしれない。

「王亜樵の雇い主は蒋介石暗殺を諦めました。王亜樵はまだやれると食い下がったようですが、雇い主は考えを変えました」

「どう変えた」

「殺す相手を変えたんですよ」

「誰を殺す」

いらだつ田中は急かすように訊いた。

「宋子文です」

「財政部長の？」

「そうです。広州の国民政府は王亜樵に宋子文を殺すように頼みました」

「宋子文？なぜ財政部長を殺す」

「えぇと、それは――」

田中は許清のことばを遮って自分で答えをいった。

「宋子文は蒋介石の銭函だ。銭函を奪って蒋介石を弱体化させようということか。そうだろう」

許清は田中の問いには答えずに、「いくら払いますか」といった。

「宋子文の襲撃はどこでやるんだ」

「上海北站《ベイジャン》です。宋子文は、国民政府のある南京と金融関係者がいて彼自身の自宅もある上海とのあいだをいったりきたりしなくてはならないので、週に一度は南京と上海の間を往復します。上海で列車から降りてきたところを襲う計画のようです」

（このネタをなにかに使えないだろうか）

田中は目をつむり腕組みをして考え始めた。確かにこれは重大情報だ。それに蒋介石暗殺とは違い対象が宋子文ということであれば成功する可能性は高い。日本の利益のためにこの情報を使えないものか。

許清は黙っている田中をみて、再び寝台に横たわり少女からパイプを受け取った。

田中はつむっていた目を開けた。阿片の香りのする暗い部屋のなかで目を閉じていると思考が鈍るような気がしたのだ。壁には男女がまぐわう淫靡な絵が掛けられている。田中はそれをぼんやりとみながらさらに思考した。

のちのことになるが、田中は七ヶ月後に第一次上海事変のきっかけとなる日本人僧侶襲撃事件を引き起こし、その後も度々謀略を企てる。田中は、謀略こそが軍における自分の存在の意味だと考えており、謀略を実行し成功させること以上にそれを考案することが好きであった。その考える謀略は複雑になる傾向にあった。謀《はかりごと》はすべからず複雑であるべきである、複雑であればあるほど成功の可能性が高くなる、田中はそう信じていた。

田中は上海北站と聞いて、ひとつの光景を思い浮かべた。つい先日、宋子文と重光葵代理公使とが南京から上海に着いた列車から連れ立って降りてきたのをみかけたのだ。田中は中国に対して宥和的である重光葵代理公使を亡き者にしたいと考えている。その殺害を宋子文暗殺者にやらせることはできないか、と考えてみた。襲撃が宋子文と重光とが一緒にいる場でおこなわれれば、重光を倒すことができるかもしれない。

そこまで考えて、田中は「う〜ん」と唸り、眉間に皺を寄せた。重光のいる場所で宋子文が襲撃された場合、重光に流れ弾が当たるかもしれないが、そうでない可能性のほうが高いだろう。死ぬ可能性は相当に低い。重光が死なねば意味がない。

(襲撃が駅でおこなわれるのならば、そこに重光を襲う別の刺客を忍ばせておくか)

そうすれば重光を殺すことができ、その罪を王亜樵一味に負わせることができるだろう。

ただひとつ解決せねばならない問題がある。上海北站で宋子文が襲われるときに、いかにして重光もその場にいるように仕組むか。重光も宋子文と同じく上海に家があり、また上海、南京双方で仕事があるので上海、南京間を常に往復している。外交部との折衝は頻繁におこなわれるのでおそらく重光も週に一度程度往復している。しかし、どうやってふたりの移動のタイミングをぴたりと合わせるか。

「宋子文襲撃の日時は決まっているのか」

「それは聞いていません。でもおそらく決まっていないでしょう。宋子文がいつ汽車に乗るかは何日も前には決まっていないでしょうから」

田中は再び「う〜ん」と唸って考えた。

許清が、「いくらだしていただけますか」と再び訊いた。

「いい情報じゃないか」

と田中はいった。

「それで、いくらで」

「いくら欲しい」

許清はひとさし指と中指を立てて「二百」といった。

それを聞いて田中は手を突きだし親指と小指だけを立てて「これだけだそう」といった。親指と小指を立てた手の形は「六」を意味する。すなわち田中はいい値の三倍をだすといったのだ。

許清が身体を起こして田中をみた。

「ただし条件がある。宋子文襲撃がいつおこなわれるか。その情報をもってこい。そうすればすぐにカネをだす。襲撃の日時がわからなければなんの役にもたたん。その場合は一銭もだせん」

「宋子文がいつ汽車に乗るかわからないのですから、襲撃の日を前もって知ることはできません」

「襲撃の一日前に知らせればいい。夜行列車が上海に到着した朝に襲撃がおこなわれるのならば、その前夜に宋子文が南京で汽車に乗るときにはすでに襲撃が決まっているはずだ」

許清は不満そうに顔を顰めた。しかし反論しないところをみると、情報入手は可能だと思っているに違いない。田中が続けた。

「そして、さらにある仕事をすれば追加して払おう。その十倍だ。すなわち六千」

許清の身体から一瞬で気怠さが消えた。許清は敏捷に身体を起こし、目を大きく見開いて田中をみた。

田中は、宋子文襲撃にあわせて重光を暗殺するという計画を告げた。

許清は驚くというよりも、怪訝な顔で田中をみた。

「おまえから宋子文襲撃がおこなわれるという情報を得たら、その同じ列車に重光を乗せる。どうやって乗せるかはおれのほうで考える。翌朝宋子文と重光は連れ立って列車から降りてくる。おまえは宋子文襲撃にあわせて重光を殺す。成功すれば六千だ」

「なぜ重光を殺さなければならないんですか」

「おまえが知らなくてもいい」

「いいえ、それはぜひ教えていただかなくては」

「軟弱だからだ。いまの外務大臣も軟弱だが、重光はそれに輪を掛けて軟弱だ」

「軟弱?どういうことですか。性格が軟弱ということですか。それだけのことでそんなにカネをだしてまで殺したいのですか」

田中は舌打ちをした。日本の対中国政策をもっと強硬的なものとするために重光を殺したいのだとはいいにくい。許清はカネのためならなんでもするような男だが、中国人である。重光殺害の理由を聞けば難色を示すかもしれない。

ことばを探していると、許清のほうが先に口を開いた。

「まあ、いいでしょう。私が知ったら仕事をやりづらくなるのかもしれませんし。いいですよ。引き受けましょう」

そういって許清は口元だけを歪めて笑った。不快な笑みであった。許清は腕をのばし、傅く少女の胸のうえに手のひらを置いた。

田中は、「では、おれは帰る」といって立ち上がった。

許清は少女の服のうえから小さな胸をまさぐりながら、「遊んでいかないのですか」と訊いた。

田中は答えずに部屋をでた。

階段を降りるとき、田中はほくそ笑んだ。

許清はおそらく、田中が重光の軟弱な対中国政策を嫌って殺害しようとしていることに感づいている。ただ田中は、重光暗殺にはそれとは別の一層重要な意義があると考えている。ある大きな目的を果たすための重要な一歩となる秀逸な計画であると思っている。

許清は、そのことには気づいていない。

七月十五日　南京　貢院街

燕克治は俥《くるま》に乗り南京市内を南に向かって走っている。

今宵はやけに蒸し暑い。そのためか痩せこけた俥夫《しゃふ》の足取りは粘着質の路面を進むかのように重い。

「もう少し速くならないか」と二度声を掛けてみたが、俥夫はなにもいわずに前を向いたままで梶棒を押し続けている。

細い路地を何度も折れ曲がりながら進んでいく。南京の街は上海に比べて夜が早くて暗い。日が暮れたばかりで天には青さが残っているが、路地に街灯はなく、道沿いの家からは、壁に遮られ、光がほとんど漏れてこないのでひどく圧迫感がある。

ようやく広い通りにでたと思えば、またすぐに曲がって瞻園《ジャンユエン》の正門前の小径にはいった。瞻園は明代に建てられた個人の庭園だが、広大な敷地に重厚な壁を巡らせており、前を通れば黒い壁に押しつぶされそうな感覚を受ける。

南京にきて五日目になる。南京にはどうも馴染めない。上海を離れて一週間もたたずに上海の華やかな夜が恋しくなった。

倬が川沿いの道にでた。克治は大きく息を吸い、それを一気に吐いた。相変わらず辺りは暗いが、倬夫の足取りが多少軽くなり、頬に夕刻の涼やかな風が当たるようになった。

露天が並び賑やかな夫子廟《フーズミアオ》の前を通り過ぎ、川に沿って進んで、貢院街《ゴンユエンジエ》の立派な店構えの金陵料理店の前で倬を止めた。

玄関をはいると三層の吹き抜けの店内は渾然たる喧噪で満ちていた。服務員について階段を上がり、案内されたのは三階の川沿いの小部屋だった。

部屋にはいると朱偉が嬉しそうに手を上げた。克治は、

「どうしたんだ。おまえがおごってくれるというなんて。それもこんな上等な店で」

といいながら窓辺に寄って出窓に座った。窓のすぐしたには秦淮河《チンフアイ》が流れ、川面から爽やかな風が吹いてくる。

「大哥《ダーグー》（兄貴）にはいつも世話になってますからね。たまには恩を返さなくてはと思って」

「恩を返す？似合わないことをいうな」

克治は川の対岸に並ぶ妓館を眺めながらいった。妓館のひとつの窓辺に克治と同じように座って夕涼みをする若い女がいる。幼い。十五前後だろうか。着物の足もとがはだけて真っ白な足がつけ根の近くまでみえている。みられていることに気づいたのか、克治のほうをみて、目が合うとにこりと笑った。

「あっちから女を呼びますか。いいですね、それも。楽しくやりましょう。むろん今日は全部おれがもちますので」

克治は微かに名残惜しさを感じながら朱偉のほうへ向きなおって訊いた。

「ずいぶんと羽振りがいいようだな。蒋介石暗殺は失敗して報酬が全くでていないというのにどうした

んだ。おまえがそんなにカネをもっているとは思えんが」

「大哥。子供じゃないんだからこのくらいの遊ぶカネくらいもってますよ。そんなことより芸妓を呼びましょう。ちょっと待っていてください。話をつけてきますから」

そういって朱偉はそそくさと部屋をでていった。

克治は視線を川の対岸に戻した。しかしそこに少女はすでにいなかった。

川面に視線を落とした。屋形船が一艘ゆっくりと流れてゆく。

王亜樵は宋子文暗殺の実行メンバーから克治をはずした。広州国民政府の意向を受けて蕭佛成《シャオフォーチエン》と馬超俊《マーチャオジュン》が訪ねてきたとき、克治は宋子文暗殺に否定的な態度をとった。その態度が王亜樵の気に障ったらしい。王亜樵は、暗殺に疑念をもつ人間が実行チームにいれば計画が失敗に終わる可能性が高まるといって、克治には側面支援の役回りを命じたのだ。克治は南京にいて、宋子文が上海行きの夜行列車に乗るときを調べ、それを上海の実行チームに知らせるという役割を担うことになった。克治の舎弟である朱偉も同様に実行メンバーからはずされて、克治のサポートをするために南京にきている。

料理を運んできた仲居とともに朱偉が戻ってきた。

テーブルのうえはすぐに料理の皿で埋め尽くされた。

朱偉が箸と口を忙しく動かしながら唐突に訊いた。

「大哥。重光葵《チョングアンクイ》を知っていますか」

「なんだ、それは。奇妙な名だな。日本人か。日本人の女に手を出そうとしているのか」

「いやですねぇ。葵《クイ》なんて女みたいな名だけど男ですよ。なんだ、知らないんですか」

「なに者だ」

「上海にいる日本の公使ですよ。正確には代理公使だそうです」

「それでその葵花（ひまわり）公使がどうした。どうしてそんなことを訊く」

「いや。大哥ならなにか知っているかと思って。おれは顔すら知らないですからね」

「なぜ日本の公使のことをおまえが知る必要があるんだ」

「いや、別に――」

朱偉はそういいながら視線を逸らした。そして、いったん休めた箸を再び動かし始めた。

克治は朱偉の態度に不自然さを感じはしたが、それ以上は訊かなかった。

朱偉が話題を変えた。

「それで、宋子文の動きを知る方法、なにか思いつきましたか」

朱偉は克治について南京にきたが、南京にきてからずっと行動をともにしているわけではない。克治の仕事の進捗状況を知らないのだ。

「おまえが出歩いているあいだに全て整えたよ。財政部の部長室付秘書の顧麗玉《グーリーユー》という女を手なずけてある。新聞を部屋まで届けたり、上海の銀行から送られてくる日々の為替相場の状況の紙を部長に渡したりすることが主な仕事だ。軽い役職だが、宋子文が南京にいる限りは毎日顔を合わせる。宋子文が外出するときに公用車を呼ぶのも、上海に帰るための汽車の切符を手配するのもその女の仕事だ。宋子文の南京での動きをよく知っている」

「その女、若いんですか」

「どうでもいいだろう」

「『手なずけてある』って、どうやって手なずけたんですか」

くだらないことを訊く、と思い克治は「フッ」と鼻をならした。

「おまえが想像しているような方法ではないよ。南京にきてからわずか五日の間では無理だろう」

「五日で無理かどうかはわかりませんが、じゃあ、どうやって」

「新聞記者だと名乗った。宋子文についての記事を書くためにその動きを知りたいといって、情報を教えてくれれば一回につき一元払うといったら喜んで協力するといっていたよ」

「一元？安くないですか」

「宋子文が南京にいる限り毎日だからな。いつまで払い続けなければならないかわからない。控えめな金額にしておかなければ予算が尽きるかもしれん」

「そうですか。なんだかつまらんですね」

朱偉のいう「つまらない」がどういう意味なのか、情報料の額が小さいことをいったのか、情報元の女を色仕掛けにしなかったことをいっているのか、わからなかった。

「それで、宋子文をやるのはいつになりそうですか」

「どうだろうか。上海に住む宋子文は日曜日か月曜日にでる夜行列車で南京にきて、木曜日か金曜日に南京をでる夜行で上海に帰ることが多いそうだ。すると来週の金曜か土曜の朝かもしれんな。二十四日か二十五日だ」

「金曜か土曜の朝に上海に着く――」

と、朱偉はつぶやいた。これまで終止上機嫌であった朱偉の顔から一瞬笑みが消えた。克治はこの部屋にはいってからずっと朱偉の態度になにか違和感を感じている。

「それでおまえ、どうして急に羽振りがよくなったんだ。いったいなにをした」

朱偉は「チッ」と舌を鳴らした。

「そんなこと、どうでもいいじゃないですか。大哥」

「兄と呼ぶのなら隠さず話せ」

「しょうがねぇなあ。ちょっとひとに頼まれてほかの仕事をしたんですよ」

「どんな仕事だ」

「まあ、大した仕事じゃないです」

「頼まれたって、誰に頼まれた」

「それは――」

と、朱偉は口籠った。

「話せ」

と、克治は朱偉の目を睨み低い声でいった。朱偉は目を逸らして小声でいった。

「許清――」

「許清？あの風呂屋のか」

許清の名は聞いたことがあるが、会ったことはない。許清のことで知っているのは、性風俗店をいくつかもっていることと、青幇《チンバン》の幹部であること。それから、以前に日本企業の工場で働いていたことがあり日本人の知り合いが多い、ということだけだ。

「はい。その許清です」

「それで、どんな仕事をやらされた」

「いやぁ。それはちょっと――」

「いいから話せ」

克治は拳でテーブルを強く叩いた。朱偉はわずかにのけぞった。

「ただ、王《ワン》首領絡みのなにか面白い話はないかと訊かれました。面白い話があれば買ってもいいと――」

「それで、なにを教えた」

克治は畳み掛けて訊いた。

「蒋介石の暗殺に失敗したことと、宋子文暗殺を計画しているということを――」

「それを教えたのか」

克治は声を荒らげた。

「はあ。教えました」

克治は奥歯を噛み締めた。蒋介石暗殺は朱偉の臆病が原因で失敗し、今回の宋子文暗殺の計画も朱偉によってほころびが生じたのだ。

ふたりの会話が止まった。部屋のなかの音がなくなると、周囲の部屋の喧噪がやたらうるさく感じられた。

そのとき、部屋の戸がゆっくりと開かれた。ふたりの女がはいってきた。川の対岸の店から呼ばれた芸妓であろう。ふたりのうしろにはそれぞれひとりずつ十歳にも満たないかと思われる少女が小さな袋をもって控えている。

「いやあ、待ってたよ」

と、朱偉が嬉しそうな声を上げた。

ふとみると芸妓のうちのひとりに見覚えがある。対岸の店の出窓に座っていた少女だ。先にみたときより、化粧を施した顔はずいぶんと大人びてみえる。

少女が克治をみて嬉しそうに微笑んだ。

微笑みを返そうとも思ったが、頬を緩めることができなかった。

七月二十二日午前十一時（暗殺事件二十時間前）　南京　財政部

南京市の中央に広大な敷地を占拠する、まるで宮殿のような行政院のすぐ南側に、ゆき過ぎた贅沢を戒めようとしているかのような飾り気のない財政部の建物が建っている。

宋子文は部長室の窓から空を見上げていた。雲の間にここ最近拝むことができなかった青空がわずかに覗いている。

視線をしたに落とすと、そこには二本の川が平行に流れている。むろんそれらは本当の河川ではない。財政部の前の道路の水はけが悪く、中央部分を除いて道路が雨水に覆われてしまっているのだ。雨が降り続くあいだ、家に閉じ籠っていた人々がどこからともなく湧きでてきて、ズボンの裾をまくりあげて忙しく道路の中央を往来している。

視線を空に戻した。

「これで長雨が終わりとなればいいのだが」

と子文はつぶやいたが、炭を帯びたような灰色の雲が天空に占める割合は、どうやら次第に広がってきているようだ。

「部長。聞いておられるのですか」

と、うしろから声を掛けたのは秘書の唐腴臚《タンユールー》である。先ほどから子文のデスクの前に座り、各地の降水と水害の状況の説明をしている。

「すまない。すまない。少し気を抜いていたな。いかん、いかん」

子文は頭をかきながら自分の椅子に戻った。子文は座って唐腴臚の話を聞いているうちにどうにもならない眠気を感じ、立ち上がって部長室のなかを歩きながら説明の続きを聞いていたのである。ここ数日家には帰れず、この部屋で寝泊まりをしている。一日の睡眠時間は三時間程度という日が続いている。

唐腴臚がデスクのうえに広げた地図の長江流域部分を指さしていった。

「最も深刻なのは湖南、湖北あたりです。現地からは長江はもはや決壊寸前で、あと三日のうちに漢口周辺は川底に沈んでしまうだろうとの報告がきています。このまま雨が収まってくれればいいのですが、もしまた降り始めると、未曽有の災害に発展すると思われます」

「その場合、被害はどのくらいになる」

「予想では被害は江蘇、安徽、湖北、湖南、四川、江西、河南の各省にまたがり、長江流域だけで水没する田畑は五千万畝《ムー》強（約三・三万平方キロメートル）、被災者数は数千万人、死亡人数は十万人を超えるだろうとのことです」

「死者十万――。そんなにか」

「いえ、それは長江流域のみの数字です。淮河流域を加えれば被害の数字はそれぞれ二倍程度になると思われます」

「なんということだ」

子文は天井を仰いだ。

しかし天井を見上げながらも子文の頭のなかは忙しく動いていた。国庫からでることになるであろう金額の概算をしていたのである。莫大な数の人命が失われると聞かされても、まずは金銭のことを考えてしまう自分の脳が忌まわしくはあった。カネ勘定をする賤しい顔をみられたくなくて天井を仰いだのかもしれない。

子文の心のなかを見透かしたかのように、唐腴臚は水害に伴う臨時予算に話題を移した。

「なにはともあれ被災民に対する食糧援助が必要となりますが、その費用は最も少ない場合で一千万元です。被災民に対する食糧以外の救済やインフラの修復まで考えれば八千万元を超えます」

「八千万元か」子文は深いため息をついた。「また公債の増発か。厳しいな――」

国民政府は一九二八年に北伐を完成し、子文はすぐに軍事費削減による財政健全化に着手した。ところが北伐完成後も各軍閥や共産党との戦いが絶えず、そのため国民政府の財政状況は劣悪な状況から未だ抜けだしていない。一九三一年六月末までの一年間の歳入七億七千五百万元のうちの二億千七百万元が公債等債務で賄われた。つまり歳入の二十八％は借り入れに負っているのである。ちなみに軍事費は三億千二百万元、すなわち歳入のうちの四十％が軍事費に消えた。そしていま、予期せぬ天災のために新たに八千万元の出費を強いられようとしている。昨年度の借り入れ額の三十七％にもなる巨額を調達しなければならない。

「部長。国家が未曽有の天災に遭ったのです。国を挙げて被災民を救済すべきですし、そう国民に対して訴えれば、国民も進んで支援しようとするはずです」

「ああ、そうだな」

と、子文はうなずいたが、内心では唐腴臚のことばに同意してはいない。上海の金融界に対して情に訴えて被災民を救済すべきといってみたところで彼らは動かない。直近一年間の公債の表面利率は八％から九・六％で、額面金額よりはるかに安い額で銀行等に引き受けられるので実際の利回りは表面利率の約二倍の十八％程度だ。利回りこそが上海の金融界を動かす唯一のものだ。八千万元を消化するためにはすでに高位にある利回りをさらに引き上げねばならず財政を逼迫することになる。

ドアをノックする音があった。

唐腴臚がドアを開けると電信担当官が立っていて、唐腴臚に電報を手渡した。

唐腴臚は歩きながらそれを一読し、「蒋主席からです」といって子文に渡した。そして、「また催促です」といいながら、うんざりしたかのように首を横に揺すった。

子文は電報を受け取り黙って読んだ。至急に食糧と資金を送れと書いてある。

唐腴臚は、「主席はいまがどういう状況かわかっておられない」といって、デスクを拳で叩いた。

蒋介石は、剿共《ジアオゴン》（共産党討伐作戦）を一九三〇年末から本年初にかけてと本年春の二度にわたって実施したが捗々しい成果を得られず、六月末に三回目の剿共を開始した。一回目は十万人、二回目は二十万人規模であったが今回は三十万人規模の大軍を動員し、蒋介石みずからが南昌に司令部を置き督戦している。

「主席は山に籠って包囲戦を戦っているのだから、山のしたで生じている状況をよく理解していないとしてもやむを得ないよ」

「夏王朝の禹《う》王の治世以来、治水がわが国の聖王の条件であることは、中国での教育をあまり受けていない私のような人間にとっても常識です。主席が本当にこの国をまとめていきたいと思っておられるのなら、いまこそすぐに山から下りて、長江河岸に立って陣頭指揮をおこなうべきです」

子文は短く「うん」とうなずいた。その点については子文も同様に考えている。危機的な財政状況と日に日に強くなる日本からの圧力に鑑みれば、共産党掃討を全てに優先しようとする蒋介石の姿勢は正しいとは思い難い。加えていまは多大な数の国民に莫大な損害を与える災害が進行中なのだ。食糧であれ資金であれ人材であれ、この国がもつ全てを救済に投じるべきではないか。それに、災害の陣頭で声を張り上げれば蒋介石に対する民衆の支持は大いに高まるだろうし、それをしないと、民衆は失望し蒋介石の立つ地盤は危ういものとなるだろう。

「なにはともあれ災害対策用の費用の調達だ。主席への送金はその状況をみたうえで考えよう」

「では、どうされますか。すぐに南京をでられますか。それとも来週初に南京に戻らず、そのまま上海に残ることとされますか」

唐腴臚は、上海の金融機関等に公債引き受けを依頼してまわるのをいつにするか、と問うたのである。子文は通常平日は南京の財政部に勤務し週末を自宅のある上海で過ごす。今日は水曜日である。公債引き受けを頼んでまわるためには二日や三日はほしいが、今夜南京をでて週末の前に上海で仕事をするか、それともいつものとおりに木曜日か金曜日に南京をでて、上海での金融界巡りを月曜日以降とするか、そのいずれかである。

子文は壁のカレンダーをみながら考えた。

「いくつかアポイントメントもあるし、今夜南京をでるというのは難しいな。明日でて、来週初に外灘《ワイタン》を歩き回ることにしよう」

「わかりました。ではそのスケジュールで各方面へのアポイントメントとりつけをおこないます」

唐腴臚がそういって立ち上がったとき、再びドアがノックされた。

唐腴臚がドアを開けると先ほどと同じ電信官が立っていて、別の電報を渡した。

唐腴臚が歩きながらそれを一読したのも先ほどと同じだが、表情は大きく違った。唐腴臚は電報を読みながら立ち止まり目を伏せた。そして重い足取りで近づいてきて、「部長。どうぞ」とだけいって電報を手渡した。

その電報は母の危篤を知らせるものだった。

子文の母、倪佳珍《ニージアジェン》は体調の不調を訴え、酷暑の上海を避けて青島で保養しているのだが、青島においても病状は改善に向かわなかった。子文はたびたび病状が重いという知らせを受けている。倪佳珍は子文のほか、靄齢※、慶齢※、美齢など、この時代の中国を濃厚な色で彩る兄弟姉妹を育て上げた女性である。子文は母を敬い、愛する気持ちが極めて強い。

子文はしばらく俯いたのち、

「今日の夜行ででることにしよう。明日一日で上海の金融機関を巡って、明後日には青島へいきたい」

「さっそくチケットを手配します」

唐腴臚はそういって退席した。

子文も立ち上がり窓辺に寄った。

わずかに青空が覗いていたはずの空は、いつのまにかに一面灰色に覆われていた。

子文は母のことを想った。なんとしても母に一目会いたい。そして、ありがとう、といいたい。母も最後に息子の顔をみて、なにかことばを掛けたいと思っているに違いない。胸が苦しい。カネ集めなど捨て置いて、いますぐに青島へ飛ぶか、と子文は考えた。

が、子文は首を振った。母の考えは違う、と思ったのだ。母は、息子がすぐに駆けつけてくることよりも、涙を堪えながら人々を危機から救うために走ることを望むに違いない。母ならばそう考える。

雨が降り始めている。道路をゆき交っていた人々は靴を手に持ち飛沫をあげながら駆けてゆく。こうしてみているあいだにも雨脚が強まるようで、雨が地面をたたく音が次第に大きくなってきた。百メートルほど離れた先の行政院の巨大なゲートも雨の幕に隠れて霞んでしまい、わずかにみえるだけである。

唐腴臚が戻ってきて訊いた。

「お訊きし忘れたのですが、私もお供させていただくということでよろしいのですよね」

唐腴臚のすぐうしろに顧麗玉《グーリーユー》が立っている。チケット手配などは顧麗玉の仕事だ。唐腴臚は顧麗玉にチケット手配を頼むときに、自分の分も頼んでいいのだろうか、と思ったのだろう。

子文は一瞬考えてから、

「いや。今回はきみはいいよ。チケットは私と護衛の分だけでいい」

「どうしてです。僕もぜひお連れください。上海金融界の方々と顔つなぎもしたいですし」

「しかしきみは新婚だ。それなのに、もう何日も家に帰っていないじゃないか。僕が出張中のあいだくらいは休んで奥さんといっしょに過ごすがいい」

唐腴臚が上海で政府や経済界の要人、重光葵など在上海の外交官などを招いて華やかな結婚式を挙げたのはわずか十日前のことである。唐腴臚はそのあとすぐから水害対策に追われ、財政部に詰めている。

「とんでもない。国家の危機です。休んでなんていられません。妻もそれはわかっています」

唐腴臚は子文のデスクに両腕を突き、机越しの子文に迫った。

子文は小さく微笑み、同行を許した。

唐腴臚は嬉しそうに笑って、再び部屋からでていった。

顧麗玉がそのあとを小走りで追った。

七月二十二日午後四時（暗殺事件十五時間前）　上海　蘇州河畔

田中隆吉は横殴りの雨のなか、蘇州河北岸の歩道を早足で歩いている。

すぐ左側を流れる蘇州河は水位が上がり、河水がいまにも道路に溢れだしてきそうだ。この雨のなかで船を動かすものはいないのか、川面には多数の小船が繋留され、上流の方角から吹き下ろしてくる風に吹かれて木の葉のように大きく揺れている。

前方左手に劃船倶楽部《ボートクラブ》が雨のベールに隠れておぼろげにみえてきた。一時間ほど前に許清より連絡があり、劃船倶楽部から蘇州河を隔ててちょうど正面の対岸で会おうといってきた。田中は、許清がそのような場所を待ち合わせ場所に指定したことを腹立たしく思っていた。わかりやすい場所でありながらも人通りが少ないので密会場所として選んだのだろうが、雨を避けて待つことができる商店の軒先も街路樹も一切ない。もしも許清が自分に遅れて待ち合わせ場所に現れるようなことがあれば、なにもいわずに首を絞めてやろうと心に決めた。

傘をさして立つ人影がみえてきた。

許清だ。ずいぶん前からそこに立っていたのか肩や足がずぶ濡れになっている。田中はほくそ笑んだ。

「動きがあったのか」

「はい。宋子文は今夜の汽車で南京を発ち明日の朝上海に着きます」

「いつもは木曜日か金曜日に南京をでるはずだが、繰り上がるということだな」

「青島にいる母親が危篤だそうで、上海での仕事を済ませてすぐに青島に向かうために急遽今日の上海行きに乗ることになったようです」

「暗殺は明日の朝実行されるのか」

「はい。そのようです」

田中は蘇州河のほうに顔を向けた。自分の考えた計画がいよいよ明日実行されると思い、思わず頬がほころぶのをみられたくなかったのだ。目の前を小さな貨物船が雨と風に逆らって遡っていく。田中はその船をみながら、許清からみえないほうの口元を歪めた。

許清は田中の横顔に訊いた。

「どうしますか。諦めますか」

「なぜ諦めなくてはならない」

「重光が上海行きの列車に乗るのは明日か明後日でしょう。重光と宋子文が同じ汽車から降りてくるところを襲撃しなくてはならないのですよね」

「問題はないさ。宋子文が重光よりもあとに南京発の列車に乗る予定に変わったというのならばこの計画は中止しなくてはならないだろうが、その逆で、宋子文が重光より早く列車に乗ることとなったのならば問題ない。重光が列車に乗る日程を繰り上げさせることは簡単だ。予め方法は考えてある」

「どうするのですか」

田中は許清のほうに向きなおった。

「抗日組織のふりをして、上海の領事館に爆弾を仕掛けた、と脅迫状を送りつける。爆弾騒ぎは日常茶飯事だが、明日に南京で重要な会議の予定でもない限り、多少なりとも責任感があれば重光は陣頭指揮のために上海に戻ってくるはずだ」

「なるほど。しかしどうですかね。わざわざ爆破される危険のあるところに帰ってきますかね。まともな人間なら、仮に上海に戻る予定でも戻るのをやめて安全な南京に残ろうとするのではないですか」

「まともじゃない人間には、まともな人間の行動はわからんのだな」

田中は許清を薄目でみた。許清は懐中時計を取りだしていった。

「しかしもう四時です。脅迫状を領事館の郵便受けに入れても、領事館のひとは今日中にはみないんじゃありませんか」

「律儀に郵便受けに入れる必要などない。上海の武官室にそういう脅迫状が届いたといって、おれから直接重光に連絡をする。念のため『代理公使はすぐに上海に戻るべきだ』とつけ加える。ともかくおれに任せておけ。明日の朝、重光は宋子文とともに列車から降りてくる。おまえはそこを襲う。重光殺害に成功すれば六千だ」

田中はそういって再び蘇州河のほうを向き、顔の右側に右手を当て、許清から顔がみえないようにして微笑んだ。そして、

「こいつはうまくいく。新たな歴史が始まる」

とつぶやいた。

その声は雨が傘に当たる音にかき消されて、おそらく許清の耳には聞こえていない。

七月二十二日午後八時（暗殺事件十一時間前）　南京　太平路

燕克治は、南京の財政部に近い宿の部屋で窓辺に椅子を寄せ、窓枠に肘を置いてそとをみている。昼から降り始めた雨が降り続いている。窓のすぐ下の大通りには、ときおり車が水しぶきをあげて通り過ぎるだけで、歩くものはほとんどいない。

克治は考えている。

昼過ぎに顧麗玉《グーリーユー》が訪ねてきた。宋子文が今日の夜行列車で上海に向かうと伝えにきたのだ。顧麗玉の話は朱偉とともに聞いた。

そのあとすぐに上海へ電報を打つために朱偉を宿に残して電報局に向かった。が、多少慌てていたのか、電報局への途上で財布を持たずにでてきたことに気づき、宿へ戻ってみると朱偉は外出していた。克治が宿をでてから戻るまで十五分しか経っていない。朱偉は克治が宿をでるとすぐにでかけたようだ。

そのときはなんとも思わなかったが、電報を打ち終わり宿へ戻っても朱偉は戻っておらず、夕食時になっても戻らなかった。なにやら違和感があった。朱偉は、一週間前の河畔の飯館での夕食以降、常に克治と行動をともにしている。つまり宋子文の予定は顧麗玉から情報を得ることになっていると知ったときから克治のそばを離れなくなった。ところが顧麗玉が情報をもたらすと途端にいなくなった。怪しむのが道理であろう。

思えば、最初に朱偉の行動に違和感をもったのは河岸で夕食をともにしたときだった。克治はあの夜のことを順を追って思いだしてみた。

（そういえば、妙なことをいっていた）

飯館で朱偉が唐突に重光葵の名を口にしたことを思いだしたのだ。あのとき克治は重光のことを知らなかった。そのため朱偉が話題を変えると重光の名は克治の意識から消え去った。しかし改めて考えてみれば気にかかる。なぜ突然重光の名を口にしたのか。

重光について調べればなにかわかるかもしれないが、果たしてどうやって調べるのか。新聞で調べれば最近の行動や今後の予定がある程度わかるかもしれない。しかしそれでは時間がかかる。手っ取り早いのは事情に通じている日本人に訊いてみることだが、日本人に知り合いなどいない。

（いや、待てよ。いる。あの男だ）

廬山での蒋介石暗殺未遂の際の逃亡に手を貸してくれた男。あれは日本人の新聞記者だった。

（なにはともあれ、会ってみるか）

克治はサイドボードのうえに無造作に置かれた名刺を手に取った。

名刺のうえに手書きされた住所を訪ねていくと、小島譲次は南京にいるものの、いまは外出しているとのことだった。

宿のロビーで焦れながら、いつ戻るかわからぬ相手を待っていると、幸いにも一時間ほどでアルコールで微かに頬を赤らめた小島が現れた。

小島はすぐに克治に気づき、古い友人にあったかのように嬉しそうな顔をして、克治の右手を握った。

「まさか、もうやったのか」

小島のいう「やったのか」の目的語はむろん蒋介石である。

「いや、そうではない。今日は教えてもらいたいことがあってきた」

部屋にはいると小島は、廬山のときと同じようにブランデーをグラスに注いで克治の前に置いた。

克治は「謝謝《シエシエ》」といっただけでグラスには手をのばさずに訊いた。

「重光葵について訊きたいのだが」

「重光葵?日本代理公使のことか」

「そうだ」

小島は怪訝そうに首を傾げた。

「蒋介石を狙うきみがなぜ日本の公使のことを訊く」

克治はことばを返すのを躊躇した。不審な動きをしている舎弟がその名をふと口にしたことが気になっているのだが、なぜそれが気になるのかは、背景にある事情を話さなければ理解されないだろう。ただ、目の前の男は自分が暗殺者であることを知っているのであり、ある程度のことは話してしまっても構わないだろう、と考えなおした。

「われわれの組織はいま蒋介石ではない新たな対象を狙っている。私は舎弟とともにその対象のことを調べていたんだが、その舎弟が突如いなくなったんだ。それまでずっとそばにいたやつが急に消えたたんて気になって考えたんだが、少し前にあいつが唐突に重光の名を口にしたことを思いだした。あいつと重光の関係に全く思い当たるところがなくて、きみに重光のことを訊けばなにかわかるのではないかと思い、ここにきた」

「なぞかけのようだな。情報が少なすぎるぞ」小島は首を傾げながら自分のグラスを口に運んだ。「どういう状況で代理公使の名がでたんだ」

「特になんの脈略もなかったと思う。あいつに夕食に誘われて、飯館で顔を合わせたら急に『重光を知っているか』と訊かれた」

「わからんな」

小島は眉間に皺を寄せた。

「それで、重光というのはどういう男なんだ。殺されるような理由はあるのか」

「おいおい。きみの弟は日本の公使を暗殺しようとしているというのか」

「いや、そういうわけではないよ。なにもわからない。ただ、あいつも一応は殺し屋だ。その可能性はないとはいえない」

小島は少し考えてから、

「重光代理公使の前々任者の佐分利《さぶり》公使が辞令を受けた直後に死んでいる。警察は自殺としたが死に方に不審なところがあり他殺という説もある。もし他殺だとしたら、同じポストに就いている重光代理公使も殺される理由があるというべきかもしれない。ちなみに佐分利公使は中国に宥和的な人だった。その後任者は対中国強硬論者で中国側によって受け入れを拒否され、そのため重光上海総領事が代理公使を兼任することとなったんだが、重光代理公使も中国に宥和的だ。対中国強硬論者が佐分利公使を殺し、重光代理公使をも狙っているということはあり得る」

「重光が死ぬことを望む人間はいるということか――」

克治はひとりごとのようにそういった。

「おい。代理公使が暗殺者に狙われるというのなら、それはおおごとだぞ。それに護衛の兵隊に囲まれている蒋介石と比べれば代理公使は裸同然だ。暗殺者に狙われれば簡単に殺されてしまうぞ」

「いや、もちろん重光が狙われているといっているわけではないよ。あくまで、そういうことがあり得るかどうかを考えているだけだ」

「きみの弟はきみの知らないところで誰かの依頼を受けて暗殺を請け負う可能性があるのか」

「最近急に羽振りがよくなったんだが、新しい仕事をみつけたといっていた」

「誰に雇われた」

「許清といっていた」

「何者だ」

「性風俗店をいくつかもっている男だ。青幇《チンパン》の幹部でもある」

「代理公使に警告しなければならん。公使館に連絡をしてみる」

小島は電話を掛けにフロントに下りた。

部屋に戻ってきた小島がいった。

「重光代理公使は今日はすでに公使館をでたそうだ。今夜の南京発の列車に乗るらしい。僕が駅にいって、そこで代理公使を捕まえて警告することにするよ」

「なに？重光は今日の夜行に乗るのか。上海行きのか」

「ああ。通常は木曜か金曜の夜行に乗るのだが、上海で急用ができて、急遽今日の列車で上海に向かうことになったらしい

（宋子文と同じじゃないか）

と克治は思った。宋子文も木曜か金曜日に上海へ向かうはずが急遽今日の夜行に乗ることになった。偶然といえるのだろうか。

克治は腕組みをして考えた。

ひとつの仮説は、対中国強硬派が重光暗殺を企てており、宋子文襲撃と同時に重光を暗殺しようとしている。ところが宋子文が突如今夜南京を離れることになったので、それを知った重光暗殺グループのひとりである朱偉は急ぎ仲間にその連絡をした。そしてなんらかの方法で重光暗殺者は重光の上海行きを一日繰り上げさせた。

克治は首をひねった。仮にそうだとしても、ではなぜ重光の暗殺は宋子文襲撃と同時におこなわれなければならないのだろうか。宋子文襲撃者に罪を着せるためだろうか。そのためにそこまで手のこんだことをするだろうか。

小島が自分の空になったグラスにブランデーを注ぎながらいった。

「本当に重光代理公使が暗殺されるようなことがあれば大問題になるぞ。任地で外交官が、それも代理とはいえ公使の立場にあるものが殺されれば大きな国際問題になる。ただでさえ日中関係が難しい時期だ。まさか代理公使の暗殺などないとは思うが、万が一にもそんなことがあったら大変だ」

小島はなにげなくそういったようだが、克治はそのことばを聞いて目を瞠った。

（まさか、それが目的か）

重光の暗殺を宋子文襲撃と同時におこなうのは重光暗殺の罪を逃れるためではなくて、中国人によって日本の要人が殺されるという事実が欲しいためか。

「中国人の手で重光が殺されたら、どんな問題が生じる」

「事故や外交と全く関係のない痴話喧嘩かなにかで殺されたというのなら別だが、中国人が暗殺を企て殺したとなれば大変なことになる。日本国内での対中国感情が一気に悪化する。それにより日本の対中国強硬論者が勢いづき、幣原外相など宥和論者はモノもいえないという雰囲気になるだろう。万宝山での事件に絡んで朝鮮で中国人に対する暴動が起こったが、同じように東京で中国人が多数殺傷されるような事態が発生するかもしれん。そしてそれに対して中国で報復的な運動がおこなわれ日本人が傷つくようなことにでもなれば、日本軍は対中国強硬世論に乗って部隊を送るだろう。日中間の本格的な軍事紛争の始まりだ。そのとき中国は国際世論に対して日本の不当を訴えようとしても、日本の外交官を殺したということが大きな足かせとなり、国際世論は中国に味方してくれないだろう」

「不会吧《ブーフイバ》（まさか）――」

「いや。もし本当に重光代理公使が当地で暗殺されるようなことがあれば、そうなる可能性は決して低くない」

克治は立ち上がった。そして無言で出口に向かって歩き始めた。

うしろで小島が「おい。どうした」と声を掛けたが、克治は振り返らなかった。

七月二十二日　午後十時（暗殺事件九時間前）　南京車站

克治が小島の宿から無言で去ったあと、小島はすぐに支度を整えて南京車站に向かい、待合室で重光が到着するのを待った。

まもなくして白のスーツを身にまとい同じく白いブリーフケースを提げた重光が、堀内書記官と林出書記官のふたりを連れて待合室に現れた。小島は重光に命が狙われているかもしれないことを伝えたが、重光は「そんな噂を聞いたのは二度や三度ではない。気にしてはいられない」と、とりあおうとはしなかった。小島は、蒋介石暗殺未遂の実行犯から聞いた話であることを告げて、ただの噂ではないことをわからせようかとも思ったが、克治と交わした暗殺成功か越年までは他言しないという約束が気に掛かり、口を噤んだ。

克治の舎弟の朱偉は忽然と消えたという。朱偉に急がねばならない理由があったのだとすれば、重光暗殺は今日や明日にでも実行されるのかもしれない。

そう考えて小島は、油断する重光に代わって警戒すべく、一行とともに上海に向かうことにした。

プラットホームにでると雨は上がっていた。

降り続いた雨の水気をたっぷりと蓄えた大気と出発を待つ機関車の煙突から吐き出された白煙が、二本の列車にはさまれたプラットホームのうえで逃げ場を失い厚く滞留し、電灯の青い光を受けてゆらゆらと揺れている。

小島は重たく熱を帯びた空気に噎《む》せ返りそうになりながら上海行き夜行列車の後方の車両に向かって歩いていった。小島のすぐ前には重光とふたりの書記官が並んで歩いている。機関車が水蒸気を吐きだす音が響き小島は振り返ってみたが、巨大な荷物を担いでうごめく無数の人々に隠され、先頭にあるはずの機関車の姿はみえなかった。

小島の前を歩く堀内書記官が重光に向かっていった。

「小島君のことばに少し耳を貸したほうがいいような気もしますが」

「心配することはないさ」

「しかしご存知のとおり、田中大尉は公使を殺すと公言しています」

「いくらなんでも武官補が代理公使を殺害することなんてあり得んよ」

「自分の手は汚さずに殺し屋を雇うかもしれません」

「あり得ん、あり得ん」

と、重光は意に介さない。

最後尾から二番目につながれている車両の乗車口の前で重光が立ち止まり、振り返って小島に声を掛けた。

「きみひとりで私を護ってくれるというのかい」

「念のためにお供させて頂こうと思います」

「きみほどの名テニス・プレーヤーであっても銃弾をレシーブすることはできまい」

「サービスを打たせないようにします」

「きみの好意には感謝するよ。少しは気をつけることとしよう。ただ、ここまで無事に歩いてこられたのだから今夜この駅で襲撃されることはもはやないだろうし、列車に乗りこんだらコンパートメントからはでないようにするから、少なくとも上海に着くまではだいじょうぶだ」

重光はそういって小島の右肩をポンと叩いた。

「わかりました。では明朝、上海駅に着く直前に参ります」

小島は軽く頭を下げた。重光は片手を挙げてそれに応えて車内にはいっていった。

重光が乗るのは最後尾の特別車両であり、小島はそのひとつ前の車両に乗る。

小島は車内の蒸し暑さを嫌い、そのままプラットホームに立ってタバコに火を点けた。

出発時刻を過ぎた。混みあっていたプラットホームのうえの人影がまばらになった。小島は出発の合図とともに列車に乗りこもうとしているのだが、まだその気配がみられない。

しばらくすると十人程度の集団が近づいてきた。集団の中央に白い上下の服を着た男がふたり歩いている。ひとりは背が高く体格がしっかりとしており、もうひとりは小柄である。そのふたりとは対照的に黒の上下に身を包んだ男たちがふたりの周りを取り囲んでいる。

プラットホームに立ち籠める靄のせいで顔がよくみえなかったが、やがて中央の背の高い男が宋子文であることに気づいた。

小島が手を挙げて「ヨオ」と声を掛けると、左右をかためていた黒服の男たちが前にでてきて小島と子文とのあいだに立ちはだかった。

黒服の男たちを押し分けて前にでた子文は小島に向かって歩きながらにこやかにいった。

「ジョージじゃないか。きみもこの列車で上海に戻るのかい」

「なんだ。列車がなかなか出発しないのはきみ待ちだったのか」

「申し訳ない。警備上の都合でね。毎度毎度出発を遅らせるというのもどうかとは思うのだが、この連中は慎重でね」

子文は半身になって後方に立つ黒服の男たちを指さした。

「きみの遅刻が原因で出発を遅らせたのならば断固として抗議しなくてはならないが、警備上の理由ならしょうがないか。まあ、爆発物《エクスプローシブ》は、万が一に暴発したときに一般客を巻きこまないよう、誰もいないときに積みこんだほうがいいだろうからな」

むろん小島は冗談でいったのだが、自分のことばにハッとした。燕克治は蒋介石ではない新たな対象を狙っているといっていた。まさかそれが子文ということはあるだろうか。

「TV。きみが南京から上海へ帰るのは通常木曜か金曜だろう。なにか急ぎ上海に帰らねばならない理由でもできたのかい」

「今日、青島にいる母が危篤だという電報を受け取った。上海で急ぎやらねばならない仕事を明日片づけて、そのあとすぐに青島にいくつもりなんだ」

「そうか……それは……」

母親が危篤という話を聞いて、どうことばを掛ければいいかすぐには思いつかなかった。

小島が返すことばを探していると、子文が傍らに立つ白い服の男の肩を叩いていった。

「僕の秘書の唐腴臚《タンユールー》だ」

「結婚披露宴で会ったよ」

「ああ、そうだったな。すまん、すまん」

小島は唐腴臚に向かっていった。

「結婚早々なのに出張ですか。人使いの荒い上司で大変ですね」

子文が答えた。

「彼は洪水対策で結婚披露宴の翌日からずっと財政部に泊まりこんでいる。でも僕が強要しているわけではないぞ。今日も出張には同行しなくてもいいといったんだがね」

唐腴臚はにこりと笑っていった。

「僕が出張にお供させていただきたいとお願いしたのですよ。国家が大災害に見舞われているときに休んでなどいられませんからね」

小島は唐腴臚の爽やかな笑顔に好感をもった。

先頭の機関車が、乗車を促すかのように長い汽笛を鳴らした。

「部長。そろそろお乗りください。乗客をさらに待たせることになってしまいます」

唐腴臚はそういって列車の後方を手で示した。小島と子文は並んで列車の最後部に向かって歩き始めた。ふたりのうしろから唐腴臚と六人の衛士がついてくる。

歩きながら小島は子文にいった。

「護衛が六人か。彼にもきみたちの心がけを見習ってもらいたいものだ」

「彼？」

「代理公使だよ。きみとは違って書記官ふたりだけを連れてプラットホームの人混みのなかを抜けてきた」

「ああ。彼もこの列車に乗るんだね。彼とはしばしばこの上海行きの夜行列車で一緒になるんだけどね、そのたびに『佐分利公使のこともあるからもう少し護衛の人数を増やすなど警戒したほうがいい』というんだが、相変わらずということか」

一行は最後尾のドアから列車に乗りこんだ。

再び長い汽笛が聞こえて、南京発上海行き夜行列車がゆっくりと動き始めた。

予定時刻を十五分過ぎての発車であった。

七月二十三日未明（暗殺事件二時間前）　昆山

列車が停車する瞬間に連結器の遊びが連鎖してつくりだす爆音のような音で小島は目を覚ました。

あたりは真っ暗である。

小島は再びまぶたを閉じた。

そのままずいぶんと時間が過ぎたが汽車はなかなか出発しない。

(なにかあったのか?)

小島はふとそう思い目を開け、コンパートメントから通路にでた。

しかし異常はなにもなかった。

通路には誰もいない。窓からそとをみると、プラットホーム上の駅名標には〝昆山〟の文字があった。

上海まではまだ二時間程度かかるだろう。

プラットホームにこの車両の車掌が立っているのがみえた。小島は窓を開け頭をそとにだして車掌に訊いた。

「なにかあったのかい」

「機関車の故障のようです。詳しいことはわかりませんが」

「上海到着は遅れるのか」

「もう二十分以上も止まっていますし、どうやらまだ当分動けそうにないですからね。でも、どのくらいの遅れになるかはなんともいえません」

小島は頭を車内に戻してタバコに火を点け、この故障と重光暗殺計画とのあいだになにか関係があるのだろうか、と考えてみた。

(まあ、無関係だろうな)

もしこれが暗殺者により仕掛けられた故障であるならば、二十分も止まっている間に襲撃されていそうなものである。

この遅れはむしろ幸いというべきだろう。もし重光を襲おうとしているものがこの先のどこかで待ち伏せているのであれば、この遅れによって彼らの計画に少なからず狂いが生じるはずだ。

（この遅れを利用してみるか）

と、小島はふと思いついて乗降口へ向かいプラットホームにでた。そして最後尾の特別車両の車掌を捕まえて、

「日本の代理公使だが、汽車の遅れに関係なく、いつもの時間に起こしてほしい」

と頼んだ。

特別車両の車掌は通常、上海到着の三十分ほど前に、上海の西郊外の真如《ジェンルー》を通過するあたりで乗客を起こしてまわる。遅延しているこの列車で予定どおりに運行された場合の時間に起こすとなれば、真如よりもずいぶんと手前で起こすことになる。

不審そうに小島の顔をみる車掌に対して、新聞記者の名刺を渡しながらいった。

「昨晩、代理公使がいっていたのだよ。朝にやらねばならない仕事がある、と。遅れる場合でも代理公使は時間どおりに起きて仕事をされたいのだ」

車掌は名刺と小島の顔を交互にみながらいった。

「では少し早めにお声を掛けることにします」

「少しではなくて、今から一時間後くらいには起こしてくれ」

小島に強い口調でそういわれ、車掌は姿勢を正して「イエス、サー」と答えた。

一時間後、小島は重光のコンパートメントのドアをノックした。

ドアを開けると、重光は不機嫌そうにコーヒーを飲んでいた。

「お目覚めでいらっしゃいましたか」

「起こされたのだよ。上海までまだ一時間以上かかるようじゃないか。あと三十分は余計に寝られたのに。なぜそのなに早く起こされたのかわからん」

「車掌はなにかいっていませんでしたか」

「早く起こされたことに気がついたのは顔を洗ったあとだったのだよ。車掌をどやしてやりたいところだが、やつは私を起こしてから顔をみせていない」

小島は「そうだったのですか」と同情の表情をみせてから「早く起きてしまわれたことだし、ご提案があるのですが」

「なんだね。暇つぶしになる提案なら聞くよ」

「やはり私は代理公使のお命が狙われているという噂が気になっているのですが、この際ですから上海北駅までいかずに手前でお降りになってはいかがでしょうか。あと三十分ほどで真如《ジェンルー》に着きますが、真如で降りて、そこからは車で市内に向かわれてはいかがでしょう」

「たとえ私を殺そうとしている者が存在するとしても、その実行が今日である可能性はほとんどないだろう。私はたいてい金曜か土曜の朝に上海に戻ってくる。今日は木曜だ。暗殺者が待っているとしたら明日の朝だろう」

「敵は毎日待ち伏せているかもしれません」

「しかしなぁ――」重光は煮え切れない。「上海北駅には迎えの車がきている。それを真如にまわさなければならないが、いまからでは連絡がつかない」

「真如の駅から上海北駅に電話をして、運転手に真如にまわるよう伝えてもらってはいかがでしょうか」

「それではずいぶんと時間がかかるだろう。市内に着くのは午後になってしまうではないか」

「正午前後くらいでしょうか」

「それでは困る。午前のうちには領事館にいきたい」

「しかしお命にかかわることです」

重光はコーヒー・カップを口に運び一口飲んでから、

「やはり無理だな。きみの好意には感謝するが。やはりだめだ」

小島はため息をついた。

「わかりました。では手前で降りていただくというのは諦めましょう。でも、お願いがあります。そちらのほうはぜひ聞き入れてください」

「なんだね」

「上海北駅で下車するとき、暗殺者がいることを想定して、いつもと同じ行動をとらないようにしてください」

「いつもと同じ行動？」

「いつもこの最後尾の車両に乗っておられるのですよね。であるならば通常はこの車両の乗降口から下車されるのでしょうけれども、今日は他の車両から降りていただくとか」

「まあ、そのくらいは構わないが――」

「いつもはどのようなタイミングで下車されますか。列車が着いてすぐ降りるか、ゆっくり降りるか」

「いつもはゆっくりと支度をして、他の乗客がみな降りてプラットホームのうえの人間がほとんどいなくなってから降りる。この列車で宋子文と乗り合わせることがよくあるんだが、その場合はたいてい彼と連れ立って降り、話しながら出口に向かうな」

「ＴＶとですか。じゃあ今日も彼と一緒に降りるおつもりですか」

「宋子文が乗っているのか」

「はい。昨夜、彼が乗るところをみかけ、少し話をしました」

「そうか。ならばちょうどいいじゃないか。彼には護衛がたくさんついているはずだ。一緒に歩いて、ついでに護ってもらおうじゃないか」

「いや。それはよくありません。いつもTVと連れ立って降りるのであれば、今日は違う行動をしてください」

重光は首をひねって、

「どうもよくわからんな。きみはまるで私が今日襲われると確信しているかのようではないか」

「いや、確信しているわけではありませんが――」

そうはいったが、嫌な予感がしているのは確かだ。蔣介石の暗殺者が訪ねてきて重光が暗殺される可能性があることを聞かされた。その重光は急な都合で昨夜発の夜行に乗ることになり、その夜行に、やはりいつもは乗らないはずの子文が乗っている。一連のことが全くの偶然であるとは思い難かった。

「宋子文と一緒に降りるなというということは、きみは私と宋子文が一緒に襲われることを想定しているということか」

「そう思っているわけではありませんが、彼は有名人です。顔が国じゅうに知れ渡っている。代理公使を狙う人間は代理公使の顔をよく知らないかもしれない。いつもTVと一緒に降りてくるということなら、それを目印にしてくるかもしれません」

「しかし私を狙う人間がいるとすればそれは対中強硬派の日本人だろう。宋子文を目印にして襲ってくるとは思えんが」

「中国人の殺し屋を雇うかもしれません」

重光は首筋に手をあてててほぐすように首を左右に振った。

「わかった、わかった。きみの熱意には負けた。どうせ早く起きてしまってやることもないのだ。到着の準備を下車の前に万端整えて、列車が停車すると同時に他の車両から下車することにするよ。それでいいな」

重光は笑いながら、煩い小蝿を追い払うかのように手の甲を小島に向けて振った。

七月二十三日早晨　上海北站　燕克治

克治はドアを開きドアステップに片足をかけた。

列車はまだ動いている。前方に上海北站のプラットホームがみえてきた。その向こうにはゆく手を阻むように駅舎が聳えている。駅舎のうえに昇りつつある朝陽が瞳を刺し、克治は思わず目を細めた。

プラットホームか駅舎のなか。そのいずれかの場所に王亜樵たち宋子文暗殺者が息を潜めているはずだ。そして、重光葵の暗殺者も。

宋子文暗殺計画を利用して日本が大きな謀略を仕掛けようとしている、昨夜小島との会話でそう気づいた克治はすぐに王亜樵宛に宋子文暗殺を中止すべきとの電報を打った。しかし王亜樵は、昼に克治が送った宋子文の予定を知らせる電報を読んだあと、上海北站のすぐそばに借りた部屋へはいったはずであり、夜に送った電報はみていない可能性が高い。そこで克治は急遽上海行きの夜行に飛び乗った。上海北站に着き次第、先回りして王亜樵たちの暗殺実行を中止させるのだ。

列車のなかで昼に忽然と姿を消した朱偉を探してみた。最後尾の特別車両を除いて全客車をまわってみたがその姿は見当たらなかった。朱偉は宋子文暗殺の実行日を知らせる役のみを担っており重光暗殺の実行犯ではないということなのか。もしくは、南京を昨日の昼にでて昨夜のうちに上海に着く列車に乗ったのかもしれない。

蒸気機関車がプラットホームに滑りこんでいく。

先頭の客車のデッキで到着を待っていた克治は、自分の客車がプラットホームの端まできたところでドアステップを蹴って飛んだ。足がプラットホームに着いた瞬間にバランスを崩し倒れこんで肩を強く打ってしまったが、すぐに立ち上がって走りだし、たったいま降りた客車を追い越した。蒸気機関車をも追い越したとき、列車はまだ小走りほどの速度で動いていた。

プラットホームの東端まで走り、そこで立ち止まって左右をみまわしてみたが、刺客が潜む気配はなかった。

南方にある駅舎に小走りに向かった。走りながら物陰に注意を払ったが刺客はいないようだ。

駅舎の前まできたとき、視線を感じた。駅舎入り口脇の太い柱のほうをみると、一瞬だけ男の姿がみえた。男はすぐに柱の陰に隠れたが、確かに朱偉だった。

克治はゆっくりと柱のほうへ歩いた。

柱の裏にまわると、濃紺の長衣を着た朱偉がモーゼルの銃口を克治の胸に向けた。朱偉は怯えているようにみえた。銃を持つ手がわずかに震えている。

「王首領の指示でここに立っているわけではなさそうだな」

朱偉は銃を小刻みに揺らすのみで答えなかった。

「ヨ本の公吏を狙っているのか」

「……」

「やめろ。おまえは銭のためにこの仕事を受けたのだろうが、その意味はおまえが思っているより遥かに大きい」

「……」

「おまえはおそらく嵌められている」

「どういう意味だ」

「日本人は重光殺害を王首領やその依頼主のせいにして、それを口実に上海に軍隊を送りこもうとしている」

「そんなことはどうでもいい。おれには難しいことはわからん」

克治は焦っている。早く王亜樵に宋子文襲撃中止を伝えねばならない。朱偉の説得に時間をかけている余裕はないのだ。

「おまえは重光がどういう男か知っているのか」

「大哥。殺す相手がどんな人間かなんて知らないほうがいいのさ。不要な情がでなくていい」

「重光の顔すら知らんのだろう。どうやってやるつもりだ」

「重光は宋子文と一緒に降りてくる。王首領たちが宋子文に向かって発砲したとき、おれはそのすぐそばにいる重光をやる。簡単さ」

朱偉は宋子文への発砲を合図に重光を撃つつもりでいる。ならば、朱偉は王亜樵が宋子文襲撃を中止すれば発砲しない。克治はそう考え、朱偉の説得を打ち切った。そして駅舎のなかへはいっていこうとしたとき、後頭部に強い衝撃があった。

激痛を覚えながら崩れるとき、自分の後方に立っている男の顔をみた。

許清であった。

七月二十三日早晨　上海北站　小島譲次

ときを南京発上海行き夜行列車が上海北站にはいり始めたころに戻す。

小島譲次は最後尾から二両目の車両のデッキで到着を待っている。

小島はドアを開いて身体を乗りだし、朝陽に目を細めながら前方をみた。

最前方の客車が機関車に続いてプラットホームに滑りこんでいくとき、よっぽど急ぐことでもあるのか、旅客がひとり飛び降りるのがみえた。その旅客はプラットホームのうえで転がったあと、すぐに立ち上がって駅舎のほうへ向かって駆けていった。

列車は速度を落としてゆき、やがて歩くほどの速度になったが、それが完全に停車するまでには、ときが止まっているのではないかと疑うほどの間があった。

軋むブレーキ音に続いて、蒸気を吐きだす長い吐息のような音が響き、列車が停止した。

小島はすぐには降りず、デッキから身を乗りだした姿勢のままで前をみていると、遥か前方の車両からふたりめの旅客が降車し、そのあとすぐに他のドアからも旅客が降り始めた。そして瞬く間にプラットホームは出口へと急ぐ人々で埋め尽くされた。

振り返って後方をみた。

小島が身体半分だけを乗りだしているこの車両の後方には特別車両しか連結されていない。小島は、後方に人影がないことを確認してからプラットホームに降り立ち、デッキのうえで待つ重光に向かって「さあ、いきましょう」と声を掛けた。

重光が段差のあるステップを慎重に降りてくる。ふたりの書記官がそのあとに続いた。

小島は重光を伴って、一両前の車両から降りてきた旅客のなかに紛れこみ、早足で出口へと向かった。

プラットホームのうえの降車客がさらに増え、ゆっくりと歩を進めなければならなくなった。小島は人の壁をかき分けながら、プラットホーム中央の、ひとの最も多いほうへと踏みこんでいった。

「おい。ちょっと待ってくれ」

と、重光が小島の背中にいった。普段なら重光は、列車が駅に入線してからコンパートメントのなかで身支度を始め、降車客の波が過ぎ去ったあとに列車から降りる。人に揉まれるようにして歩くことに慣れていないのだろうが、小島は素早く振り返って、「このほうが安全です。遅れずについてきてください」と、重光を急かした。

駅舎にはいる数メートル手前で濃紺の長衣の男が柱の陰に立って人の流れをみつめていることに気づいた。小島は一瞬肩に力を入れたが、男は小島たちの後方を怯えるような目でみている。

男の横を通過するとき、長衣の腹に突っ込んだ男の手の先に黒いものが握られているのがみえた。大きさからみて、おそらくモーゼルだ。男の視野に小島たちの姿はないが、明らかに誰かを狙ってそこに立っている。人波に隠れる重光を見落としたのだろうか。

小島は重光に小声でいった。

「銃を持っている男がいます。気をつけてください」

「ああ。私も気づいた。どうやらきみのいっていたとおり、刺客が潜んでいるようだ」

そういいながら重光は顎を引き、帽子のつばを下げた。

広大な二等客用の待合ホールの脇を抜け、薄暗いコンコースにはいった。駅舎からの出口はひとつしかなく、その狭い出口に群がる人でコンコースは一層混み合っている。これだけ重厚な人間の盾に護られていれば襲撃されることはあるまい。残る危険は駅舎をでてから迎えの車に乗るまでのあいだだけだ。

ようやく出口を抜けると、幸いなことに重光の迎えの車は駅舎のすぐ前に横づけしていた。ひとの波から離れることなく重光を車に乗せることができた。

額の汗をぬぐい、「フー」と長い息をつきながらいまきたほうを振り返ってみると、長衣の腹部に手をさし入れた男がふたり、出入口の脇の壁に身を寄せて乗客の流れを睨んでいるのがみえた。

（ひょっとして、狙いはＴＶか）

小島は車に乗りこんだ重光に対して「早くここを離れてください」と声を掛けてから、出入口に向かって駆けだした。

出入口に群がる降車客のなかを強い逆流を泳ぐようにして進む。

駅舎にはいったとき、パン、パンと甲高い乾いた音が二回した。

銃声だ。

一瞬の間を空けて撃ち合いが始まった。無数の銃声がコンコースの高い天井に響いた。銃声のしたほうから旅客が悲鳴とともに一斉に逃げてくる。小島は押し戻されないようにと足を踏ん張り全身に力を入れた。

津波のような人の流れが通り過ぎ、目の前が開けてきた。

宋子文の衛士と襲撃者、合わせて十数人が撃ち合っている。

コンコースの中央に白いスーツ姿の男がひとり倒れている。スーツの数か所が真っ赤に染まっている。

そこから数メートル離れたところを男が這っている。男は冠っていた白い帽子を放り投げ、銃声のなかを太い柱の陰まで進み、そして臥せた姿勢のままで動かなくなった。

突如、目の前に白い煙が上がった。

わずかの間に、あたり一面が濃い霧で包まれたかのように真っ白になった。

銃声がやんだ。

なにもみえない。

硝煙のにおいが立ち籠める。

小島はその場に立ち尽くした。自分の両側を何人かが走り抜けていくのを感じた。

それから数分が過ぎ、次第にあたりの様子がわかるようになってきた。

小島は目の前で倒れている白いスーツの男のもとへ駆け寄った。

「ＴＶ！」

小島は叫んだ。

横たわる身体に手をかけたとき、子文のそれに比べれば明らかに小さいことに気づいた。

「ジョージ――」

かすれたような声でうしろから声を掛けられた。声のほうをみると、子文が柱の陰に伏せたままの姿勢でこちらをみていた。

「ＴＶ。無事か」

「僕は大丈夫だ。しかし――」

子文の視線は小島の横で倒れている小柄な男に向けられた。

小島はうつ伏せの男の顔を覗き込んだ。その顔は子文の秘書の唐腴臚のものだった。

小島は唐腴臚の首筋に指を当てた。脈は感じられなかった。

小島は子文に向かって首を振った。

「どうして。どうして唐腴臚が――」

子文は衛士に支えられて身体を起こした。もうひとりの衛士がそのすぐそばで銃を構えて周囲をみまわし、残りの衛士はコンコースのなかに散らばって警戒している。

子文はふらふらと寄ってきて、唐腴臚の傍らに座りこんだ。

小島が訊いた。

「きみは全く無傷なのか」

「ああ。かすり傷もない。僕は彼と並んで歩いていた。それなのに彼だけが撃たれた。最初の二発はいずれも彼に当たった。まるで僕ではなく彼を狙っていたかのようだ――」

「いったい誰が、なんのために襲ったんだ」

「わからない。全くわからない」

子文は動かない唐腴臚の頭を抱き上げた。そして、「わからない、わからない」と繰り返しながら、声をだして泣いた。


子文が衛士に護られて上海北站を離れるのを見送ったあと、小島は駅舎に戻った。

コンコースのなかは未だ硝煙の匂いが残っている。子文の衛士のうちのひとりが残り、唐腴臚の身体のそばについて警察の到着を待っている。他にも倒れている者が数人いるが、ビジネスマン風の者と女性、老人で、暗殺者はいないようだ。激しい銃撃戦だったので、おそらく暗殺者は十人以上いたに違いない。それなのに暗殺者のほうには死傷者はなかったのだろうか。もしくは、死傷者がいたが、証拠を残さぬために仲間が連れ去ったのかもしれない。

(そういえば、駅舎のそとにも刺客が立っていた)

プラットホームから駅舎にはいるすぐ手前に銃を隠し持った男が立っていたことを思いだしたのだ。

小島はコンコースを抜けてプラットホームのほうにでた。

太い柱の陰にいくと、男が首筋を抑えて苦しそうに立ち上がろうとしているところだった。小島が近づいてきたことに気づいた男が頭をゆっくりともたげた。

燕克治だった。

「やはりきみが絡んでいたか」

「取材はあとにしてくれ。とりあえずここから逃がしてくれないか」

「しかし、きみは――」

小島は躊躇した。すぐ横にリボルバーが落ちている。

「私は銃を一発も放ってはいない。信じてくれ」

小島は一瞬考えたが、「まあ、いいだろう。ともかく話を聞かせてもらったあとできみをどうするか、決めさせてもらおう」といって、克治の腕を肩に載せた。


小島は駅の前に待たせてあった社の車に克治を乗せた。発進した車は続々と集まってくる警察車両とすれ違いながら市内に向かった。

「さて、聞かせてもらおうか。きみの話次第ではこの車のいき先は警察となるが、それは覚悟のうえで包み隠さず話してくれ」

克治はうなずいて話し始めた。

「昨夜話したとおり、急に羽振りがよくなった舎弟がいる。その男の名は朱偉という。朱偉は重光を殺すために駅にいた。おそらく昨日私の前から姿を消したのち、すぐに上海行きの汽車に乗ったのだろう」

「やはり代理公使は命を狙われていたのか。しかしなんのためだ。暗殺の動機はなんだ」

「朱偉の直接の雇い主である許清は日本の会社で働いていたことがあって日本人とのつながりが深い。重光の前々任者は対中国強硬論者に殺害されたかもしれないのだろ。許清はおそらく対中国強硬論者の日本人に雇われているのだろう」

「よくわからないな。最初の銃声があったとき、代理公使はすでに駅にはいなかったぞ。狙われていたのが代理公使なら、なぜ代理公使が駅を離れたあとに銃撃戦が始まった」

「なに？重光が駅を離れたあとに銃撃戦があったのか」

「ああ、そうだ」

「それはわれわれのグループによる宋子文襲撃だ。そうか。重光は一緒に殺されなかったか。それはよかった」

克治が微かに安堵の顔をみせた。

「宋子文の襲撃と代理公使の襲撃とが重なったのは単なる偶然か。それとも仕組まれたものなのか」

「重光暗殺者は宋子文暗殺に乗じてことをなそうとしたのだろう」

「なぜ二つの暗殺を同時にやらねばならんのだ」

「その理由は昨夜きみ自身が話していたじゃないか」

「重光代理公使暗殺を中国人によるものとするためか」

「推測だがな」

「そうすれば日本の国内世論は激高し、国際世論も日本に味方する」

「そうだ。そして日本は上海へ兵を送る」

「まさか――」

小島はそうつぶやいたが、十分にあり得ることだ。

「昨夜きみと話していてそのことに気づいた。宋子文暗殺を中止させなければならないと思った。しかしあの時間からでは上海の実行部隊に連絡する術はなかった。だから私は昨夜の南京発上海行きの夜行に乗った。そして上海北站で列車が停車する前に飛び降りて駅舎に向かった」

「ああ、そういえばひとり飛び降りたのをみた。あれはきみだったか」

「駅舎の手前の柱の陰に朱偉がいるのをみかけ、重光襲撃を思いとどまるように説得した。しかし駅で重光を狙っていたのは朱偉だけではなかった。許清。あいつに殴られて気を失った」

克治は首筋のうしろを手でさすった。

「じゃあきみはそのまま僕があそこに現れるまで倒れていて、銃撃戦には参加しなかったということか」

「そうだ。私は止めようと思っていたのだぞ。私がやられていなければ宋子文襲撃はなかっただろう。目が覚めたときは駅舎のなかでの銃撃戦の真っ最中だった。銃撃戦が止んで、あの場を離れねばとは思ったが、殴られた頭でフラフラしながら現場を通過すれば実行犯と疑われかねないのでそのままじっとしていた。ようやく頭がはっきりしてきて、逃げねばと思い立ち上がったところにきみが現れた」

「きみの舎弟はどうした」

「わからない。私が目を覚ましたときにはもういなかった」

「つまりは唐腴臚を撃ったのはきみの舎弟かもしれない」

「唐腴臚？」

「宋子文の秘書だ。体型も似ている重光代理公使に間違えられて撃たれたのだろう」

「ちょっと待て。私はずっとそとにいて駅舎のなかでなにが起こったか知らない。宋子文はどうなった」

「無事だ。駅舎のなかで倒れていたのは唐腴臚だ」

「そうなのか――」克治は項垂《うなだ》れ、「それは申し訳ないことをした」と、垂れた首のままでつぶやいた。

「しかし、宋子文の暗殺と同時に代理公使を暗殺しなければならないのだったら、なぜ宋子文が無傷なんだ。宋子文を襲撃する最初の銃弾が撃たれたあとに代理公使を撃つ弾が発射されそうなものだが」

「それはわからない。ただ――」

克治は一瞬区切った。

「ただ、なんだ」

「廬山で蒋介石暗殺に失敗したとき、失敗の理由は、緊張した朱偉が指示に従わずに早く弾を撃ってしまったためだった。それと同じことが起こったのかもしれない。宋子文が撃たれたあとに撃つはずの朱偉が最初の銃弾を重光だと思って唐腴臚に向けて撃ってしまったのかもしれない」

「そうか――」

小島は口を噤んだ。

克治もことばを継がなかった。

運転手が訊いた。

「小島先生。どちらにいけばよろしいでしょうか」

小島は「うん」と、小さく喉をならして窓のそとへ目を移した。車は蘇州河にかかる橋を越えようとしている。この先は旧英国租界である。

小島は「社へいってくれ」と短く答えた。

小島は、唐腴臚が重光に間違えて撃たれたと知った克治が首を項垂れて「それは申し訳ないことをした」とつぶやいた姿を思いだしていた。あのことばがなければ克治を許す気にはなれなかっただろう。

七月二十三日午前十時　上海　海関総税務司署

小島は克治を聯盟通信社の事務所に連れていったのち、すぐに外灘《ワイタン》にある海関《ハイグアン》総税務司署（現上海海関大楼）に向かった。

応接室にはいっていくと、すでに上海市長の張群《ジャンジュン》らがきており、少し遅れて重光も駆けつけてきた。子文の姿はない。

小島が上海北站での事件の顚末を語っていると、ほどなくして焦燥しきった表情の子文が現れた。

応接室で待っていた人々はみな、子文も事件のことを話すものと思っていた。しかし、悲しげにゆっくりと一同をみまわしてからようやく発せられた子文のことばは、全く予想外のものだった。左手には一枚の紙が握りしめられている。

「いま青島から電報を受け取りました。母が、母が亡くなったとのことです――」

一同はことばを失った。悪魔にとりつかれたかのような偶然に、口を開ける者はいなかった。

しばらくの沈黙のあと、口を開いたのは再び子文だった。子文はソファに腰を掛け、急遽上海に戻ることになった理由から最初の銃声がしたときまでを訥々《とつとつ》と語った。激しい銃撃戦になってからの状況はごく簡単にしか述べなかったが、小島がすでに話したと思ったのだろう。

そして立ち上がって、

「みなさん。わざわざお越しいただいたのに申し訳ないのですが、これから唐腴臚のいる病院にいかねばなりません」

といった。眼球のまわりが赤く染まっている。

重光がロー・テーブルに置かれた子文の母の死を伝える電報を左手に持ち立ち上がり、右手で子文の上腕を握った。

「母上が身代わりになって命を救ってくれたのですよ。母上は、自分の息子は中国の将来のためになおも働き続けなければならないことをよく知っておられたのです。天も中国のためにあなたを生かさなくてはならないと考えたのでしょう。辛いでしょうけれども、なんとしてもこの苦難を乗り越えて、中国のために大きな仕事をしなくてはなりません。それが母上に対する最大の孝養でしょう」

それを聞き子文は、

「おっしゃるとおりですね。そう考えることにします」

と、僅かながらも笑みを浮かべて答えた。

＊

一九三一年七月二十四日の新聞が前日朝の上海北站での事件について報じたとき、世間は財政部長が間一髪で殺されかけたという重大ニュースに一斉に驚かされたが、田中隆吉に如く驚きを受けたものはおそらくいない。

田中隆吉は事件のあった二十三日のうちに重光殺害に成功したとの報告を受けていた。ところが新聞紙面上に「重光」の文字はなく、殺されたのは田中が聞いたこともない唐腴臚という男のみだったというのだ。田中は歯を軋《きし》ませたことだろう。

重光葵は自分自身が事件現場におり、かつ現場を離れてからの状況は前日のうちに海関総税務司署で聞いているので七月二十四日の新聞に驚きはしなかった。重光が驚くのは遥か後年になってからである。事件が起きたとき、重光は自分の命が狙われたのだと思ったが、そのあとすぐに宋子文が襲撃されたことを知り、自分はただその場に居合わせただけだったのだと考えた。しかし十数年後、唐腆臚は宋子文の身代わりに撃たれたのではなく、自分と誤って殺害されたと知った。田中隆吉が関東軍参謀として新京（現長春）にいたとき、宋子文暗殺未遂事件の際に重光に同行した林出も満洲国皇帝溥儀の側近として新京にいたのだが、そのときに田中が林出に、宋子文暗殺に乗じて重光殺害を企てたことを明かす。重光は林出からの話であの日自分の命が危険に晒されていたことを知ったのである。

宋子文暗殺未遂事件から約半年後の一九三二年一月十八日、上海で日本人の日蓮宗僧侶が襲撃され死傷者がでる事件が発生した。これが同月二十八日に始まる日中間の軍事衝突、いわゆる第一次上海事変勃発の原因のひとつとなるのだが、田中隆吉本人の証言によれば、田中は、満洲事変の首謀者である板垣征四郎関東軍高級参謀らに「満洲に注がれる列国の目を逸らすために上海でことを起こせ」と命じられ、川島芳子らを使って日本人僧侶の襲撃を実行した。

中国人によって日本人を殺させる。この手口は重光暗殺と共通している。その発想は、重光暗殺未遂の際に得られたもので、田中隆吉にとって日本人僧侶襲撃は半年前の失敗の意趣返しだったと想像される。そう考えると、七月二十三日朝に起こった上海北站における暗殺未遂事件は、一見日本とは無関係だが、第一次上海事変、日中戦争、太平洋戦争と続く日本の歴史の河の流れの一部を成す、記憶されるべき重要なできごとだったということができる。

カレンシー・レボリューション

山海関

月のあかりに輝く青藍の長城を、二本のロープに吊るされたトランクがゆっくりとのぼってゆく。

小型トランクのなかには二千枚の銀貨が詰められている。重さは成人女性ひとり分はあるだろう。海に向かって吹く冷たい風にあおられることなく、トランクはほとんど揺れずに引き上げられてゆく。

「時間がかかりすぎる。だいじょうぶなのか」

と、小島譲次※が声をひそめて訊いた。トランクは全部で十個。それをひとつずつ、二百メートルほど離れたところに停めてある車から林を抜けてここまで運び、長城の向こう、すなわち満洲国側から投げこまれたロープに結わえつける。長城のうえにいるふたりと向こう側にいるひとりがロープを引き、トランクが長城を越えたら次を車にとりにいくのだが、その間に十分以上を要している。いま引き上げられているのは四つめなので、計二万枚の銀貨全てが長城を越すのにまだ一時間以上かかる。

「気長にいこう。焦ってもしょうがない」

といった柳場賢※の口ぶりは、あたかもひとりごとのようだ。

「焦ってなどいない。ただ、寒くてたまらんのだ」

満洲と華北を分かつ山海関《さんかいかん》。四月といえども深夜の陸風は冷たく、春の上海からきた身には冷気が骨まで染みる。トランクを見上げる首筋に痛みを感じた小島は頭を垂れ、両肩を自分の手で抱いた。

「では、次のトランクは小島さんがとってくるといい。あったまるよ」

「それは、構わんが――」

聯盟《れんめい》通信社上海支局長である小島が上海のナイトクラブで柳場と出会ったのは一ヶ月前のことである。店の客と踊って小銭を稼ぐ小姐《シャオジエ》ふたりの肩を抱き、だらしなく笑い、酔って呂律のあやしい柳場はまさに不良邦人だったが、話してみると国際経済や金融について深い知識をもっており、興味をもった。銀相場で蓄財したという柳場が山海関へひと儲けしにいくというので、山海関で昨今急増しているという銀密輸の実情を取材したいと思っていた小島は柳場についてここにきた。

「冗談だよ、冗談。手伝わせたら分け前を払わなくてはならなくなる」

と、柳場は声をださずに笑った。

ロープに吊られたトランクが長城の上面に消えた。

範策《ファンツァー》が、

「那《ナー》、我去拿吧《ウォーチーナーバ》（じゃあオレが取ってくるよ）」

といって背を向け、車のほうへ歩いていった。

範策は柳場の舎弟で、ふたりで組んで諸々の銭儲けをしてきたのだそうだ。長身かつ胸板があつい巨大な岩を思わせる男で、柳場のボディーガードでもあるらしい。

遥か二千キロかなた西にはじまる長城はこの山海関で海に連なる。まがりくねった龍の姿に例えられる長城の先端の海にせりだした場所は老龍頭《ラオロントウ》と呼ばれる。いまいる場所から海はみえないものの老龍頭までは歩いて十分もかからない。深夜の静けさのなかで、遠くにさざ波の音が聞こえている。

その波の音を嫌ったかのように、小島が口を開いた。

「これでいったい、いくらの儲けになるんだい」

「つい先日、アメリカが銀買い上げ価格を一オンス七十一・一セントに引き上げたそうだ。上海での価格は一オンス三十セント程度だから、二倍以上の金額で売れるんじゃないかな」

「なんと」小島は目を瞠った。「二万元をもってきたのだから、この旅行でその同額の二万元以上も儲かるということか」

　諸物価の変化から推計すると、一九三五年ごろの一元は現代の千円から数千円程度の価値がある。すなわち現代の価額でいえば数千万円の利益を得るわけだが、柳場は、

「まあ、五人がかりだし、旅費もそこそこかかっているからね。わりがいいのか悪いのか」

と、こともなげにいった。

「上海からくれば手間だろうけど、長城をはさんでこちらと向こう側とをなんども往復すれば大儲けできるじゃないか。そりゃあ密輸がはびこるはずだ。これでは銀の流出はおさまることはないな。国民政府[注]もたいへんだ」

「もとはといえばアメリカの自分勝手な政策のせいだからな。気の毒な国だよ。この国は。まあ密輸で国に損害を与えているオレがいうべき話でもないか」


　このふたりの会話の背景にある当時の経済状況やアメリカの銀政策について簡単に述べておくと、一九二九年に始まった世界恐慌によるデフレーションや銀産出量の増加、インドなどの銀本位制[注]離脱にともなう銀売却等により銀価格は下落し、世界恐慌発生前には一オンス五十セントを超えていたものが一九三二年にはわずか半分の一オンス二十五セントにまで落ちこんだ。この状況に危機を感じたアメリカの銀産出業界は積極的なロビーイングをおこない、アメリカ政府は一九三三年からいくつかの銀価格引き上げ政策を採用した。なかでも、アメリカの通貨発行準備のうちの四分の一を銀とすることなどを定めた一九三四年の銀買い上げ法の影響は大きく、アメリカ政府は国の内外から銀を吸い上げて、その

結果、銀価格は急騰した。

このアメリカの政策は中国経済に深刻な影響をおよぼすことになる。中国は銀本位制を採用しており、銀価格の推移に並行して自国通貨単位、元の為替レートが変動する。世界恐慌のときには銀価格下落によって元は対ドル、対ポンドで安くなり、中国の物価は諸外国とは全く対象的にインフレ気味となり、工業生産はむしろ拡大傾向にあった。元安が世界恐慌という大火事に対する防火壁となり、中国は延焼をまぬがれたのである。ところがアメリカが銀価格引き上げ政策を導入すると状況が一変する。中国からアメリカへと大量の銀が流出した。このとき流出した銀の量は、密輸出を含めた推計で、中国における銀の流通総量の三分の一にもなる。銀本位制を採用する中国にとって銀の流出は、すなわち貨幣供給量の収縮を意味する。中国経済は深刻なデフレーションに陥り、株価は下落し、小銀行や工場、商店が相次いで閉鎖に追いこまれた。銀恐慌である。

この状況に対処するために中華民国国民政府は一九三四年十月、銀輸出に対する課税を開始した。銀元硬貨の輸出には七・七五%、その他の銀製品の輸出には十%の輸出税を課し、加えて、中国における銀価格に輸出税分を加えた額とロンドンでの銀価格との差額を輸出平衡税として課す、というものである。つまり銀の中国国内価格と国際価格との差を輸出税と輸出平衡税によって埋めてしまおうというものであった。これによりアメリカ大統領が恣意的に決める銀価格に引きずられて元の為替レートが翻弄されることがなくなった。

ところがまもなく、銀の内外価格は数十%も乖離するようになり、それが密輸の激増につながる。銀の正規な輸出は輸出税・輸出平衡税導入前の七分の一にまで減ったが、正規輸出を超える密輸がおこなわれるようになった。アメリカ大統領は銀買い上げ価格をさらに引き上げ、それにともない中国からの銀の密輸出はますます増えた。

林のなかからトランクを提げた範策が戻ってきた。この巨漢がもつと五十キログラム以上あるトランクも軽そうにみえる。

範策が長城の壁面に垂れ下がる二本のロープにトランクをくくりつける。それをみながら小島が、

「この鞄ひとつが二千元の儲けというわけか」

とため息をついた。吐いた息がかすかに白い。

「買いとられる金額がいくらになるか、まだわからないよ。買い叩かれるかもしれない」

小島は両手に温かい息をかけ、こすりあわせながら、

「山海関の長城の向こう側には満洲中央銀行の支店があって、密輸された銀を高値で買いとっているという話を聞いたが、本当なのかい」

「明日、お連れするよ。自分の目で確かめてみるがいい」

「つまりは一国の中央銀行が密輸に加担しているということか。日支関係が多少は雪解けムードにあるときに、なぜそんなことをするかねぇ」

このころの蒋介石※は対日宥和を方針としており、広田弘毅《ひろたこうき》外務大臣も〝協和外交〟を掲げ、今年（一九三五年）年初に帝国議会で「わたしの在任中に戦争は断じてない」と演説し蒋介石はこれを評価した。満洲事変前後に極度に高まった両国の緊張関係は今年にはいってから多少和らいでいる。

「単に買いとった銀を再輸出して差益をぬいて、こまごまと稼ごうとしているのだろう。セントラル・バンクのやるようなことではない」

暗くてはっきりとはみえないが、柳場は蔑むような表情をつくったようだ。密輸者に成りさがってはいても、正義を考える心を多少は残しているのか。柳場が続けて、

「通貨戦争を仕掛けているという意識があるのかどうか――」

とつぶやいた。

「通貨戦争？」

「将来武力で戦争することとなれば必ず通貨でも戦争をすることになる」柳場は予言するようにいい、

「しかしいまの段階で、銀を流出させてこの国の体力を削いでやろうと考えている者がいるのかどうか」

ロープに吊られたトランクが長城の壁面を登りきり、範策が次のトランクをとりに車に向かって歩きだしたとき、長城の上面で「ヒュッ」と、短い口笛が鳴った。

柳場は表情を硬くして左右をみまわした。長城のうえの仲間が危険を知らせるために吹いた口笛だったのだ。

海側にふたつの灯りがみえた。懐中電灯を照らした者がふたり、長城と長城沿いの林とのあいだの細い空間を歩いて近づいてくる。

柳場は動こうとしない。

小島は「逃げないのか」と小声で訊いた。

柳場は答えずに、灯りのほうへ向かって歩きだした。

近づいてくるふたりの足もとを照らしていた懐中電灯がこちらに向けられた。

柳場は「辛苦了《シンクーラ》、辛苦了（おつかれさん。おつかれさん）」と明るい声でいった。

ふたりのうちの背の高いほうが拳銃を構えている。ふたりとも軍服とみまがう制服を着てはいるが軍人ではないはずだ。ここ山海関の南側は塘沽協定[注]により設定された非武装地帯内なのだ。警察官か、もしくは税関官吏だろう。

「ここでなにをしている」

と、背の低い男が尋問口調で訊いた。

「取材ですよ。銀密輸が横行しているというので、その取材に」

と、柳場が答える。

「記者か？」

柳場は振り返り、うしろに立っている小島に「記者証を」といった。

小島は記者証を背の低い男に手渡した。

男は懐中電灯の灯りをあてて記者証をじっくりとみた。

背の高い男が、「おまえの記者証は」といって、拳銃の先を小さく横に振って促した。小島は、どう答えるのだろうと思い、柳場の横顔をみた。

柳場は表情を変えずにゆっくりと懐に手を入れた。そこには拳銃を忍ばせていることを小島は知っている。

長身の男が半歩さがり、拳銃を柳場の胸に向けた。

柳場は小さく笑って、懐に入れた手をゆっくりと動かした。

懐からでてきたのはパスポートだった。

柳場はそれを背の低い男にさしだし、小島の記者証と引き換えに手渡した。

背の低い男が「記者ではないじゃないか」というと、長身がパスポートを覗きこんだ。

「私は外交官です」

と柳場が軽い声でいった。小島も小柄の男がもつ柳場のパスポートをみると、確かに外交旅券のようである。柳場が続けて、

「この小島先生が銀密貿易の取材をするというので、頼んでいっしょに連れてきてもらったのです。私

はもともと日本の大蔵省の人間です。わが国から国民政府に財政顧問を派遣することになり、私はその財政顧問室の開設準備のために外務省に出向し、こちらにきました」

「財政顧問室？そのようなものができるなどという話は聞いたことがないぞ」

「おや？知らないのですか。わが国の広田外務大臣が日華親善に積極的であることはご存知ですよね。広田大臣は金融面でも交流を深めるという方針で、津田順一という大蔵省の次官が派遣されることになりました」

と、柳場は流暢な北京語でいった。普段口数の少ない男にはにあわず多弁である。

「なにをしに山海関にきた」

「銀密輸には残念ながらわが国の者が多く携わっているようであり、金融面での援助の手始めとして、銀密輸問題解決に協力することになったのです。そこでまずは実態を調査するためにここへやってきました」

長身の男は拳銃をもった手を下げたが、しばらく考えてから、

「疑うわけではないが、もう少し話を聞かせてもらわなくてはならない。いっしょにきてくれ」

柳場がかすかに舌打ちした。小島はひやりとしたが、ふたりの男には聞こえなかったのだろう、表情を変えなかった。

「外交官を拘束するのはやめたほうがいい。面倒なことになりますよ」

「拘束するわけではない。話を聞くだけだ」

「面倒は避けるべきだと思うのですがね。お互いに」柳場はそういって、こんどはふたりにも聞こえる大きなため息をついた。「われわれとしても面倒は避けたい。貴重な調査と取材の時間をむだにするのはもったいない。そこで――」

柳場は先とは逆の懐に手を突っこんだ。それをみて、男が再び拳銃の先を柳場に向けた。

柳場は真顔になったが、一瞬ののちに口の端だけを歪めて笑った。

柳場の懐からでてきたのは小さな布袋だった。袋を揺するとジャラジャラと音がした。中身は銀貨だろう。

（おいおい、結局はカネかよ）

と、小島は頭のなかでつぶやいた。

ふたりの官憲は一瞬顔をみあわせ目で語ったあと、背の低いほうの男が手をのばした。

その手のうえに柳場が布袋を置くと、背の低い男は重さをはかるように一回ガシャリと揺すり、

「それもそうだな。取材と調査のじゃまをしたのでは申し訳ない」

といって、笑った。


小島と柳場は車に戻った。

車には誰も乗っていなかった。範策が銀を持ち逃げしたのではないかとも思ったが、長城を越え損ねたトランクが五個、みな後部座席に残っている。

「範策は？」

「あのふたりがわれわれと別れたあとにどうしたか、確認しているのだろう。しばらくここで待っていれば戻ってくるさ」

小島は後部座席をみて、

「しかし、どうするんだい。このトランクの山を。上海にもって帰るのも一苦労だ」

柳場は笑って、

「もって帰るわけがないじゃないか。一時間もしたらさっきの場所に戻るよ」

「本気か？せめて日をあらためたほうがいいんじゃないか」

「だいじょうぶだよ。何重にも対策は考えてあるし」

「対策？ひょっとして賄賂のことか」小島は苦笑し、「渡す分が小袋に詰めてあったのはずいぶんと用意のいいことだとは思ったが、そういうのを対策というのかね。『何重にも』というと、ほかにはどんな対策があるのかい」

「記者証とか」

「なに？記者証のくだりも対策のひとつだったというのか。じゃあ、僕はきみに頼んで連れてきてもらったつもりでいたが、きみのほうが僕を利用しているということか」小島は、やれやれ、と首を振り、「ということは、きみの偽造パスポートも対策のひとつというわけだ。ずいぶんと細かい説明をしていたが、うそも詳しければ本当っぽい」

「いやいや、まんざらうそでもないよ。津田さんが国民政府の財政顧問として派遣される話があり、オレはその準備のためにひとあし先にこちらに渡った。そのあたりはほんとうだ。まあ、その財政顧問室の話は四年前のことで、満洲事変勃発で流れてしまったけどね。だから、パスポートは偽造というわけではないのだよ。もちろんオレはほかのパスポートをもっているけど、外交旅券を返還しなかったのだ」

小島はフロント・グラスから射しこむ月明りで青く光る柳場の頬に向かい、驚きの声でいった。

「なんときみは、そういう経歴だったのか。どうりで国際経済や金融事情に詳しいはずだ」

「話していなかったっけ」と、柳場はとぼけていって、「そっちこそ、記者としては変わった経歴だと聞いたが」

「変わった経歴？そうかな」

と、小島もとぼけていった。

「ハーバードで経済学を学んだと人から聞いたが、それはいつのことだい」

「大正の初めだよ」

「ということは宋子文※がハーバードに留学していたころだな。彼のことを直接知っているのか」

「ああ、友人だよ。向こうは偉くなって容易に会えなくなったが」

宋子文は中国銀行の総裁である。ハーバードとコロンビア大学留学を終えて帰国後、孫文の革命に参加した。財政部長注として国民政府を財政面、金融面で支えてきたが、蔣介石との確執がもとで二年前に財政部長を辞している。

「じゃあオレは、この国で銀問題で最も苦慮している男の友達の目の前で銀密輸をしているということか」

と柳場はいって、鼻柱を掻きながら「それはすまんね」と、ぞんざいにいった。

「すまないとなど思っていないだろ」

と、小島が柳場の肩を軽く突くと、柳場は、

「ふふっ」

と鼻で笑った。

会話が途切れた。

山海関の長城は山から海に向かって連なっていて、さらに、長城を四角形の一辺として旧市街地を四角くとり囲む城壁が築かれている。ちょうど海の水を飲む龍の腹に子がいて腹が大きく膨らんでいるような形になっているのだが、腹の部分の城壁は首や尻尾の部分の城壁よりもずっと高く重厚である。小島たちの乗っている車から腹の部分の城壁がみえている。昼に下見をしたときには、五〇〇年以上も前

にこんなものをつくったこの国の大きさと、それと対照的な日本の小ささをつくづく感じたのだが、夜に月明りのもとでそれをみると、また違った、怖いような感覚があった。絶対に越えることのできない壁にとりかこまれて、その壁が少しずつ距離を詰めてくる。そして最後には押しつぶされてしまうような、そんな感じがした。

　音のない闇が怖さの原因だと小島は思い、タバコに火をつけながら明るく、

「しかし、取り締まる者があのような体たらくではなぁ。銀密輸がやむことはないな」

「やむどころか、今後さらに増えるだろうね」

と、柳場はさらりといった。

「増える？」

「しばらくすれば警備はさらに緩くなる。よって密輸はもっと増える。おそらくね」

「どうして警備が緩くなると思うんだ」

「あんたもみただろう。あの官吏の目。いまにも銃を撃ちそうな目をしていた。われわれが少しでも逃げるそぶりをしようものなら間違いなく撃っていた。早晩、邦人の密輸者が中華民国の官吏に殺されるか、重傷を負わされる事態が発生する。そうなれば関東軍[注]は、ここぞとばかりに猛然と抗議をする」

「まあそうだろうな。塘沽協定では非武装地帯内の治安は中華民国側が担うこととされているが、関東軍は邦人の事故にかこつけて、治安維持の権利をよこせというか、少なくとも、銃など武器の携帯は認められないといいだすだろうな」

「国民政府はそれに応じようとはしないだろうが、面倒なことが再び起こるのを避けるため、おそらく邦人に対する密輸取り締まりをはばかるようになる」

「ああ、なるほど」と、小島はすなおに納得した。柳場のよどみのない話しかたは聞くものに疑うこと

を忘れさせる。「では、密輸し放題となるのか」

「し放題となるかどうかはわからないが、身体を傷つけられる心配がないとなれば、密輸を試みる者は大幅に増えるのは間違いない」

「それでは国民政府の危機は今後も続くことになる」

小島はそういって、中国の苦境を慮ってか、日本人の行動を憂いてか、どちらともつかぬため息をついた。そんな小島を哀れんだわけでもなかろうが、柳場は、

「まあそうはいっても、来年の正月までには密輸はきれいさっぱりなくなっているのではないかな」

「どういうことだ。密輸が増えるといってみたり、きれいになくなるといってみたり。いったいどっちなんだ」

「銀で儲けられるのも半年、長くて一年というところだよ」

「アメリカの銀政策はそうたやすくは変わらないぞ。銀価格の高騰は今後も続くと思うが」

「この国はまもなく銀と決別するよ」

「決別？中華民国が銀本位制から離脱するということか」

と、小島は口に運びかけたタバコを中途で止めて、訊いた。

「ああ。銀本位制を捨て去り、銀輸出税も平衡税も廃止する。銀価格の内外格差はなくなり、密輸の利益は消滅する」

「千年も続いた銀本位制を容易に捨てられようか。この国の人々には銀本位制が骨の髄まで染みついている。明日から銀以外のものを使って日々暮らせといわれても、受け入れられないだろう」

「千年も続いていないよ。明代の初期には紙幣や銅貨が使われ銀の使用は禁じられていた。銀が経済の中心に据えられてからは五百年ほどだな。日本も信長から徳川へと三百年以上使い続けた銀を捨て去っ

たじゃないか。この国にもできないはずはない」

「まあ、それはそうだが――」

と小島はいったが、納得できているわけではない。大変革というのは、たとえその発生の可能性が高くても、現実におこることとして想像することは簡単なことではない。小島は、あたりまえにしか考えられない自分を恥じ、そうではない柳場に嫉妬した。

「この国は通貨制度[注]を変えなければ倒れるよ。外国に侵略されなくても勝手に倒れる。だが逆に、通貨の仕組みを変えれば強くなる。戦い抜く力を得ることになる」

「幣制改革は、いまの恐慌を脱するためには有効だろうが、国の存亡を左右するほどに重要なことなのかなぁ」

「あと数年もすればわかるさ」

と、柳場は窓枠に置いた肘で頬杖をつき、サイド・ウインドウの闇をみつめながら、さも当然のことのようにいった。

「それにしても幣制改革は困難な道だぞ。なにしろ国民政府にはカネがない。金本位制[注]に移行しようにも金がない。ドルやポンドとのレートを固定する外貨本位制[注]に移行するにしても、外貨をほとんどもっていないのだから難しい。外国から借り入れることも、この国の財政状況を考えれば、いつ破たんするかもわからない国にカネを貸そうという、もの好きが現れるとも思えない。国じゅうの銀をかきあつめて金か外貨に交換して対外支払い準備とするしかないだろうが、銀の流出が続いているなかで、売る分だけの銀が残っているかどうか」

「それでもなんとかするよ。あの男は」

「あの男？」

「あんたのお友達だよ」

「宋子文のことか」

と小島がいったとき、柳場が前方に注目した。

フロント・グラスの向こうの闇のなかから範策が歩いてきた。

範策が窓から車内にいかついい顔を突っこんでいった。

「あのふたりはもういない」

範策は長衣の腹に腕をさし入れ、リボルバーをとりだして柳場に渡した。

「お、おい。殺したのか？」

小島が驚くと、柳場はシリンダーを開いてなかをみせた。

「ほら、使っていないよ」

「なんだよ。脅かすなよ」小島はため息をついた。「それじゃあ、官憲を殺して逃げるということも考えていたということか。それもきみのいう対策のうちのひとつというわけか」

柳場は答えずに、

「さあ、トランクはあと五個。続きをやらねばならないが、あんたはどうする。ここで待ってるか」

小島は「やれやれ」とつぶやき、「最後まで見届けさせてもらうよ。記事にしなくてはならないからね」といって、車のドアを開けた。

東京

1

一九三五年九月六日。

イギリス大蔵省のエドマンド・ホール＝パッチ※は、バンクーバーからホノルルを経て横浜に向かうエンプレス・オブ・アジアのダイニング・ルームで、訪中団の長であるフレデリック・リース＝ロス※およびその夫人と朝食のテーブルを囲んでいる。テーブルには訪中団のメンバーであるイングランド銀行のシリル・ロジャースとリース＝ロスの秘書であるミス・クラックネルも同席している。

八月二十二日にカナダを離れてから朝食はひとりで済ますかロジャースとふたりでとることが多かったが、ようやく日本に着くというこの日、リース＝ロスに初めて朝食に誘われたのだ。

リース＝ロス夫人が早朝に富士山の姿をみたとはしゃいでいる。

エドマンドも夜明けにデッキにでて富士をみた。北斎でみた富士とは違って雪を冠ってはいなかったが、山肌が朝陽を浴びて次第に紅く染まっていくさまは、美しいというよりは畏怖を感じさせるものだった。そこに神を感じずにいることは難しかった。

夫人は日本の田園風景をみるのが楽しみだと笑っている。

リース＝ロスはそれに応えて、

「東京にいるクライブ大使が中禅寺というところにあるビラに連れていってくれるそうだよ」

「どんなところですの」

「東京から鉄道で数時間でいけるそうだが、山々と深い緑に囲まれた美しいところだそうだ。湖があり、その湖畔にわが国所有のビラがあるとのことだ」

「とっても楽しみだわ」

「近くには昔の将軍が祀られた豪勢な寺もあって、日本の歴史を感じることもできる場所だそうだ。私も非常に楽しみだよ」

リース＝ロスはそういって笑い、夫人の肩を軽くたたいた。

ロジャースもあわせて笑っている。

しかしエドマンドは笑う気にはなれず、

（なにをのんきなことを）

と頭のなかでつぶやいた。夜明けに紅い富士をみたとき、困難な仕事の始まりを思い、全身の緊張を感じた。その感覚がいまも続いている。

黙りこんでいるエドマンドに気づき、夫人が声を掛けた。

「どうしたのですか。先ほどからなにか考えこんでいるようですけれど」

「いえ。考えごとなど」エドマンドは頬に笑みをつくって首を振った。「ただ僕は、今朝富士の姿をみたときに想像していたよりも裾野がずっと広いことを知って、美しさというよりも、われわれがこれからなにかとてつもなく重く大きなものにぶつかっていくような、そのような感じを抱きまして。それを思いだしていました」

「大きなもの、ですか？」夫人は口に手をあて小さく笑った。「地図をみると、日本は私たちの短い滞在のあいだに端から端まで歩けそうなくらいに小さいですよ。それにみなさんのお仕事は中国に着いてからが本番でしょう。いまから緊張するのは早過ぎますわ」

エドマンドは夫人にあわせて口もとで笑ってみせたが、同意のことばは返さなかった。

一九三五年春、イギリス政府は中国への金融財政専門家の派遣を決めた。

その背景にはイギリス経済の置かれていた状況がある。

イギリスは一九二〇年代、特に一九二五年の金本位制復帰以降、輸出産業を中心に不況に苦しみ、失業率は十%を超えていた。一九二九年からの世界恐慌がこの不況に拍車をかけるのだが、この状況のなかで膨大な人口を擁する中国経済に期待を寄せる声が高まっていった。重工業品、とりわけ鉄道建設関連製品の販売先として中国市場が大いに期待された。伝統的な輸出産業であり近年没落の一途にあった綿業界も中国への輸出に活路をみいだそうとしていた。イギリスにとって中国は国外への投資額の約六%を占める重要な投資先でもあり、中国経済の安定的発展は産業界の大きな関心事だったのである。

こうしたなかでイギリス政府は銀価格高騰による不況に苦しむ中国への経済面での支援を決めるのだが、その関与のしかたについては政府内で意見の対立があった。

すなわちチェンバレン蔵相は、中国に金融財政専門家を派遣して改革案を策定し、中国の経済インフラ整備に積極的に関与していくべきと主張した。一方で外務省は、中国に対して砲艦を河川に浮かべてなす旧来の威圧的な外交はもはや通用しなくなっていると考えており、経済面に限られる場合であっても内政への直接的な関与は避けるべきで、中国駐在大使を通じて助言をおこなう程度のことを想定した。

結局は大蔵省の考えに沿って政府の首席経済顧問であるリース＝ロスを派遣することとなるのだが、

具体的な支援方法でも両省は対立する。

大蔵省は次のように考えた。

中国経済を建てなおし発展させるためには無秩序な通貨制度を改革しなければならない。銀本位制から離脱させ、ポンドやドルなどにリンクする外貨本位制採用が有力だが、そのためには中国はあらかじめ潤沢な外貨準備を有していなければならず、よって借款を付与する必要がある。

これに対して外務省は、中国に対して借款をおこなえば、いわゆる天羽声明[注]にみられるような日本のアジア・モンロー主義[注]的な姿勢からして日本が強く反発することは必至で、マクドナルド首相が日本に宥和的姿勢を採っていることもあって、借款を付与することに難色を示した。

そこで大蔵省は極めて複雑なスキームをひねりだした。すなわち、借款は満洲国に対して日本と共同でおこなって、満洲国はその資金を、満洲国独立前に中国が有していた債務の一部を負担するという名目で中華民国政府に対して支払うというものである。このスキームが成立すれば満洲国はイギリスおよび中華民国による実質的な承認を得ることになる。満洲国承認という喉から手がでるほどにほしいはずの利益を日本に与えることにより、日本の反発を回避しようというのだ。

しかし外務省は、旧態依然とした帝国主義的なやり方はナショナリズムの高まり著しい中国に対してはもはや通用しないと考えており、中国に満洲国の実質的な承認を強いるかのようなこのスキームに強く反対した。

この論争については、六月に外相が替わり、新外相が大蔵省側の案を支持したことにより一応の決着をみる。

そして八月十日、リース＝ロスがイギリスを出発するのだが、極めて難しい東アジア情勢のなかで、外交上のいわば爆弾を抱え、かつ、国内でのコンセンサスが十分に形成されているとはいい難いミッションであった。このチームのゆく先に種々の困難が待ち受けていることは容易に想像することができた。

エンプレス・オブ・アジアは昼過ぎに横浜港に接岸した。

一行は昨年まで財務官注としてロンドンに駐在していた津田順一大蔵事務次官とイギリス大使館の商務参事官に迎えられ、すぐに車で帝国ホテルへ向かった。

日本到着の九月六日は金曜日であり、一行は週末をロバート・クライブ大使が避暑のために訪れている日光で過ごすため、鉄道で東京を離れた。中禅寺湖で泳ぎ、華厳の滝を観覧し、温泉につかり、東照宮を参拝するなどして楽しんだ。

東京に戻り、九月十日火曜日の午後四時、リース＝ロスは広田弘毅《こうき》外相と会見した。クライブ大使と、三年前に上海で爆弾事件に遭って片足を失い歩く姿が痛々しい重光葵《しげみつまもる》外務次官が同席した。

会見は全く低調だった。

リース＝ロスと広田は中国経済の現状に対する見方からしてすれ違っていた。

リース＝ロスが、

「中国の経済不況は深刻で、ことに上海方面の状況は厳しい。もはや放っておくことはできません」

と力をこめていうと、広田は、

「中国にいるわが国銀行から目下の不況は軽微との情報を得ています。上海の経済が悪いとしても、それは広い中国の一部のこと。他地域と状況は異なることを忘れてはなりません。景気後退の原因は国内の資金が銀行預金として滞留し、一時的にアイドル・マネー（投資等に活用されていない資金。遊資）が発生しているせいです。財政が公債を発行してアイドル・マネーを吸いあげればよいのです」

と、冷ややかに答えた。

「国民政府は借金漬けであり、このままでは財政破綻に至ります。公債を大量に発行することはできません」

と、リース＝ロスも反論した。

リース＝ロスは中国経済は構造的問題に陥っており危機的状況にあると考えているのに対し、広田は景気循環のなかでの一時的景気後退に過ぎないと楽観的に考えている。

広田が
「天災の発生により農業や養鶏などが相当やられているようです。それが中国の不況を深くしたのでしょう。治水事業などが近年全く顧みられないために水災が猛威を振るっているのです」

と、あたかも中国指導者の怠慢による人災であるかのようにいうと、リース＝ロスは、

「政府に予算の余裕が全くなく、治水などに手がまわらないのです」

と、財政状況の困難を強調した。

中国の不況の最大の要因がアメリカの銀価格吊り上げ政策であり、すなわち通貨問題であることは誰の目にも明らかだ。にもかかわらず、不況の原因を他に求め通貨問題に触れようとしない広田の発言はいかにも不自然だった。

そう思ったのだろう、傍らでふたりの応酬を聞いていた重光次官が口をはさみ、

「アメリカの銀政策による銀価格高騰。これが解決されない限り、中国は経済的苦境から脱することはできないでしょう」

重光が銀問題に話題を振ったところで、リース＝ロスはそれに乗じていった。

「そうです。銀価格高騰。それが中国の不況の元凶です。しかしアメリカが政策を変更しない限り中国

経済が救われないわけではありません。銀との関係を裁ち切ればいいのです。未熟な通貨制度を変革するのです。カレンシー・リフォーム。それによって経済再建をなすことができます。ただ、銀本位制を捨てて金本位制かポンドやドルに連動する外貨本位制を採用するためには、金かポンド・ドルなどの外貨を対外支払い準備として充分に確保しておかなくてはなりません。前財政部長の宋子文は国外から借り入れようとしていますが、中国はデフォルトの危険が大きく、担保とするものもほとんどありませんので、ロンドンで起債してもそれをすすんで買おうとするものはいないでしょう」

ここでリース＝ロスはいったん区切り、はっきりとした咳払いをしてから、

「債券の発行による資金調達ができないとなれば、中国経済を崩壊から救うためには国が主導して中国に資金を貸し与えねばなりません」

といった。天羽声明に抵触する中国への借款をもちだしたのだ。中国への借款についての下交渉がこの日本訪問の最大の目的であり、リース＝ロスは広田の目をまっすぐにみた。

リース＝ロスの話を無表情で聞いていた広田の顔色が変わった。それをみてリース＝ロスは、

「その際には日本の了解を必要条件としましょう。かつ、資金の使途を経済再建に限ることとしようと考えています」

と、日本の立場に配慮することばをつけ加えた。広田はリース＝ロスの目をみずに、

「いまの中国に資金を与えることが適切な外交であるとは思えません。軍事に浪費されるだけです。その資金で整備された銃は共産主義のみならず、われわれに向けられることになります」

「ですから資金の用途を経済面での使用に限るのです。そういう条件をつけることは可能と考えます」

「いや、中国が経済面で資金を必要とし、われわれが経済面に限って使用するようにといって資金を提供しても、結局は蒋介石が横取りしてしまうでしょう。蒋介石と宋子文が不仲となったのも、どうやら

そのあたりが理由のようではないですか」

二年前の一九三三年、宋子文はロンドン世界経済会議出席のために外遊し、帰国直後に財政部長を辞した。辞任の理由は宋子文がロンドン、ニューヨーク、ワシントンと、中国への援助を求め駆けずりまわっているとき、厳格な金庫番である宋子文が留守にしていることをいいことに蒋介石が共産党討伐のために上海の銀行から勝手に資金を調達し、その支払いのツケを、さも当然のように宋子文にまわしたから、といわれている。ふたりのあいだで激しい口論となり宋子文の顔面を蒋介石が殴りつけたと噂されているが、その真偽は当事者であるふたり以外にはわからない。

なにをいってもまずは否定からはいろうとする広田の態度にうんざりしつつ、リース＝ロスはみずからの考える中国幣制改革案を披露した。

ところが広田は、

「それは満洲国での通貨制度の改変に似ているようですが、政府の力が弱く、民衆が各々勝手に経済活動をしているいまの中国では到底無理でしょう」

と無下にいった。

リース＝ロスは、自分の来訪はまるで歓迎されていないと感じていた。ただ、幣制改革の実現可能性については広田の認識不足であり、数か月ののちには広田は自分のことばの間違いを恥じることになるだろう、と思っていた。

リース＝ロスは満洲問題に話題を移した。

「満洲国の独立は中国の財政収入を著しく減らしました。満洲国建国宣言は満洲領土内の債務を継承すると謳っていますが、それでは最も高貴な国際的ジェンティリティ（上品さ）に達しているとはいえません」

広田と重光が顔を見合わせた。リース＝ロスの曖昧な表現がわかりにくかったのだ。しかしリース＝ロスは構わず続け、

「満洲領土内の債務に限らず、独立前からあった中国の債務の一部を満洲国で継承することとすべきです。わが国と日本で満洲国に対して共同でローンをおこない、満洲国は中国の債務の一部を負担するという名目でその資金を中国に対して支払うのです。中国がこの資金を受けることは、それはすなわち満洲国が中国の国土から分離したことを認めることを意味します。日本は満洲国の実質的承認を得ることができるのです。中国は財政再建とカレンシー・リフォームに必要な資金を得て、わが国も、日本との摩擦を避けつつ、多大な権益を有する中国経済の建てなおしを図ることができます」

広田は眼球を細かく動かし、明らかな動揺の色を浮かべた。

リース＝ロスは内心でほくそ笑んだ。イギリス、日本、中国の三方ともに利があるこのスキームには大いに自信がある。

広田は傍らに座る重光と小声でことばを交わしたのち、

「興味深い案ではあると思います。ただ、蔣介石以下の要人は、満洲国はもはや承認するほかないと考えています。それなのに国内の反発勢力の顔色をみて敢行できないでいるだけなのです。国民政府は満洲国を実質的に承認しているも同然です。詰まるところ、われわれは満洲国問題の現状に満足しており、承認取りつけの運動を積極的におこなう必要があるとは考えていません。向こうから歩み寄ってくるのをただ待っていればいいのです」

スキームの意義を認めながらも、またもや否定的なことばを述べる広田に不快感を覚えたリース＝ロスは口調を強くして、

「閣下が在中国公使を大使へと昇格したことなどで日中関係は一時的に改善しました。ところが、その

直後の華北でのふたつの協定により反日感情は以前にも増して高まっています。満洲国問題をこのまま放っておけば日中間で大きな紛争が起きるのは必定ではありませんか」

列強諸国は従来中華民国に大使を置かず公使を置いていたが〝協和外交〟を掲げる広田は諸国に先立ち五月に公使館を大使館に格上げした。ふたつの協定とはいわゆる〝土肥原《どいはら》・秦徳純《しんとくじゅん》協定〟と〝梅《うめ》津《づ》・何応欽《かおうきん》協定〟のことで、日本が中国側軍隊の河北省、察哈爾《チャハル》省からの撤退等を求めた協定である。

リース＝ロスはひと呼吸おき、広田の目をまっすぐにみて、

「失礼ながら、閣下の認識は十分ではないと申し上げねばならない」

とつけ加えた。しかし広田は、

「中国に渡られたあとに各方面と接触して、中国の状況をぜひ研究してみていただきたい」

と、さらりとかわし、会見の終わりを促すかのように、うわべだけの笑みをみせた。

2

早朝の日比谷公園。

エドマンド・ホール＝パッチは樹木に覆われた遊歩道を歩いている。

帝国ホテルの正面に広がる緑深いこの公園を諸々の思考を巡らせながらゆっくりとひとまわりするのがこのところのエドマンドの日課である。

心地のよい風が木々の間をぬけていく。

エドマンドにとって、この朝の散策が一日の唯一の安らぎの時間だった。東京も早朝だけは、なにかに対して怒り散らしているかのような暑さを和らげる。

エドマンドはポークパイ・ハットのつばを指先で押し上げ、枝葉のあいだを通してみえる青空を見上げた。

東京に着いてから十二日目になる。先週は日本到着前から組まれていた日本政府要人との会見があり、その事前準備等もあって忙しかった。しかし週末が近づくと、日本到着後におこなった会見申しこみに対する日本政府からの回答を待つだけの状態となった。一日じゅう、なにもなすことがなく過ごさねばならないこともあった。

その間に知ったことは日本は非常に暑いということだけだった。エドマンドはタイ政府の財政顧問としてバンコクに駐在したこともあるが、東京の暑さはタイとは異次元だ、と思った。蒸し暑い。とにかく蒸し暑い。日中に太陽のしたに立てば、三分もしないうちにスコールに遭ったかのようにシャツがずぶ濡れになってしまう。夜の寝苦しさは人間のできる我慢の限度を明らかに越えていると確信した。

先週の日本政府要人との会見がいずれも不調だったことが日々の暑苦しさを増した。われわれの提案に対する賛同の声は一切得られなかった。それどころか満洲問題については口にするのも憚られるというような感じだった。横浜正金銀行の頭取などは、中国については全く触れようとせず日本の金融事情についてばかり話していた。中国通貨制度についての意見交換ができたのは高橋是清大蔵大臣と深井英五日本銀行総裁だけである。高橋は、中国は銀本位制のままで元を銀に対して切り下げるべきであるといい、深井は、銀本位制から離脱してドルかポンドにリンクする外貨本位制に移行する以外に有効な手はないと述べた。しかし、このふたりも中国への借款の問題については論じたがらなかった。

要するに、誰とも今回の日本滞在の目的である共同借款についての論議ができなかったのだ。いってみれば、会見の目的と関係のない雑談ばかりをしていた。

英日で共同して満洲国に融資し、満洲国は中国の債務を一部肩代わりすることとして融資で得た資金を中国に支払うというスキームはエドマンドが考案したものである。中国は幣制改革に必要な資金を得て、日本は満洲国の実質的承認を獲得し、イギリスは日本との摩擦を避けつつ多大な権益をもつ中国経済を立てなおすことができるこのスキームを思いついたときは、興奮して思わず拳を突き上げたほどだった。リース＝ロスはこれに飛びつき、蔵相、首相の承認を経てイギリス政府提案のスキームとなった。

砂のうえに建てられた家のように、国際関係のなかで満洲国が極めて不安定な位置にあることは理解しているつもりだ。ゆえに、日本がこのスキームを受け入れるまでには紆余曲折を経なければならないだろうとは思っていた。しかしそれは日本国内でのコンセンサスづくりに時間を要するだろうということで、先週の要人たちとの会見のように、ほとんど顧みられないとは考えていなかった。

エドマンドの知らないなにか特別な力が裏に存在しているような、そんな感じがしている。

このところリース＝ロスはみかけるたびに浮かない顔をしている。使節団長のそんな態度もこのチームに流れる空気を重くしている。

エドマンドは青さを増していく空を見上げ、頭のなかのもやもやを吹き飛ばすかのように「ふう」という音とともに息を勢いよく吐きだした。中国幣制改革のためには外国からの借款が必須だ。交渉が不調だからといって、ふさぎこんでいるわけにはいかない。

エドマンドは帽子のつばを引き、帝国ホテルのほうへ向かって歩きだした。

ホテルの部屋に戻ると、ドアのしたにメッセージがさしこまれていた。

みると、リース＝ロスからのメッセージで、すぐに部屋にくるようにと書いてある。

朝食前ではあったが帽子だけを脱ぎ、すぐにリース＝ロスの部屋に向かった。

リース＝ロスの顔は笑みであった。

「サー。今朝はずいぶんとご機嫌がよろしいようですね」

「ああ。ようやく連絡がきたのだよ」

「連絡？」

「天皇謁見の件だよ。松平子爵が知らせてくれた。今日の十一時の謁見だそうだ」

松平子爵とは旧福井藩主松平慶永《よしなが》（春嶽《しゅんがく》）の三男、松平慶民《よしたみ》式部長官のことである。リース＝ロスとはオックスフォードの同窓であることから親しく、一行の東京到着後の世話役のようになっている。

「今日の午前中の謁見ですか。なんとも急な話ですね」

「子爵は実に嬉しそうだったよ」

そういったリース＝ロスこそ満面の笑みだ。

「もはや謁見はかなわぬものと思っていました」

「子爵によれば、これは相当に異例なことのようだ」

リース＝ロスはイギリス国王から天皇に宛てた親書を携えており、それを直接奉呈したいと申しでていた。その親書の力により謁見がかなえられたのである。

リース＝ロスは笑顔で続けて、

「思ったとおりだ。もともと親書を起草したのは私なのだがね。一度王の手に触れただけで、一枚の紙切れが日本政府や強大な力をもつ軍をも飛び越える力を得た」

リース＝ロスは、学生時代に古典研鑽に集中したこともあって重要文書の組み立てにおける伝統的な法則に精通しており、以前、首相秘書官を務めたときには国王の国会開会式でのスピーチ起草を任されていた。このときに国王の信頼を得て、のちに高官となってからも、しばしば詔勅の起草をもちこまれた。天皇への親書直接奉呈という発想はリース＝ロスによるものだが、その背景にはこうした彼と王との関係があった。

「やれやれ。これでようやくこの重苦しい日々から解放されるのですね。親書をもったままでは日本から離れるわけにはいきませんから」

「確かに重苦しい日々だ」リース＝ロスは笑顔を苦笑に変えていった。「まともに話もしたがらない連中ばかりだからな。いま思えば、われわれの案への反対の意思を隠さなかった広田外相には誠意があったと思えるよ」

「誠意ですか」

エドマンドも苦笑した。

「子爵によれば、広田は、私との会見後すぐに謁見の申請書を宮内省に転達して、さらにその四日後に、謁見を認めるようにと嘆願する広田名義の書簡を宮内省宛てに発出したのだそうだ。広田には感謝しなくてはならない」

「イギリス国王の親書を携えている者を、いつまでも待たせるわけにはいかないという外交儀礼上の判断でしょう」

「天皇謁見が実現することによって状況が変わるような気がするよ」

「それはどうでしょうか。天皇は政治に関与しませんから」

「いや。天皇からいいことばを賜ったうえで要人との会見に臨めば事態は好転するかもしれないぞ。今日の午後は重光外務次官との会見だ。広田との会見のときに話した感じでは、重光は穏健かつ合理的であり、かつ知的な人物であるように思えた。前向きな話ができるような気がする」

リース＝ロスは苦笑を濁りのない笑顔に戻してそういった。

リース＝ロスの天皇謁見は一九三五年九月十七日である。クライブ大使が随行した。

事前にクライブ大使に教えられたとおり、リース＝ロスは天皇の前で二ヤードの距離をおき、背筋をのばしたままで三度頭と肩を前へ倒した。

天皇は親書を受け取り、それを読むことなく、リース＝ロスに国王ジョージ五世の健康を訪ねた。

それがこの謁見のほとんど全てだった。むろん外交に話がおよぶことはなく、ミッションの目的すらも尋ねられることはなかった。

天皇は大使とも挨拶程度の短い会話をし、それで謁見は終了した。

リース＝ロスがこの謁見で得たのは、皇居の長い廊下には意外なほどに装飾がなされていないということと、天皇がときおり詰まりながらもきれいな英語を話すということを知ったことだけだった。


重光葵外務次官との会見は次官公邸でおこなわれた。イギリス側はクライブ大使とエドマンドが、日本側は津田順一大蔵次官が同席した。

会見は、これまでの会見とは異なり通訳ははいらず、英語のみでおこなわれた。

会見は雑談から始まった。前回の広田外相との会見のあとにリース＝ロスたちがみた東京の姿や食べたもの、そして、どうにも蒸し暑くてしようがない気候の話などである。

雑談が続き、エドマンドが、はやく本題にはいれ、と思っていらつき始めたころ、応接室のドアがひらき、男がひとりはいってきた。男は挨拶のことばも会釈もなく、静かに重光の座るソファのうしろの折りたたみ式の椅子に腰を掛けた。

リース＝ロスがようやく「さて、中国のことですが――」と話題を転じた。

リース＝ロスはいきなり満洲国を通じた資金供与スキームについて話し、重光の意見を求めた。

エドマンドは驚き、リース＝ロスの横顔をみた。これまでの日本の要人たちとの会見で満洲国問題がいかにセンシティブであるかを実感し、そのような問題は会見の最後に切りだすものと思っていた。

重光は、「まったく自分一個の考えですが――」と前置きをした。そのことばは、他の日本政府関係者とは違う内容を話すという合図にように聞こえた。

が、重光の口から続けてでたことばは一週間前に広田外相から聞いたものと大差はなかった。

「日本と中国との関係はこのところ安定の一途にありますので貴国にご心配いただくまでもありません。満洲国問題は日本と中国との直接交渉によればよく、第三国の介入は問題をいたずらに複雑にするだけです。蔣介石らは満洲国は承認するほかないと考えています。いまはタイミングを見計らっているだけで、実質的に承認しているも同然なのです。当方には積極的に承認を獲得する必要はないのであって、中国からの歩み寄りを待てばいいのです」

重光はそういって、「ブオッ、ブオッ、ブオッ」と濁った声で笑った。

広田外相が述べたことばをまるまる写したかのようである。これが政府の公式見解なのだろう。「自分一個の考え」と前置きをする意味がいったいどこにあったのか。

エドマンドは重光のうしろに座る男に目をやった。男の膝のうえには数十枚のペーパーが置かれている。そこに重光が話すべき内容が書かれているのだろう。男は頭を垂れてペーパーを凝視している。重光がペーパーの内容と異なることをしゃべらないか、一言一句確認しているかのようにもみえる。

リース＝ロスが、

「満洲国を絡めないにしても、とにかく中国に対する資金支援がなされなければなりません。それも早急に。日本の意向に配慮するというのがわが国の方針ですが、では日本としてはどのような形での対中支援が考えられるのでしょうか」

と問うと、重光は、

「資金の使途が問題です。いまの状態の中国に資金を供与すれば必ず軍事に費やされてしまいます。わが国の国民を殺すための飛行機や戦車購入のための資金をわが国が支出するようなものです」

と否定的に答えた。

「使途を経済関係に限ることとし、資金のゆき先を厳しく監視すればいいではないですか」

「監視を有効適切におこなえるのか、はなはだ疑問です」

これも広田外相との会見でなされた会話とほぼ同じだ。聞きながらエドマンドは、やれやれ、と顎を横に小さく振った。

リース＝ロスが話題を幣制改革に移した。改革案の概略説明については広田外相との会見時と重複するので省略しようとすると、重光のうしろの男が初めて口を開き、

「いえ、ぜひお聞かせいただけませんか」

といった。リース＝ロスが重光の顔をみると、重光は小さくうなずいた。

エドマンドが幣制改革の概要説明をおこなった。ときおり重光のうしろの男をみると、メモをとりつつ熱心に耳を傾けている。

エドマンドの説明が終わると、男が質問をし始めた。銀本位制を離脱する場合、為替レートをどの水準に設定するのかとか、すでに発行されている銀行券の回収をいかにおこなうのかといった質問で、エドマンドの頭に案はあるが、リース＝ロスとの会話でも話題になっていない具体的な内容である。

エドマンドは「私案ですが」と断ったうえで、逐一ていねいに答えた。

男の質問とエドマンドの回答が続く。男は未だ名も名乗っていないが、エドマンドはリズムのいい会

話を楽しんでいる自分を感じた。

金融専門用語が飛び交う会話を黙って聞いていた重光があくびをした。それをみてリース＝ロスが「もう十分だろう」と遮り、質問と答えの応酬はようやくにして終わった。

重光が、総括するように、

「その改革案は満洲国での改革に倣おうということでしょうけれども、満洲国とは異なり中国の政情は安定しておらず、政府の力も弱い。そんな中国で成功するか、はなはだ疑問です」

といった。またもや広田外相のことばと同じだ。リース＝ロスは、首を横に振りつつ、

「日本にきてから耳にしたことは、どれもこれも失望するものばかりでした」

といって、会見を切り上げた。

重光が立ち上がり、リース＝ロスの手を握った。

エドマンドは重光のうしろに立っている男に向かって手をのばし、

「ぜひ名前をお聞かせください」

といって男の手を握った。

男は力をこめて手を握り返し、「ご挨拶が遅くなりすいません。私は森尾慶※といいます」といって名刺をさしだした。「やあよかった。今日のために急いで英語の名刺をつくったのですよ。使えてよかった」と、森尾は朗らかにいった。

エドマンドは名刺の肩書きを読んだ。Army Major すなわち陸軍少佐、Paymaster すなわち経理部所属。

森尾はエドマンドの手を握ったままで経歴を短く語った。

森尾慶陸軍三等主計正は戦時経済研究で博士号を取得した異才である。陸軍経理学校卒業後、東京大

学経済学部選科で経済学を修めた。陸軍の派遣でジョンズ・ホプキンス大学にも一時籍をおいた。

重光が、

「各種問題について意見交換をおこなうのは日英協調のために有益です。帰国の際はぜひ日本を経由してください」

と外交辞令で締め、エドマンドが森尾に対し、リース＝ロスの手を離した。

「ではまたいずれ」

というと、森尾は

「すぐにまたお会いするでしょう」

と答えた。エドマンドは

「すぐにまた？」

と問い返したが、森尾は微笑んだままで口を結んでいた。

3

リース＝ロス一行が東京を離れたのは翌九月十八日である。

超特急列車と称される〝燕〟で神戸にいき、そこから日本郵船の定期船で瀬戸内海を抜け、長崎を経由して上海へ向かう。

日本滞在で得られたものはほとんどなかった。

帝国ホテルから東京駅へ向かう車中、リース＝ロスは車窓に映る皇居の緑を眺めるばかりで、ひとことも発しなかった。エドマンドはリース＝ロスの失意の背中をみながら、横浜入港のときに富士をみて抱いた畏怖のような感覚は悪い予感だったのだ、と思った。

ただエドマンドはリース＝ロスほどには落胆していない。東京はあくまでプロローグであり本番はこれからなのだ。

昨夜エドマンドは重光外務次官との会見内容を本国に報告する電文を作成した。重光が満洲国承認について「中国からの歩み寄りを待てばいい」といっていたことを文字に起こしたとき、もしかすると、「満洲国を絡めた借款スキームは日本からは提案できないものの中国のほうから要請してくれば検討し得る」という含意があるのではないか、と思い立った。自分が考えだした借款スキームは一度は死んだものと思ったが、中国に渡る前に生死を決めるのは早すぎる、と思いなおした。

東京駅で列車に乗りこむと、借り切っているはずのコンパートメントのなかに日本人の若者がおり、ひとつの席を占拠し座っていた。

若者はリース＝ロスに向かって自分は新聞記者であるといい、インタビューをさせてほしいと願った。エドマンドは記者の無礼を咎めたが、記者は諦めようとせず、リース＝ロスの向かいの席に腰を落ちつけて一方的に質問を始めた。

リース＝ロスは腕組みをして目をつむり黙っている。エドマンドが睨みつけても、記者は臆さずひとりで話し続けた。

東京駅を午前九時に出発した燕は二十七分後に横浜に着く。

横浜駅をでると、記者はリース＝ロスに嘆願した。

「編集長にこの取材旅行の費用をだしてもらうのに非常に苦労しました。もしインタビューをとれずに

記者は泣きだしかねない表情である。それをみて、リース＝ロスは苦笑し、

「わかったよ。質問にお答えしよう。ただ、答えられないことも多いが了解してくれたまえ」

記者は喜び、最初の質問をした。

「ではまず、今回のミッションの目的をお聞かせいただけませんか」

このミッションの目的は公式には発表されていない。

「中国の経済情勢の視察だよ。景気が悪化しているようだが、その状況を調査しにいく」

「調査をして、改善策を国民政府に対して示すのですね」

「うむ。そうなるだろうね」

「中国経済のなにについての調査でしょうか。やはり通貨制度でしょうか」

「われわれは中国経済がいかにすれば改善するか、その方策を探りにいく。通貨制度を変革することも、その方策のうちのひとつかもしれない」

「具体的にはどのように通貨制度を変革することを考えておられるのでしょうか」

エドマンドはリース＝ロスに向かって小さく首を横に振り、記者に話すべきことがらではない、と伝えた。リース＝ロスはシガーに火を点けながら、

「なにも決まっていないよ。まずは現地の状況をみてみなければならない」

といった。記者は終わりまで聞かずにことばを返し、

「銀本位制から離脱し、中国元をポンドにリンクさせるつもりではないのですか」

リース＝ロスは口を噤み、首を斜めにしてとぼけた顔をつくった。記者は質問のしかたを変え、

「中国に対して、具体的にイギリスはどのようなことができるのでしょうか」

エドマンドはリース＝ロスの横顔に向かって「サー」と声を掛けた。記者はリース＝ロスから借款な

ど、援助を意味することばを引きだそうとしている。そして、〈イギリスは天羽声明に示される日本の姿勢を顧みず、日本をだし抜ぬき援助せんとしている〉という内容の記事を書こうとしているのだ。

リース＝ロスはエドマンドをちらりとみて小さくうなずいてから記者に向かい、

「それは、彼らにイギリス製のビールをもっと売ることだよ」

といって、片目をつむってみせた。


昨年末に開通したばかりの丹那トンネルをぬけ、沼津には定刻の十一時に着いた。

記者はなんどもなんども腰を折り、頭を下げてから、沼津駅で下車した。

沼津をでると、右手に富士の姿があった。東京湾でみた富士よりずっと大きい。

エドマンドは、いっそう威圧的にみえる富士の広い裾野をみながら、リース＝ロスが記者に対していったことばを思いだしていた。

どうしてリース＝ロスは「イギリス製のビールをもっと売る」といったのか。それではイギリスが自国の輸出をのばすためだけに中国の経済改革をなそうとしているかのようではないか。せめて「イギリス製の安くてうまいビールをもっと売る」というべきだったのではないか。そのほうが、イギリスと中国両方の国の利益となる経済改革を目指しているということが表現されたのではないだろうか。

深く考えるほどのことではないのかもしれない。ただ、リース＝ロスと自分とでは、このミッションの目的についての考え方に小さくないずれがあるのかもしれないとも思えた。

共同借款

1

フレデリック・リース＝ロス一行は神戸と長崎でそれぞれ一泊し、一九三五年九月二十日、長崎を発って上海に向かった。

長崎―上海航路は〝日支連絡船〟とも呼ばれる日中間をつなぐ最重要幹線であり、日本郵船が二隻の五千トン級船、〝上海丸〟と〝長崎丸〟を四日に一度のスケジュールで運航している。距離でいえば長崎は東京よりも上海に近い。長崎を正午過ぎに出航した船は翌日夕刻に上海日本総領事館のすぐ前の郵船桟橋に横づけされる。

エドマンド・ホール＝パッチは、特等室のリビング・ルームでリース＝ロスの寝酒の相手をさせられている。本来その役目を担うべきリース＝ロス夫人は瀬戸内海を抜ける船上で島々の美しさにはしゃぎ過ぎてしまい、まだ九時前だというのにベッド・ルームで寝息をたてている。

エドマンドは、ロンドンをでてから一か月以上にわたって朝から晩まで顔を突き合わせ、東京にはいって以降は不機嫌な顔が続いている上司と狭い部屋にふたりだけでいることに窒息しそうな息苦しさを感じた。シガー・ルームへ移ってはと提案してみたが、リース＝ロスは「疲れている」といって動かなかった。

シガーを勧めながらリース＝ロスが訊いた。

「では明日は、上海の港についてから南京への夜行列車に乗るまでのあいだにミーティングをおこなうということか。夕食の時間はとれるだろうか」

「宋子文は、われわれが到着次第、港のそばのホテルでミーティングをおこない、そののちにディナーに移動したいとのことです。もし到着が遅延すれば食事をしながらのうちあわせとなります」

「慌ただしいな。宋子文と話すのは南京から戻ったあとでもいいのではないか」

「先方の強い希望です。空き時間はあるのですから断るわけにはいきますまい」

「やれやれ。日本では時間をもてあましたが、中国では逆にずいぶんと忙しそうだな」

リース＝ロスは自分もシガーをくわえ、火を点けた。

「望むところではないですか。これからが本番です」

「嬉しそうだな」

「当然です。やっと仕事ができるのです。成果なくただ待つことには厭きました」

「確かにそうだ。私もきみのように前向きに考えなくてはならないね」リース＝ロスは小さく笑い、「ところで宋子文だが、彼は中国政府において、いったいどういう位置づけなんだ。財政部長を辞めてもう二年になる。プライム・ミニスターを務めたことはないから文官の位階を極めたというわけでもなさそうだ。中国では年長者を無条件で敬うそうだが、宋子文は長老というわけでもない」

「長老どころか、彼は私と同世代ですよ。まだ四十になるかならないかというところのはずです」

「ただの民間銀行のトップなのに、中国経済関係で耳にするのはこの男の名ばかりだ。蔣介石の親族だそうだが、それが理由で経済界で大きな力を有しているのか」

「彼の妹の美齢※が蒋介石の妻です。それも彼の力の理由のひとつでしょうけれども、実績が大きいようです。ハーバードで経済学修士、コロンビアで経済学博士を取得し、帰国後、姉で孫文夫人の慶齢※の推薦で孫文の革命に参加して、広州の革命政府の財政の長官とセントラル・バンクの総裁に加えて広東省の商務の長官にも就いています。複数の要職を兼務して通貨制度や塩流通税の整備などをおこない、短期間のうちに財政を建てなおして、孫文の革命を経済面で強力にサポートしたようです」

リース＝ロスはエドマンドの話の途中で視線を壁のほうに移した。そこにある小さく丸い舷窓は月明かりを受けて青く光っている。

リース＝ロスは窓をみたままで、

「そのころはまだ地方政権だったのだろう。政府の規模が小さかったから成功したんじゃないのか。この男が最近やっていることはカネ集めばかりのようにみえるぞ。それも、あまりうまくいっていないようじゃないか。中国経済の苦境をしきりに訴えているが、なんとかしてくれと叫ぶばかりで、自分ではなんの努力もしていないようにみえる」

「どうでしょうか。僕には、なんの努力もしていないのではなくて、国を豊かにしようともがき苦しんでいるようにみえますが。国際会議の席でなんどか会う機会があり、ことばを交わしましたが、かなり頭の回転が速い男であるという印象をもっています」

「よくない評判もある。権限を利用して私財を蓄積しているという噂を聞いたぞ。まあ、中国では権限を利用して儲けようとしない者は愚かだと考えられるそうだから、中国ではあたりまえのことなのかもしれないがね」

「現財政部長の孔祥熙※については諸々悪い噂を聞いています。しかし宋子文についてはどうでしょう。現財政部長がそうならば前財政部長もそうに違いないという類推に過ぎないのかもしれません」

「まあ、そうかもしれんが、煙のあるところにこそ火があるようにも思うがね」

リース＝ロスはシガーを深く吸い、肺を満たした煙を、ため息とともにゆっくりと吹きだした。

天井にのぼっていく煙は窓から射しこむ月光に照らされて、ほのかに輝いた。


翌日、エドマンドは日本入港のときと同じように、早朝にキャビンをでてデッキに立った。

船は白い半円を描きながら旋回し、海のように広い長江から黄浦江《ファンプージアン》へとはいっていく。

(隣の国でもずいぶんと違うものだな)

と、エドマンドは思った。右前方にみえる砲台のある丘を除けば、みわたす限りの平らな大地だ。富士をみたときには怖さのようなものを感じたが、ここで感じるのはおおらかさだ。頭のうえを鳥の一群が長江から陸に向かって飛んでいく。その姿を目で追っていると、なにやら鳥たちに誘《いざな》われているような感じがした。

船は蛇行する黄浦江をゆっくりと遡り、正午過ぎに上海虹口《ホンコウ》の郵船桟橋に着いた。

一行は、アレクサンダー・カドガン※大使とトニー・ジョージ商務参事官および三十人ほどの中国政府職員に迎えられた。

リース＝ロスは桟橋を歩きながらエドマンドに
「迎えがずいぶん多いな。今回の調査に関係がない者も混じっているんじゃないのか」

と、小声でいった。

「迎えの人数を揃えることが最高のもてなしと考えているのでしょう。日本での歓迎との違いがよくわかるじゃないですか」

エドマンドはそういいながら、黄浦江に面してずらりと建ち並ぶ荘厳な摩天楼群をみた。その姿は両手を広げて来訪者を迎え入れているかのようにみえる。

ちなみに、エドマンドはこのミッション終了後もイギリス財務官として上海に残る。そして日本の真珠湾攻撃のときまで六年強にわたって上海の地にあり、通貨戦をしかける日本と防戦する中華民国との間で奔走することになる。

その第一歩をいま踏みしめたのだった。


一行は財政部の用意した車で郵船桟橋から歩けるほどの距離のサッスーン・ハウス（現和平飯店北楼）に向かった。ピラミッド型の屋根が特徴的なサッスーン・ハウスに入居する名門ホテル、キャセイ・ホテルがこれから数ヶ月間の住居となり、事務所となる。

一行はいったん部屋にはいったものの、ポーターに預けたバッグが届けられるよりも先に部屋をでて、キャセイ・ホテル内の会議室に向かい、宋子文との会見に臨んだ。

出席したのは、イギリス側はリース＝ロスとカドガン大使、エドマンド、イングランド銀行のシリル・ロジャース。中国側は宋子文のほか財政部から数名である。

リース＝ロスがまず、

「中国には遅かれ早かれカレンシー・リフォームが必要となると考えていますが、いかがお考えでしょうか」

と、基本的な考え方を問おうとすると、子文は、

「遅かれ早かれ、ではありません。早急に改革が必要です。複数の金融機関が危機に陥っており、その数は今後数ヶ月のあいだにも大きく増えるでしょう。事態は逼迫しています」

と訴えた。その目は「のんきなことをいわないでくれ」といわんばかりの強いまなざしだった。そして

続けて、

「目下の不況の最大の要因は銀価格の高騰です。われわれは昨年より銀輸出平衡税による調整をおこなっていますが、十分に機能しているとはいえません。早急に抜本的対策を実施しなければなりません」

リース＝ロスが、

「抜本的な対策というのは、すなわち中国元の銀に対するレートの大幅な切り下げのことでしょうか。それとも――」

というと、子文は終わりまで聞かずに、

「いいえ、違います。それでは問題の根本的解決にはなりません」

「では、銀本位制を捨てる考えなのですか」

子文は「イエス」と、はっきりと首を縦に振り、

「もはや銀本位制からの離脱以外に方策はありません」

リース＝ロスはエドマンドと顔を見合わせた。リース＝ロスも銀本位制離脱が必要と考えているのだが、中国において金融当局者に対してその必要性を説き、難色を示すようならば説得をせねばならないと考えていた。しかし子文に対してその必要は全くなかった。

リース＝ロスは、

「中国の人民は長期にわたって銀本位制に慣れ親しんでいます。銀を捨て去ることは容易ではないのではありませんか」

と問いを投げかけた。中国側が銀本位制離脱に反対する理由として挙げるだろうと想定していたことを、リース＝ロスの側から示してみたのだ。

「銀価格に国内経済が翻弄される状況はもはや終わらせなくてはなりません。中国人が長期にわたって

銀本位制に慣れているといっても、たかだか数百年です。それ以前には銅貨や紙幣も使われ、太古には青銅だったときもあります。中国の長い歴史からすれば数百年は長い時間ではありません」

と、子文は冗談なのか本気なのか判断がつきかねるようなことを平然といった。そしてつけ加えて、

「ハード・カレンシーからの離脱が世界的潮流でもあります」

リース=ロスは再びエドマンドの顔をみた。ハード・カレンシーは、ここでは金か銀のことを指している。つまり子文は、金本位制は採らないと断言したのだ。イギリスとしてはできれば元をポンドにリンクさせたい[注]。そのためには金本位制を採用させてはならないのだが、どうやらその心配は無用のようだ。

「カレンシー・リフォームの具体的な案がすでにあるのでしょうか」

「あります。明日改革を実施できるかと問われれば、それほどまでには詰まっていないとお答えしなければなりませんが、相当程度の形にまでは仕上がっています。私の頭のなかでは、改革の大筋は北伐[注]軍が北京を占領した七年前にはすでにできあがっていました」

「そんなに早くに――」と、リース=ロスは驚き、目を瞬いた。「その具体案をぜひ聞かせてください」

「むろんです。ただ今日は時間がありませんから、南京からお帰りになったときに。われわれの案に対する意見をいただきたい。そして詳細を詰めるお手伝いをいただければ。南京から戻られたあとに共同でカレンシー・リフォームのタスク・フォースをつくりましょう」

リース=ロスは嬉しそうに「ぜひやりましょう」といって、子文に握手を求めた。

「七年前といえばグレート・デプレション（世界恐慌）の発生前ではないですか。この国が不況に陥るよりもずっと前だ。ずいぶんと早い」

とリース=ロスがいうと、子文は、

「そのとき考えたタイムテーブルからずいぶんと遅れています。もともと、わが国の通貨制度ではテール（銀塊）と銀コインの両方が取引などに使用されていました。二年前にその状況を改めて後者に統一しましたが、それは改革の第一段階として七年前に考えたものです」

中国は一九三三年に〝廃両改元《はいりょうかいげん》〟を断行した。すなわち、秤量貨幣である銀両と計数貨幣である銀元とが併存する状態を終わらせ銀元に統一した。

子文が続け、

「その第一段階の実施に五年も要するとは思いませんでした。銀本位制からの離脱については未だ実現していない。いいわけじみていますが、諸々の困難な事情もありまして」

そういいながら子文は頭のうしろを指で掻いた。その仕草はいたずらがばれた少年のようであり、エドマンドはこの同世代の男に好感を抱いた。

「困難というのは、資金がないことですね」

「そうです。それが困難のうちのひとつです。実に頭が痛い」

「カレンシー・リフォームを成功させるためには、改革の前に政府債務を整理し、かつ潤沢な外貨準備を用意しておかねばなりません。そのためのひとつの方策は国内の銀のことごとくをアメリカに買い取ってもらうことですが――」

と、リース＝ロスは語尾をのばし気味にいった。中国市場をめぐってアメリカと競争するイギリスとしては、アメリカによる支援は好ましいものではないのだ。

「アメリカとの交渉は順調とはいえません。われわれはアメリカに対して銀価格の安定を要請していますが受け入れられません。昨年九月には、『もはや銀本位制を維持できず銀本位制から離脱したいので銀を金に交換してほしい』と要請しましたが、それに対する回答は『銀から金の交換はマーケットでできるので政府間取引は考えていない』と、にべもないものでした。むろんわが国がマーケットで銀を売り始めればマーケットは大混乱に陥りますので、できるはずがありません。その後アメリカは銀買い取りに応じましたが、その数量はわずか千九百万オンスであり、とても銀本位制から離脱できる量ではありませんでした」

子文は感情をださない顔でいったが、腹のなかには怒りがあるはずだ。アメリカ大統領と、その指示に従う財務省は、銀産出業界の要請に応じて銀価格を吊り上げている。その影響を最も受けているのが大国のうちで唯一銀本位制を採る中国だ。銀価格高騰により引き起こされた経済苦境から脱するために、アメリカが他から買い入れている価格で銀買い取りを求めてもアメリカは応じようとしない。中国が銀本位制を捨てれば市場に大量の銀売り圧力が加わる。だからアメリカは中国に銀本位制から離脱されたくないのだ。

リース＝ロスがいった。

「アメリカに銀を売ることができないとなれば、十分な外貨準備を用意しておくためには国外からのローンが必須となりますね」

リース＝ロスは満洲国承認と絡めた借款スキームに話題を転じようとしている。エドマンドは昨夜の船中でリース＝ロスに、中国のほうから提案すれば日本もスキームを受け入れるかもしれないと教え、リース＝ロスは「確かにそうだ」といって、スキーム実現に再び意欲的になっている。

「私も外国からのローンはぜひ必要と思っています」

と、子文はうなずいた。しかし続けて、

「ただ、外交的な制約や内政への干渉を受けずに援助を受けねばなりません」

と、強い目でいった。リース＝ロスがいおうとしていることをあらかじめ知っているはずはないが、それをいわせまいとしたかのようでもあった。

リース＝ロスは借款スキームをここで切りだすのはやめ、

「しかしながら、デフォルトの可能性が低くない中国に対し、利子を得るだけのために資金をすすんで提供しようという者はいません。ローンになんらかの条件が課されることは覚悟しなくてはならないでしょう」

と述べるにとどめた。


会見後のディナーには、リース＝ロス夫人と中国政府高官が数名加わり、一方で他用のあるカドガン大使は出席せず大使館へ戻った。

メニューが半ばに達したころ、リース＝ロスが右隣に座る子文に対して満洲国承認と絡めた借款問題を切りだした。その声は小さい。リース＝ロスの左に座っているエドマンド以外には聞こえていないだろう。

子文はリース＝ロスの話をしまいまで聞かずに、

「その問題はここでお話しできる内容ではありません」

と遮り、隣に座る夫人に向かってテーブルの料理の説明を始めた。

子文が話題を嫌ったのは明らかだった。

2

予定のとおり一行はその日の夜に上海を離れて汽車で南京に向かった。

翌日さっそく財政部長の孔祥熙との会見がおこなわれたが、この会見で得られたものは極めて少なかった。宋子文との会見と大差がなかったのだ。リース＝ロスの質問に対する孔祥熙の回答は、前日の夕食前に聞いた内容とほとんど同じだった。

違いを敢えて挙げるのであれば、孔祥熙は外国からの援助の必要性をしきりに説いていたことだ。宋子文も援助が必要と述べたが、同時に外交的制約や内政に対する干渉を受けてはならないと強調し、外国からの援助が改革の必要条件とは考えていないようにもみえた。

孔祥熙の傍らには財政部顧問のアーサー・ニコラス・ヤング※がいて、孔祥熙が答えに詰まるたびにヤングが耳打ちをしていた。

ヤングは一九二九年にアメリカからの金融顧問団の一員として中国にきて、任期満了とともに帰国せずに、アメリカ国務省を退職して国民政府の経済顧問となった。年齢はエドマンドより五歳上だ。

エドマンドは会見のあいだ、新味のある話をいっこうにしない孔祥熙にいらついていた。おそらく孔祥熙は宋子文やヤングが練った案に対して忠実に従っているだけなのだ。

リース＝ロスが幣制改革の技術的なことがらに話を進めようとすると、孔祥熙は「そういう話は宋子文のいる場でないとできない」といって、まじめに聞こうとはしなかった。

孔祥熙は中途で退席し、部屋にはリース＝ロスとエドマンド、ロジャース、ヤングの四人が残った。

今朝、ヤングは孔祥熙とともに南京駅にきてリース＝ロス一行を迎えたが、そのときからずっとなにやら嬉しそうである。リース＝ロスとエドマンド、ヤングの三人は、一九二〇年代にパリでおこなわれたドイツの賠償問題に関する国際会議や、その後におこなわれた英米間の金融交渉においてともに働いたことがある。エドマンドは南京駅でヤングの顔をみたとき、戦場のさなかで懐かしい友人に会ったような和らいだ気分になったが、おそらくヤングも同じだったのだろう。

昔の思い出話をしばらく交わしたあと、ヤングは中国の経済事情と金融制度を概説し、続けて、一昨日に宋子文と孔祥熙に提出したばかりという幣制改革案を説明した。数年をかけて練りあげたという改革案はかなり詳細にわたるものだった。

翌日、カドガン大使に伴われて、汪兆銘[※]行政院長[注]との会見に臨んだ。

過去には国民党左派の代表として蒋介石らの右派と対立し、のちには日本の傀儡政府の中心人物となって蒋介石と袂を分かつことになる汪兆銘だが、この時期は蜜月状態であり、蒋介石は軍事、汪兆銘は内政や外交を担うという役割分担ができていた。

現れた汪兆銘は、東洋人にありがちの短躯ではなく、胸板のあつい精悍な男だった。それでいて顔の輪郭はふくよかで、両目尻のさがったまなざしはやさしげであり、人を惹きつける容姿の持ち主といってよかった。ただ声に力は感じられず、笑顔はさみしげでもあった。ときおり咳きこむ姿には明らかな疲労の色が感じられた。

金融や財政問題を孔祥熙や宋子文に任せている汪兆銘と幣制改革の具体策について論じる必要はなく、話題はおのずと借款の問題が中心となった。

「ローンを得るためには三つの条件を満たさなくてはなりません」リース＝ロスは指を三本立てた。「第一に、国民政府が経済改革案を受け入れ、かつその完全な履行を確約することです。第二に、過去の債務支払い遅延問題を解決することです。遅延している債務の返済をおこなうか、リスケジュールをしなければなりません。そして第三に、各国と幅広く協調することです」

第三の条件は「日本抜きでイギリスはローンを実施することはできない」ということを意味している。エドマンドは汪兆銘の顔色を窺ったが、汪兆銘は不快感を示すことなく首を縦に振った。

それをみたリース＝ロスは、満洲国承認を絡めた借款スキームを切りだした。

カドガン大使は驚いている。イギリス外務省はもともと満洲国を実質的に承認することになるこのスキームに反対であり、日本での交渉の推移をみて胸をなでおろしていた。にもかかわらずリース＝ロスが話を持ちだしたので、カドガン大使は明らかに顔を強張らせ、リース＝ロスの横顔を睨みつけた。ただ、話を中断させることまではせず、リース＝ロスはスキームを最後まで話した。

リース＝ロスは親日派とされる汪兆銘ならばスキームに賛意を示すかもしれないと考えている。

話を聞き終えた汪兆銘は眉間に皺をつくり、いった。

「わが国からこのような提案をしても、日本側が不当に条件を吊り上げたり約束を守らなかったりして、当初の期待どおりの結果を得られることはないと思います。日本政府の高官のなかにも正しい考えをできる人物がいるのは確かです。しかし彼らが、みずからが正しいと考える政策を実施する力を有しているかといえば、それは大変疑わしい」

「過去の中日関係を考えれば日本に対して強い不信感を抱かれるのは無理のないことです。しかしこの案は、わが国も含めた三国間のスキームです。中日二国間交渉の場合と比べれば、日本が不当な条件吊り上げや約束不履行をなす恐れはずっと少ないでしょう」

汪兆銘は首を横に振った。

「仮に経済的には利益が得られるとしても、実質的に国土を売ることとなります。政府は国内外からモラルを問われることとなります。中国国民はリットン調査団[注]の報告を受け入れ、それを中国東北部における基本政策と考えています。そこから逸脱することは、国内の政情を大いに不穏にし、新たな革命を引き起こしかねない」

リース＝ロスは引き下がらず、

「閣下は〝一面抵抗、一面交渉〟という方針を掲げておられます。対話の重要性を訴えておられる。それなのに対日強硬派の声を恐れて交渉もおこなわないというのは、一面抵抗、一面交渉の方針と矛盾するのではないでしょうか」

この〝一面抵抗、一面交渉〟とは、日本に対して抵抗を続ける一方で交渉も継続するという考え方で、汪兆銘の主張の神髄であり、蔣介石もこれに同調し、現在の国民政府の基本政策にもなっている。

リース＝ロスは続けて、

「相手を拒絶するだけでは中国と日本のあいだに横たわる問題を解決することは永遠にできないではありませんか」

と、口調を強くしていった。

そこに、カドガン大使が割ってはいった。

「時間も限られていますから本件に関しては後日さらに検討することとしましょう」

汪兆銘が、

「そうですね。われわれがなすべき幣制改革についてのお話も伺いたいですし」

と、カドガン大使に同意すると、リース＝ロスも話題を転じざるを得なかった。

3

南京から上海に戻ってすぐの九月二十五日朝、エドマンドはキャセイ・ホテルの部屋の窓から眼下の景色を眺めていた。

目の前には黄浦江が流れ、積荷を満載し、沈みそうなくらいに喫水線を上げた小舟が何艘も忙しそうにゆき交っている。その手前の外灘と呼ばれるエリアには入港する客めあての苦力《クーリー》（出稼ぎの肉体労働者）と人力車がひしめきあい、多数のアリが合戦をくりひろげているかのようにみえる。

視線を右方にめぐらすと、外灘の道路を見下ろすように、背に大きな双翼を広げた女神像が立っている。女神は高い台座のうえに立っており、その目線の高さは四階の窓からみているエドマンドの目線とほとんど変わらない。

この像はビクトリア、すなわち勝利の女神像である。一九二四年に先の世界大戦でのイギリス、フランス等の戦勝を記念し、共同租界とフランス租界のちょうど境界にあたる場所に建てられた。

ビクトリアの足もとには小さな広場があり、そこだけは苦力や人力車はおらず、数人の幼児が駆けまわっている。ビクトリアは、子供たちがころばぬようにとやさしく見守っているかのようにみえる。

黄浦江から吹いてくる秋の風が心地よく、頬に風を感じながら目を細めたとき、部屋のドアを強く叩く音がした。

爽やかな朝を破られた不快を感じながらドアを開けると、そこにはいっそう不機嫌そうな面もちのカドガン大使が立っていた。

「ドアが壊れるかと思いましたよ」

と皮肉をいうと、カドガンは
「リース＝ロス卿のドアをいくら叩いてもでてこないのでここにきた」

といいながら、押し入るように部屋にはいってきた。

「いまは朝のウォーキングにでておられるのですよ――」

というエドマンドのことばに被せるようにカドガンは、

「あのスキームは明らかに非現実的だ。この国の政治情勢をわかっていない。なにが重要なのかを全く理解していない。あぁ。神はアマチュア外交官からわれわれを救ってくれるのだろうか」

とまくしたてた。

「あのスキームとは、なんでしょう」

エドマンドは突然の訪問の無礼に対し、とぼけることで抗った。

「むろん汪精衛との会見でのことだ。汪精衛に圧力をかけた件だ」

精衛は汪兆銘の号である。

「それは、すなわち？」

「しらばくれるな。満洲承認に絡ませたローンの件だ」

「ああ、なるほど」

「宋子文との会見でも、私が帰ったあとにローンの問題を切りだしたそうじゃないか。そういうやり方は好きではない」

カドガンはどさりと音を立ててソファに座った。

（なぜそれを知っている）

二十一日のディナーの席でリース＝ロスが宋子文に話した内容を聞いていたのは自分だけだったはずだ。リース＝ロス夫人の耳にもはいったかもしれないが、夫人がそれを漏らしたとは思えない。ということは、カドガンは中国側から話を聞いたのか。

「会話の流れでそういう話になっただけで、大使がいないときを狙ったわけではないと思いますが」

カドガンは短く鼻で笑い、

「日本で不調だったから、中国側から提案をさせようと考えているのだろうが、そのようなことを期待

「どうでしょうか――」

とエドマンドはいったが、心中では、そのとおりかもしれないと思っている。日中双方の要人と話をして、満洲問題は雑に扱えば容易に壊れる陶磁器のようなものであることがわかった。にもかかわらずこだわり続ければ、思わぬ落とし穴にはまることになるかもしれない。

カドガンが続ける。

「先月、汪精衛が辞職を申しでたことはきみも知っているだろう。あれは汪精衛の政策が対日宥和的に過ぎるという批判が激しく、身の危険を感じたからだ。あのときは結局蒋介石に説得されて辞意を撤回したが、いま満洲承認を持ちだせば命がないと汪精衛は思っている。汪精衛だけではない。ほかの誰がいいだしても、その者は葬られることになる」

「南京でリース＝ロス卿がいっておられたように、一面抵抗、一面交渉を掲げ、かつ孫文の革命に参加した革命家でもある汪精衛ならば、みずからの命の危険を顧みずに日本との交渉をなそうとするという

ことはありませんか」

「命というのは政治生命のことではないぞ。この国では指導者の暗殺が絶えない。自分が殺されるとわかっていれば主義も枉げざるを得ない。そうだろう」

カドガンは同意を求めるように顎をしゃくったが、エドマンドは黙っていた。カドガンは構わず続け、

「もし汪精衛が満洲スキームに同意したとしても、そのときはそのときで新たな、それも重大な問題が発生する。対日強硬派は政敵を逐い落とす絶好の機会とみて対抗姿勢を明らかにする。いまは蒋介石が汪精衛の政策に同調することでこの国の安定がかろうじて保たれているが、対日宥和政策の分が悪いとみれば蒋介石は汪精衛との婚姻を解消する。この国は分裂し、群雄割拠の時代に逆戻りだ。そうなれば中国経済は崩壊し、われわれは甚大な損害を被ることになる。きみたちにはそれがわからないのか」

「しかしながら、この国の経済を建てなおし、わが国の利益を守るためにはカレンシー・リフォームが必要であり、そのためには潤沢な対外支払い準備が必須です。すなわちわれわれは、どうしてもローンを実行せねばならないのです」

「東京にローンをいいださせなくてはだめだ。しかし広田は『日本は満洲の現状に満足している』といったそうじゃないか。日本からいいださせることができるとは思えん。仮に日本がいいだすとしても、相当に厳しい条件をつけてくるだろう」

一方的にまくしたてるカドガンの態度が気に障り、エドマンドは思わずとげのある口調で、

「ならばどうすればいいとお考えなのですか。僕は日本を絡めずとも直接ローンをおこなえばいいと思っています。しかし外務省としてはそれは受け入れられないのでしょう」

エドマンドの口調に驚きカドガンは小さくのけぞった。

「そ、そうだ。そんなことをすれば日本と対立することになる。日本を飛び越えてローンを実施することは認められない。どうやってローンに日本を誘いこむか、それはきみら大蔵省が考えろ」

電話機が鳴った。フロントからで、リース＝ロスが外出から戻ったことを伝えた。

カドガンは、

「リース＝ロス卿が戻ったらここに連絡するようにと頼んでおいたのだ」

といって立ち上がった。そして、

「まさにムーンシャイン（ばかげた話）だ。われわれの名はこの中国で泥にまみれることになるに違いない」

と、毒を吐きながら部屋からでていった。

4

九月二十七日、宋子文との二度目のミーティングがおこなわれた。

出席者はイギリス側がリース＝ロス、エドマンド、イングランド銀行のシリル・ロジャース。中国側が宋子文と財政部顧問のアメリカ人、アーサー・ニコルス・ヤングである。

このメンバーに、ときに孔祥熙を加えた六人は、この日から一ヶ月間毎日のようにミーティングを重ねる。五十五歳の孔祥熙と四十八歳のリース＝ロスを除けばみな年齢が近く、また、もともと国際会議の席でなんども顔をあわせたことのある金融のスペシャリスト同士ということもあって、飾りのない率直な意見の応酬がなされるようになる。

子文は銀本位制からの離脱の必要性を強く説いた。

むろんリース＝ロスも銀本位制は捨て去らなければならないと考えているのだが、敢えて、

「銀本位制から離脱すれば両替を主業務とする中小金融機関への悪影響は免れない。その点についてはどう考えておられるか」

と問題を提起した。

「多数の銭荘[注]や両替商が倒れることになるでしょうけれども、それはやむを得ないことです」

と、子文は迷わずにいった。

「しかしだね、ＴＶ」と、エドマンドが反論する。宋子文の英字表記は Tse-Ven Soong で、ＴＶはその名の頭文字をとったもので子文は自分をそう呼んでほしいといった。「金融の混乱が大きくなりすぎる。取りつけ騒ぎが起きれば、経済という楼閣を建てなおすつもりで実施した改革が却って倒壊させる結果になる。中小金融機関救済の方策をあらかじめ考えておく必要があるのではないか」

「エド。孫文先生の始めた革命の道は未だ途上にあり、いま僕らが成そうとしていることも、この国の経済の革命なのだ。カレンシー・リフォームというよりも、むしろカレンシー・レボリューションなのだよ。革命なのだから多少の血が流れるのもやむを得ない。僕はそう思っている」

子文の決意をうなずきながら聞いていたリース＝ロスは「あなたがそういう決意をもっておられるのならば私はなにもいわない」といい、つけ加えて、「イッツ・ユア・フューナラル（It's your funeral）」といった。

この「悪い結果となってもあなたが自分で責任を負わなければならない」という意味のイディオムをリース＝ロスは軽い気持ちでいったのだが、子文はそれを知らず彼自身が葬られるという意味とり、もともと大きな目をさらに見開いて驚いた。

リース＝ロスが笑って「不吉な意味は全くない」と教えると子文は気を鎮めたが、

「しかしながら実際僕の命は危険に晒されるかもしれません。銀本位制離脱によって損を被るのは中小金融機関だけではなく、ほかにも大きな損害を被る者が多数います。例えば投機的目的で銀を多量に保有する者。マフィアは多量の銀を所持しています」

と、眉をしかめ困ったものだという顔をした。

「マフィアを救済してやることはできない」

とリース＝ロスが、デスクのうえのほこりを払うようにぞんざいにいうと、子文は、

「上海のマフィアは、おそらく想像されておられるよりもずっと規模が大きく、政財界においても絶大な力を有しています。むろん彼らを救済することはしません。それどころか、手ぬるい改革では必ずや彼らの妨害を受けます。ゆえに一気に、かつ徹底的に改革を成さねばなりません」

と、声に力をこめていった。

イングランド銀行のロジャースがいった。

「銀本位制から離脱するならば、通貨供給が恣意的にならないようにするため、政府から独立したセントラル・バンク制度を確立しなければならない。さもなければ発行紙幣に対する信認を得られない」

セントラル・バンクはすなわち邦語では中央銀行だが、国民政府が設立したその名も〝中央銀行[注]〟との混同を避けるため、普通名詞としての中央銀行は以下セントラル・バンクと呼ぶ。

ヤングが答えて、

「セントラル・バンクの政府からの独立はぜひ必要だと考えている。ただ、『政府からの独立』の意味が、いま百%政府保有となっている中央銀行の株式の一部を民間に保有させるということだとすれば、いまの収縮したマーケットの状況を考えると困難といわざるを得ない。段階を踏む必要がある」

ロジャースはヤングに向かい、

「中央銀行株式の売り出しは段階的にやるにしても、複数の銀行によって紙幣が発行されている状況については早急にあらためなければならないぞ。通貨発行は中央銀行一行に独占させる必要がある」

イギリスでは一八四四年に成立したいわゆるピール銀行条例によってイングランド銀行の紙幣発行権独占が規定され、それからすでに九十年が過ぎている。ゆえにリース＝ロスらにとって紙幣発行がセントラル・バンク一行に独占されるのが常識である。

ヤングが答えようとするのを子文が遮って、いった。

「銀行券発券機能については、中国銀行、交通銀行による発券も継続すべきと考えている」

ロジャースが子文に訊く。

「中国、交通両行の銀行券発行機能を存続すべきというのは、どういう理由によるのか教えてもらえないだろうか」

「中央銀行は設立から七年しか経っていない。中国銀行と交通銀行は、その前身の銀行設立から数えれば約三十年だ。もちろんイングランド銀行の歴史には比ぶべくもないが、七年と三十年の差は大きい。中国、交通両行に対する民衆の信頼は大きい。いまの全紙幣発行高に占める割合は中央銀行券が三十％。中国、交通両行を合わせれば四十％と中央銀行を上回る。改革を円滑に実施するためには二行にも発行権を付与するのが望ましいのだよ。半年前に中国銀行と交通銀行の政府出資比率をそれぞれ五十％と六十％に引き上げたが、これは二行にセントラル・バンクの機能をもたせるための準備だったのだ。僕が中国銀行総裁に就任したのもその一環だよ」

リース＝ロスは「なるほど」とうなずいたが、エドマンドには訊いてみたいことがあった。

「TV。気分を害さないで聞いてもらいたいのだが、僕はきみや、きみのお姉さんとその夫の孔祥熙財政部長らが職権を利用して私財を蓄積しているという噂を耳にした」

エドマンドはそこで区切って子文の顔をみた。ぶしつけなことばを投げかけられてどのような反応をするかを窺ったのだが、子文の表情に変化はない。エドマンドは続けて、

「僕の耳にはいっているくらいだから、この国では広く知られた噂なのだろう。他の銀行の紙幣発行を禁じておきながら、きみ自身が総裁を務める中国銀行に発券機能を残すとなれば、人々はきみがこの国の経済と金融を支配しようとしているというだろう。カレンシー・リフォームはこの国の社会を根底から変える大事業だ。きみはそれを主導し、その後も変革期にあるこの国で数々の事業を成すことになろうが、つまらない噂で歴史に名を残す機会を失うことになるかもしれない。それでも構わないということだな」

子文はエドマンドの目をしっかりみて、

「僕は政治家ではない。国民の人気に支えられて仕事をしているわけではないのだ。僕は民衆にどう思

われようとも構わない。この国の経済や社会をよくするためにはどうすべきか、それだけを考える」と、はっきりといった。

議題は借款の問題に移り、子文はリース＝ロスに向かって、

「カレンシー・リフォームのための外貨準備積み上げや国内外の政府債務整理などのために外国からのローンはぜひ欲しいと思っています。中国の経済情勢は深刻でありカレンシー・リフォームは一刻を争うのですが、ローンを得られることを期待して、イギリスからのミッションを待つことにしました」

といってことばを区切り、英字のタイプされた紙をリース＝ロス、エドマンド、ロジャースの前に一枚ずつおいた。

日本の新聞記事の英訳である。

朝日新聞の記事で、その内容は、リース＝ロスが広田外相に対し、日本がイギリスとともに二億円の借款を実施すればイギリスと中国は満洲国を承認すると提案した、というものである。

読み終わってリース＝ロスは眼鏡をとり、フレームの先を口にくわえた。エドマンドはそれが、驚きや怒りなどの感情を抑えるためのリース＝ロスのくせであることを知っている。

むろんリース＝ロスはこのような記者発表はおこなっておらず、日本政府が不用意にリークしたものだろう。もしくは、借款の金額として日本政府に示していないでたらめな数字が書かれているところをみると、全くの憶測記事なのかもしれない。

「われわれが記者発表したものではない。広田外相に対してスキームの説明をしたのは事実だが、二億円などという数字はいっていないし、満洲国承認を約束したという事実もない」

と、リース＝ロスはやや慌てていった。

「わかっています。日本政府の誰かが漏らした内容を記者が膨らませて書いたものでしょう。先日の

ディナーの席でローンのことを少し話しておられましたが、このスキームのことを話そうとされていたのですか」

リース＝ロスは満洲国に絡めた借款スキームについて詳述した。リース＝ロスは「民衆にどう思われようとも構わない」といい切る子文ならば、国内世論の反対を顧みずにこのスキームに賛意を示すかもしれないと思っている。子文が賛同すれば、このスキームの実現が一気に近くなる。

ところが子文は首を横に振った。

「カレンシー・リフォームはわが国が経済的苦境から脱するための単なる手段ではなく、経済的インフラストラクチャーの構築です。僕は、日本との戦いを戦い抜くためにはそれが是が非でも必要だと考えています。わが国と日本との関係は今後さらに悪化し、必ずや全面戦争に発展します。国を挙げての総力戦となります。それに耐えうる体力を得るために、通貨という血液を全面的に入れ替えようとしているのです」

エドマンドは驚きとともに子文の話を聞いた。むろん幣制改革はいまの中国に必須の経済的インフラストラクチャーの整備だと思っているが、きたるべき日本との戦争遂行のために必要な準備という考え方はしていなかった。

現代のわれわれはこの二年後に日中両国が戦争状態にはいることを知っているが、この一九三五年の時点で日本と中国とが全面戦争に突入すると確信している者は世界中探してもほとんどいない。日本と中国との関係は険悪だが、この年には公使の大使への格上げなどもあって日中関係は若干の雪解けムードにある。汪兆銘ら対日宥和論者は日本との戦争は避けられると信じており、対日強硬派にしても、諸問題の解決のためには戦争が必要だと考えてはいても、戦争が必然という考え方はしてない。しかし子文は、あとで述べるように、一九三二年の第一次上海事変のときにはすでに戦争の勃発をいち早く予見していた。

子文が続けて、

「国民革命軍は七年前に北京に入城し北伐を完成しましたが、この国は未だに分裂状態にあります。しかし、カレンシー・リフォームが実現して南京の紙幣が国じゅうにゆき渡ればこの国の統一は一気に進みます。僕のなかでは北伐は未だ途上にあり、この事業により完成するのです。孫文先生の始めた革命の総仕上げといってもいいでしょう。日本はこの国がひとつにまとまりきれない隙をついて満洲を分離し、華北に手をのばしてきています。日本はカレンシー・リフォームが中国の統一事業であると気づけば必ずや妨害しようとするでしょう。それに、ローンを得てカレンシー・リフォームを実行すれば、わが国は確実に強くなりますが、満洲に絡めた借款スキームによった場合、日本も満洲を得て大いに強くなります。まもなく敵となることがわかっている相手とそのような取引をおこなうことはできません」

リース＝ロスは再び眼鏡をとってフレームをくわえた。抑えている感情は落胆であろうか。

子文が続けてリース＝ロスに訊いた。

「いまのところ日本は、わが国のカレンシー・リフォームの目的は銀価格高騰に起因する不況からの脱出であり、日本との全面戦争のための準備とは捉えていないのではないかと思うのですが、先日の日本訪問での様子はどうでしたか」

「どうだろう。少なくとも私はそういう印象は受けなかった」

子文がうなずき、

「日本の新聞記事などをみていると、そうであろうと思っていました。ただ、僕のいう日本との戦争の準備という観点に気がつく日本人は必ずいます。いったん気づけば、日本はカレンシー・リフォームに協力しようとするはずはなく、むしろ妨害しようとするでしょう。いえ、すでに気づいているのかもしれません。僕の考えに気づいている者が日本政府内で動き、そのため、みなさんの日本訪問の際に日本政府から否定的なことばしか聞かれなかったのかもしれません」

　エドマンドは、重光との会見のときに重光のうしろに控えていた男のことを思いだした。名はなんといったか。

　エドマンドは記憶をたどり、

「ケイ――ケイ・モリオ」

とつぶやいた。

　子文が怪訝な顔でエドマンドをみたが、エドマンドは「いや。なんでもないよ」と首を振った。


　この日の夜、リース＝ロスは九月二十一日に上海にはいってから一週間の中国政府要人との会見内容の報告を作成した。

　発信前に報告書をみせられたエドマンドは、借款の問題について無理をして書いている、という印象をもった。

　満洲国に絡む借款について、汪兆銘や宋子文は、はなから否定的な態度であったにも関わらず、両者ともにスキームに一定の考慮を示したかのように書いている。

　そして末尾にはリース＝ロス自身のコメントとして、

〈政府要人たちはみなアイディアを拒絶してはいないという印象をもっている。この計画はある程度のインプレションを与えた。問題は、中国政府が動いたとしても、日本政府がそれに応える姿勢をみせていないことである。中国政府は、日本政府が応答するという確たる保証がない限り、国内において大きな政治的混乱を引き起こすリスクを冒すことはないだろう〉

としている。エドマンドは苦笑をこらえながら、

「もはやこのスキームの実現は、上海と長崎とを直接結ぶ橋を架けるのと同じくらいに難しいように思いますが」

「確かに難しい。しかし、日本と中国とのデタント（国家間の緊張緩和）は、わが国の中国における莫大な権益を護るためにもどうしても必要なのだよ」

「デタントが必要ならば、ほかの方策を探してみるべきだと思います。満洲国承認は触れてはいけない問題であることがよくわかりました。満洲問題にこだわれば、日中両国にわれわれの真意を疑われ、カレンシー・リフォームの実現が却って困難になると思います」

「きみのいうことはわかるよ。わかるんだがね――」

リース＝ロスはそれ以上ことばを続けなかった。エドマンドも、

（はっきりと認めたくないのだろうが、もはや諦めておられる）

と思い、さらに問うことはしなかった。


リース＝ロスの報告はその文面のままで電文に起こされ、ホーア外相宛に送致された。

そのわずか四十五分後、カドガン大使がホーア外相宛に〈以下の意見を venture to submit（敢えて提出する）〉という文言ではじまる電文を送っている。

同電文でカドガン大使は、〈中国の大臣たちは満洲国承認など問題外であるといっている〉としたうえで、〈彼らに強要すればわれわれに対する深い不信感を抱かせることとなり、われわれが日本と協調して行動していると思わせることになる〉とし、続けて、〈このことがヨーロッパの他国の知ることとなった場合、国際連盟において強硬措置の採用が検討されている現状において、どのような影響がある

かわからない〉と述べている。

ここでいう〈強硬措置〉とは、イタリアのエチオピア侵攻に対する国際連盟主導の対抗措置のことで、つまり、満洲国承認を進めればイギリスは東アジアにおいてはファシズムに寛容もしくは加担していると捉えられ、アフリカにおいてファシズムに対抗する旗を振っても賛同を得られなくなる、としたのだ。

そして、〈よってわれわれは、まずはカレンシー・リフォームの可能性を精査するテクニカル・ワークに特化すべきと考える。私は、外部からの援助がなくても改革は成し得ると思う〉という意見で電文を結んだ。

イギリス外務省は、イタリアのエチオピア侵攻問題に悪影響を及ぼしかねないという部分に特に反応し、省内で議論をおこなった。そして、大蔵省の承諾を経て、十月三日にホーア外相からカドガン大使宛に回電した。

ホーア外相は同電文で、〈現在のヨーロッパ情勢に鑑みて、中国に満洲国承認を強いていると思わせるようなことは避けねばならない〉とし、〈サー・F・リース＝ロスが中国と満洲承認問題に関わる提案について論じる際には、このことに配慮することが重要である〉と述べて、リース＝ロスに対して十分に釘をさすようカドガン大使に命じている。

これに対してカドガン大使は十月八日、〈サー・F・リース＝ロスにメッセージを伝え、彼は現在純粋な金融問題に特化している〉、〈電文の記載内容は確実に（リース＝ロスの）心に留められている〉という内容の回電をおこなった。

満洲国承認を絡めた借款スキームは、こうして歴史から消えた。

思惑

1

小島譲次は南京陸家巷《ルージアシアン》の小さな食堂にいる。

聯盟通信社の上海支局長である小島は月に一、二度南京を訪れる。そして、この半年ほどは、ほかに予定がなければ必ずこの店で昼食をとる。

小島はひとりの男を探している。男の名は燕克治※。暗殺者である。

小島が燕克治を知ったのは四年前だった。江西省廬山注で蒋介石暗殺に失敗した燕克治が、たまたま蒋介石へのインタビューのために同地にいた小島の宿の部屋に逃げこんできたのだ。銃で脅された小島は、燕克治への興味もあって、半年後には記事にするという条件をつけ逃亡を助けた。結局記事にはせずに、ときが過ぎ、燕克治の消息も途絶えたのだが、先ごろ南京に晨光《チェングアン》通詢社という誰も聞いたことがない新聞社が設立され、その代表者の姓名が〝陶譲〟だということを知った。〝陶〟という姓の音は〝島〟の音に近く、〝譲〟という名は中国人には珍しい。ゆえにこれは小島の姓名から〝島譲〟の部分を抜きだしてつくった燕克治の仮名で、晨光通詢社は彼が蒋介石暗殺の隠れ蓑として設立したものではないか、と思ったのだ。晨光通詢社の住所はこの食堂の二階である。

午後二時が近くなり店のなかの客の数がまばらになった。

会計を済ませ、「さて、いくか」とつぶやき立ちあがったとき、店の扉を開いてはいってきた男と目があった。

燕克治だった。

燕克治は一瞬動きをとめ、くるりと背中を向けて店からでていこうとした。

小島は「欸《エイ》、欸《エイ》、是我《シーウォ》（おい、おい、僕だ）」と親しげに背中に向かって声を掛けた。

燕克治は足をとめ振り返り、苦いものを噛み潰したような顔をした。

燕克治は小島と方卓をはさんだ位置に座りながら、

「偶然か。であるなら、あんたとはよっぽど相性がいい」

といった。

「偶然のわけがなかろう。きみに会うためにここに通いつめた」

と、小島は朗らかにいった。

「なんのようだ」

燕克治は対照的に低い声でいった。

「なんのようだ、はないだろう。きみのことを記事にさせてもらう約束があるではないか。取材だよ、取材」

燕克治の目が険しくなった。獲物に飛びかかろうとしているけもののような目だ。

「おっ。そのような表情をするということは、計画をまもなく実行するということか」

燕克治はすばやく左右をみた。店のなかに客は少なく、誰にも声を聞かれてはいない。

燕克治は小島を睨みつけた。小島は両手のひらを前に向けて、

「安心しろ。四年前のきみとの約束を延長するよ。きみが蒋介石暗殺に成功するか、もしくは失敗して死ぬか逮捕されるまでは記事にはしない」

「そのような約束を未だにもちだすのか。自分の口をふさがれるとは思わないのか」

「四年前、僕はきみとの約束を守ってきみの記事を書かなかった。しっかりと約束を果たしたのだから、きみに殺されるとは考えられない」

燕克治は「ふふっ」といって微かな笑顔となった。

「それで、きみは相変わらず蒋介石を狙っているんだな。ほかの人間は狙わないのか」

「蒋介石だけだ」

と、燕克治は煩わしそうにいった。

燕克治は金銭を目的に殺人をおこなう殺し屋ではない。中学より学業優秀で金陵《ジンリン》大学に進んだ燕克治は孫文の三民主義[注]に傾注し、孫文の後継者のような顔をしつつその教えにそむく蒋介石を憎んだ。蒋介石が国民党諸派を叩き政府を乗っ取り、一九二七年には上海の労働者を大量に殺し共産党を執拗に弾圧し続けるのをみて、燕克治の憎悪は巨大になり、安徽省出身労働者を中心とするマフィア〝斧頭幇《フートウバン》〟の首領で〝暗殺大王〟の異名をとる王亜樵[※]のもとで蒋介石殺害をもくろむ暗殺者となったのだ。

「しかしきみらにも依頼主がいるのだろう。二年ほど前なら福建の人民革命政府が依頼主と推察できたが、いまならば依頼主は誰だろう。まさか共産党あたりか」

福建の人民革命政府というのは、蒋介石に対抗し、国民政府の十九路軍[注]が中心となって一九三三年に福州に樹立された政権のことである。樹立からわずか二ヶ月で蒋介石により討伐された。

「知らん。知っていてもいわん」

「まあ、それはそうだが、しかし蒋介石だけを狙うなどという、いわばきみのわがままが通るのかなと思ってね。もし共産党が依頼主だとすれば暗殺の相手は汪兆銘でもいいだろう。汪兆銘が旗を振る対日宥和的な政策が崩れれば、軍の矛先の向きが共産党から日本へと変わるだろうからな」

汪兆銘は〝一面抵抗、一面交渉〟を掲げ対日宥和路線を採り、国内に湧き起こる「日本と対決すべし」との批判は主に汪兆銘に向けられている。蒋介石は〝剿共《ジアオゴン》（共産主義討伐）〟を優先し、日中間の問題は軍事ではなく外交によって解決するという考えでおり、つまりは汪兆銘と蒋介石の政策は一致しているのだが、蒋介石は汪兆銘の陰に隠れて自分に向けられるべき批判をかわして共産党討伐を進めている。汪兆銘が倒れれば、蒋介石は共産党に向けている矛先を日本に向けざるをえなくなる。共産党にとって利が大きいのだ。

「多少以前とは状況が変わっている。以前はうえから指示を受けたが、いまはこちらで計画をつくり、うえに資金を仰いでいる。晨光通訊社の設立も私が考えたことだ。設立資金はうえにださせたがな」

「なるほど。つまり少なくともいまは自分の意志を貫けるということか。蒋介石を殺すという意志を」

「まあ、そうなんだが――」

と、燕克治の語尾が濁った。

「おや？違うのか」

「まあ、刺客といえども、いろいろと事情があるのだよ」

店の扉が開き、男がひとりはいってきた。キツネを思わせる細く冷たい目だ。

燕克治が男に向かって顎を振った。でていけ、という意味か。

男は踵を返し、店からでていった。

「仲間か」

と小島が訊くと、燕克治は低い声で、

「詮索するな。さもなければ、やはりあんたには消えてもらわなくてはならなくなる」

「恐ろしいことをいうんだな。脅かさないでくれよ」と、小島は肩をすぼめ、「それで、事情っていうのはなんだい。刺客の事情というのは想像もつかないよ。話してみろよ。相談に乗るぞ。人殺しと銭以外の相談に限るが」

「じゃあだめだ。人殺しのための銭の話だ」

「銭かぁ。まあそうだよな。刺客といえども銭は必要だな」

「自分ひとりなら銭などなくてもどうにでもなる。しかし同志がいるし、ここの二階の事務所を借りる費用もある」

燕克治はひとさし指で天井をさした。

「銭はさすがに援助してやるわけにはいかないなぁ」

「ならば相談に乗るなどと軽はずみにいうな」

燕克治はそういって、「ハハッ」と短く笑った。


昼食を終えた燕克治は小島譲次と別れ、食堂横の狭い階段で二階に上がった。

古びたドアを開けると三人の男とひとりの女が待っていた。

新聞社というのは名ばかりで、中央に置かれた円卓が部屋のほとんどを占めている。五人が集まれば息が詰まるほどに狭い。

「香港はどうだった」

と、燕克治の顔をみるなり訊いたのは趙郁華《ジャオユーファ》である。趙郁華は燕克治と同郷かつ同学であり、五年前から行動をともにしている同志だ。

「王首領になんとか資金をだしてもらった。しかしこれ以上はもうだせないそうだ」

「李済深《リージーシェン》や陳銘枢《チェンミンシュー》からの支援がとまったのか」

李済深、陳銘枢はいずれも福建人民革命政府の指導者である。二年前に討伐された同政府の指導者であったふたりに資金の余裕があろうはずがない。

「そのようだ。もうわれわれには銭がない。来月のここの家賃も払えない。次の機会が最後と思ったほうがよさそうだ」

「次の機会？」

と朱偉※が訊いた。朱偉は克治の舎弟で、政治的な思想は全くないが克治と行動をともにしてきている。年齢は二十五歳で五人のなかで一番若い。残りの四人はみな三十歳前後である。

燕克治は答えようとしたが、それを趙郁華が遮っていった。

「次の機会で成功したとして、そのあとはどうなるんだ。逃走の資金がいる。われわれ全員が逃げ、しばらくのあいだどこかに潜伏するための費用だ。特に暗殺の実行者の家族には働かなくても生活に困らないだけの十分な資金を与える必要がある。その銭はだいじょうぶなのか」

部屋の角に置かれた椅子に孫鳳鳴※が座っており、その隣に寄り添うように孫鳳鳴の妻、蔡琪琳《ツァイチーリン》が座っている。燕克治はふたりを目の端でみた。膝のうえで拳銃を撫でている孫鳳鳴は十九路軍に属していたこともある元軍人で、ここにいる者のなかで唯一拳銃を扱える。暗殺の実行はおそらく孫鳳鳴が担うことになる。

蔡琪琳がかん高い声で早口にいった。

「やめてよ。暗殺の実行者なんていい方をするの。彼に決まっているのでしょ。名前でいえばいいじゃない」

「す、すまん」

と、趙郁華がすなおに詫びた。

「でも逃走資金は私の分だけじゃないわよ。私と彼のふたり分よ。ふたりで香港まで逃げ、香港で暮らせる分をもらわなくてはならないわ」

孫鳳鳴は蔡琪琳の膝をさすってなだめた。燕克治は「ああ、わかっている、わかっている」と二度うなずいた。蔡琪琳以外の者は孫鳳鳴も含めてみな暗殺の実行者がまず間違いなく死ぬことを知っている。

燕克治は趙郁華に向きなおって
「逃走資金は別枠だ。その分はだしてもらえる。十分な金額かどうかはわからないが」

「おいおい。だいじょうぶか。銭の心配をしなくてはならないのでは、いい仕事はできないぞ」

うんざりした燕克治は、その気分が表情に現れないようにと気をつけなくてはならなかった。銭の心配などをしていたのではいい仕事はできない、といい返したい。

朱偉が
「だからいったんですよ。共産党の支援を受けるべきだって」

というと、趙郁華が大きくうなずいた。

燕克治は首を振り、

「もういうな。沈旺士《シェンワンシー》が打診したが断られたではないか」

沈旺士は上海に残っている同志である。沈旺士は共産党員であり、趙郁華も社会科学家連盟（共産党指導下の左翼文化サークル）のメンバーで、ゆえにこの暗殺団は共産党との関係が深く、沈旺士が共産党中央軍事委員会の白区（国民党の支配地域）残留組織に援助を依頼した。しかし「プロレタリア革命党は暗殺工作の指令などおこなわない」といわれて断られている。

趙郁華がいった。

「もう少し押してみればいいんじゃないのか。共産党を執拗に攻めたてる蒋介石は、共産党にとっても是非とも消えてもらいたい相手なのだから」

「いちどはっきりと断られている。むだだ」

と、この話を続けたくない燕克治は、きっぱりといった。燕克治は共産党の資金は入れたくないと思っている。共産党の資金を入れれば共産党は、周辺警備が厳しい蒋介石よりも汪兆銘の刺殺を命じてくるかもしれない。しかし燕克治の敵はあくまで蒋介石である。おそらくはあと一度しかない襲撃の機会を汪兆銘に対して使ってしまっては、もはや蒋介石暗殺を果たせなくなる。

趙郁華は立ち上がり、

「一度断られたくらいで諦めるべきではない。これは戦争なのだといえばいい。戦争なのだから、その指導者を殺そうとするのは当然のことだ」

燕克治も立ち上がって、

「くどい。もうこの話はたくさんだ」

と怒鳴ったとき、部屋の角で拳銃を磨く孫鳳鳴がぼそりといった。

「それで、次の機会というのはいつなのだ」

燕克治は椅子に腰を戻して、

「十一月一日だ。国民党の四期六中全会が開かれる。その初日に開幕式がおこなわれ、報道記者の入場が認められる。そこで――」

燕克治は一呼吸をおき、四人をみまわしてからいった。

「蒋介石を殺す」

2

リース＝ロス、エドマンド、ロジャース、孔祥熙、宋子文、ヤングの六人によるミーティングが連日おこなわれている。

中国側の用意した幣制改革案にイギリス側の意見を反映した修正を加え、イギリス側の新提案を適宜入れながら具体的な新通貨制度を固める作業がおこなわれた。

十月三日のミーティングでは幣制改革後の為替レートについての議論に時間が費やされた。

エドマンドが、

「新レートの決定は慎重にやらねばならない。オーバー・バリュー（経済の実力以上に通貨が高い状態）とならない適切な価格に定めねばならないが、それは容易なことではない」

と問題点を示すと、

「中国に、きみの国の失敗を繰り返させないためにね」

と、ヤングが冷やかすようにいった。イギリスが一九二五年四月に金本位制に復帰した際、旧平価注を採用したが、その時点の国際情勢からすればポンドが高過ぎ、その後の経済苦境につながった。ヤングはそのことをいっている。

「日本の失敗の例もある」と、孔祥熙がいった。「私の場合は命にかかわる重要な問題だからね」

日本も一九三〇年一月に濱口雄幸《おさち》首相、井上準之助蔵相のもとで旧平価での金輸出禁止の解除を断行したが、やはり円が過大評価の状態であり、折悪しく発生した世界恐慌と時期も重なって深刻な不況を経験した。濱口は同年十一月に狙撃され翌一九三一年八月に没し、井上も翌一九三二年二月に暗殺されている。財政部長である孔祥熙が「私の場合は命にかかわる」といったのはそのことを指している。

エドマンドがヤングに訊いた。

「アーティ。それで、きみが考える適切なレートとは、どのくらいなんだ」

ヤングは子文をちらりとみた。子文がうなずくのを確認してからテーブルのうえに重ねられた書類の山のしたのほうから一枚の紙をひっぱりだした。

「この情報が万が一にも漏洩すれば大変なのでくれぐれも気をつけてもらわねばならないが――」ヤングは紙に書かれている数字を指さし、「対ドルで一元二九セントから三〇セント、対ポンドで一元十四ペンスから十五ペンス程度とすることを考えている。アメリカによる銀買い入れ政策が始まり銀価格が歪むよりも前の時期の平均レートだ」

エドマンドは小さく笑い、

「日本円への気づかいが垣間みられるな」

「さすがに気づいたか」といって、ヤングも笑った。「確かにそうなんだ。日本円の水準が切り下げ幅の下限にならざるを得ないと考えている。いまの日本円一円は二八・七セント程度だ。わずかにでも日本円よりも安い水準にレートを設定したら、粗探しを生き甲斐にしている日本のことだ、通貨安競争を仕掛けてきた、と難癖をつけてくるだろうからね」

エドマンドは「うぅむ」と喉で唸るような声をだし、「レートをそのような理由で決めていいのだろうか」

「そのような、とは？」

「日本円の水準を切り下げ幅の下限とするということだよ」といって、エドマンドは孔祥熙に向かい、「一度決めた為替レートが、その後長期にわたって安定していることは極めて重要です。長期間保つことができる水準に最初の為替レートを定めねばなりません」

孔祥熙に向かっていったのは、孔祥熙以外はみな金融のエクスパートであり、いうまでもないことだからだ。エドマンドは続けて、

「適切なレートの採用が貿易や物価の安定のために重要なことはもちろんですが、適切に定めたレートを維持することができれば、国外に逃避している資本が中国に還流してくることにつながります。その額は相当の規模になるでしょう。それにより中国の対外支払準備は増強され、カレンシー・リフォームの成功がより確実なものとなります」

ヤングは、

「きみのいうとおりだが、国際情勢を考えないわけにもいかないんだ」

と、歯切れが悪い。

「日本に通貨安競争といわれても構わないじゃないか。通貨安競争だと文句をいってきたとしても、それだけのことだ。軍隊を送ってくるわけではない。それにしばらくすれば、そんな論争があったことも忘れてしまうさ。中国と日本の間にはそれよりよっぽど重要な問題が山積みなのだから」

ヤングが孔祥熙の顔をみた。孔祥熙は表情を変えない。ヤングは、

「この点はやむを得ないのだよ。理解してくれたまえ。ただ、われわれは少なくとも一年は新しいレートを保つつもりだ。その間に日本円のほうが変動し、対ポンド、対ドルで強くなったとしても、われわれはそれにはついていかない。そうすれば元と円は逆転して元のほうが円より安くなる」

と、弱々しくいった。新しい元レートを日本円よりも高い水準に設定するというのは孔祥熙の指示なのだろう。

エドマンドが諦めて口を噤むと、新レート案の紙をみていたロジャースがいった。

「新レートはいまのレートから二十％以上の切り下げになる。短期間でレートが二十％も動けば大きな混乱は免れない」

ヤングが答えた。

「多少の混乱があろうともやらねばならない。長い時間をかければ、のちのちさらに大きな混乱が発生することになる」

腕組みをしてやりとりを聞いていたリース＝ロスが口を開いた。

「その『レート』というのは、いったいなにに対するレートかね。ドルか、ポンドか。それとも金か」

「金本位制の採用は全く考えていません」

と、子文が即座にいった。ヤングが
「ドルかポンド、そのいずれかです」

と補足していった。リース＝ロスは、

「二年前にアメリカが金本位制を停止したとき、ドル・レートは大きく変動した。その事例から考えれば、ドルよりポンドのほうが安定している」

エドマンドは思わずリース＝ロスの顔をみた。ドルよりポンドのほうが安定しているとする根拠としては弱いと思い、発言の意図をはかりかねたのである。

同じように思ったのか、子文がいった。

「二年前の事例は一時的なものです。その後の推移をみると、どちらのほうが安定しているといい切ることはできません。将来を考えてみれば、政治情勢が複雑なヨーロッパの一国である貴国の通貨よりドルのほうが安心感があるといえるかもしれません」

「しかし――」と、リース＝ロスはポンドとのリンクの利を説く。「貴国の貿易はドル建てよりポンド建てのもののほうがずっと多い。ならばポンドを採用すべきではないかと思う」

リース＝ロスは中国にポンド・リンクを採用させたいようだ。露骨といっていいセールス・トークだ。

「確かにドルと比較すればポンド建ての貿易のほうが多いのですが、ポンド建ての貿易とそれ以外の通貨建ての貿易という比較をすれば。ほぼどちらも同じ金額です。つまりポンドが圧倒的に多いともいえません。ポンド通貨圏には日本がはいっています。しかし今後日本との関係は悪化するので、ポンド通貨圏との貿易額は減ります。ポンド建てよりドル建てのほうが多くなることもあり得ます」

子文はよどみなくいったが、リース＝ロスはポンド・リンクにこだわり、

「ロンドン・マーケットで債券発行をおこなうときのためにもポンドにリンクさせておくべきだと思う。そのほうが資金のだし手である投資家にとっても、借り手である中国にとってもリスクが少なくていい」

ヤングが答えて、

「債券発行で資金調達ができるのであれば、確かにポンド・リンクにしておいたほうがいいかもしれません。しかし中国の債券がロンドン・マーケットで消化され得るでしょうか」

リース＝ロスは一瞬間をおいてから、

「いや。デフォルトのリスクが高く、難しいでしょう。まず不可能といってもいい」

と弱々しくいった。子文が、

「ポンド・リンクを否定しているわけではありません。この件は全くの白紙です」

というと、孔祥熙は、

「実をいえば、アメリカからはドル・リンクが銀購入の条件だといってきています。この条件は受け入れざるを得ないのかもしれません」

と、子文のことばを訂正した。

それを聞いてリース＝ロスは、

「では、仮の話ですが、わが国が『ポンド・リンクがポンドのローンの条件』といえば、その条件ものまざるを得ないということでしょうか」

孔祥熙が答えて、

「われわれが結婚できる相手はひとりだけです。そしてわれわれは選り好みをしすぎて嫁にゆき遅れることを恐れます。先にプロポーズをしてきたほうにイエスと答える可能性が高い」

孔祥熙は人好きのする穏やかな顔でそういったが、詰まるところは、ポンド・リンクをしてほしければアメリカの銀購入よりも先にポンド借款を実行しろと迫ったのだ。

エドマンドは子文の顔をみた。

子文は腕組みをし、口を噤んでいる。表情からその心中を察することはできないが、孔祥熙とはなにか異なる考えがある、とエドマンドは思った。

3

森尾慶は、上海虹口の日本料亭〝東語《とうご》〟の小部屋で苛立ちながらタバコをふかしている。灰皿の吸い殻はすでに十本を超えた。それでも待ち合わせの相手は現れない。

森尾が待つのは上海駐在武官の磯谷廉介※少将とその補佐官の影佐禎昭《かげささだあき》中佐である。長期出張で上海にきた森尾の歓迎会をするからといわれたのだが、相手は上官とはいえ、歓迎されるほうが一時間以上も待たされているというのはいかがなものなのか。

森尾が上海にきたのは中国金融情勢の調査が目的であり、特に、数日前に上海にはいったリース＝ロス一行の動向を追い、幣制改革の進捗状況を探る。

表むきの出張目的はそうだが、幣制改革の実施が近いとなれば、それを阻止する方策を考え実行せねばならない。ただ森尾は、幣制改革は必然の流れであり、その流れを押しとどめることは非常に難しいとも思っている。幣制改革が実施されるという前提で、それをいかにして日本の東アジア政策にとって有利なものになるよう仕向けるか、それを考えなければならない。

となりの座敷が騒々しい。漏れ聞こえる会話から海軍の上海陸戦隊の連中のようだ。複数の芸妓もいるようで、太い声の笑い声の合間にかん高い叫び声のような笑いが混じっている。

自分のいる部屋が無音なだけに隣の音が耳につく。森尾の苛立ちはいっそう深まった。

突然隣室の騒音がやんだ。

森尾が不審に思っていると、ゆっくりと障子が開き、おかみのおゆきがはいってきた。そしてそのうしろに、おゆきに案内された磯谷少将が立った。

心のなかの苛立ちのせいで森尾は立ち上がるのが遅れた。

磯谷は片方の眉を上げて、

「店の前で出迎えておるかと思ったぞ」

といった。

(細かいひとだ)

と森尾は思った。つまらぬことをほじくらねば気がすまないひとなのだろう。隣室の大騒ぎも磯谷に叱責されて鎮まったに違いない。

磯谷のうしろに影佐中佐が現れた。

影佐のほうは「おっ、待たせたな」と笑みを浮かべていったが、このひとについては、「態度は慇懃、話は軽妙でそとづらのうけはいいが、内面に秘めたものをもつ鋭い謀略家」という評を聞いたことがある。四ヶ月前に起きたいわゆる〝新生事件〟（雑誌〝新生〟に掲載された各国元首についての風刺記事に天皇に対する冒涜が含まれていると日本が抗議した事件）では、上海の日本語新聞が市政府を批判する高圧的な記事を連日掲載し、日本のヤクザが市内各所で暴れ、陸戦隊は臨戦態勢をとって威圧したが、これらは全て影佐が裏で操っていたと噂されている。おそらくは事実だ。

磯谷が森尾の酌を受けながらいった。

「幣制改革はどうなりそうだ」

「実施は時間の問題でしょう。幣制改革の内容はほぼ決まっていて、外国からの借款かアメリカへの銀の売却が決まれば直ちに実施されるのではないでしょうか」

「そうなのか。あまりに性急に過ぎるだろう。この国では何百年ものあいだ銀が使われてきた。それをちょっとやそっとのことで捨てることはできないだろう。大混乱に陥るのではないか」

「多少の混乱はあるかもしれませんが、すぐにおさまるでしょう。わが国にしてもわずか七十年ほどのあいだにめまぐるしく制度を変更しています。通貨制度の変更はどの国も経験しています。この国だけが失敗すると考えるほうが無理があります」

日本の通貨制度は明治維新後に実質的な金銀複本位制を採用し、日清戦争後に金本位制を確立、第一次世界大戦勃発により金本位制を離脱し、戦後いったん金本位制に復帰したが、すぐに再び金本位制から脱している。

「しかしだな、たまたま上海出張中という高橋亀吉の話を聞いたが、あの男は幣制改革を断行すれば破綻は必至といっていたぞ。影佐、そのときの話を教えてやれ」

高橋亀吉は東洋経済新報社編集長を経て三年前に高橋経済研究所を創設した著名な経済評論家であ

る。

影佐が話を継いで、

「高橋亀吉は、銀本位制から離脱すれば人々は元の下落を予想するので資本は一斉に逃避し為替投機が横行する。都市住民は元を売ってモノに換えようと走り農民は農産物を売り惜しむのでインフレが発生し、そのことがさらに元に下落圧力を加える。政府は手持ち外貨と手持ち銀の売却で六ヶ月程度はがんばり得るだろうが、結局は間違いなく破綻する、と述べていた」

森尾はゆっくりと眼鏡をはずしながら、間をつくった。自分よりも在野のエコノミストの発言を信じるのか、と思い、その腹立ちを間をつくることで表した。そして、

「そのまま銀本位制をとり続けたほうが、銀価格に経済が翻弄され続け破綻に至る可能性は高いように思いますがね」

といった。影佐が目の端で森尾を睨んだ。森尾のいいかたが不遜と思ったのだろう。森尾は構わず続け、

「その亀吉どのの論旨は、最終的に外貨準備が尽きて経済が破綻する、ということのようですが、破綻するかどうかは別にしても、いまの外貨準備では心細いのは確かです。そんなことは国民政府もわかっていて、借款を求め、銀売却をしようとしているのです。ゆえに私は、借款が得られるか銀売約交渉がまとまり次第幣制改革は断行されるだろう、とさっきからいっているのです」

そういって森尾は眼鏡をかけなおした。眼鏡をしてよくみると、磯谷は厳しい目で森尾をみている。森尾のしゃべりかたが気に障ったらしい。

磯谷が訊いた。

「それで森尾は、幣制改革を実行したらこの国はどうなると思うのだ」

「強くなります。為替レートが安定することにより景気の波は小さくなり、貿易や国外からの投資が増

加し、経済が成長の軌道にのるでしょう。この国がひとつにまとまれない理由のひとつが通貨制度が原始的であることですが、南京の国民政府に管理される通貨が国じゅうあまねく普及することにより、国家の統一が促進されることでしょう。通貨は社会のいしずえです。それがいまのところ極めて不安定なのですが、運営の仕方によっては、強固な城壁のような基礎を得ることになります」

「それはよくない。非常によくない」

「さらに幣制改革はこの国を軍事面でも強固なものにするでしょう。これまで国民政府はひどい財政難で公債を発行しようにも消化に問題があり、そのことが軍備拡張の足枷となっていました。しかし幣制改革後は通貨を発行して軍備を増強することができるようになります。幣制改革直後は新通貨に対する信認を得るために通貨発行量の拡大は慎重になされるでしょうけれども、数年後には、カネの成る木を得たと知った蒋介石は通貨発行を拡大して軍備拡張に充てるに違いありません」

「よくない。よくない」と、磯谷は呪文のように繰り返した。「では支那はわが国との全面戦争に備えて幣制改革をおこなおうとしているということか」

森尾は磯谷に誤解を与えたかと思って後悔しつつ、

「いえ、そういうわけではありません。幣制改革の目的の第一は不況からの脱出であり、第二は銀価格に翻弄されない経済体制の構築です。ただ、この国は幣制改革によってわが国との戦いに耐える体力を得るのは間違いありません。幣制改革を推進している者が、日本との戦いを強く意識しているということは十分に考えられます」

「やはりよくない。幣制改革を阻止せねばならん」

「いや、それは――」

難しいと森尾はいおうとしたが、磯谷は森尾のことばに被せて、

「阻止するのだ。よいな」

といった。

「いやいや、簡単におっしゃられては困ります。阻止することは困難と申さねばなりません。実施の時期をずらす程度のことはできるかもしれませんけれども」

「なんだ。やる前から諦めるのか」磯谷は影佐をひとさし指でさして、「この影佐の得意は謀略だ。必ず策があるはずだ。影佐と相談してやってみろ」

磯谷は命令口調である。森尾は黙らざるを得なかった。

影佐が障子を開けておかみのおゆきを呼んだ。

しばらくして芸妓が三人はいってきた。うちひとりは磯谷と深い仲なのか、すぐに磯谷にしなだれかかり、磯谷の耳元でなにかを囁いた。磯谷も芸妓の耳を噛むかのように口を近づけた。

森尾は、

(経済のわからぬ者とは話をできない)

と思い、心中で舌打ちした。そして影佐に向かっていった。

「では明日、ご相談に伺います」

切れ者と評判の影佐を説いて磯谷に説明してもらうしかない。影佐は、

「ああ、では明日朝一番に武官室にこい」

といって、もうひとりの芸妓の肩を抱いた。

4

リース＝ロス使節団と宋子文らのミーティングは連日おこなわれている。

十月八日のミーティングでは、いかにして金、銀、ドル、ポンドなどの対外支払い準備を充実させるか、その方策について集中的に討議がなされた。

ヤングが、

「為替レート安定のためにはなにより潤沢な対外支払い準備をもつことが必要であり、そのために、国内の全ての銀を国有化しようと考えています。銀行や両替商など金融機関のみならず、法人、個人を問わず、銀による取引や銀を単位とした契約などを禁じ、銀貨のみならず宝飾品も含めて全ての銀の保有を禁じて国への売却を義務づけ、そうして国じゅうの銀を国家に集中させます。中国経済を長年続いた銀の支配から完全に脱却させるためにもこれは必要な措置です」

と、銀の国有化の必要性を説いた。

リース＝ロスは政策の有効性を認め、銀の国有化に賛意を示したうえで質問した。

「外国銀行や外国人についてはどうする。彼らは治外法権を有しているので強制することはできない。自発的に銀を拠出させるのも困難だと思う。特に、日本の銀行が賛同するとは思えない」

子文が答え、

「銀の国家への集中が順調に進むかどうかはカレンシー・リフォームの成否を決める重要なポイントです。法的に強制できなくても、外国銀行や外国人にも銀を拠出させる必要があります。思うに、貴国の銀行がわれわれに協力してくれさえすれば、あとはうまくいくのではないでしょうか。外国銀行の取引を中国国内取引と国際取引に分けたとき、中国国内取引については取引相手は中国の銀行であり、中国の銀行は法令に従って現銀での取引を拒否します。貿易など国際取引については外国銀行の主要な取引相手は貴国の銀行ですが、貴国の銀行が現銀での取引を拒否すれば、外国銀行が現銀で取引をおこなう機会は非常に限られることになります。そうなれば銀をもっていても役にたたないのですから、政治的に動く日本の銀行を除けば、みな国民政府の要請に応じても構わないと考えるのではないでしょうか」

子文はリース＝ロスに向かって笑みを投げかけた。それをみて、リース＝ロスは慌てたように、

「いやいや。私に期待されてもこまる。わが国の銀行を説得してまわるくらいのことはできるが、強制することはできない」

「説得していただけるだけでもありがたい。現銀の国家への集中は極めて重要であり、カレンシー・リフォームが成功するかどうかはそれで決まるといってもいいでしょう。ぜひお願いします」

と、子文は、穏やかな表情ながらも、しっかりとした口調でいった。

ヤングがいった。

「そうして集めた銀を売って外貨を獲得しますが、交渉が継続中のアメリカへの銀売却を早急に実施しなければなりません。それにより外貨準備を充実させ、適宜市場介入も実施して対ドル・対ポンドの為替レートを安定させ、マーケットの信認を得ます」

エドマンドがヤングに訊いた。

「アーティ。国内の銀の全てをかき集めたとして、いったいどのくらいになるのかい」

「僕の推計では、清《チン》ダイナスティのころを含めたこの国の銀貨鋳造高は十七億オンスで、それに過去から蓄積された銀塊や装飾品、家具など八億オンスを加える。その合計から正規に輸出された三億オンスを引き、さらに満洲分離で失われた分を一億オンス、密輸出分を二億オンスと見積もると、十九億オンスがこの国に存在することになる」

「つまり、国じゅうの銀を集めることができ、それを全てアメリカに一オンス五十セントで売却できるとするならば九・五億ドルになる。二億ポンド程度か。そのくらいの外貨準備があれば十分ということ

ができるな。それで、その十九億オンスのうち、実際にはどのくらいを集めることができそうかい」

「上海の中国、交通、中央の三行はいま一億三千万オンスを所持している。上海の他行には一億オンスがある。上海以外の銀行に一億オンスがある。合計で三億三千万オンス」

「うち外国銀行所持分は？」

「上海が二千八百万オンス、上海以外が千五百万オンスといったところだ」

エドマンドは紙に数字を書きとり、計算した。そしてペンの底をくわえて、

「外国銀行の拠出を得られるかどうかはわからない。上海以外にある銀も、軍閥や日本の勢力が強い地域の銀行は国民政府の命に従わないかもしれない。銀の移送にも時間がかかる。とすると、すぐに使えそうなのは上海にある銀のうちの外国銀行を除いた分、約二億オンスか。つまり、二千万ポンドというところだな。これではいくらなんでも心細い」

参考までに、二千万ポンドは日本円で約三・四億円だが、日本の正貨（金、銀、海外にある銀行預金、外国国債等）の残高は、日露戦争の外債償還や国際収支悪化により正貨が流出し正貨危機が唱えられた一九一四年がちょうど約三・四億円だった。ちなみに世界恐慌直前の一九二九年初が約十二億円、一九三七年の盧溝橋事件発生のころで約九億円である。

ヤングは、

「そのとおりだ。二千万ポンドではまったく足りない。だから外国銀行所持分をどうしても加えたい」

といいながらリース＝ロスをみた。言外に「外国銀行の説得をしっかりとやってほしい」といっている。

エドマンドは紙に書いた二千万ポンドという数字をペン先でつつき、

「二千万ポンドにしても、銀が全て売れたならばの話だ。しかしアメリカへの銀売却交渉はあまり順調にはいっていないのだろう」

孔祥熙が口を開いた。

「そうなのだ。アメリカとの交渉は不調であり、かといってマーケットで大量に銀を売れば価格を歪めることになり、それもできない。われわれの外貨準備はどうにも足りない。よって、国外からのローンがぜひとも必要なのだ」

借款の話におよび、リース＝ロスは顔をしかめ、

「閣下。日本が腰を上げない限り、日本の顔色をみる他の国から援助を受けることはかなり難しいといわざるを得ません。他の国にはわが国も含まれますし、アメリカも同様でしょう」

といった。孔祥熙は、

「しかし、日本で諸方面の要人と会見された際、日本はわが国へのローンに非常に消極的との印象を受けられたのですよね。あの国は、口ではわが国の経済復興を望んでいるといっても、実際には崩壊を願っているのです。そのような国がわが国に手をさしのべるとは思えません。なんとか日本抜きでのローンをお願いしたい」

と、懇願するようにいった。リース＝ロスは説き伏せるように、

「無理をおっしゃられても困ります。せめて貴国のほうから日本へ依頼をすれば日本も重い腰を上げるかもしれませんが、それはできないのですよね」

「満洲国承認を絡めたスキームのことをいっておられるのであれば、それはすでに申したとおり、できません。しかしわれわれは資金が必要なのです。なんとかしてはもらえないでしょうか」

孔祥熙の借款に対するこだわり方は、あたかも獲得した資金が自分のポケットにはいると思っているかのようだった。

リース＝ロスは、

「ローンが得られるのであれば、そのほうがいいことに異論があろうはずがありません。一千万ポンド程度のローンを組成できないか、あらためて私から本国に働きかけてみます」と、なだめるようにいい、続けて子文のほうを向いて、「しかしながら、恒常的に財政赤字が発生している国民政府の現状ではローン獲得は容易ではない。財政赤字の状態から早急に脱却する必要がある。為替レート安定のためにも適切な財政政策が必須だが、その点についてお話をお聞かせいただきたい」

と問いを投げた。財政部長である孔祥熙が答えるべき質問だが、信頼できる答えを得るために、子文に問いたかったのだろう。

「軍事費と国内の債務償還の負担が重荷ですが、軍事費の大幅削減に全力でとりくむつもりです。国内の債務については短期債務から長期債務への借り換えをおこない、ローンが得られれば、さらに国外債務へと切り替えます。一年から一年半程度で予算を均衡させることを目指します。それを公表し、政府が目指しているものを明確にするのもいいでしょう。そうして政府に対する信頼回復をはかろうと考えています」

リース＝ロスは、ふむふむ、と二度うなずいてから、

「為替レートの安定のためには金融政策も極めて重要だ。銀本位制を離脱し、金本位制をも採用しないのだから、マネー・サプライの適切な管理が鍵となる。国のなかにもそとにも敵がいる現状、放っておけば軍事費調達のためにマネー発行が拡大されることは目にみえている。一方で、過度な引き締め政策はデフレーションを引き起こす。穏健な拡張的マネー・ポリシーの採用が重要だ」

子文が、まさにそのとおり、とうなずくと、リース＝ロスは、

「そのために英米の金融専門家を加えた銀行券発行状況を監視する特別委員会を設置してはどうだろうか」

と、唐突に提案した。

センシティブな問題である。

外国からの侵略に苦しんだ中国は、領事裁判権、関税自主権、鉄道権益などの回収を粘り強く交渉し進めてきている。金融面で外国人による監視機構を設けるとなると、その流れに逆行することになる。それに、リース＝ロスは「英米の」といったが、それでは日本の反発は免れない。加えて、まるで中国人の管理能力が信頼できないので英米に任せておけ、といっているかのようでもある。

エドマンドは子文の答えに注目した。子文は、

「穏健な拡張的マネー・ポリシーが必要という点については大いに賛同します。しかし、特別委員会設置については、いまここでイエスということはできません。委員会の設置は有意義であろうとは考えますが、国外からの内政干渉とならない仕組みをつくらなければなりません」

と、答えを濁した。


翌十月九日。

リース＝ロスはホーア外相宛に中国との討議内容を報告する長文の電報を送付した。

後段部分で彼の意見が述べられている。

〈私は一千万ポンドのリスクを負ってでもカレンシー・リフォームのスキームを推し進めたほうが、なにもしないよりもずっといいと考えています。われわれの主要な権益は揚子江デルタにあり、その経済状況の改善は南京政府を内部から強固にします。（幣制改革の）スキームはデフレーションを終わらせ貨幣供給を拡張することによって経済金融情勢を改善します〉

〈最悪の事態が発生し日本がさらに進攻したとしても、南京は受け身なレジスタンスをおこない軍事費

を拡張しないでしょう〉

〈たとえ（幣制改革の）スキームが失敗に終わったとしても、中央政府が維持される限り、通貨が暴落したり、いまのレッセフェール（自由放任）政策を採り続けるよりも悪くなることはないと思います〉

〈ヘンチマン（香港上海銀行上海支店長）は、国王陛下の保証するシンジケートローンであるならば銀行は参加する用意がある、といっています。もし彼のいうとおりであり、かつ日本の銀行もそれに参加すれば、ローンは日中両国の関係修復に寄与し、侵略に対する保険となるでしょう〉

リース＝ロスは一千万ポンドの借款を中国に付与すべきと具申したのだが、日本の軍事進出に対して中国側が軍事予算を拡張しないという観測には根拠がなんら示されておらず、日本の銀行がシンジケートローンに参加することをにおわせているものの、日本での要人会見で示された日本の消極姿勢から考えれば日本の支援が得られるとは考えにくい。ロンドンで電信を受け取った側は、リース＝ロスの楽観的に過ぎることばに疑いをはさまざるを得なかっただろう。

その後リース＝ロスは返答を催促するかのように頻繁に電報を送付するのだが、その返事はなかなか得られなかった。

ロンドンでは、日本抜きでの中国支援を認めない外務省と、イギリス単独でも借款をおこなうべきと考えるチェンバレン蔵相やイングランド銀行総裁等とが対立し、論議が紛糾していた。

暴落

1

宋靄齢※はこのところずっと機嫌がいい。

家のなかではリビング・ルームにいてもベッド・ルームにいても頬が緩んでしまい、ふらりと外出しては道ゆく子供に笑顔で「ぼく、いくつ?」と声を掛け、ジョッフル路（現淮海中路）にまで歩いていって商店を渡り歩き、少しでも気にいった服や小物があれば片っ端から買っていった。

あまりに機嫌がいいので、正月でもないのにコックや運転手、掃除婦などに二カ月分の給金を小袋に包んで「いつもご苦労さま」などと明るく声を掛けながら配ってまわった。主人の口からは小言しか聞いたことがなく、目は吊り上っているところしかみたことがない使用人たちは、明日地球の終わりがくるかのように怯え、いつ主人が正気に戻って配ったカネを返還しろといいだしてもいいように、小袋の封は開けずに懐にしまいこんだ。

宋靄齢。中国近代史を色濃く彩る宋三姉妹の長女。宋子文の姉であり、孔祥熙の妻である。美貌と名声では次女で故孫文夫人の慶齢に劣り、政治力では三女で蒋介石夫人の美齢にはかなわないが、マフィアを含む幅広い人脈と蓄積した財産の量はふたりを大きく引き離す。

このところ、マーケットが荒れている。

リース＝ロスの上海到着は広く報じられ、マーケットは幣制改革がいよいよ実施されると身構えた。しかしその内容がわからない。元と銀との兌換レートが大幅に切り下げられるとか、元と銀の兌換は停止され元の対ドル、対ポンド・レートが大きく引き下げられるとか、兌換が停止されれば膨大な需要者を失った銀の価格は暴落するだろうとか、さまざまな噂が飛び交った。新聞が憶測記事を、あたかも政府から聞いてきたかのように報じるため、ただの噂がいつのまにかに真実であるかのように流布した。マーケットはパニック状態となり、元レートは乱高下を繰り返しながら十月初旬から中旬にかけて十％下落した。

マーケットが荒れれば、そこで一儲けをたくらむ投機家が増える。多くの者が元レートの下落に賭けて元を売った。ただ、ささいな噂で大きく戻したりもするし、いつ底をつけて反転するかわからないので、人々は手持ち資金の一部を使って、小さな利で買い戻し、おそるおそる取引を続けている。

靄齢も元を売り、ポンドを買っている。しかし、他のマーケット参加者とは異なり、細かな取引は一切おこなっていない。流動資産の全てを投入し元売りポンド買いを仕掛けたあとは、含み益が増減を繰り返しながらも着実に増えていくのをながめているだけだ。

マーケット参加者のなかで靄齢だけが、この相場が最後にどこにゆきつくかを知っている。

靄齢の投資において重要なのは経済状況や国際情勢を細かに分析することでも、チャートを描いて次の動きを予測することでもない。夫、孔祥熙の顔色を観察すること、それだけだ。普段は笑顔を絶やさず、温和で、のんびりとした性格の孔祥熙は、年に数回顔に緊張を湛え、なにかに脅えているかのような表情をするときがある。夫がそのような顔をしているときは決まって国家経済の重要事案が進行中のときなのだ。靄齢が、「なにを思い悩んでいるの」と問えば、夫は隠すことなく話す。相談にのってもらおうとでも思っているのか、説明は詳細で、明らかに機密であるはずの情報をも明かすのだった。

靄齢が築いてきた財産のうちのかなりの部分は、夫から得た情報に基づいておこなった株式や不動産、貴金属等への投資によるものだ。

孔祥熙は数週前より常にも増して思い悩んでいる様子であった。

靄齢が、「どうしたの。老公《ラオゴン》（あなた）」とやわらかな声で訊くと、孔祥熙は「これは機密情報だからそとには漏らさないでおくれよ」と、珍しく前置きをしたうえで、まもなく実施する幣制改革について詳細を語った。

その語った内容のなかに、幣制改革後の元の対ポンド・レートは一元十四ペンスから十五ペンス程度とする、というのがあった。

他のマーケット参加者は薄氷を踏む思いで取引を続けているが、靄齢は近い将来に形成されるレートの数字を正確に知っているのだ。

エルベ・ド・シエイエス路（現永嘉路）の邸宅の緑の芝生の庭に置かれたテーブルで紅茶を飲みながら、膨らみ続ける利益のことを思ってにじみでる笑みを抑えられずにいるときに、うしろからメイドに「お電話です」と声を掛けられた。

リビング・ルームの受話器をとると、電話の向こうから悪寒のする声が聞こえてきた。

杜月笙※である。

上海の秘密結社〝青幇《チンパン》〟の大ボスである杜月笙は、上海の貧家に生まれ、青幇首領格の黄金栄《ファンジンロン》に才覚を認められ引き上げられて、いまでは黄金栄にまさるともおとらない権力を握るに至っている。北伐を進める蒋介石に協力して上海の共産党や労働者の弾圧を実行し、それ以来、蒋介石政権に深く食いこみ、政府顧問のような地位を得ている。また、アヘン取引で貯えた潤沢な資金を背景にして浙江財閥[注]

においても重要な地位を占め、複数の銀行の理事や董事長をも務めている。

「太太《タイタイ》（奥さん）。このところずいぶんと機嫌がいいようですね」

と、電話の向こうの杜月笙は鼻にかかった声でいった。下品な声だ。地位がどんなに上がろうとも、しょせんはチンピラなのだ、と靄齢は思った。

「あら、そうかしら。いつもどおりですわよ」

「昨日もずいぶんと気前よく買い物をしておられたようですね」

（監視されている）

靄齢は受話器を強く握りしめた。

上海の街じゅう至るところに杜月笙の息のかかった人間がいる。杜月笙が指示をだしさえすれば、靄齢がどこでなにを買ったか、どの店でなにを食べ飲んだか、そういったことはもちろんのこと、誰となにを話したかも筒抜けとなる。

「なにかご用ですか。いま少したてこんでいるのですけれど」

「最近ずいぶんとお幸せそうですが、その幸せをわけていただけないかと思いましてね」

「なんのことでしょうか」

と、靄齢はしらをきった。

「公債価格も金価格も匯率《フィリー》（為替レート）も乱高下していて上海の資産家はみな毎日眠れぬ夜を過ごしています。でも、太太だけはぐっすりと眠っておられるじゃないですか。なにをご存じなのですか」

意外だった。上海の隅々にまで情報の網をめぐらせ、国民政府との関係も深い杜月笙なら靄齢と同じ情報を得ていそうなものである。

靄齢は優越感のようなものを感じ、

「私は投資にあまり興味がございませんで」

とほくそ笑んだ。

杜月笙はなにもいわずに靄齢の次のことばを待っている。

やむをえず靄齢が口を開き、

「私はなにも存じませんよ。いったいなにをお知りになりたいのですか」

杜月笙は小さく鼻を鳴らしてからいった。

「匯率ですよ。匯率はどうなるのです。毎日上がったり下がったりしていますが、最終的にどうなるのか、決まっているのでしょう」

靄齢は受話器を握ったままで考えた。上海の金融界で巨大な力をもつ杜月笙なら靄齢が上海に置いた金融資産の状況を調べることくらい、クローゼットに吊るされ並ぶ衣装の列から目当ての服を探しだすよりずっと簡単なはずだ。ゆえにいま、なにも知らないといってみたところで、のちのちばれることは確実だ。知っていることでも問われなければいわないでいることはできるが、杜月笙相手に嘘をつけば、どんな報復をされるかわかったものではない。

メイドがリビング・ルームにはいってきた。靄齢は険しい顔で、迷いこんできた野良犬を追い払うように手の甲を振った。

メイドが部屋からでるのを待って靄齢はいった。

「ああ、それなら夫が話していたような気がしますわ。確か、一元が十四ペンスになるまで下落させるのだとか」

靄齢は声を抑えてそういったが、夫に機密といわれた情報をしゃべることに罪悪感があったわけではなく、儲け話を他人に漏らすことが、なんとなく惜しいような気がして思わず小声になったのだ。

「十四ペンス？先月からいままでに元は十％以上下落していますが、十四ペンスになるのなら、さらに十％以上も下落することになる。にわかには信じられませんが」

「あら、そうですか。夫はそういっていたように思いますけど、勘違いかしら」靄齢は、信じたくないなら信じなければいい、と思った。しかし、話し始めると話がとまらなくなるたちであり、さらに情報を口にした。「なんだか、銀価格が高騰する前のレートがそのくらいだったのだとか。一元が十四ペンスくらいになったら、そのあとはそのレートで安定させるといっていたような気がしますわ。ああ、そうそう。銀との兌換はやめるともいっていたかしら」

電話の向こうが沈黙となった。

鼻の音も息遣いも聞こえない。考えているのだ。

受話器からようやく声が聞こえた。

「つまりご主人は、元はさらに下落するとおっしゃった」

「そうです」

「いまより十％以上安いレートになるのだと」

「そうですわ」

「元と銀の兌換は停止されると」

「そうね」

杜月笙はまたもや黙った。靄齢のことばの真偽をはかっている。

そして杜月笙は、感謝のことばではなく、「知道了《ジーダオラ》（わかりました）」とだけいって電話を切った。

2

エドマンドはキャセイ・ホテルをでて外灘《バンド》の道を南に向かって歩いている。まだ朝が早く、東の低い位置にある太陽が黄浦江に沿って建ち並ぶ建築群の壁面を照らしている。外灘はこの時間が最も美しい、とエドマンドは思っている。正面を東に向ける摩天楼たちが朝陽を浴びて鏡のように白く輝くのだ。

十月中旬となり、黄浦江から吹く風が爽やかに頬をなでる。日本の猛暑にうんざりしたのは遥か遠い地での、ずっと昔の体験だったようにも思える。

（いやいや、そうではない）

と、エドマンドは顔を左右に振った。

日本はこの国と国境を接した隣国であり、わずか一ヶ月前にはそこにいたのだ。そしていま、日本のことを知るために日本人に会いにいこうとしている。

エドマンドが歩いて向かっているのは聯盟通信社の事務所である。協力の姿勢をみせようとしない日本は放っておいて幣制改革を進めたいとも思うのだが、イギリス外務省の強い意向があり、そうもいかないのだ。ミーティングでリース＝ロスが「日本はいったいなにを考えているのか。本心を知りたい」とぼやいたとき、宋子文が「日本人のジャーナリストの友人がいる。彼に訊いてみてはどうか」といった。そこでエドマンドがその日本人に会ってみることになったのだ。

相手の名は小島譲次。子文はアメリカ留学時代に小島と知りあったそうだ。公正な視点をもつ新聞記者で、政治的なしがらみもなく日本のことを話してもらえるのではないか、とのことだった。

外灘の道路を隔てた向こう側に双翼を広げたビクトリア像が朝陽を背に受け立っている。

その足もとに女性が立っており、微笑むビクトリアを見上げている。

エドマンドは立ち止まった。

横顔しかみえないが、若い。少女というべきか。しかし背丈はあるので十代の後半だろうか。真っ白で滑らかそうな頬が動いている。ビクトリアに向かってなにかを話しかけている。ときおり口を噤み、また話し始める。ビクトリアと会話をしているのだ。なにを話しているのかはわからない。しかしふたりは確かに対話している。

みられていることに気づき、少女がエドマンドのほうをみてはにかんだ。

エドマンドはポークパイ・ハットに軽く手をあてて会釈した。

少女の笑顔は、あどけなく、輝いている。

エドマンドはエドワードⅦ路（現延安東路）との丁字路で右に折れた。


聯盟通信社の事務所には、まだ出勤時間には早いためか、小島のほかには誰もいなかった。

小島は自分で緑茶を淹れ、エドマンドの前に置いた。

エドマンドは緑茶をひとくちすすってから来訪の目的を話した。

「われわれは日本の立場を重んじて、カナダ経由でまずは日本にはいり、中国経済援助について意見を求めました。広田外相や重光外務次官、津田大蔵次官らと会見しましたが、日本政府の態度には全く失望しました。中国が満洲国独立前から保有していた債務の一部を満洲国が負担すれば国民政府に満洲国を承認するよう説得してもいいとまで申しでたのですが、それも一蹴されました。中国経済復興のためには資金が必要であり、中国経済が復興すれば中国に多くの権益をもつ日本は大きな利益を得るでしょう。加えて、日中関係の癌というべき満洲問題が解決されるのですから、日本は飛びついてきてもよさそうなものなのに、なぜ拒絶するのでしょうか」

「その点について僕の考えをお話しする前に、ひとつ教えていただけませんか。なぜアメリカを避けるようにカナダ経由できたのですか」小島は人好きのする笑顔でいった。「すいません。新聞記者なので、聞いた話のなかに疑問点があると訊かずにはおられなくて」

「構いませんよ」とエドマンドは笑って、「わが国もアメリカも、リース＝ロス卿がワシントンにいくことを望まなかったのです」

「どうして」

「ご存知のとおりグレート・デプレション以降各国が金本位制から離脱し、為替マーケットは極めて不安定となっていますが、わが大蔵省は、リース＝ロス卿が中国の問題以外、例えばポンドの為替レートの問題などについてアメリカと論じ、なんらかの約束をさせられてしまうような事態を避けたいと考えたのです。アメリカ側は国務省がリース＝ロス卿の来訪を望まなかったのですが、どうやら、大統領の命で財務省が中心となって実施している銀買い入れ政策について、とやかくいわれてもどうにもならない、という事情のようです」

小島は「なるほど、なるほど」といってメモをとりつつしゃべり始めた。

「大使館の情報部長と親しくて、ときおり密かに公電を読ませてもらっているのですが、リース＝ロス卿と広田外相との会見で外相は、中央政府の力が弱い中国では銀本位制を離脱して管理通貨制度に移行しても失敗するのは必定で、中国に対してローンを与えても軍事費に使用されてしまうと話していたようですね」

「そうです。広田外相の態度が、イギリスの提案は全く話にならない、というつれないものであったことは公電には記されていなかったのではないかと思いますが」

「外相が話した内容が日本政府の公式見解ですね。そしてその背景には天羽声明があります。ローンが実施されイギリスの指導のもとでカレンシー・リフォームが実行されれば、イギリスの中国経済における影響力が大いに増すことになるので、日本政府としてはそれを阻止しなければならない」

「多少わが国の影響力が増したところで、それがなんだというのです。ゼロが一になるのではなく、十が一増えて十一になったところで大した違いはないでしょう。カレンシー・リフォームの成功によって日本も利益を得るし、満洲国承認の利益は莫大で、わが国の影響力が増すことにより失うものは圧倒的に小さいと思いますが」

「そうですね。僕もそう思います」

エドマンドは緑茶を口にして、

「日本の要人たちのいうことは理解できず、そのうえ猛暑で、日本での滞在にあまりいい印象はもたなかったのですが、緑茶は別ですね。苦みがなく、砂糖をいれなくても口のなかにほのかに甘さがひろがる。日本を離れる前にいくつか買っておけばよかった」

小島はカップのなかの緑いろの波紋をみつめて、

「日本茶と中国茶と貴国の紅茶とを比べれば、発酵茶である紅茶は日本茶よりも中国茶に近い」

といって、カップをテーブルに戻してから、

「ローンが実現すればカレンシー・リフォームは成功する。そう考えておられますか」

と訊いた。

「そうですね。おそらくは」

「カレンシー・リフォームが実現すれば、この国は確実に強くなる。間違いないですか」

「むろん、そうでしょう」

「そこですね。ポイントは」

「そことは？」

と、エドマンドは首を傾げた。

「日本軍はカレンシー・リフォームにより中国が強固になることを恐れているのでしょう」

「新通貨がグレート・ウォール（万里の長城）となることを恐れている、そういうことですか」

「そうです」

「通貨にそれほどの力はないですよ」

とエドマンドはいったが、子文が、幣制改革により中国は強くなり、それにより、きたるべき日本との戦争に備えるのだといっていたことを思いだした。

　小島がいった。

「この国がどうにもまとまりきれないことが日本につけいる隙を与えています。しかし南京政府のもとで発行される通貨があまねく国内にゆきわたればこの国はひとつにまとまる。軍はそう考えているのでしょう」

「日本軍は中国への領土的な野心のためにローン供与に反対しているということですか」

　小島は黙ってうなずいた。

　エドマンドは中指のつけ根を噛みながら考えた。考えに集中するときに指のつけ根を噛むのは昔からの癖である。

　エドマンドは日本での要人たちの表情を思いだした。誰も彼もが、借款はおろか、中国のことすら話題にしたがらなかったのは軍を憚ってのことだったのだろう。外相がわれわれの提案を頭から否定したのは、軍の意向に沿った発言をしたのか。

エドマンドはカップをとり茶をすすり、

(たしかに日本の茶よりも中国茶のほうがわれわれの茶に近いな)

と思った。

小島は、幣制改革の進捗状況の説明を望んだ。

エドマンドは、目標としている為替レートのような情報は除きつつも、ときに「これは記事にしないように」と注をつけつつ他の新聞に話していない内容をも含めて詳細に説明した。

銀行券発券機能は中央銀行に限らず中国、交通の両行にも付与する予定であることを述べたとき、小島が、「ああ、やはりそうですか」といった。

エドマンドが、

「『やはり』とはどういうことですか。わが国や日本と同様にセントラル・バンクのみが紙幣発券機能を有するというのが常識的な考え方ですが」

「これまでの流れをみていると、そうなると予想された、ということです」

「中国銀行が発券機能を有するとなると、世論は、みずからが総裁を務める宋子文は自分の利益のために財政部長に強いてそうさせたと考えるのではないでしょうか」

「TVはそんな男ではないですよ」

「ご友人を侮辱したように聞こえたのならば謝ります。僕も彼がそのような人物ではないと感じています。しかし国民はそうは思わないでしょう。彼はこの国の歴史に残る偉大な業績を成すひとでしょう。しかしこのことがもとでそうならなくなる恐れがあります」

「彼は歴史に名を残そうなどと思っていませんよ。ただ、この国を豊かにしたいと思っているだけです。誰になんといわれようとも、どのような反対に会おうとも、この国を豊かにするために走り続けているのです」

　そういわれても納得できないエドマンドは、

「もう少し詳しく話を聞かせてください」

と促した。

「カレンシー・リフォームの第一歩として一九三三年には、テール（銀塊）と銀貨の両方が取引に使われていた状況をあらため後者に統一したことはご存知ですね」

「TVは、テールの廃止に五年もかかってしまった、といっていました」

「社会を変えようとすれば必ずそれに反対する者がいます。改革が大きければ大きいほど、改革により損害を被る者の数も、損害の程度も大きくなります。テール廃止のためにはギルドのような特権を有していたテール鋳造業者から鋳造・発行の権限を奪わねばなりませんでした。テールと銀貨との両替で大きな利益を得ていた両替商たちは大きな損を被ることになりました」

「彼らの強い抵抗があったにもかかわらず、それをはねのけ、国民の利益となるテール廃止を実現した、と」

「そうです。そして今年四月には中国、交通両行の政府持ち株比率を五十％以上にし、役員を政府から派遣して、中国銀行董事長の椅子にはTVが座ったのですが、これには現職の中国銀行董事長張嘉権《ジャンジアチュエン》をはじめとする浙江財閥が猛然と反対しました。上海の銀行家や両替商のほとんどが浙江財閥であり。浙江財閥で最大の大物が前中国銀行董事長の張嘉権であす。浙江財閥は国民政府の、いつ紙切になるかもわからない公債を大量に買って国民政府を支えてきました。浙江財閥の協力がなければ国民政府は国を統一できなかったでしょうし、蒋介石がいまあるのも浙江財閥のおかげといっていい。しかし、カレンシー・リフォームを成すためには浙江財閥と対立しなければなりません。民間銀行から紙幣発行権限を剥奪しなければなりませんし、金融機関から銀関連業務を奪うので、両替商など中小の金融機関の多くが閉鎖に追いこまれます。中国銀行、交通銀行の国有化は三月末にＴＶと蒋介石、孔祥熙の三者だけで密室で決められたようですが、それは浙江財閥の政治力を封じるためでしょう。密室でＴＶは蒋介石に浙江財閥との決別を迫ったのでしょうけれども、蒋介石はＴＶが国民の利益のみを考える男であるからこそ従ったのだと思います。ＴＶにしても、彼は浙江財閥から絶大な信頼を得ていましたから、それを裏切ることは非常な苦しみだったはずです」

「なるほど。少しわかったような気がします。宋子文という人間が」

とエドマンドがうなずくと、小島は、

「昨日、まったく同じようにうなずいたひとがいましたよ」

と笑った。

「同じように？」

「昨日、わが国陸軍経理部のメイジャー（少佐）が尋ねてきたのですよ。ちょうどいま話したようなことを話したら、全く同じようにうなずいていました」

「名前は？」

「ええと、確か――」

エドマンドは、小島と同時に「モリオ」といった。

「あれ、ご存知なのですか」

「東京で会いました。いったい彼はなにをしに上海に」

「金融市場状況の調査、といっていましたが――」

と、小島は語尾をのばしていった。

「日本軍がカレンシー・リフォームの成功をおそれているのであれば、まさか改革を妨害するために」

「それはどうでしょう。カレンシー・リフォームは時間がかかりながらも着実に進められているという話をしたら納得していましたよ。妨害するとしても、それは容易ではないことはわかっているでしょう」

小島はことばを区切り一瞬考えてから、「ただ、これは未確認の情報なのですけれども。ご承知のとおり、このところ元の為替レートが暴落していますが、横浜正金銀行と朝鮮銀行が率先して元を売り、相場を崩しているようなのです。そしてそれは、どうやら軍の指示に従っているのではないかと」

「まさか――」

「そして、その旗を振っているのがメイジャー森尾なのかもしれません。相場下落が始まったのはリース＝ロス卿が上海にはいった直後ですが、メイジャー森尾はリース＝ロス卿を追うように上海にはいっており、彼の上海入りの直後に相場が下がり始めたということもできます」

確かに昨今の相場下落が日本軍主導であることはあり得ることであり、森尾が上海にきたころに相場下落が始まったのだから、彼がその引き金を引いたということは十分に考えられる。

指のつけ根を噛みながら考えるエドマンドに小島は提案した。

「直接会って話を訊いてみてはどうですか。僕のほうからアポイントメントをとりますよ。彼もあなたに会いたいと思うでしょう」

「それはありがたい。ぜひ」

エドマンドは、重光外務次官との会見のときに、森尾が「また会うことになるでしょう」と意味ありげに笑っていたことを思いだした。

3

孔祥煕は疲れている。

仕事より家族と過ごす時間に数段うえの価値をおく孔祥煕は、常ならば朝十時過ぎに財政部の部長室に着き、午後は三時過ぎには自宅に戻るのだが、リース＝ロスが上海にはいった九月下旬以降、働く時間が普段の二倍以上になっている。

珍しくリース＝ロスらとのミーティングがなく、久しぶりに陽のあるうちに自宅に帰ろうと身支度をしていると、秘書が来訪者のあることを告げた。

事前のアポイントメントがない。孔祥煕は不快げな顔をして、誰がきたかも訊かずに「だめだ、だめだ。追い返せ」と秘書をどなりつけたが、秘書は主人のいいなりにならずに来訪者の名を告げた。

すぐに孔祥煕はいつもの柔和で好好爺然とした顔につくりかえた。そして、来訪者を部長室に迎え入れた。

訪ねてきたのは杜月笙である。

杜月笙の表情は孔祥煕とは対照的に険しく、挨拶のことばもなく突然奇妙なことをいった。

「太太《タイタイ》にみごとに騙されたよ。まったくひどいめにあった」

「なんです、いきなり。なにをおっしゃっているのですか」

「太太のことばを聞いてポンドを売ったら大損だよ。二十五万ポンド以上を売って五万ポンド近く損をだしてしまった」

「五、五万ポンド？」

孔祥煕の声が裏返った。一ポンドは約十七円で、当時の一円は現代の千円強の価値があるとすれば、杜月笙は現代の価値で約五十億円投資し、約十億円損をしたといっているのだ。

「私でも、さすがに五万ポンドは痛い」

杜月笙の口調は穏やかだが、地上に獲物をみつけて旋回する鳶のような目で睨みつけている。この目をみて怯まぬものはいない。

「妻のことばというのは？」

靄齢からなにも聞かされていない孔祥熙は、ただ戸惑うのみだった。

「しらばくれないほうがいい。なにも聞いていないはずはない」

「い、い、いえ、妻がなにをいったのでしょうか」

「太太が元はさらに下がるといった。だからわしは元を買った。ところが本当に下がった。それも暴落だ」

いっていることが理解できない。妻は元が下がると教えたらしい。となれば元を売りそうなものだが、この男はその逆のことをし、損を被ったといって怒っている。

「おっしゃっていることの意味がよくわかりません。妻は元が『下がる』といったのですよね。『上がる』ではなく」

「いまそういったではないか」

孔祥熙はゆっくりと首を傾げた。杜月笙は、ちっ、と舌打ちをして、

「太太は元は下がるといった。機密であるはずの情報を、あまりに簡単に、とまどうこともなくそういった。ならば、そのことばを嘘であると思うのが自然だろう。太太が逆のことをいっていると確信し、元を買ったのだ」

いいがかりである。まさに開いた口をふさぐことができなかったが、相手はこの国の裏側を支配する

杜月笙だ。一笑にふすことはできない。そんなことをすれば命を失う。

「そ、そ、それは。申し訳ないことをしました」

と、思わずそういったが、謝罪のことばを口にすることは、こちらが悪かったと認めることを意味している。すぐに後悔した。

「申し訳ないでは済まされん。申し訳ないと思うのならば、口だけでなく行動で示してもらおう」

「行動で？」

「わかるだろう。五万ポンドだよ。損をした分を返してもらいたい」

「い、い、いや。それは――」額に汗がにじみでるのを感じた。「それは、さすがにできかねます」

「できないことはないだろう。五万ポンドは私には大金だが、国にとっては微々たる金額じゃないか」

「むちゃをいわんでください」

「それに、新しい通貨制度のもとでは銀の裏づけなく紙幣をいくらでも刷ることができるようになるよ
うじゃないか。この際ポンドじゃなくてもいい。紙幣を刷り増して、五万ポンド分の元で返してくれれ
ばそれでいい」

いっていることがむちゃくちゃである。恐ろしいが、反論せねばならない。

「妻がおかしなことをいったのかもしれませんが、しかし投資はあくまでご自身の判断でおこなったものではありませんか。投資に危険はつきものです。得をするときもあれば損をするときもある」

「わしは、太太が相場の乱高下のなかでも投資に成功しているという噂を聞き、なにか投資の参考になる助言をもらえればと思って電話をした。むろん太太が国の機密情報を知らされているなどとは思っていなかった。電話で太太ははっきりと元が下がるといった。それも一元十四ペンスという数字まで示して。知るはずのない情報をあまりにはっきりというものだから、なにか裏があると考えるのが当然だろ

う。ところが結果は完全に太太のいうとおりだ。明らかに太太が事前に機密情報を知らされていたことを意味している。これだけでも問題だが、そのうえ太太は、その情報を使って大きな利益を得た。これが世間に知れれば民衆は大いに憤慨する。きさまの評判は失墜し、地位にも悪影響があるだろうな」

杜月笙は含み笑いを浮かべ、したから覗きこむようにして孔祥熙の目を睨んだ。

ただ、この脅しは孔祥熙にはさして効果はなかった。孔祥熙自身は権限で得た情報をもとにした投資などおこなっていないが、それは公務が忙しく、かつ、すでに大きな資産を有し蓄財に対する興味を失っているためだ。権限で知り得た情報から利益を得ることをさほど悪いとは思っていないし、妻がそうして蓄財していることを責める気もない。民衆はすでに孔家が権限を利用して私財を貯えていると思っており、それを問題とする風潮にもない。妻が利益を得ていることが明るみになれば多少の打撃にはなるだろうが、自分に代わる者がいない状況のなかで、地位を失うようなことにはならないだろう。

「やはり、政府が投機の損失を補填することはできかねます。ご理解くださいと申し上げるしかない」

杜月笙は鳶の目を光らせて、

「それが答えということだな。返す気はないのだな」

杜月笙の視線の鋭さに孔祥熙は慄き身をのけぞったが、その姿勢のままでうなずいてみせた。銃か刃物で脅されるかとも思ったが、意外にも杜月笙は立ち上がり、無言で部長室からでていった。

孔祥熙は額の汗をぬぐいながら大きくため息をついた。

翌朝。

孔祥熙はエルベ・ド・シエイエス路の自邸の二階寝室で身体を強く揺すられて目を覚ました。

まぶたを開くと、そこには血の気を失った妻、靄齢の顔があった。

靄齢はことばを発することなくカーテンの隙間から朝陽がこぼれている窓のほうを指さした。

孔祥熙は目をこすりながら起きあがり、閉じられたカーテンに手をかけたとき、靄齢が小声で短く、

「開けないで」といった。

なにごとかと振り返ってみた靄齢の表情は真顔であった。

孔祥熙はカーテンを右手の指先でつまみ、わずかに右方に引いてそとの様子を覗きみた。窓からは自邸の門扉と自邸前の道路をみおろせる。

道路に黒いロングコートに黒いソフト・フェルト・ハットを身に着けた男が六人立っている。いずれも直立して動かず、門扉のほうをみつめている。

孔祥熙は振り返って訊いた。

「なんだ。あいつらはなに者だ。どこかで葬式でもあるのか」

靄齢は別の方角の窓を指さした。指先が微かに震えている。

孔祥熙は指さされた窓に近づきカーテンの隙間からそとをみた。

そこにみえたのは、朝の弱い光を横から受けた庭木が穏やかな風に揺らいでいる姿だった。

孔祥熙が振り返ると、靄齢はひとさし指を下方に向けて、

「下面《シャアメン》、下面、下面」

と繰り返した。

カーテンのあいだから下方にみえる玄関の前には、精緻な装飾が施された漆塗りの、大きく縦長の箱が横たえられていた。

孔祥熙のために用意された、棺桶であった。

その日の午後、孔祥熙は中央銀行の理事会を急遽招集した。緊急動議をおこない、雄弁に動議の理由を語った。

「先日、ひとりの愛国者が日々下落を続ける外国為替市場を憂い、彼の全資産を投げ打ってわが国の通貨を買い支えようとした。これまで政府は匯率安定のために適宜介入をおこなってきたが、今月にはいってからは、幣制改革実施を視野にいれ、わが国通貨を安く誘導するために下落を放置していた。その愛国者はむろんそのことを知らなかった。彼は中央銀行が動こうとしないのをみて、私財を投じて政府の代わりを担おうとしたのである。ゆえにこの愛国者の損害は、匯率安定を任とする中央銀行がそのまま引き継がなければならない」

理事たちは一様にばかばかしいと思ったが、ばかばかしい話を真剣に語る孔祥熙を前にして異議を唱えられるものはおらず、発言を控えて自分以外の理事がなにかをいってくれないかと期待した。

ようやくひとりの理事が口を開き、

「その愛国者というのは、誰なのでしょうか」

と問うた。孔祥熙は、名をいうのを一瞬ためらった。しかし損害を補填することが決まれば払いこみ先の名はどうあっても必要になる。そう思いなおし、ひとこと「杜月笙」と小声でいった。

このひとことは会議室に冷気を吹きこんだ。

もはや発言するものはなく、孔祥熙の動議は理事会を通過した。

4

リース＝ロスは蒋介石との会見のために南京にいる。

雲ひとつなく晴れわたった日の夕刻、迎えにさし向けられたビュイックに乗って南京市の中心部から東に向かって走った。十分ほどで車は坂を登り始め、市街地の雑踏とは別世界というべき緑の深い紫金山《ズージンシャン》に分け入っていった。

蒋介石の官邸は、木々に覆われた紫金山の中腹に、俗世の煩わしさから逃れるかのようにひっそりと建っている。

車寄せにでむかえたボーイに案内されて玄関にはいり、正面の階段を上がると二十人ほどで会食ができるダイニング・ルームがあった。そこを抜けると広い南むきのバルコニーがあるのだが、案内のボーイはそこに主人がいないのをみて首を傾げた。

ボーイは紅く染まった西の空を見上げて、なにかに気づいて顎を三度縦に振った。

ボーイに導かれて再びダイニングを抜けて階段を上がる。階段を上がりながらボーイが「三階はご夫妻の寝室などがあるプライベートなフロアです」といった。

階段を上がると小さな礼拝堂があり、その脇を通って応接室にはいった。この応接室には、二階に比べればずっと小さい西むきのバルコニーがついている。

開け放たれたドアからバルコニーにでると、正面にモスグリーンの林に沈みゆくオレンジ色の太陽があり、リース＝ロスは目を細めた。

バルコニーの奥には仲良く寄り添う男女のシルエットがあった。

蒋介石と宋美齢だろう。キッチンからひっぱりだしてきたような椅子を並べ夕陽のほうを向いて座っている。客の到着にも気づかずに、ただ夕陽を眺めている。

ボーイがリース＝ロスの来訪を告げると、美齢のほうが先に立ち上がり、近づいてきた。蒋介石は遅れて振り返り、立ち上がった。

美齢は流暢な英語で到着に気づかなかったことを詫び、続けて蒋介石を紹介した。快活によくしゃべる女性である。南京へはどうやってきたかとか、上海での生活はどうかとか、そういうたぐいのことを矢継ぎ早に訊いてくる。その間、蒋介石は半歩下がった位置で軽く首を縦に揺らしながら微笑んでいる。蒋介石が美齢に「そろそろなかにはいろう」と声を掛けたとき、夕陽はすでに地平線のしたに消えていた。

応接室のソファに移り、ようやく蒋介石との対話が始まった。通訳をするのは美齢である。よくしゃべり、主張が強く、ときに感情的になる彼女の通訳ではことばが偏りなく正確に伝わるか不安があったが、蒋介石は英語を話さないのでやむを得ない。

蒋介石との会見にあたって、宋子文は事前にいくつかの予備知識を与えてくれた。すなわち、蒋介石は金融問題にあまり興味がなく、兵と兵器のために得られる資金が多ければ多いほどいいと思っているだけで、その資金をどうやって得るかという点についてはほとんど関心がない。幣制改革関連で唯一といっていい興味は中国農民銀行による紙幣発行権のことである。蒋介石は自分および軍事委員会の強い影響下にある中国農民銀行が中央、中国、交通三銀行と並んで紙幣発行を認められるようになることを望んでおり、子文がそれに強く抵抗しているのだという。

リース＝ロスは幣制改革の概要を説明し、予算を均衡させ、通貨供給を経済取引で必要とされる範囲内に抑制することが重要と説いた。幣制改革が失敗に帰するとすれば、それは蒋介石による軍備のための資金需要のせいだろう。蒋介石は金融問題に興味がないと聞かされてはいるが、これだけはしっかりといっておかねばならない。

蒋介石は同意のことばを口にしたが、その態度はそっけなく、いたずらを繰り返す子供が親の説教を聞き厭きて親の口を封じるために感情のない反省のことばを口にしたかのようだった。リース＝ロスは

単なる理想論を述べていると思われているような気がして、ハムレットの台詞を引用して、

「〈守るよりも破るほうが名誉なこととなる習慣〉と考えていただいては困ります」

といってみたが、蔣介石はそのことばに特段の反応も示さずに、政府がいかに資金を必要としているかを説いた。

この会談にあたって必ず訊かねばならないことがある。

「将軍は、カレンシー・リフォームを支持していただけますでしょうか」

短いが、重要な問いだ。蔣介石は幣制改革実行後におそらく軍需予算の拡張を迫る。しかし蔣介石が幣制改革を根本で支持しているのであれば、論を尽くせば説得することもできるだろう。

蔣介石の答えを美齢が代弁した。

「子文は私にいいました。カレンシー・リフォームにより民衆は苦しみを忘れ豊かになり、中国は列強の圧力を跳ね返すことのできる頑強な国になる、と。そのような政策を支持しないはずがありましょうか。いかなる困難があろうとも、私が改革を支えましょう」

期待したとおりのことばを聞くことができた。リース＝ロスは満足し、外国借款の問題に話題を転じた。

幣制改革成功のために、いかに外国からの借款が必要であるかを述べ、続けて、

「鉄道の延伸など小規模かつ用途の限られたローンならば話は別ですが、中国経済全般に使用することができる大規模ローンとなれば日本の反対が必ずあり、組成することが難しい」

といった。そして、事前に子文より対日関係については触れるべきではないとアドバイスされていたのだが、外交問題に踏み込んだ。

「日本に対するなんらかのデマルシェ（外交的な対策）が必要かと思います。例えば関係改善の第一歩

として、日本からの輸入関税を引き下げるといった措置を採ることはできないでしょうか」

蔣介石は口を開かない。リース＝ロスは続けて、

「思うに、将軍は両手に常に二本の剣をもち、ふたりの敵と戦っているようにみえます。右手で日本と戦い、左手で共産党と戦っておられ、そのために危機に陥ってしまっている。どちらか一方とは和解すべきではないでしょうか」

美齢が通訳をためらっている。立ち入り過ぎだと思っているのだろう。

しかしリース＝ロスは、目で訳を促した。

蔣介石は含み笑いを浮かべてから口を開いた。美齢が訳す。

「東方のジャッカルに比べれば、北方の熊のほうが好きではありません」

リース＝ロスはそのことばの意味を捉えあぐねた。日本とは交渉できるといったようでもあるが、日本をジャッカルと表現したからには、日本は死肉を漁る交渉不能な獣だがソ連はそれ以下であり、ゆえに先に共産党を倒さねばならない、といったようにも思えた。ただ、ジャッカルと表現したのは美齢であって、おそらく蔣介石は別の動物に例えたはずだ。

「将軍は日本のことをどう思っておられるのですか」と、リース＝ロスはまっすぐに訊いてみた。「宋子文は日本と全面戦争になるのは確実と思っているようですが、将軍のお考えはいかがでしょう」

「彼は一二八事変のときにはもうそう確信していました」

と蔣介石はいった。一二八事変とは、一九三二年の第一次上海事変のことである。子文を除く国民政府首脳は日本との妥協の道を探ろうとし、蔣介石はそれに同調したが、子文は強く反対し、財政部下の税警団（塩密売に対抗するための武装組織）を戦場に投入して抗戦した。

蔣介石は続けて、

「しかし私の軍は、現在のところ日本軍に匹敵することはできず、ゆえにこれまで日本との戦争を避けてきましたし、今後もそうしなければならないのです。ただ、ただ――」

蒋介石はことばを区切り、リース＝ロスと美齢は彼の次のことばを待った。

「ただ、いったん戦争となれば、私は可能な限りを尽くして抵抗します。戦力で劣るわれわれは沿海部で早々に敗れるでしょう。しかし屈服することなく内陸に退きます。まずは武漢、そして重慶と長江を遡って抵抗を続けます。広い中国のいずれかの場所で戦い続けて、あなたの政府とアメリカの政府が助けにくる日までフリー・チャイナを維持し続けます」

リース＝ロスは、

「私の政府に関する限り、ドイツとの戦争の脅威に晒されていることを忘れないでいただきたい。わが国が日本とも戦争状態になると期待すれば誤りをおかすことになります」

とことばを返し、さらに、

「もし上海が日本による攻撃に直面しているときに、同時に共産党が甘粛《ガンスー》で騒乱を引き起こしたならば、将軍はどうされますか。日本とは和解し兵を甘粛に送りますか。それとも、あなたの兵をふたつにわけて両者と戦いますか」

と、いじの悪い質問をした。蒋介石はその質問には答えず、

「イギリスとアメリカは日本と戦う中国を必ず助けにくる」

と、先のことばを繰り返した。

後世の者がみな知るように、この会見で蒋介石が予言のように述べたことばは現実のこととなる。リース＝ロスは蒋介石の将来をみとおす力に感嘆し、のちに半生を振り返り記した回想録のなかで、「私が会った指導者たちのなかで将来の政策を完全に説明し、かつそれらをことごとく実現していった者は

ほかのどこにもいない」と記している。

また、同回想録でリース＝ロスは、「私はこのインタビューで、彼の国の利益に対する誠実さと献身を感じた」と好意的に述べている。

ただ、この会見でリース＝ロスがなした要請や忠告はほとんどなにも受け入れられることはなかった。

5

元の対ポンド、対ドル・レートは下落を続け、ついには目標範囲の下限である一元十四ペンスを一瞬ながらも下回るに至った。一ヶ月もしないうちに二十％以上の下落である。

昨日エドマンドは、杜月笙が為替取引でつくった損失の穴埋めを孔祥熙が決めたという話を聞き、耳を疑い、かつ呆れた。孔祥熙に会う機会があり次第、その愚を教え諭さねば気がすまない。

債券相場も荒れ、金融市場の参加者のみならず、上海市民の誰もが不安を抱いている。

エドマンドは小島譲次から相場下落の背景には日本軍がいるかもしれないと聞かされ、それを確かめねばならないと考え、日本陸軍経理部の森尾とのアポイントメントとりつけを待ったが連絡がない。待ちきれず、こちらから連絡しようかと思っていたときに、ようやく小島から電話が掛かってきた。

小島は唐突に、森尾と三人でゴルフにいかないか、と誘った。エドマンドは唖然としたが、電話の向こうから聞こえてきた「ゴルフ」という音の響きの心地よさに抗えず、思わず「いいですね。いきましょう」と明るく答えてしまった。サウサンプトン（ロンドンの外港）を発ってから二ヶ月以上が過ぎており、実のところ緑の芝が恋しくてたまらなくなっていたのだ。

上海には、市北東部郊外にある江湾《ジアンワン》ゴルフコース、市西部郊外の虹橋《ホンチャオ》ゴルフクラブ（現上海動物園）、虹口《ホンコウ》公園内のコース、市中央の競馬場（現人民公園）内のコースの計四つのゴルフ場がある。翌日早朝三人は、そのうちの日本人利用が比較的多い江湾ゴルフコースに向かった。

エドマンドは心中で、日本人など相手になろうはずがない、と思っていたのだが、ふたりの腕前はなかなかのものだった。いずれもアメリカ留学時代に腕を磨いたとのことだった。

エドマンドは仕事の話を忘れて真剣になった。

賭けもせず、互いに互いのスコアも聞かないラウンドだったが、エドマンドは自分とふたりのスコアを数え、相手がボギーのときにパーであがれば密かに笑い、逆に自分が多く叩けば奥歯を噛み締めた。

小島の借りてきたクラブのせいだと、いいわけが口からでかかったが、潔くないのでやめた。

九ホールを終え、三人はクラブハウスのカウンターに並びビールで乾杯した。

最初のひとくちが喉を通るのを感じながら、小島に対してはワン・アップ、森尾にはツー・アップだったとほくそ笑んでいると、小島がエドマンドに、

「森尾さんになにか訊きたいことがあったのではないかな」

と話を振った。

そのひとことでようやくエドマンドは今日の目的を思いだした。相場操縦の有無を訊きただださなければならないが、九ホールを歩いているうちに昨日まで抱いていた日本軍と森尾に対する腹立ちが消えていることに気がついた。どうやら小島の策に嵌められたようだ。

エドマンドは顔を引き締め背筋をのばして訊いた。

「ドクター森尾。最近の為替レート下落はきみが仕組んだものなのか」

「ずいぶんとまっすぐな質問だ」

と、森尾は首をすくめて笑った。

「日本軍が為替マーケットに攻撃を仕掛けているという話を聞いた。レートの下落はきみが上海にきた直後から始まっているじゃないか。きみが主導しているのではないのか」

「話を聞いたって、小島さんから？」

と森尾はいった。エドマンドは小島に迷惑をかける話し方をしてしまったか、と後悔した。小島は首のうしろを掻いて気まずそうな表情をしている。

しかし森尾は気にするふうでもなく、笑った顔のままで、

「まあ、主導したといえば、そうかもしれない」

と、あっさりと認めた。

「やはりそうか――」

「ただ、軍にはそんな予算はない。関係の深い銀行に売り仕掛けを提案しただけだよ。それに僕の提案に応じて銀行が売った金額はマーケット全体に比べれば小さいものだ。マーケットの取引金額のほとんどは便乗した投機家によるものだし、下落の原動力はカレンシー・リフォームが実施されれば元レートが大幅に切り下げられるに違いないという不安心理だ。だから、主導といういいかたは適切ではないな。きっかけをつくったというべきだな」

「そんなことはどちらでもいい。僕は、きみがいったいなんのためにそんなことをしているのか。それを知りたい」

森尾は照れたように笑って、

「それはさすがにいいにくい」

「カレンシー・リフォームを阻止するため。そうだな？」

森尾が答えずに微笑んでいると、森尾を助けるかのようにウェイターが割りこんできた。小島が二杯

目のビールをオーダーしたのだ。ウェイターの挙措はずいぶんとゆっくりしている。エドマンドはウェイターの動作をみながら脚を小刻みに揺らした。

ようやくウェイターが三人のそばを離れ、エドマンドは問いを繰り返した。

「きみの目的は中国のカレンシー・リフォームを阻止することなのか。マーケットの不安を鎮めるために国民政府はカレンシー・リフォーム実施を取り下げざるをえなくなる。そう考えているのか」

森尾は「答えは――」といって区切り、グラスを手にとりビールをひとくち飲んでから、「イエスであり、ノーでもある」といった。

「どういう意味だい」

「うむ――」と森尾は唸り、「やはりいいにくいなぁ」と笑った顔のままで首を横に揺すった。そして続けて、

「ただ僕は、カレンシー・リフォームを阻止することは難しいと思っている。小島さんからカレンシー・リフォームが何年もの年月をかけて進められてきていることを聞いたし、それにそもそも銀本位制など遅かれ早かれ捨て去られるべきものだし」

「ではなぜじゃまをする」

森尾は答えず笑っている。

左隣に座る森尾がなにもいわないので、小島がなにかをいうかと思い右側をみたが、小島はグラスを傾けて早くも二杯目を終わらせようとしている。

エドマンドは森尾に向きなおっていった。

「きみは阻止は難しいと思っているが、軍の方針でそうせざるを得ない、ということか」

「否定も肯定もしないでおくよ」

と森尾は答えた。エドマンドはしばらく森尾の目をみてから、

「どうやら僕のいったとおりのようだな。きみはカレンシー・リフォームを阻止することなどできないと思っているが、うえからの命令を受け、阻止すべく行動している。そういうことか」

「決めつけてしまうのもどうかと思うが」

「では違うのか」

森尾は、さきほどのウェイターを思わせるゆっくりとした動きでグラスを口に運んだ。エドマンドは再び脚を揺らしてことばを待った。

森尾がグラスをカウンターに置いて、いった。

「カレンシー・リフォームの内容はもう確定しているのだろう」

「ああ。ほぼ決まっている」

と、エドマンドは正直に答えた。

「それなのに実施しないのはなぜだ。外貨準備が足りないから。そうなのだろう。足りないというよりも、ほとんどないというべきか」

「まあ、そうだ——」

「外貨準備を得るために中国はローンが欲しい。しかしきみの国は日本の反対を恐れてローンをなかなかだそうとしない。ならばアメリカに銀を売って外貨を買わなくてはならないが、アメリカもぐずぐずしていて銀を買うと約束しない。中国はいま、きみの国からのローンかアメリカへの銀売却のいずれかが決まるのを待っている。違うか」

さすがにこれは答えられない。こんどはエドマンドがゆっくりした所作でビールを口に運んだ。

エドマンドの答えを待たずに森尾がいった。

「このまま元レートの急落が続けば中国はもう待ちきれなくなる。相場の下落に耐えられなくなって、外貨をもたないままでカレンシー・リフォームを実行せざるを得なくなるだろうな」

（確かにそうだ）

とエドマンドは思った。元レートがさらに下がれば元に対する不安が爆発し、人々は元を一刻も早く手放してモノや外貨や銀に交換しようと走るだろう。人々が銀を求めて銀行窓口に殺到すれば取りつけ騒ぎが発生するかもしれない。元の下落は銀の国内価格の下落を意味し、国際価格との差が拡大するので銀密輸が増え、銀流出が加速する。結局政府は元と銀の兌換の停止を実行せざるを得なくなる。

「そ、それが、きみのやろうとしていることなのか」エドマンドは驚きにことばを詰まらせた。「カレンシー・リフォームをハーフ・クックド（半煮え）で実施させようとしているのか」

森尾は問われたことには答えずに、

「幣制改革がハーフ・クックドで実施されたとして、その先はどうなると思う」

と、問いで返した。エドマンドはやむなく答えて、

「外貨準備が足りないことを知る投機家は為替攻撃を仕掛け、それに対抗できるだけの十分な介入資金をもたない政府は元の下落を放置せざるを得なくなる。元が急落して、紙幣をモノに変えようとする動きがひどくなり、農民は農作物を売り惜しむようになるだろう。輸入品の物価も高騰する。軍事に無限にカネを必要とする蒋介石は紙幣増発を要求するだろうが、その要求をはねつける仕組みの整備がまにあわずに離陸した新通貨制度では、インフレーションが、それも、かなりひどいインフレーションが起きる――」

エドマンドの背中で小島がいった。

「金利は高騰し、企業は苦境に陥る。失業の大量発生。金融恐慌だな」

エドマンドが森尾の目を見て
「それがきみの狙いか。この国の恐慌が」

というと、森尾は答えず、グラスを持ち上げビールでのどを潤した。エドマンドが続けて、

「恐慌。通貨の大幅下落。すると国民政府は対外債務を返済できなくなり破綻に至るかもしれない。そこですかさず日本から援助の手をさしのべ、引き換えに土地を、つまり、華北の地を得る。それがきみの狙いか」

グラスを置いた森尾は短く、

「どうかな」

といった。

「なんというばかげたことを考えるのだ」と、エドマンドは嘆息した。「僕がきみをメイジャーと呼ばずにドクターと呼ぶのはきみがエコノミストだと思っているからだ。きみはいったいアメリカに留学してなにを学んだのだ。経済学のひとつの目的は人々の幸福を最大にすることだ。それなのにきみは——」

森尾は苦みのある笑いを浮かべ、

「戦争でさえも自国民の利益のためにおこなわれる。僕が考えていることも、日本国民の幸福を最大にするという観点からは正しいのではないかな」

「日本と中国、両国民が豊かになる政策を考えるべきだ」

「みな自分のことしか考えていないよ」と、森尾は教え諭すような口調でいった。「アメリカ大統領は自国の銀産出業界のことのみを考えて銀価格を吊り上げ中国を苦しめている。アメリカ国務省は日本との摩擦をおそれて、これも中国に手をさしのべようとしない。イギリス外務省もアメリカ国務省と同じだな。きみの出身のイギリス大蔵省はどうか。中国経済建て直しが必要と考えているといっても、自国

の権益保全のためだ。それにイギリス大蔵省の場合は、さらにもうひとつの考えがあるようだし」

「どういう意味だ」

「中国をスターリング・ブロックに入れたいと考えているのだろう。元のポンド・リンクをローンの条件にしようと考えている。そうだろう」

「いや。それは——」

エドマンドはことばを詰まらせた。ポンド・リンクが条件であると自分は聞いていないが、リース＝ロスは大蔵省にそういわれて中国にきているようにみえる。宋子文や孔祥熙らとのミーティングにおいてリース＝ロスはポンド・リンクにこだわりをみせていた。

「アメリカ財務省もドル・リンクを銀買い取りの条件としているのだろう。つまりイギリスとアメリカは中国を援助するような顔をしつつ、実のところは通貨の覇権争いをやっているわけだ」

ことばを継げないエドマンドをみて森尾が続けていった。

「アメリカにしろイギリスにしろ、結局は自国のことしか考えていない。むろん日本もそうであって、僕の考えが間違いであるといいきることはできまい」

「いや、間違っている。きみはアメリカで競争について学んだだろうが、その競争は破戒をともなうものではなかったはずだ。きみは自国の利益のために他国に破戒をもたらそうとしている」

森尾はカウンターの向こうの壁ぎわに並べられた酒のボトルのほうをみて、口を噤んだ。エドマンドは森尾のほうに半身になって、

「ではきみは、中国にカレンシー・ウォーを仕掛けようとしているというのか」

といった。森尾は前をみつめたままで、間を置いてから、答えた。

「そう考えてもらっても構わない。まあ、カレンシー・リフォームが中途半端に実施されても、実際に

国民政府が破綻したり悪性のインフレーションが発生するかどうかはわからない。ただ、この国の経済をなるべく脆弱な状態においておけば、将来おこなわれるであろう経済戦において、わが国は有利に戦えることになる」

エドマンドはためいきをつき、

「メ、イ、ジャー森尾。きみの考えはわかったよ。きみとはこれから通貨をめぐって長い勝負をすることになるということなのか」

「ゴルフでは負けたけれどもね」

と森尾がいった。森尾も密かにスコアを数えていたのだ。

森尾はそういって笑ったが、どこか寂しげな笑いだった。

すでにビール三杯目にはいっている小島の顔にも笑顔はなかった。

改革前夜

1

リース＝ロスが十月九日にイギリス本国に送った一千万ポンドの借款要請は、外務省、大蔵省、イングランド銀行の間で検討され、三者合意の電文は、十月二十四日にホーア外相名でリース＝ロス宛に送付された。

要請から回答までに二週間もの時間が過ぎている。リース＝ロスは、最初の一週間は、彼の提案が政府内で相当に否定的に捉えられているための遅延だと考えていたが、次の一週間は、外務省の反対に対して大蔵省がときをかけて借款の必要性を説いているのであろうと考え、結果は悪いものではないかもしれないと、多少の楽観を抱いて返事を待った。

ところが回答内容はリース＝ロスの期待を裏切るものだった。

電文は冒頭で、〈カレンシー・リフォームのスキームはエクセレント〉と評価し、一定の条件のもとで一千万ポンドから一千二百万ポンドの長期ローンが実行され、リース＝ロスの希望は満たされるだろう、としている。

しかし続けて、〈日本との協調は必須〉とし、リース＝ロスが再度日本を訪問し、その結果を待って最終判断をくだす、とした。

リース＝ロスのロンドン出発前から外務省は日本抜きでの中国支援に反対し、イギリス単独でも借款をおこなうべきと考えるチェンバレン蔵相やイングランド銀行総裁等と対立していたが、結局大蔵省・イングランド銀行側が外務省側の考えを受け入れたのである。

リース＝ロスは自身で日本の消極姿勢に触れ、日本の協力が得られる望みは極めて薄いと思うに至っている。すなわち、イギリスからの借款は不可といわれたようなものだった。

リース＝ロスがこの電報を受け取ったのは二十五日金曜日の早朝である。日本の協力が得られる可能性は低いと思いつつもほかに道がないと考えたリース＝ロスは日本大使館に連絡を入れ、大使にアポイントを求めた。週末に汽車で南京へ移動し、週明け二十八日月曜日にカドガン大使とともに有吉大使に面会した。

対中借款への日本の参画可能性について問うと有吉大使は、「日本としては、日本の利益を損なわず、中国にわざわいをもたらさず、東アジアの平穏を害さない方法による援助ならば反対するものではありません」と曖昧に答え、「具体的な案をみせていただかない限り、日本は賛否を申せません」と、リース＝ロスの側にボールを投げ返す形にして、追い返すように会見を終わらせた。

有吉の態度を、ただ単に時間を引きのばそうとしているだけと捉えたリース＝ロスは、その日のうちに対中借款案を書面にし、翌二十九日に再び大使に面会し案をぶつけた。

リース＝ロスは書面で、金額については一千万ポンドが適当であるとし、調達された外貨は外国為替市場の安定に使用され、関税収入を担保として他の債権に対し優先して返済されるとした。そして、日本政府が日本の銀行の借款参加を認可し保証することができるかどうかを尋ねた。

借款の詳細について口頭で、

「期限はなるべく長期としましょう。少なくとも三十五年と考えています。利率は五％程度。関税収入を担保に充てますが、現在関税収入からの返済順位は国外債が一位、国内債が二位となっており、このローンは国内債より優先される位置づけとします。税関はわが国の指導下にありますので、タバコ専売による利益などを税関の管理下におき、ローン返済に充てる財源の確保をはかることも考えています」

さらに、

「外国為替市場安定のために資金を供与しても、ハイパー・インフレーションが発生するようなことがあればせっかくの資金は消えてなくなってしまいます」とし、適切なマクロ・コントロールの必要性を強調してから、「通貨供給が適切になされるよう、中央銀行に外国人顧問を登用させることや、監督委員会をつくり、そのメンバーに外国銀行家を加えることなどを考えています」

と述べた。外国人顧問や監督委員会メンバーに日本人が登用されれば、中国経済への進出をもくろむ日本に大きなメリットがある、とにおわせたのである。

リース＝ロスの説明のあいだ、有吉は無言で書面に視線を落としていた。眉間にははっきりとわかる皺を寄せている。リース＝ロスは、その表情をみて、

（粗を探している）

と感じた。有吉が問うた。

「この案は、中国政府は承諾済みと考えてよろしいのでしょうか」

「中国政府全体が私の案に賛成しているのかどうかはわかりませんが、宋子文と孔祥熙財政部長と直接話しあっており、彼らはこの案に賛同しています。蔣介石や汪兆銘と会見したとき、金融に関して全ては宋子文と話してくれという態度でしたので、本案は中国政府全体の意思と考えてよろしいでしょう」

「外国為替市場の不安定は投機家の策動によるものであり、一千万ポンド程度のローンでは彼らを抑え

ることはできないのではないでしょうか」

「投機家はさほど大きな資金を有しているわけではありません。一千万ポンドもあれば少なくとも二、三年は問題ないでしょう。その先はわかりませんが、世界情勢が不安定ないま、あまり遠い将来のことを論じてもむだと考えます」

「国内債に対して優先されるとした場合、国内債が売り叩かれ、暴落する危険があるのではないですか」

この点についても子文も同様の懸念を示していた。当然の指摘といっていい。

「確かにそのリスクはあります。しかし中国の現状では、そうしなければこのローンに賛同を得ることはできません。優先権を与えることはローン成功の必要条件といわざるを得ないでしょう。ただ、五％程度の利率なら、毎年の返済額は現在の関税収入で十分に賄える規模であり、国内債のデフォルトのリスクを高めるほどのものではありません。中国経済の安定につながるとして、国内債は却って値上がりするかもしれないと私は考えています」

やや楽観的に過ぎる感もあったが、リース＝ロスは不安をみせずにそういった。

そのあとも有吉が短く質問しリース＝ロスが詳しく答えるということが繰り返された。有吉は新たな質問をするばかりで、相手の回答を聞いてその回答に対して再度質問するということは一度もなかった。なにかを知るために質問をしているのではなく、会見の時間を埋めるために質問しているのだ。

（やはり日本からいい答えは得られない）

リース＝ロスはあらためて思いつつ、日本大使館をあとにした。

このあと有吉大使は広田外相宛にリース＝ロス書簡を転送し、また、十月二十九日午後発電で、二日間にわたる会見の模様を報告し、リース＝ロスへの回答ぶりを求めた。

これに対する日本政府からの回訓はなかった。

リース＝ロスと有吉大使の会見の三日後、カドガン大使が有吉を訪ね日本政府の回答内容を尋ねたが、有吉は「本件に対する日本政府の意識はさほど切迫したものではありません」と答えただけだった。

2

十月三十日正午。この日の幣制改革に関する英中ミーティングは上海の宋子文邸でおこなわれた。ミーティングは十月上旬から中旬にかけてはほぼ毎日開かれたが、幣制改革の内容が詰まり、あとはアメリカへの銀売却交渉妥結とイギリスからの借款実施を待つだけとなってからは数日に一度の頻度となっている。この日も、リース＝ロスが南京にいき不在だったことなどから五日ぶりの会合である。

リース＝ロスは、有吉大使との会見が不調で日本の協力は得られるみこみはなく、ゆえにイギリスからの借款は当面期待できなくなったと、苦い顔で報告した。

メンバーは顔をしかめて聞いたが、驚きの表情ではなく、あらためて落胆したわけでもなかった。日本が借款に協力しないであろうということはすでに予想されていた。エドマンドは、リース＝ロスが有吉大使に会うことは全くの時間のむだだと思っていた。

メンバーを驚かせ、意気を沈ませたのはエドマンドの報告である。

エドマンドは森尾との会話の内容を述べて、

「メイジャー森尾ひとりの考えなのかもしれませんが、日本がカレンシー・リフォームを中途半端な状態で実行させようとしているのであれば問題です。元を暴落させて、政府を対外債務で押しつぶし、ハイパー・インフレーションを引き起こそうとしているのかもしれません」

「ど、どうするのだ」

と、孔祥熙は狼狽していった。ロジャースが、

「きみの国への銀売却、それを急がねばならない」

と、ヤングに尖った声でいった。銀売却交渉については、十月八日に孔祥熙から施肇基《シージャオジー》駐米公使を通じてアメリカ政府に対して、幣制改革実行のために多量の銀を売却したい旨が伝えられている。

ヤングが交渉の進捗状況を説明した。

「四日前、財政部長名で施肇基公使に対し、為替安定基金として使用するために、二ヶ月以内に銀五千万オンス、続く四ヶ月以内に銀五千万オンスを売却し、さらにその六ヶ月以内に追加で銀一億オンス売却できるオプションを獲得する交渉をおこなうよう訓令した。この内容は一昨日に施肇基公使よりモーゲンソー財務長官に直接伝えられた」

「それで、モーゲンソーはなんと」

と、リース＝ロスが訊いた。

「『検討しよう』といって、カレンシー・リフォーム実行案を提出するよう求めました」

「『検討しよう』というのは、前向きと捉えていいのだろうか、それとも、当面イエスということはできない、という意味だろうか」

「それはわかりません。ただ、いままでのアメリカの態度から考えれば後者である可能性が高いように思われます」

リース＝ロスは、

「われわれはもはやアメリカへの銀売却に期待するのをやめなければならないのではないだろうか」

といった。その唐突なことばにエドマンドは驚きリース＝ロスの顔をみた。森尾がいっていたように、

イギリス大蔵省は元をポンドにリンクさせようと考えており、リース＝ロスはその密命を帯びていて、ポンド借款より先にアメリカへの銀売却が成立することを懸念しているのかもしれない。アメリカへの銀売却が先となれば元はドルにリンクすることになるだろう。

リース＝ロスのことばをエドマンドと同様に捉えたのか、ヤングがリース＝ロスに食ってかかった。

「私はアメリカへの銀売却はできないとはいっていません。モーゲンソー財務長官の『検討しよう』ということばは、前向きな意味合いをもつのかもしれません」

「合計二億オンスの銀購入はアメリカ政府にとっても負担だ。アメリカにとっては中国が誰にも銀を売らずに大事に持ち続けることが一番いいのだ。そうすれば財政負担を生じずに銀価格を高く保つことができる。アメリカは、カレンシー・リフォームの詳細プログラム提出を求めるなどして時間稼ぎをしているのだよ。彼らに購入する意思はもともとない」

ヤングがすぐにことばを返し、

「それはなんともいえません。待たせ続ければ中国はついにはマーケットで銀を売り銀価格を崩すかもしれないと恐れ、銀購入を早急に実施しなければならないと考えているかもしれません」

「ともかく――」エドマンドがふたりの口論に割ってはいった。「いまは危険な状態だ。いまなにか大きな事件が発生すれば経済は大混乱に陥る。取りつけ騒ぎが発生し、金融機関が破綻して、民衆は一瞬のうちに資産を失い、街には失業が溢れることになる。一九二九年のウォール・ストリートでのクラッシュを契機に中国を除く世界各地でおこった状況が、ここ中国で再現されることになる。この国では大きな事件などいつ起こるかわからない。明日にも政府要人が暗殺されるかもしれないし、日本軍が長城を越えてくるかもしれない。銀売却交渉妥結やローン成立の前に大きな事件が起こったときのことを考えておかねばならない」

「大きな事件があれば――」と、今日はひとことも声を発していなかった子文が口を開いた。「即座にカレンシー・リフォームを実行しようと思う」

リース＝ロスがすかさず反論する。

「しかし、潤沢な外貨準備を持たずして改革を断行すれば為替マーケットは投機に晒され暴落するに相違ない。銀とのリンクを切られ、為替介入もなされないのであれば、この国の通貨はオールもなく嵐の大海にでたボートのように、もみくちゃにされた挙句に深海に沈んでしまう」

子文がいった。

「確かに外貨を持たずに改革を断行すれば、マーケット参加者はリーガル・テンダー（法定貨幣。つまり、幣制改革実行後の新しい元通貨のこと。中国語では〝法幣〟とよばれる）にはなんの価値の裏づけもないと不安になり、マーケットは危機に晒されるかもしれません。しかし、銀の国有化を早急に進めてセントラル・バンクの金庫に銀を積み上げればマーケットの不安はやわらぐでしょう。ドルもポンドももっていない状態であることには変わりがありませんが、アメリカに対する銀売却交渉が順調に進んでいると新聞にリークしましょう。むろん『順調』という部分は事実ではありませんが」

リース＝ロスは首を振り、

「このミーティングで以前も話題となったが、日本の影響の強い華北については日本の横やりがはいるだろうからあてにはならない。治外法権を有する外国銀行は国民政府の命に応じる義務はなく、自発的に銀を供出させるしかないが、カレンシー・リフォームの成功を信じて銀をリーガル・テンダーに交換しようとする外国銀行は皆無だろう」

子文は表情を変えずに、

「以前も申しましたが、貴国の銀行が銀拠出に応じてくれさえすればいいのです。上海の国内銀行とイギリスの銀行が銀を供出すればカレンシー・リフォーム後の一時的なショックは吸収することができますし、イギリスの銀行が国民政府の要請に応じたとの報が流れれば、人々はイギリスが全面的に協力していると考え、不安を大いにやわらげるでしょう。他の外国銀行も、日本の銀行は例外としても、イギリスに倣って銀供出に応じるかもしれない。マーケットは政府に蓄積された銀をみて、政府は当面為替介入する体力を有していると考えるでしょう。そのあいだにアメリカへの銀売却かイギリスからのローンが得られれば、もはやカレンシー・リフォームは軌道に乗ること、間違いないでしょう」

すなわち子文は、イギリス系銀行が銀売却に応じれば幣制改革は成功すると断言したようなものだが、リース＝ロスはやや慌てたように、

「銀を供出するかどうかは各銀行が判断することだ。私にはどうしようもない」

といった。対する子文は、

「ぜひ説得してみてください。お願いします」

というのみだが、穏やかな口調ながらも目は恫喝するように、まっすぐにリース＝ロスの目をみていた。

孔祥熙がいった。

「イギリスやアメリカとの交渉進行中に改革を実行するのはいかがなものだろうか。カレンシー・リフォームのために必要だということで交渉をおこなっているのに、いずれの交渉も妥結せずに改革を断行すれば外交儀礼にもとるとされる恐れがあるし、もはや中国への支援は必要なしと結論されてしまうかもしれない」

子文が答えた。

「大きな事件があれば改革を実行するといいましたが、事件があれば追いつめられてそうせざるを得なくなるという面がある一方で、事件を利用して改革を実行に移すという面もあります。大きな事件があ

れば、『金融・経済状況が危機に陥るのを回避するために、やむをえず改革を実施した。事前に相談する余裕はなかった』といって支援検討の継続を願っても厚かましいということはないでしょう」

エドマンドがうなずいて、

「なるほど。僕は賛同するよ。もしなんらかの事故があれば即座にカレンシー・リフォームを実行するのがいいだろう」

「ただし、リスクも小さくないので事前に蒋介石委員長には諮っておく必要がある」と子文はいって、孔祥熙に向かって「義兄さん、明日南京にいかれたら、さっそく委員長に『なにか大事件が発生したならば改革を実行したいがどうか』と相談してみていただけますか」といった。孔祥熙は明後日開幕する国民党第四期中央執行委員会第六回大会出席のため、明日南京にはいる。

孔祥熙は、

「わかった」

とうなずいた。ロジャースが、

「まあ、中途半端な状態で改革を実行させるという日本の策のとおりになるようで、多少おもしろくはないが」

というと、エドマンドは、

「気にすることはない。中途半端な状態で実行しても、成功すればいいのだよ。そうすれば、日本の策のおかげでカレンシー・リフォームを実行することができた、ということができる」

と笑った。

「ただ、この話で重要なのはイギリス系銀行の銀供出。これがカレンシー・リフォームの成否を決定する。そういってもいいでしょう」

と、子文は水をさすようにいって、リース＝ロスの目をみた。

3

翌十月三十一日。南京の軍事委員会。

蒋介石は、会議用テーブルをはさんで陳立夫※と額を突き合わせている。

陳立夫は軍事委員会調査統計局の局長である。調査統計局は共産党の活動の監視等を担う特務機関だが、蒋介石の私兵としての性格が強く、反蒋の動きに対する監視をも重要な任務としている。

陳立夫が低い声でいった。

「王亜樵に対する援助が打ち切られるのは、どうやら確実なようです」

陳立夫の調査により、暗殺大王の異名をとる王亜樵が燕克治らをつかって蒋介石暗殺をめざし、そのための資金援助を李済深《リージーシエン》、馬超俊《マーチャオジュン》、陳銘枢《チェンミンシュー》等より得ていることが判明している。李済深、馬超俊、陳銘枢はいずれも国民党の大物で、蒋介石の強権的なやりかたや安内（国内を平定すること、すなわち共産党討伐）を攘外（国外の敵を追い払うこと、すなわち抗日戦争）に優先させる方針に不満をもつ反蒋介石派の中心的人物である。

「それは最近にない、いい情報だな」

「そもそも王亜樵は李済深らに五年以内にことをなすと約束していたようです。彼らの最初の暗殺の試みが廬山での襲撃で、その直前にその約束がなされたとすれば、まもなく五年が経ちます」

王亜樵は燕克治に命じて一九三一年六月に廬山で静養中の蒋介石を襲撃したが失敗している。その直後の同年七月には、蒋介石の資金源を断つという観点から当時財政部長の宋子文暗殺を試みている。

「そうか。街を歩きまわるのは無理でも、南昌《ナンチャン》と南京を往復するだけの生活からは開放されるか」

蔣介石は軍の拠点である南昌か、南昌から車で近い廬山で近衛兵に厳重に護られて生活しており、重要会議などのたびに飛行機に乗り首都南京に短く滞在する。

「本年じゅうは、いままで以上に注意していただく必要があります。奴らは約束の期限までに遂行しようと焦っていることでしょう。これから数か月間は極力行動予定を秘密にしていただきます。どうしても必要な場合を除き、大衆の前にでることは避けていただかなければなりません」

「おいおい、明日は六中全会だぞ」

六中全会、すなわち国民党第四期中央執行委員会第六回大会は十一月一日に開催される。

「そうです。六中全会は危ない。なかでも多数の新聞記者が委員長のそばに寄ることができるときが非常に危険です」

「つまり、開会式の前後か」

「そうです。開会式前の朝七時に中央執行委員全員で中山陵《ちゅうざんりょう》（南京市東部の丘陵、紫金山に位置する孫文の陵墓）に参詣する予定ですが、そのときに記者がついてきます。そして九時から開会式がおこなわれ汪行政院長が演説し、そのあとに記念撮影がおこなわれます。このときがもっとも危険です。中山陵参詣では記者は遠巻きにしかできませんが、写真撮影では委員長のかなり近くに寄ることができます。記者に刺客が紛れていれば、刺客は動かない標的を十歩ほどの距離から撃つことができます」

「私を狙っているのなら、その機会を逃すとは思えないな」

「はい。五年の期限が迫っているいま、彼らがそこで襲ってくることは間違いないといえるでしょう。警備は極めて厳重におこなう予定ですが、それでも警備の隙が生じる恐れがあります。記者を近づけないことが最善です。記者の開会式会場への入場を禁じたいと思うのですが、よろしいでしょうか」

蒋介石は答えず、顎をさすり考え始めた。

すぐに承諾を得られると思っていた陳立夫は虚をつかれたような表情で、

「なにか問題がありますでしょうか」

と訊いた。蒋介石は、「うぅむ――」と小さく唸り、

「奴らはどうしても数ヶ月以内に実行せねばならないのだろう。記念撮影での襲撃の機会を奪っても奴らはほかの機会を探すだけではないか。早朝に中山陵で襲撃することに計画を変更するのではないか」

「では、記念撮影の場への入場禁止を前もって知らせず、直前ぎりぎりに発表することにすればどうでしょう。入場できないと知ったときにはすでに中山陵参詣は終わっています」

「そうだな――」と、蒋介石はまだ顎をさすりながら考えている。「襲ってくる場所と時間がわかっているなんて、そうあることではない。その機会をむだにするようで惜しいような気もするが――」

蒋介石は天井を見上げて考え始めた。

陳立夫は黙って蒋介石の次のことばを待っている。

そこへ秘書がはいってきて来訪者の到着を告げた。

孔祥熙がヤングとその通訳を伴い部屋にはいってきた。

陳立夫は自分の座っていた席を孔祥熙に譲り、大きな会議テーブルをはさんで向かい側の蒋介石のとなりの席に移った。ヤングは小さく会釈をしただけで孔祥熙の横に座った。ヤングは過去にも数度孔祥熙に連れられこの部屋にきており、蒋介石もヤングを一瞥しただけで、むだな挨拶を求めなかった。

疲れた顔の孔祥熙が席に座るなりいった。

「どうにも難しい状況になってきましたので、委員長にご相談したいと思いまして」

「なんです、義兄さん。難しい状況とは」

孔祥熙は宋美齢の姉、宋靄齢の夫であり、すなわち蒋介石にとって義兄にあたる。年齢も孔祥熙のほうが七歳うえで、蒋介石は孔祥熙に対し、心のなかでは遥かに低くみていても、ことばに年長者に対する敬意を示さねばならない。

「元と銀の下落がとまらないのです。対ポンドの匯率《フイリー》（為替レート）は、半年前には一元二十ペンス台、先月には一元十八ペンス台だったのが、いまや一元十四ペンスを切ろうとしています」

「銀が下落？義兄さんはずっと銀価格の上昇が大変だ、大変だといっていたじゃないですか。それが下がったのなら大いに結構な話ではないですか」

「価格が上昇して困っていたのは銀の国際価格です。いま急落しているのは元と国内の銀価格です。数週間で二十％以上の下落です。下落の速度があまりに早く、金融市場は大混乱です。債券価格も急落し、銀行や両替商がつぶれるとの噂が飛び交っています。それに、匯率の下落は、それが極端に過ぎると経済に弊害をおよぼします」

孔祥熙はそういってヤングをみて、話の続きをするよう促した。

「一般的にいえば、ある国の通貨の下落は、その国の輸出が増えることなどを通じて経済にいい影響を与えます。しかし一方で、国民は国外の生産物を購入するのにより多くを払わなくてはならなくなりますし、通貨の下落速度があまりに速いと、国外の生産物を仕入れている企業などは苦境に立たされることになります。それに、中国は国外からローンを得ていますが、元が下落すれば元で計算した返済額が大きくなり、すなわち債務の返済負担が重くなります」

蒋介石は乏しい表情で聞いている。経済の問題など、共産党や日本との戦いに比べれば、所詮些事だと思っているのだ。そこでヤングは続けて、

「沿海部の都市では銀通貨が流通していますが、内陸部では銅通貨が流通しているというこの国の特殊

事情のことも考えなくてはなりません。国のなかに国境があるようなものであり、銀が銅に比べて安くなれば、内陸部の物資が割高となり、内陸部から沿海部への販売が悪化します。つまり、銀価格が下落すれば農村部の経済が疲弊します。農村部の国民政府に対する不満がつのり、この機に乗じて共産党が一層勢力を広げる恐れがあります」

顔を伏せぎみに聞いていた蒋介石が顎を上げた。共産党が勢力を広げるということばに反応したのだ。

「なるほど。それでなぜ急に下がり始めたのだ」

ヤングが答えた。

「リース・ロス卿の来訪により、マーケットはカレンシー・リフォームがおこなわれるのは必至と予想しており、今日、明日にでも実行されるのではないかと考えています。しかし新制度の内容は公表していませんので、様々な憶測がなされています。多くの金融関係者が金本位制の採用を予想し、少なくとも銀本位制からの離脱は間違いないと考えています。現在中国は世界の最大の銀需要国ですが、その中国が銀本位制から離脱するとなれば膨大な量の銀が売りにだされる、そういう憶測がなされているのです。マーケットは漠然とした情報を最も嫌います。確実な情報をもとに動く場合に比べ噂で動く場合のほうがマーケットは大きな動きをします。なかでも自分の資産に悪影響をおよぼすかもしれない情報に対しては極端な反応を示すものです。いまマーケットは疑いが疑いを呼び、それが恐怖を生む状態になっています。一刻も早くこの状況を脱しなければなりません」

「ならば、改革を早々に実施してしまえばいいじゃないか。それはなぜできない」

「われわれは金本位制ではなく、ポンドまたはドルとのレートを一定に保つ制度を採用します。そのためにはあらかじめ外貨の準備を潤沢に有している必要があります。われわれは中国国内の銀の流通を禁じ、新紙幣で全てを買いつけて、それらの銀をアメリカ政府に売ってドルを取得する予定です。また、イギリスからのローンでポンドを取得しようとしていますが、これらの話がなかなかまとまりません」

蔣介石は孔祥熙に視線を戻した。

「つまりは、どうにもならない、ということではないですか。義兄さんはこの部屋にはいってこられたとき『相談』といったが、これは相談ではなく報告ということですな」

と、蔣介石の厳しい視線に、孔祥熙は怯んでヤングのほうへ目を逸らした。ヤングがいった。

「アメリカ、イギリスとの交渉の進展を待つべきではありますが、もしさらにマーケットが混乱した場合にどうするかを考えておかなくてはなりません。われわれは、なにか大きな事件が発生し、マーケットが大きく荒れたとしたら、もはや改革を断行したほうがいいのではないかと考えています。大事件が発生したときに改革を断行せずに放置すれば元は急落し、人々が元を見限り銀に兌換を求めて銀行に殺到すれば銀行が閉鎖に追いこまれるかもしれません。そうなれば、民衆は資産を失い、失業者が溢れ、この国は恐慌に陥るでしょう」

「しかし、改革実行のためには潤沢な外貨準備がなければならないといったではないか」

「即座に銀の国有化を宣言して、国じゅうの銀を中央銀行の金庫に集めます。国には外貨はほとんどありませんが、銀が十分にあればマーケットの不安は解消されるでしょう」

「わが国の銀は国じゅうに散らばっているのだろう。それをすぐに集められるのか」

「試算によれば、上海に現存する銀を集めれば数ヶ月はしのげます。そしてそのあいだにアメリカまたはイギリスとの交渉妥結を目指します」

「実をいえば――」

と、孔祥熙が口を開いた。ヤングは、外国銀行は銀売却に応じない可能性が高いことは、いたずらに蔣介石を不安にさせるだけだと思い敢えて伏せたのだが、孔祥熙はそれをいおうとしているのだと思い、こころのなかで「おい、よしてくれ」と叫んだ。

ところが孔祥熙の口からでたのは、それ以上に蔣介石に聞かせたくない内容だった。

「元下落の背景には日本人がいるようです。日本軍の指示で日本の銀行が売り仕掛けをしているようなのです」

はたして蔣介石は顔を歪めて怒りを表した。

「なんのためだ。わが国の経済を破綻させるのが目的か」

ヤングが答え、

「リース＝ロス卿のアシスタントが得た情報によれば、この国に中途半端な状態でカレンシー・リフォームを実施させ、経済を混乱させようと考えているようです」

蔣介石は顔をいっそう赤らめている。孔祥熙が継いで、

「銀売却や借款が得られるより前に幣制改革を実施することは、日本人の意図どおりとなり、極めて不愉快なことではありますが」

ヤングは、感情的になった蔣介石が幣制改革実施を禁じることばを吐くのではないかと心配した。

しかし蔣介石は、「ふっ」と鼻を鳴らしたあと、全く違うことばを口にした。

「大きな事件か。つまり、大きな事件が起こったらどうするか、その相談ということか」

ヤングは感心した。蔣介石は鼻息ひとつで感情を押さえこんだのだ。そして孔祥熙がずらした話のポイントをもとに戻した。

蔣介石が続けて、

「実のところは、大きな事件が起こってほしいと思っているのではないか」

「いや、そんなことは——」

とヤングはいったが、そう思っていないとはいいきれない。元レートは目標範囲の下限を下回ろうとしている。改革実行が遅れてさらにレートが下がれば改革後のレートを目標範囲内に設定することが難しくなる。それに、日本の密かな攻撃によって元レートの下落が続き改革に追いこまれるのと、大事件が発生して混乱回避のために改革を実行するのとを比べれば、前者の場合、民衆は早めの対策を講じなかった政府に不信感を抱き、後者の場合は政府の迅速な対処を評価するだろう。金融市場や経済の混乱は前者より後者のほうが小さくて済むかもしれない。

ヤングの考えをみすかした蒋介石が続けて訊いた。

「大きな事件とは、具体的にはなんだ。例えば――私が暗殺されるとか」

「な、なにを、不吉なことを」

と、孔祥熙が慌てていった。ヤングはおちついた声で、

「要人の暗殺のほか、軍事紛争の勃発や天災の発生などでしょうか」

「では、それらのことがありさえすれば幣制改革は実行できるのだな」

孔祥熙が答えて、

「いえ、まるで大きな事件の発生を待っているかのように聞こえたかもしれませんが、そうではありません。もし仮になにかが発生したならば、ということです」

蒋介石は孔祥熙のことばが聞こえないかのように、腕組みをし、なにかを考え始めた。

蒋介石のことばを待った。部屋のなかに音がない。窓の外の梢でさえずる鳥の鳴き声がうるさかった。

蒋介石が傍らの陳立夫をちらりとみて、口の端で小さく笑った。

そして孔祥熙に向かっていった。

「わかりました。義兄さん。準備を進めてください。幣制改革の実施は、六中全会初日の直後の――」

蒋介石は壁に掛けられているカレンダーをみて、「週明けの十一月四日ですね」

孔祥熙はとまどい、

「いやいや。繰り返しますが、改革の実行は偶発的な事件が発生したとしたらです。そうでなければまだ実施はできません」

「だいじょうぶですよ。その日程で用意をすれば、それでいい」蒋介石は、きっぱりといった。「本件は以上。ほかになにかありますか」

そういわれて孔祥熙はすぐに椅子から腰を浮かし、ヤングも孔祥熙に従った。


孔祥熙とヤングが部屋からでると、陳立夫は立ちあがり、蒋介石の向かいの席に戻った。

「刺客に未遂で終わらせることはできるかもしれません。未遂であっても、六中全会の会場で発砲があれば大きく報じられることでしょう。しかし、危険です。万が一にでも委員長の身体が危険に晒されることを、私は承諾することはできません」

「そこに私がいなかったとしたら、刺客はどうするだろうか」

「普通に考えれば暗殺を諦めるでしょうけれども――」

「しかし奴らは四年半前の廬山で私の暗殺に失敗したすぐあとに子文を狙っている。王亜樵の依頼者にとっては、私を支えるものや、私と政策を同じくするものをも殺したいと思っているのは間違いない」

「なるほど。奴らは期限が迫り焦っています。委員長がその場におらず、かつ、その他の政府要人を誰でも殺害できるという状況にあれば――」陳立夫は中途で口を噤み、一瞬考えて、「委員長がその場にいなければ、狙われるのはおそらく――」

蒋介石は「うむ」とうなずき肯定した。

「よろしいのでしょうか」

と陳立夫が訊くと、

「いずれは倒さなければならなくなるのだ。それが早まるだけだ」

陳立夫は
「では、そのように準備いたします」

といって口もとで笑った。

蒋介石は再び「うむ」といって小さくうなずいた。

4

エドマンドがロジャースとキャセイ・ホテルのダイニング・ルームでディナーをとっていると、慌てた表情のリース＝ロスがダイニング・ルームにはいってきた。リース＝ロスはダイニング・ルームをみわたして、エドマンドたちの姿をみつけるや小走りにテーブルに近づいてきた。

「サー。どうされましたか。ずいぶんと慌てているご様子ですが」

と、エドマンドはナイフとフォークを両手に握ったままで訊いた。リース＝ロスは、

「たったいまTVから電話があった」

と、息を切らしていった。

「緊急の用件ですか」

とエドマンドが訊くと、リース＝ロスは口を開き、なにかをいおうとしたが、音を発しなかった。そして左右をみて、

「ここでは話せない。私の部屋にきてくれたまえ」

といった。ロジャースが手をつけ始めたばかりの皿に目をやると、それに気づいたリース＝ロスは「いますぐにだ」と命令口調でいった。

ふたりはテーブルのパンを手にとりコーヒーを口に含んで、出口に向かって速足で歩き始めたリース＝ロスの背中を追った。

部屋にはいるやいなやリース＝ロスがいった。

「さきほどＴＶが電話を掛けてきた。カレンシー・リフォームを断行するといってきた。週明けすぐ、すなわち来週月曜日にやるといっている」

ロジャースが目を瞠った。

「ずいぶんと急ですね。なにか事件が起きたのですか」

「わからない。しかし事件が起きたという情報はない。元の下落がもはや限度を超え、早急に改革案を公表しマーケットを鎮めなければならないという判断なのかもしれない」

ロジャースがいった。

「大事件でもない限りローン、銀売却は必須であるということについては、さんざん議論してきたではないですか。それなしで改革を断行したらどんなことになるかわかりません」

「私も同じことをＴＶにいったよ。しかし彼は聞く耳をもたなかった。ただ彼は『グリーン・ライトが灯った』といった。うえの誰かが彼に改革実行を指示したことを意味するのだろうが、この国の金融のことはなんでも彼ひとりで決めるのだと思いこんでいただけに、少し意外ではあった」

「うえの誰かとは？孔祥熙ですか」

と、ロジャースがいぶかしげにいうと、エドマンドが、

「TVにとって孔祥熙はうえではないよ。TVに指示をだし、TVが従う相手といえば、蒋介石しかいない」

と否定した。

「誰の指示かは重要ではない」と、リース＝ロスはふたりの推測を遮って、「TVはカレンシー・リフォームの一環として月曜日の朝に銀の国有化を宣言するといっている。よって早急にわが国銀行に対して、中国政府の要請に従って銀を拠出するよう交渉してくれといってきた」

ロジャースは怒りをあらわにして、

「これまでカレンシー・リフォームの内容のみならずタイミングについてもミーティングをかさねて議論をしてきました。それなのに突然一方的に改革の実行を告げられるというのは納得できません」

「私もそう思ったさ。しかしこればかりはやむを得ない。改革をおこなうのは彼らであって、われわれではないのだから。彼らがわれわれに断りなく決めたからといって、結局は受け入れるしかない。ただ私は、彼らは未だポンド・リンクを約束しておらず、このまま改革が断行されればポンド・リンクは永遠に得られなくなるだろうということを懸念している。だから、『わが国の銀行に銀拠出に応じさせるためにもポンド・リンクが必要だ』といった」

銀で預金をおこなった者が預金を引きだそうとするとき、銀と銀行券の価値がいつでも同じという約束がなされていれば預金者は銀のかわりに銀行券で払いだされても損をしない。しかし兌換が停止されればもはや銀と銀行券とは全く別のものであり、銀でなされた預金が価値のゆくえの知れない法幣（法定貨幣、すなわち新通貨のこと。〝リーガル・テンダー〟と同意）で払いだされることに納得はしない。ゆえにリース＝ロスは、銀預金を法幣で払いだすためには、せめて法幣がポンドにリンクしていなければ預金者の納得を得ることはできず、預金者が納得しなければ銀行は手持ちの銀を手放すことはできない、と訴えたのだ。

「それでTVはなんと？」

とエドマンドが訊くと、リース＝ロスは、

「最初にソーリーとはいったが、ポンド・リンクについては一切口にせず、ただ、『イギリスの銀行を説得してほしい』と繰り返すのみだった。そして、イギリスの銀行が従うこととなれば、日本を除くその他の国も追従するに違いない、と。有無をいわさぬ口調だった。それで私はやむをえず銀行に訊いてみることを約束し電話を切った」

ロジャースは明らかな怒りの色を顔に浮かべている。エドマンドは
「わかりました。では明日金曜日の朝から各行をまわって話してみましょう」

とうなずいた。

5

南京陸家巷《ルージアシアン》。

晨光《チェングアン》通詢社の小さな事務所がはいる建物の一階にある食堂で、四人の男とひとりの女が円卓を囲んでいる。

さきほどまで酒杯をなんども交わし、肩を抱きあい、声をあわせて歌って騒いでいたが、円卓一面に広げられた料理がなくなると、深夜の雷雨が上がったあとのように静かになった。

晨光通詢社は今日で閉鎖し、明日はみながここを離れる。すなわち五人全員のための別れの会なのだが、宴の中心は、そのなかでひとりだけ遥か彼方に旅立つ孫鳳鳴であった。

孫鳳鳴の妻、蔡琪琳《ツァイチーリン》は宴の最初から泣き、途中笑顔もみせたが、いままた大粒の涙を流している。

六中全会の警備はいつにも増して厳重で、取材許可証が一枚しか発給されない。男四人の分の取材許可証を申請したのだが、一枚しか発給されないとなれば、そのひとりは過去に十九路軍に属し拳銃の名手ともいわれた孫鳳鳴に必然的に決まる。

明日孫鳳鳴は標的に可能な限り近づいて引き金を引く。ゆえに、事後に逃走できる可能性はほとんどない。その場で射殺されることになるだろう。そうでなくても生きながらえることはない。逮捕されれば厳しい尋問がなされようが、仲間や黒幕を吐くことがないよう、自殺用の毒薬を携帯するのだ。

孫鳳鳴は泣き続ける蔡琪琳の肩をさすりながら燕克治にいった。

「くれぐれも頼む。死ぬことなどまったく怖くないが、彼女のことだけが気掛かりなんだ」

孫鳳鳴が今夜こういったのは、もう何度目だろうか。燕克治は首を縦に繰り返し振って、

「だいじょうぶだ。だいじょうぶだ。王首領のところまで確実に送り届けるさ」

孫鳳鳴を除く四人は今夜のうちに南京を離れる。燕克治は蔡琪琳を伴い汽車で上海にでて、そこから汽船で香港へ向かう手はずになっている。

蔡琪琳が細い身体から絞りだすような声でいった。

「わたしはいやよ。ここを離れない。ここで待つわ」

孫鳳鳴は蔡琪琳の肩をポンポンと叩き、

「わがままをいうなよ。ここにいれば危ない。明日蒋介石をやったあとに逃げることができたなら、必ず香港に迎えにいく。あちらで待っていてくれ」

むろん、慰めのことばである。

「どうして取材許可証が一枚しか発給されないのよ。ひとりではいかせられない。おかしいじゃないの。

普通は記者とカメラとのふたりでしょう」

酒杯を手にした趙郁華《ジャオユーファ》がいった。

「私もおかしいと思っている。どうして一枚だけなんだ。それに、その一枚にしてもまだ手もとにないのだ。いやな予感がする」

晨光通詢社に対して取材許可証は一枚が発給されるとの通知があったが、実際に手渡されるのは六中全会当日の早朝だという。

燕克治は顎をさすり、

「確かに妙ではある。ただもし晨光通詢社の実態が露呈しているのだとすれば、官憲がすでにここに踏みこんでいるはずだ。明日取材許可証が発給されるのであれば、少なくともわれわれが暗殺をなそうとしていることはばれていない」

燕克治はそういいながら、小島譲次が絡んでいないだろうか、と考えた。彼が、晨光通詢社のことは伏せつつも、暗殺を試みようとするものがあることを政府に知らせたのかもしれない。普通なら日本人記者のいうことなど戯れごととされそうなものだが、小島は宋子文とつながりがあるようなので、そのことばは軽視されないかもしれない。

ただ、ここまできて計画を中止することはできない、と燕克治は思っている。明日は蒋介石に近づくことができる絶好の機会であり、五年の期限のうちに、これほどの機会は二度と訪れないだろう。

燕克治は杯に残った酒をのどに流しこんでから、

「単に警備を強化しただけだろう。明日取材許可証がもらえる限り、なんら気にすることはない」

「そうだろうか――」趙郁華は手にもった酒杯を卓に戻していった。「取材許可証があれば会場にははいることができる。ただ例えば、蒋介石が現れなかったらどうする。警備が強化されたのは、当局が不確かながらも暗殺の可能性があるという情報を得たためなのかもしれない。となれば臆病者の蒋介石のことだ。自分だけ奥に隠れて記者の前に姿を現さないということもあるのではないか」

「その場合は中止だ」

と、燕克治ははっきりといった。

「な、なんだと」

と、孫鳳鳴がキツネのような鋭い目で怒鳴った。店にほかの客はいないが、大声をだせば奥の厨房に聞こえてしまう。燕克治は手のひらをしたにむけ、「大声をだすな」と無言でいった。

孫鳳鳴は声をおとしたが、犬が唸るように
「会場にはいっておきながら、やめることなどできるか」

といった。趙郁華が継いで、

「開会の挨拶をする汪精衛は確実にでてくる。蒋介石がいなければ汪精衛をやればいい」

「だめだ。われわれの狙いは蒋介石、ただひとりだ」

「しかし依頼主にしてみれば、蒋介石個人に恨みがあるというのではなく、蒋介石の政治姿勢を憎んでいるのだろう。ならば、もともとは蒋介石の政策を批判していたにも関わらず、いまは同調し、蒋介石とともに政府の両輪となっている汪精衛も消したいと思っているに違いない。依頼主の指示のとおりとはならなくても、汪精衛をやれば、これまでに提供された資金の分の仕事をしたことになるのではないか。うまくすれば、資金援助が今後も続くことになるかもしれない」

蔡琪琳がかん高い声で、

「だめよ。殺すのは蒋介石よ。蒋介石がでてこなければ中止すべきだわ」

といったが、夫の命を守るためにいっているとしか聞こえない。趙郁華は、蔡琪琳に構わずに、燕克治に詰め寄った。

「蒋介石がでてこなければ汪精衛をやるべきだ。汪精衛がだめなら孔祥熙でも張学良でもいい。おまえにとっての敵は蒋介石個人かもしれないが、真の敵は安内を攘外に優先させる政策なのだ。依頼主にとっても共産党にとっても――」

燕克治は趙郁華のことばが終わる前に訊き返した。

「共産党？なぜここで共産党がでてくる」

以前、上海にいる同志で共産党員の沈旺士《シェンワンシー》が共産党の下部組織に援助を依頼したが断られ、それ以降共産党と連絡はとっていないはずだ。

「あ、いや、共産党は関係ない――」

と、趙郁華の歯切れは悪い。

「共産党から援助を受けたのか。だから汪精衛を殺害するといっているのか」

趙郁華が答えないので、燕克治は朱偉に向かって
「どうなんだ」

と訊いた。しかし朱偉も黙っている。

燕克治はそれ以上追求しようとしなかった。共産党の資金がはいったからといって蒋介石暗殺に優先して汪兆銘を倒そうとすることはないはずだ。一部の者が仲間に知らせずに依頼主からの資金を懐にいれているとなれば腹立たしいが、大事な日の前に仲間割れすることは避けねばならない。

ただ、固い結束があったはずのこのメンバーのあいだにほころびが生じたのは確かだった。

このほころびが悪い結果につながらなければいいが、と燕克治は思っていた。

幣制改革

1

一九三五年十一月一日。

国民党第四期中央執行委員会第六回大会が開催された。

百人を超える中央執行委員たちは早朝より中山陵を詣でて、そのあと国民党中央党部（現湖南路十号）にはいった。

朝九時に開会式が始まった。聯盟通信社の小島譲次はカメラマンの高橋恵五とともに中央党部会議場玄関前の広場で開会式が終わるのを待っている。開会式終了後にここで中央執行委員たちの記念撮影がおこなわれる予定なのだ。

会議場のなかから汪兆銘行政院長の演説が漏れ聞こえてくる。内容まではよく聞きとれないが、強弱を巧みにつけた名調子で、ときおり共鳴した聴衆の拍手が湧き起こる。汪兆銘は人を惹きつける天賦の才をもつ政治家だ。

高橋がカメラのセッティングをしながら、

「カメラが無事でやれやれですよ。どこかへ消えてなくなるか、さもなくば壊されるのではないかとひやひやしましたからね」

といった。中央党部の敷地に入場する記者に対して所持品検査がなされ、カメラは検査のために一時預けるよう求められたのだ。

「今回ほど警備が厳重なことも珍しいな」

「結局中山陵詣での取材は許されませんでしたしね。中山陵へ同行できたのは国民政府に近いごく一部の新聞だけだったようですよ」

小島たちの取材許可証はいまからほんの一時間ほど前に発給された。そのころ中央執行委員たちはすでに中山陵からの下山の途にあった。

「うちはまだいいほうだよ。取材許可証を二枚もらえたからな。ほとんどのところは一枚だけだ。過去に共産主義を擁護する記事を掲載したことがある新聞や雑誌は取材許可がおりなかったようだ」

「そうなのですか。しかしどうして突然厳しくなったんです。理由があるんですか」

「情報があったんじゃないか」

「情報？なんです、情報って」

「今日ここで暗殺がおこなわれるという情報だよ」

「え、え、え。そうなのですか。いや、いや、いや。物騒だな、こりゃ」と、高橋は目をみひらいて驚き、「暗殺って、いったい誰が狙われるんですか」

「そりゃあ蔣介石だろう。彼の独裁的なやりかたに不満をもっている輩は多いからな。彼の日本に宥和的な姿勢に反対する奴らが暗殺を試みるのかもしれない」

「対日宥和政策に反対する者が暗殺者なら、汪兆銘が狙われるのではないですか」

「まあ、それはそうなんだが、どうかな」

小島は燕克治との会話をもとにした推察を述べている。そのため、暗殺がある場合に狙われるのは燕克治が強く恨む蒋介石であって汪兆銘ではないと思っている。

高橋は大事そうにカメラを撫でて、

「しかしまいったな。せっかく国民党に壊されなかったのに。カメラがまた危険に晒される」

「自分自身の身の心配をするより先にカメラの心配をするとは、なかなか心がけがよろしい」

「ああ、そうか。自分に流れ弾が当たるのかもしれないのか。そりゃそうですね。そう思ったら、なんだか怖くなってきた」

小島は高橋の肩をたたき、

「だいじょうぶだよ。警備が強化されたのをみて、暗殺のたれこみでもあったのではないかと僕が勝手に想像しただけだよ。特段の根拠があるわけではないから」

といって、記者の群れをぐるりとみわたしてみた。燕克治の姿を探したのだ。中央党部の敷地にはいってからなんどもみてみたが、燕克治の姿はみあたらない。

会議場の正面玄関の扉が開け放たれた。

中央執行委員たちがぞろぞろとでてきた。十一月の朝の太陽が中央執行委員ひとりひとりのうしろに長い影をつくっている。

高橋は背中の太陽を見上げて、

「天気がよくて良かった。いい写真が撮れそうですよ」

と、嬉しそうにいった。

中央執行委員たちが雑談をしながら少しずつ撮影のための列をつくってゆく。事前に立ち位置が決まっていないのか、あちらこちらで譲りあう姿がみられる。どうやら階段に立って五段の列をつくろうとしている。

会議場の玄関から蒋介石がでてくるのがみえた。

しかし蒋介石は、玄関前の雑然とした様子を嫌ったのか、群衆をみわたしてから会議場の隣の建物のなかへはいっていった。

最前列の中央に汪兆銘が立った。そのすぐ隣に椅子が置かれた。足の悪い張静江《ジャンジンジアン》のためのものだろう。ここ数年蒋介石に遠ざけられているようだが、党重鎮である張静江の席次は未だに高い。少年のような顔立ちの軍服姿の男は張学良《ジャンシュエリャン》だろう。最前列中央近くに立ち、いつまでたっても列をつくれない委員たちを不快そうな面持ちでみている。

孔祥熙はどこだろうかと探してみると、中央執行委員たちの群れの端で手を腰のうしろに組み、張学良の表情とは対照的にしまりなく微笑んでいる。いま上海の金融界は会議後に金融関連の重要施策がだされるかもしれないと警戒し、財政部長である彼の一挙手一投足に注目しているのに、当の本人の態度は全く他人事と思っているかのようだ。

小島は再び記者たちのほうへ視線を動かした。

「おや？」

いつまでたっても列が完成しない様子を笑顔でみている記者たちのなかに、全く笑っていない顔があることに気づいた。記者たちのほぼ中央、すなわち中央執行委員の列の正面。底冷えがしそうな冷たいキツネのような目をしている。

その目をみて、小島は
（燕克治に会いにいったときに中途で店にはいってきた男ではないか）

と思ったが、横顔で、はっきりとはわからない。

小島は高橋に「ちょっと離れる」と声を掛け、男のほうへ向かった。

記者の群れを押しわけながら小島は考えた。

もし男が銃を取りだしたらどうするか。

ほかにも仲間がいると考えたほうがいい。キツネ目の男ひとりを取り押さえたとしても彼らのもくろみを阻止することはできない。

(狙うほうではなく狙われるほうに対処すべきか)

記念撮影の列はようやく組み終わりそうになっているが、汪兆銘の隣が未だに空いている。隣の建物にはいった蒋介石がまだでてきていないのだ。

蒋介石に直接危険を訴えることはできなくても、建物のそとにでてこないようにさせることはできる。

そう考えた小島はキツネ目の男のほうへ進むのをやめ、あと戻りし会議場の隣の建物を目指した。

記者の群れから離れ小走りになると、衛兵が飛びだしてきて列に戻るようにと怒鳴った。

そのとき、後方で叫び声がした。

「打倒売国賊《ダーダオマイグオゼイ》！」

その声とほぼ同時に銃声。乾いた音が会議場玄関前に轟いた。

みると、キツネ目の男が記者の列から一歩でて銃を握りしめている。

鳩の群れを蹴散らしたように中央執行委員たちの列が左右に割れ、最前列の汪兆銘の背中がみえた。

二発目の銃声。

汪兆銘の左肘が跳ね上がりそのまま身体が半回転した。

小島はキツネ目の男と汪兆銘とを結んだ直線の近くにいる。弾が逸れれば当たりかねない位置だ。しかし恐怖は感じていない。ただ、ときがゆっくりと流れるような感覚のなかで身体を動かすことができないでいた。

また、銃声。

汪兆銘は背後から撃たれる形となった。身体が地に崩れ落ちた。

最前列に並んでいた中央執行委員が最初にキツネ目の男に向かい、その腰に取りついた。

次に張学良が動いた。張学良は男を蹴り倒し、手刀で男の銃を叩き落とした。

警備兵が動いたのはそのあとである。警備兵は男の胸に銃を連射した。

男は動かなくなった。

人々が倒れている汪兆銘と男を取り囲み、小島の位置からふたりがみえなくなった。

傍らに停めてある車のしたから肥えた男の上半身がでてきた。孔祥熙だ。服が引っかかっているのか、這いでるのに苦労している。

倒れた汪兆銘を中心にする群衆のなかから女性の叫ぶような泣き声が聞こえた。汪兆銘の妻の陳壁君《チェンビージュン》だ。

小島の背後で足音が聞こえた。振り返ると、蔣介石が侍従を従え歩いてきた。

玄関口で小島とすれ違うとき、蔣介石は小島の顔をちらりとみた。

そのとき小島は背中にひやりとするものを感じた。蔣介石の顔が、ごくわずかにだが、笑っているようにみえたのだ。

小島の横を通り過ぎた蔣介石は、それまでのゆったりとした足どりを変えて小走りに群衆のほうへ向かった。

群衆が割れて蔣介石はその中央にはいっていった。陳壁君が夫の頭を抱き慟哭しているのがみえた。

汪兆銘の手を握った蔣介石を陳壁君が、

だ。

「どうして。どうしてこんなことを」

と、すぐ近くに落ちた雷のような癇声で詰っている。蒋介石が政敵の排除をもくろんだと思っているのだ。

しかし小島は、

(はたして蒋介石が仕組んだのだろうか)

と考えていた。蒋介石が軍事、汪兆銘がそれ以外を担うという役割分担ができており、また日本への融和的な政策に対する批判はもっぱら汪兆銘に向けられ、汪兆銘は蒋介石のいわば盾のような存在だ。いま汪兆銘が倒れれば蒋介石は国政全般を担わなければならなくなり、かつ対日政策についての批判を全身で浴びなければならなくなる。

ただ一方で、記念撮影の場に蒋介石がいなかったことを偶然のひとことでは片づけ難い。それに、小島とすれ違ったときにみせた蒋介石の表情はなんだったのか。

横たわる汪兆銘の顔のそばで蒋介石がなにかをいっている。汪兆銘の顔が蒋介石のほうを向いているところをみると、息はあるようだ。

小島は車のしたに放置されたままの孔祥熙を助けにいった。引っぱりだすとき、引っ掛かっていた馬褂《マーグア》(長衣のうえに着る礼服)の袖が引きちぎれた。孔祥熙が半分になった袖をみて恥ずかしそうに笑ったとき、小島は後方から腕をつかまれた。

小島は衛兵により拘束された。

汪兆銘は中央医院(現南京軍区南京総医院)に運ばれた。

汪兆銘を襲った弾丸のうち、一発目が左の耳のうえで止まっており、二発目は左腕を貫通、背中からはいった三発目は第五胸椎のそばで止まっていた。いずれの弾も急所を外れ、汪兆銘は奇跡的に死を免れた。応急の処置がなされ、体内の弾丸の摘出は、南京を不在にしている汪兆銘の主治医であるドイツ人医師が戻るのを待ってなされることとなった。

一週間後に南京に戻ったドイツ人医師の判断で左耳上の弾丸が取りだされた。しかし背中の弾については、摘出には大きな危険が伴うことから同医師は二の足を踏み、結局弾は体内にそのまま残されることとなる。この傷は後々まで汪兆銘を苦しめ、九年後に彼を死に至らしめる。

犯人はその記者証から晨光通訊社の記者であることがすぐに判明した。複数の銃弾を受けた孫鳳鳴の口から犯行目的および背景にある組織を聞きだそうと必死の蘇生が試みられたが、孫鳳鳴は事件翌日早朝に死亡する。

犯行の首謀者について様々な憶測がなされた。ロイターおよびユナイテッド・プレスが現場に居あわせた日本人記者が拘束されたという情報をもとに日本人による犯行であると報じたが、これはむろん誤報であった。共産党地下組織や李済深、陳銘枢、王亜樵などの名が挙げられ、なかでも犯行の場にいなかった蔣介石に対しては、汪兆銘の妻の陳璧君のみならず、現場にいた人々の多くが疑いのまなざしを向けた。

蔣介石は記念撮影に参加しなかった理由について日記に記しており、早朝の中山陵と、続く中央党部における委員らの〈礼節〉や〈秩序〉が〈紛乱〉しており大いに憤慨したこと、および撮影の場に向かおうとしたところ、自分がでてくるのを待ち構えているらしい日本人の姿をみかけ躊躇したために会場に戻った、としている。日記ではさらに、汪兆銘が病院に運ばれるまでずっとつき添っていたこと、入院した汪兆銘を何度も見舞ったこと、〈精神甚刺激（心に大きな衝撃を受けた）〉ことなどが述べられている。蔣介石の日記は通常その日にあったできごとを簡潔に記しているだけだが、これらの記述は十一月一日から数日間にわたってかなり詳細になされている。後年に他者によって読まれることを意識して、自分への疑いを晴らしたいという気持ちがそうさせたのだろう。

蒋介石は徹底的な捜査を命じたが、それも自分への嫌疑を払拭するために是非必要だった。

中央党部の事件現場では二十名を超える記者が身柄を拘束され、その後も数十名が事件に関与したとして逮捕された。現場で捕らえられた日本人記者を含む多くのものは解放されたが、一部のものは長期にわたって拘束され続けた。

警察は事件後すぐに晨光通訊社に向かった。しかしそこはすでにもぬけの殻だった。捜査当局は書類のなかに共産党関連のものがあったと発表したが、犯行が共産党によるものであるとは断言していない。

晨光通訊社の社員は、事件後も続いた捜査によって、死んだ孫鳳鳴と社長を除く全員が逮捕された。

孫鳳鳴の妻については、いったんは香港に逃亡したが、事件から二週間後に上海に戻ったところを捕らえられた。拷問を受け、まもなく獄中でみずから二十四歳の若き命を絶った。

翌年、蒋介石のもとに「為南京晨光通訊社諸烈士逝世一周年紀念告全国同胞書（南京晨光通訊社の諸烈士逝去一周年を記念して全国の同胞に告げる書）」と題する声明書が送りつけられた。

そこには、本来の暗殺対象は蒋介石であったと記されていた。

2

汪兆銘暗殺未遂がなされた十一月一日の朝からリース＝ロス、エドマンド、ロジャースの三人は手分けして上海租界内のイギリス系銀行をまわった。

このとき三人はまだ南京での大事件のことを知らない。

夕刻にキャセイ・ホテルに戻ったエドマンドはその足でリース＝ロスの部屋に向かった。部屋にはいるなり、リース＝ロスが震える声でいった。

「汪精衛が撃たれた」

「撃たれた？死んだのですか」

先にリース＝ロスの部屋にきていたロジャースが答えた。

「詳細はわからない。六中全会開会式後の写真撮影で汪精衛が撃たれた。いまある情報はそれだけだ」

「六中全会開会式のあと？ということは、今朝？」

リース＝ロスが答えて、

「そうだ。今朝九時過ぎのことだ。ＴＶはもし大きな事件があれば即座にカレンシー・リフォームを実行するといっていたが、その大事件が今日の朝に発生したというわけだ」

「おかしいではないですか。ＴＶが改革を断行すると知らせてきたのは昨日の夜のことです。事件発生より前です。汪精衛が撃たれることをあらかじめ知っていたかのようではないですか」

と、エドマンドは迫るようにいった。リース＝ロスは眉をしかめて、

「確かに妙だ。なにが起きているのか私にはわからない。しかしともかく、われわれにはもはや時間がなくなった。わが国銀行の中国政府への銀引き渡しについて早急にとりまとめなければならない」

三人は各行に対するヒアリングの状況をもちあった。

各行の考えは概ね一致していた。

すなわち、銀兌換が停止された場合、銀に対する紙幣価値の低下を懸念する預金者たちは銀でなした預金なのだから銀で払いだすのが当然だというだろう。銀行は預金者の要求に応じざるを得ない。ゆえに、とても中国政府に銀を引き渡すことはできない、というのが各行の考えであった。

リース＝ロスがいった。

「なかでもＨＳＢＣ（香港上海銀行）が極めて否定的だ。ほかは他行にあわせるといっているがＨＳＢＣが拒否するとの目算のもとでそういっているのかもしれない。ただ、ＨＳＢＣも一応本国に問いあわせてみるとはいっていた。なるべく月曜日までに回答するとのことだった」

「なにを悠長なことを」

と、エドマンドはいらつきを隠さずにいった。リース＝ロスは、

「やむを得ないよ。今朝の段階ではまだ改革実行に半信半疑だったのだ。各行に対しては『もうすぐ中国は銀国有化等の政策を打ちだすから考えてみてほしい』としかいえなかったのだから」

「それで、月曜になればＨＳＢＣは要請に応じるのですか」

「いや。おそらくだめだ。聞いてみるといってはいたが、冒険的なカレンシー・リフォームの成功を信じて銀を拠出するなど到底できないという態度だった」

リース＝ロスは申し訳なさそうにいった。

エドマンドのリース＝ロスを非難するような態度が気に障ったのか、ロジャースはエドマンドに向かって怒気を帯びた声でいった。

「しかし、そもそも急ぐべきなのか。中国はわれわれの唯一といっていい要求であるポンド・リンクを約束していないのだ。なぜ中国の頼みを一方的に聞いてやらなくてはならないのだ」

リース＝ロスが継いで、

「私もそう思う。それにポンド・リンクが約束されなければわが国の銀行は安心して銀を拠出することはできない。まずは中国政府と『ポンド・リンクさえ約束すればわが国銀行は銀拠出に応じるだろう』といって交渉し、ポンド・リンクの確約を得てからわが国銀行を説得したほうがいいのではないだろう

か」

エドマンドは反論した。

「それでは間にあいません。月曜日にカレンシー・リフォームの内容がマーケットに伝われば、銀と元とのリンクが断ち切られると知った人々は元のさらなる下落を予想し銀を求めて銀行に殺到します。即日で銀の取引を禁じられた中国の銀行は兌換に応じませんから、人々は租界の外国銀行に走るでしょう。各行は窓口の前に群がる群衆を前にすれば銀の払いだしに応じざるをえません」

「自主的に銀ではなくリーガル・テンダーでしか払いださないとする銀行もあるのではないか」

エドマンドはすかさず返答し、

「群衆が暴力的に窓口を叩けば銀行は銀払いだしに応じざるをえません。一行でも銀払いだしに応じる銀行があれば、払いだしに応じない銀行は信用を落とし、応じられない特別な事情があると疑われます。取りつけ騒ぎに発展し、破綻に陥る銀行がでるかもしれません」

エドマンドは落ち着いた声でいったが、その内容は重い。

「まずいな」リース＝ロスは嘆息した。「明日、再度各行を説得せねばなるまい。しかし一行ずつと話していたのでは再び『他行が従うならば』と逃げられてしまう。複数の銀行を集めて説得をしてみるべきか」

「わが国の銀行をみな集めてみたところで、アメリカの銀行も銀拠出をするのでなければ『アメリカ系銀行との競争上応じることはできない』といわれるだけのように思います」

ロジャースが、

「それではどうしろというのだ」

と、エドマンドに対して怒りをぶつけるようにいった。

エドマンドは、長い息を吐いてから、落ち着いた声でいった。

「キングス・レギュレーションを使いましょう」

「なに？」

と、リース＝ロスとロジャースが声をあわせて訊き返した。

「国王陛下の名のもとに、わが国の銀行を一斉に規律する。それしかないと思います」


イギリスの中国における治外法権制度を定めている Order in Council providing for the exercise of British jurisdiction in China（中国におけるイギリス司法権行使のための枢密院勅令。略称〝チャイナ・オーダー・イン・カウンスル〟）第二百九条は、同勅令の趣旨に沿って同勅令を補完する規制等を制定する権限を大使に与えている。その規制がキングス・レギュレーション（King's Regulations）と呼ばれる。現地派遣軍の規律や司法制度に関するものが中心で、乱発されるものではなく一九三五年については十月末までに一本のみが発出されている。すなわち、本国から遠く離れた中国において、緊急かつ重要な事案発生時に、いわば伝家の宝刀として抜かれるべきものである。

「キングス・レギュレーションで経済活動を、それも銀行のみを狙って規制しようというのか」

「確かに過去にはキングス・レギュレーションで経済活動を規制したことはないかもしれません。しかし、一九〇四年制定のオーダー・イン・カウンスルはキングス・レギュレーションを発出できる場合として四項目を列挙しており、そのなかに貿易、商業等に関する現地法規順守を確保する場合というのが掲げられています。また、一九二五年に改正された際に二項目が追加されましたが、そのうちのひとつは、通貨発行やその他の通貨・金融に関する事項を規制する場合と明記しています。キングス・レギュレーションによって銀行の行為を規制しても問題はないと思います」

「なるほど。そうなのか」とロジャースはいって、リース＝ロスに向かい、「いいじゃないですか。キングス・レギュレーションでいきましょう。さっそく大使に連絡を」

しかしリース＝ロスは腕組みをして考えて、

「中国のためにそこまでやってやる必要があるのだろうか。中国はわれわれの唯一といっていい要望事項であるポンド・リンクに応じていない。キングス・レギュレーションをだすにしても、ポンド・リンクを条件にしてはどうだろうか」

エドマンドは
(まだこだわるか)

と、内心で悪態をつき、

「TVはその取引に応じないと思います。十月上旬のミーティングで孔祥熙財政部長が他通貨とのリンクについて結婚にたとえ、『結婚できる相手はひとりだけ』と話していましが、そのときTVは口を噤んでいました。それ以降彼に注目していましたが、彼は一貫してリンクの約束を避けているようでした。おそらくTVはどの通貨ともリンクをしないつもりでいるのです」

「しかし中国にとって、ポンド・リンクを決めてもなんの損もないのではないか」

「そんなことはありません。中国は銀本位制をとることによってアメリカの銀政策に翻弄されてきましたが、ポンド・リンクをすれば、こんどはわが国の金融政策や通貨政策に強い影響を受けるようになります」

「それは確かにそうだが――」

「中国では、日本の侵攻により民族意識が大いに高まっています。経済的な独立を確保するために、ポンド・リンクを約束したくないと考えるのも当然ではないでしょうか」

「しかしだな――」と、リース＝ロスは煮え切らない様子だ。「孔祥熙はローンが得られればポンド・

リンクをしてもいいといっていた。妥協の余地はあるということではないか。キングス・レギュレーション発出の見返りにポンド・リンクを求めれば、彼は飲むのではないだろうか。なにかをもらうためにはなにかを提供する。それは外交においてだけではない、あらゆる関係における基本原則だ」

「これまで一ヶ月以上にわたって彼らと接触してきてよくわかったではないですか。この国の金融を動かしているのはTVであり、孔祥熙は飾り物に過ぎないということを」

リース＝ロスはエドマンドの顔を凝視して、

「どうもよくわからんな。きみは中国側寄りすぎないか。われわれはあくまでわが国の利益のためにここにきている」

「サー。確かに僕は中国経済の利益をばかり考えているかもしれません。しかし、このミッションはもともと、揚子江デルタの経済情勢が悪くなればここに多数の権益をもつわが国に不利益を及ぼすという考え方でありました。基本にたちかえり、この地の経済立てなおしに専心しようではないですか。ポンド・リンクが認められなくても、当地の経済にとってベストの施策をおこなおうではありませんか」

リース＝ロスは腕組みをしたままで黙って考えている。

おそらくリース＝ロスはイギリスを発つときに、満洲を通じた対中借款に加えて新通貨をポンドにリンクさせ中国をスターリング・ブロックに組み入れることを使命として帯びている。そのいずれにおいても成果が得られないのだから、たやすくふんぎりをつけることはできないのだろう。

エドマンドはそう思いながら、両手のこぶしを前にだした。そして左のこぶしを高くして、

「分裂し、外からの衝撃に弱く、不安定で、極度に貧しい状態にあるいまの中国」

といい、続けて右こぶしを上げ、左を下げて、

「盤石ないしずえのうえに築かれ、そとから吹き込もうとする風雪を頑強に退ける中国」

といった。そして両こぶしを同じ高さにしてリース＝ロスのほうへ突きだした。

「この国はこのふたつにつながるドアのあいだに立っており、ドアを開ける鍵をあなたが握っておられます」

エドマンドはリース＝ロスの目をまっすぐみて、

「さあ、どちらのドアを開けますか」

と、打ちつけるようにいった。

リース＝ロスはエドマンドの目を見返した。そしてひとさし指をのばし、ゆっくりとそれをエドマンドの右こぶしのほうへ動かした。

リース＝ロスがそう決心したときには十一月一日金曜日の太陽はすでに沈もうとしていた。一本の法令をだすのである。上海とロンドンにまたがり大蔵省、イングランド銀行、外務省に司法省を交えて協議をしなくてはならない。しかし、幣制改革が実行される月曜日の朝までごくわずかの時間しかない。
十一月一日午後六時四十二分、リース＝ロスはImmediate Secret（至急秘）扱いの電報を本国宛に打ち、宋子文の要請内容と、それに対する在上海の銀行の反応を伝え、各行が預金者からの銀引き渡し要求を拒否することができるよう、法的な支援を与えることが必要である、とした。
リース＝ロスの電報はロンドンの十一月一日昼に受信され、同日午後、大蔵省、イングランド銀行、外務省と各行のロンドン代表者を加えて討議がなされた。そして深夜（上海時間翌日朝）に大蔵省から第一報として、リース＝ロスに対し、
〈イギリスの銀行が（中国法に）従うようインカレッジすべきという考えに同意する〉

との返信がなされた。

翌十一月二日土曜日。汪兆銘襲撃の報が伝わり、危機の到来を予期した人々はパニックに陥った。公債価格は暴落、安全資産である金への逃避が発生し金価格が暴騰、外国為替市場は乱高下しながら急落した。銀行には銀兌換や預金引きだしを求める人々が殺到した。ただ幸いにして土曜日であり銀行も金融市場も半日営業で、営業時間が短かったために大事に至らずにすんだ。

同日午後九時（ロンドン時間午後一時）になり、イギリス外務省から在上海総領事宛の Most Immediate（大至急）電がだされ、

〈イギリスの銀行に中国のスキームを受け入れさせ、同時に彼らを銀払いだしの要求から護るために、一九二五年チャイナ・オーダー・イン・カウンスル第二百九条に従ってイギリス臣民を拘束する条項および関連の条項からなるキングス・レギュレーションを制定することが望ましい〉

との指示がなされた。キングス・レギュレーションの発動が許可されたのである。あわせて同電報は、クラウン・アドボケイト（在上海の英国最高法廷長官）の助言を受けつつ規制のドラフトを作成するよう指示した。

同日午後十時（ロンドン時間午後二時）、カドガン大使も別の電報を受領した。これは同日昼にカドガン大使がイギリスの銀行に対して銀払いだしをおこなわないよう指導する許可を求める電報を打ち、それに対する返電である。同電は、大使が銀行に対し指導をおこなうという方法は法的強制力をもつものではなく、銀行を適切に規制することができないので許可できず、法的措置、すなわちキングス・レギュレーションに寄らねばならないとし、カドガン大使の許可申請を却下した。

同日深夜、リース＝ロス、エドマンド、ロジャースにカドガン大使と商務参事官および、上海を不在にしているクラウン・アドボケイトに代わって領事裁判所判事を加えた協議がなされた。この協議で、

規制の対象を銀行のみとせず全臣民を対象とすること、預金の引きだしのみならず全ての銀による支払いを禁じることなどが決定された。

そしてキングス・レギュレーションの草案が作成され、完成後すぐに本国に打電された。

そのあと、イギリス外務省の法務担当官から複数の質問がなされ、それに対して領事裁判所判事と商務参事官が中心となって回答をおこなうというプロセスを経て、最終的に草案に対する本国の承認が得られたのは、十一月三日の太陽が昇ろうとしていたときである。

即日、各行に対して規制の内容が示された。

そして翌四日月曜日、すなわち一連の幣制改革関連法令が発出されたその日、全てのイギリス臣民に対して中国の新通貨制度受け入れを求め、銀の支払いを禁ずるキングス・レギュレーションが施行された。

3

汪兆銘暗殺未遂のあった十一月一日の午後、孔祥熙は施肇基《シージャオジー》駐米公使に至急電を送致した。

同電は施肇基に対して、幣制改革を週明け早々に実施することを急ぎモーゲンソー米財務長官に説明し、銀売却交渉を取りまとめるよう訓令するものである。一元を〇・三ドル、一シリング二ペンス1／2近辺に誘導するつもりだが、イギリスからの一千万ポンドの借款が実現すれば元はポンドにリンクすることとなる、として、モーゲンソーに圧力をかけた。

十一月二日夜。施肇基はニューヨークでモーゲンソーと会見した。

モーゲンソーは施肇基を指さして「焦りすぎだ」と不快感を露わにし、三十分近くも怒鳴り散らした。

施肇基は頭を垂れてモーゲンソーの怒りが鎮まるのを待ち、怒り疲れて口調がわずかに柔らかくなったときを見計らい、銀買い取りの条件を示すよう願った。

モーゲンソーは不機嫌な表情のままで条件を示した。口頭でだが、中途でまったく詰まることなく述べたので事前に考えてあったものだろう。モーゲンソーは施肇基にその場で書き取らせメモランダムを作成させた。

その内容は五項目である。

〈合衆国は銀一億オンス購入を申し入れ、かつ、条件によってはさらなる購入も検討する〉

〈売却により中国が得た資金は通貨の安定のためのみに使用される〉

〈中国は三人の専門家から成るスタビリゼーション・コミティー（安定委員会）を設置し、委員のうちのひとりはチェース銀行、もうひとりはナショナル・シティー銀行から選出することを紳士協定として約束する〉

〈中国が銀売却で得た資金はニューヨークに預託される。預託先はアメリカの銀行とする〉

〈中国通貨は、中国政府の定める一定額の米ドル、または一定量の金・銀との兌換が確保される〉

このメモランダムに対する中国側の回答が施肇基によってモーゲンソーに届けられたのは十一月四日（月曜日）朝である。

このとき中国はすでに十一月四日の夜であり、すなわち幣制改革実行後であった。施肇基が完全合意を待たずに改革を実行せざるを得なかったことを再度詫び、モーゲンソーが再び「焦りすぎだ」と不快感を露わにするという前週末と同じやりとりがあったあと、施肇基は、アメリカからの要望のうち中国側が承諾できるのは、四番目の銀売却資金をニューヨークに預託することだけである、とおそるおそる述べ、さらに小声で、

「本国から、銀購入に加えてローンを依頼するようにいわれています」

とつけ加えた。

モーゲンソーは施肇基の胸のあたりをさした指を振りながら、

「どうであれ、われわれのカネを引きだせると思っているのだろう。おまえたちはわれわれをサッカー(sucker　騙されやすい青二才)だと思っているのだろう」

と刺々しくいった。

モーゲンソーは怒りを抑えなかったが、ひとは弱みがあるときにこそ怒ってみせる。アメリカには中国にマーケットで銀売却をされ銀価格を崩されたくないという事情があり、また、中国での存在感を強める日本と、ポンド・リンクを目指すイギリスへの対抗もある。ローズベルト大統領、財務省、国務省の間で検討がなされ、アメリカは十一月十三日に五千万オンスの銀購入を決定する。

中国側との調整を経て、購入代金は一オンス当たり六十五セント5／8から輸送費を差し引いた価格とし、引き渡し期限は翌年二月十一日とすることが妥結された。また、十一月二日にモーゲンソー財務長官が示した条件のうちの資金用途を為替安定に限ることと、資金はニューヨークに預託されることの二項目に加え、スタビリゼーション・ファンド(安定基金)の使用状況をアメリカ側に報告することが合意された。

すなわち、元のドル・リンクは約束されなかった。会見では威丈高のモーゲンソーに対して施肇基の姿勢は低かったが、国としての事情は中国に分があった。改革を実行してしまった中国にマーケットで銀を売られてはこまるアメリカは早急に銀購入を決めねばならず、ドル・リンクの条件を取り下げざるを得なかったのである。

ここに長きに渡った中米間の銀売却交渉が終結した。アメリカへの銀売却はこの後も第二次、第三次と続き、一九三七年の日中戦争勃発まで合計で一億八千七百万オンスが売却されて、その代金は法幣安定に寄与することになる。

遡って考えれば、中国経済は、アメリカの銀政策によって翻弄され、銀本位制からの離脱を余儀なくされたが、早くから銀本位制離脱の必要を感じていた宋子文にとっては、アメリカの政策が彼の改革をあと押ししてくれたようなものだった。銀売却交渉では紆余曲折を経たものの、アメリカの銀政策のおかげで中国は所持する銀を高値で外貨に交換することができた。そのうえ、交渉が順調に進まないうちに汪兆銘が襲撃されるという大事件が発生し改革を急遽実施することとなったために、ドル・リンクも約束しないで済んだのだった。

4

一九三五年十一月四日月曜日、幣制改革が実行された。

中央、中国、交通の三銀行発行の紙幣が法幣とされて、三銀行以外が過去に発行した紙幣は財政部が期限を定めて回収が進められることとなった。

現銀の使用が禁じられ、公私の一切の契約や取引は法幣に限ることとされた。過去に銀を単位としてなされた契約も、決済は法幣によってなされなければならない。

銀は、使用のみならず保有も禁じられた。銀貨や銀塊に加え、銀含有率が三十%を超える銀器や銀工芸品についても三ヶ月以内に全国の金融機関や公共機関で法幣に兌換しなければならない。

そして、外国為替市場において中央、中国、交通の三行は無制限に介入をおこなって法幣の価値の安定をはかる。

幣制改革実施直後より内外の新聞や雑誌が論評を掲載した。中国国内のものも、日本を除く諸外国のものも、その多くが幣制改革により中国経済は安定、発展するであろうとし、幣制改革の意義を認めた。

一方で日本国内の論評は概ね批判的だった。東京朝日新聞は十一月四日に〈日本の諾否を待たず出し抜いた英国外交〉、十一月五日には〈日支関係先鋭化を敢て無視する南京側〉という見出しの記事を掲載した。東京日日新聞も十一月五日に〈英の金融制覇ならば日支提携に一大暗影〉という見出しの記事を載せている。つまりは、幣制改革の経済的意義を論じるのではなく、「イギリスが日本に断りなく中国を支援し幣制改革を実行させた」と怒っているのだった。アジアにおける欧米の関与を排除せんとするアジア・モンロー主義の観点からの批判なのだが、仮にアジア・モンロー主義が妥当な考え方であるとしても、幣制改革はイギリスからの借款もポンド・リンクの約束もなく実行されたものであるので、日本各紙のなした批判は全くまとはずれのものだったといっていい。

上海駐在陸軍武官の磯谷廉介少将は、アジア・モンロー主義とは異なる観点からの批判をおこなった。

十一月八日、磯谷少将は声明を発表し、〈イギリスに對する嫉妬とか支那が日本を出し抜いたとかいふ些細な問題でなく〉〈支那四億の民衆の破滅を来たす〉ものであることから幣制改革に断固反対であるとした。破滅を来たす理由としては、〈事前に何等必要な準備なく〉、改革を企画実行するために必要な〈信頼すべき人物〉がいないことを挙げ、〈改革は早晩おそらく数ヶ月をい出ずして破綻する〉と断言した。そして、〈改革案を中止せしめることが支那を救う唯一の途〉であるとし、上海においては日本の銀行は銀引き渡しを拒絶し、華北においては、現銀を上海に送らず〈国民政府の統制下にある北支那の銀行においてこれを保管〉するよう〈北支那の実力者〉が指導すべきであり、もし〈北支那の実力者にしてその能力のない場合は我方は実力を以てしても各遂行してよいと信ずる〉とした。磯谷少将は国民政府への現銀集中を阻止し、華北の指導者がそれをなさないのであれば日本軍は実力行使をする、と恫喝したのだった。アジア・モンロー主義をもちださなかった点では妥当ではあっても、幣制改革失敗の根拠は全く脆弱といわざるを得ない。結局のところ磯谷少将の声明からは、日本軍が幣制改革の成功により中国が頑強になることを恐れ、中国の統一が進み華北分離工作に負の力が加わることを懸念していることを窺い知ることができる。

日本の、幣制改革は失敗するとの期待に近い予想ははずれることになる。

幣制改革直後より為替は安定し、貿易量が増え、生産活動は上昇、物価はゆるやかに上昇した。数字で示すと、幣制改革のなされた一九三五年から翌年にかけて、工業の閉鎖件数は半減、電力消費量は十%増加、綿糸取引量は二・五倍と激増、鉄道・船舶輸送量は二十%増となった。恐慌といってもいい状態にあった中国経済は、幣制改革を機に一気に回復に向かったのである。為替相場の安定がいかに経済にとって重要かを示している。通貨制度の変更がこれほどまでに短期間で大きな成果をもたらしたことはあとにも先にもないかもしれない。

中国は幣制改革により強くなった。

国民政府の確固たる支配下にある地域は南京、武漢、重慶といった上海を除く長江流域であり、上海は欧米諸国、華北は日本、南部は軍閥、中西部は共産党の勢力が強く、中国はいわば分裂状態にあった。しかし、国民政府が独占的に管理する法幣が全土にゆきわたることにより、中国の、少なくとも経済的な統一は大いに深まった。また、通貨が銀にリンクしなくなったということは、通貨発行という形で政府が全国から資産を吸い上げることが可能となったことを意味している。国の総力を軍備に向けることも可能となった。きたるべき日本との対決に備えて、中国は通貨という武装をしたようなものであった。

つまり、磯谷少将の声明から窺える日本軍の懸念は現実のものとなる。

日本は日中戦争勃発の直後から法幣に戦いを挑む。最終的には円、法幣いずれもハイパー・インフレーションに陥ってしまうのだが、少なくとも序盤戦については、法幣は頑強に抵抗し、円は敗北を続けることになる。それは日本の太平洋戦争における敗北の一因ともいえるのだが、このカレンシー・ウォーの顛末については、また別の物語に譲らなければならない。

幣制改革の二ヶ月後の一九三六年一月、リース＝ロスは同盟通信社上海支局長の松本重治の車で上海共同租界を西に走った。

向かうのは武定路《ウーディン》にある陸軍武官室である。幣制改革を妨害することを宣言するかのような声明をだした磯谷少将に、その真意を問いたいと思い、松本に磯谷への橋渡しを依頼したのだ。また、日本の銀行が銀拠出に応じる気配をみせず、それは明らかに軍の指示に従っているためとみられることから、軍を一度説いてみようとの考えもあった。

玄関で待っていた中国人ボーイに連れられて松本とともに応接室にはいりソファに座るやいなや、磯谷が補佐官をふたり伴い部屋にはいってきた。

磯谷は意外にも陰りのない笑顔で握手を求めてきた。

磯谷が紹介した補佐官ふたりの顔をみると、「またお会いできて光栄です」といったのは、東京での重光外務次官との会見の際に会った森尾陸軍三等主計正であった。森尾は、古い友人に会ったかのような笑みでリース＝ロスの手を握った。

松本重治の通訳を通じておこなわれた会談は、ときおり冗談も飛びだし、なごやかな雰囲気だった。

そのきっかけとなったのが次の会話である。磯谷が日本と中国、イギリス、アメリカの関係を例えて、

「日本は青年です。たいへん精力的かつ誠実な青年で、美しいミス・チャイナを深く愛しています。しかしミス・チャイナはいつもイギリスとアメリカばかりに媚びて、日本のアプローチをすげなく断り続

けています。腹をたてた日本はイギリスとアメリカに対して、『手を離せ。僕はミス・チャイナと結婚したいのだ。邪魔をするんじゃない』といっているのです」

といい、それに対してリース＝ロスは思いつくままに、

「日本はミス・チャイナと結婚したいと思っているというよりも、レイプしたいと思っているように私にはみえます」

といった。この棘のある冗談は磯谷のユーモアのセンスにぴたりと合致したようで、磯谷は豪快に笑い、それ以降、腹のなかをさらけて話すようになった。

リース＝ロスが、

「数ヶ月以内に改革は破綻すると予言されたようですが」

と皮肉をぶつけると、磯谷は苦笑し、

「改革が軌道に乗るであろうことはわかっていましたよ」といって、森尾を指さして、「この男になんどもそういわれていましたから」

リース＝ロスが森尾をみると、森尾は目をあわせるのを避けたのか、首を小さく垂れた。

リース＝ロスが磯谷に向かい、

「日本の銀行に対して国民政府に銀を引き渡すようにいってはいただけないでしょうか。カレンシー・リフォームが成功すれば中国経済は改善され、利益を受ける国としては日本が一番で、わが国はその次です。改革の完成のためにわが国と日本が協力してやっていくべきだと考えるのですが」

というと、磯谷は、

「協力については、ここで手放しの賛意を表すことはできませんが、あなたと私とのあいだの意見交換だけなら今後も続けていくことに大賛成です」

がでしょう」

と、ことばを濁した。そして再び森尾を指さし、

「銀拠出やその他の問題について、この男にいろいろ考えがあるようなので、別途議論をされてはいか

といった。森尾が継いで、

「改革前にいちどミスター・エドマンド・ホール＝パッチとお会いし諸々話をしましたが、もう一度お会いして議論を交わしたいと思っておりました。近くお誘いしたいと思います」

と、流暢な英語でいった。

会談は二時間半におよんだ。

リース＝ロスは、これまで日本の外交官や金融機関と話をしても、改革に賛成なのか反対なのかもわからないような煮え切らない態度ばかりをみせられ嫌気がさしていた。しかし今日の会談で磯谷は断片的ながらも本音を明かした。リース＝ロスは磯谷に好感をもち、磯谷も同様だったようで、ふたりの交流はこののちも続くことになる。

その様子は初回の会談の仲介をした松本重治の回想録に詳しく記されている。

三月初には磯谷がスーツ姿で補佐官を帯同せずにキャセイ・ホテルにリース＝ロスを訪ねた。そしてこのときも二時間余にわたって意見の交換がなされた。

三月下旬、磯谷が陸軍軍務局長に就くため帰国することとなり、それを新聞で知ったリース＝ロスはキャセイ・ホテルの特別室、ジャコビアン・ルームで送別のカクテル・パーティーを開いた。リース＝ロスは第二回目の会談で磯谷がカクテルにあまり手をださなかったことを覚えていて、日本酒を用意した。ふたりは乾杯を重ね、一層親交を深めた。

ふたりの交流はさらに続き、リース＝ロスは帰国直前に東京で磯谷に会うべく陸軍省に訪問を

申し入れる。しかしキャセイ・ホテルでの送別の会の答礼をなさねばならないと考えた磯谷は、自分のほうからイギリス大使館を訪ねリース＝ロスと会談した。そしてその数日後、東京出立の前にこんどはリース＝ロスが磯谷を陸軍省に訪問し、その夜、磯谷は赤坂の料亭でリース＝ロス送迎の宴を張った。

5

リース＝ロスは二月末に日本を訪れようと計画していたが、まさに出発しようとしていたとき、上海の大使館経由で二・二六事件の勃発を聞かされ、断念した。以前からの知人であり、最初の日本訪問時にも意見の交換をした高橋是清の死はリース＝ロスの骨身にこたえたようである。

中国を離れる前にいまいちど日本を訪問しておかねばならないと考えるリース＝ロスは、帰国の途につく直前の五月三十一日に日本に向かった。

エドマンドも、八ヶ月前に上海にくるときにも乗船した〝長崎丸〟に乗った。

八ヶ月前とは違って心にも時間にも余裕がある一行は京都で数日を過ごし、神社仏閣をめぐり、いくつかの景勝地を訪れた。

そして〝燕号〟に乗って東京に向かった。

名古屋を過ぎ、午後六時過ぎに着いた静岡駅で列車に乗りこんできた者があった。

森尾陸軍三等主計正である。森尾は磯谷帰任より前に帰朝している。

森尾はリース＝ロスのコンパートメントの入り口に立ち、エドマンドに、

「帰国の挨拶もできずに上海を離れてしまったのでなんとも気掛かりで、きみらが帰国前に東京にくると聞いて、いてもたってもいられずここまで迎えにきた」

と小声でいった。リース＝ロスたちが眠っているのをみて、起こさぬように気を使ったのだ。

エドマンドは嬉しそうに頬笑んで森尾の手を握った。そしてポークパイ・ハットを頭に載せ森尾を誘い、ソファの並ぶラウンジをぬけて展望デッキに立った。

列車の後方に向かって立つふたりの右手の西の空がオレンジ色に染まり始めている。左には駿河湾がひろがり、太陽を背にしてみる海と空が藍色に鈍く輝いている。頬に風を感じながら右から左へと視線をめぐらしてみると、全ての色がグラデーションになっており、ちょうど光と闇の世界の狭間に立っていて、どちらに進むかを決断するよう、なにものかに迫られているような感覚がした。

エドマンドは風で飛ばされないように帽子を手で抑えながら、光量を弱めた紅い太陽をみつめる森尾にいった。

「リース＝ロス卿が初めて磯谷武官に会ったとき、きみは僕に会って議論を交わしたいといったそうじゃないか。きみからの連絡を待っていたが、ついに連絡はなかった」

「あのあとまもなく帰任辞令がでてしまってね。一度キャセイ・ホテルにきみを尋ねていったのだが、きみはちょうどそのとき寧波《ニンポー》に仕事でいっていて不在だったのだ。それで結局挨拶もできずに帰国することになってしまった。無礼を許してもらえないだろうか」

「寧波は仕事ではないよ。上海のイギリス人の友人の普陀山《プートオシャン》にあるレストハウスに遊びにいっていたのだ。こちらこそ失礼したね。すまなかった」

「普陀山はどうだった」

「すばらしかったよ。桃の花に覆われた丘も、断崖から流れでる清流も。小川で仔牛を洗う少女に声を掛けたら家に招かれてね。家のなかはきれいで、西洋のものは魔法瓶以外になにもなかった。なんともうまいお茶をふるまってくれたんだが、喉の乾いていた僕が一気に飲み干すと、もっと味わって飲めと叱られた」

「そうか。そんなロマンスもあったんだな」

と、森尾が冷やかすように笑った。

「とんでもない。リース＝ロス卿や友人がいたし、あちらも十八人家族だよ。それにわれわれは誰も中国語が話せないし、向こうも英語を全く話せなかった」

エドマンドは「ああ、そうだ。ちょっと待っていてくれたまえ」といって、ひとりコンパートメントにいった。そしてテーブル上のボトルの赤ワインをグラス二杯に注ぎ、展望デッキに戻った。

グラスのうちのひとつを森尾に手渡しながら、

「夕陽をみていたら飲みたくなってね。この黄褐色。ぴったりだろう」

エドマンドはグラスを西の空にかざした。そして少量を口に含み、味わってからいった。

「さて、ぼくらの勝負の話をしよう」

「勝負？」

「ゴルフ場のクラブハウスで、きみとはこれから通貨をめぐって長い勝負をすることになるといっただろう」

「ああ、そうだった」

森尾もエドマンドがしたのと同じようにグラスを太陽に向かってかざした。

「きみのもくろみどおり、カレンシー・リフォームは半煮えの状態でリリースすることとなった。そこまではきみの勝ちだ。しかしきみの思惑とは異なり、カレンシー・リフォーム実行後、リーガル・テンダーは安定し、目立ったインフレーションも起きていない。中国経済は極めて順調に回復している。どうかな、負けを認めてもらえるかな」

「そうだね。確かに僕が思っていた以上にカレンシー・リフォームはうまくいっている。正直にいえば、想像を大きく上回る成果に驚いている」

それを聞きエドマンドは満足げにグラスを傾けた。

「汪兆銘暗殺未遂のタイミングが偶然とは思えないのだが」

と、森尾がぼそりといった。エドマンドは風の音のために聞きのがし、

「なんといった？」

と訊き返した。

「汪兆銘暗殺未遂という突発事故があり、その直後にカレンシー・リフォームが実行された。そして、それが実にうまくいっているとなると、カレンシー・リフォームをおこなうために汪兆銘暗殺がなされたのではないかと疑ってみたくなる」

「まさか、そんなことがあるはずはなかろう」

といったが、エドマンドのなかにもあの事件についてはなにか違和感のようなものがある。

森尾がいった。

「宋子文あたりは、元下落が続いて追いこまれて改革を強いられるのではなく、大事件が発生して緊急の事態に対処したという形のほうが、政府と新通貨に対する信認が負う傷は浅くて済み、混乱は小さくなると考えていたということはないか」

「おいおい。きみは宋子文が暗殺の黒幕だというのか。そんなことがあるはずがなかろう」

「宋子文や孔祥熙が暗殺を首謀したということはなくても、蔣介石ならどうだ」

「蔣介石は金融問題に関与しない。ゆえにそれもない」

エドマンドはそう否定しつつも考えた。宋子文が事件発生二日前のミーティングで「大きな事件があ

れば即座にカレンシー・リフォームを実行しようと思う」といったとき、なんらかの事件発生を待っていたということは考えられなくもない。その翌日に孔祥熙とヤングから状況を説明された蒋介石が、言外にある宋子文の考えを汲みとって事件を起こしたということは、はたしてあり得るだろうか。

森尾は笑って、

「そうまじめに考えないでくれよ。僕も本気で思っているわけではないよ。ただ、もしきみらが元レート急落と汪兆銘暗殺未遂事件により追いこまれたのではなく、それらを利用してカレンシー・リフォームを実施したのだとしたら、元レート下落を演出した僕はまるでサーカスのクラウンだ。きみはカレンシー・リフォーム実施までは僕が勝っていたといったが、僕は最初から負けていたということになる」

森尾はそういって、左右の手を交互にゆっくりと上下に動かし、へたなパントマイムのような動きをしてみせた。そして続けて、

「まあ、その後の中国経済の好調を考えれば、いずれにしても僕の負けは負けなのだがね。ここまでのところは」

「ここまでのところは？」

「まだセカンド・ラウンドが終わったところだからね。勝敗を述べるには早すぎる。勝負は四日目のバック・ナインまでわからない」

「日本の昔の軍人は潔さをたいせつにしたそうだが、いまの軍人にはあてはまらないのかな」

森尾は「ふっ」と笑い、

「中国農民銀行に紙幣発行権限が与えられたそうだな」

といった。幣制改革においては中央、中国、交通の三行にのみ紙幣発行が認められたが、この二月に財政部は、発行額の半数を農村救済事業に充てることを条件に中国農民銀行に紙幣発行を認め、それは三

行の法幣同様に扱われるとした。

エドマンドは森尾のいわんとすることがわかり、

「ああ、そのとおりだ――」

と、語尾を弱めていった。

「つまりは、蒋介石はカネのなる木を得たわけだ」

中国農民銀行はその名が示すとおり農業向け融資等を通じて農村経済を振興することを目的としているが、軍事委員会の主導で設立された銀行であり、すなわち蒋介石の強い影響下にある。

「それはどうだろうか。中国農民銀行の紙幣発行は一億元までに制限されている」

「中国農民銀行にも紙幣発行を認めろと蒋介石に執拗に迫られた財政部は、なんとか一億元までという条件をねじこんだのだろう。孔祥熙の汗をかく顔が目に浮かぶようだ」

「まあ、そうだな。多少違うところもあるが」

エドマンドは子文からその経緯を聞いている。孔祥熙は蒋介石のことばにたやすく応じてしまったそうだ。汗すらかいていないに違いない。子文は怒りをあらわにしていたが、財政部長の椅子を孔祥熙に譲っている彼には一度決まった決定を覆す力はない。

「そもそも蒋介石は、改革実行後は元と銀とのリンクが断ち切られると聞かされ、ならば紙幣をいくらでも刷って軍事費を賄うことができるじゃないかと思って改革に賛成したのだろう。ならば一億元までという条件に納得できるわけがない。そんな条件、すぐにあってないようなものになるさ」

この森尾の予想はのちにあたることになる。翌一九三七年二月に財政部は各行の紙幣発行額の検査を始めるが、その時点で中国農民銀行の紙幣発行額は一億六千万元を超えていた。日中間の緊張の高まりに伴い発行額はさらに増え、日中戦争開戦直前の同年六月の時点では二億元に達した。この数字は交通銀行とほぼ同額である。農業むけ専業銀行であり、かつ農村むけ地方銀行でもある中国農民銀行の紙幣発行額が総合銀行のそれと肩を並べるというのは異常であった。

「きみのいうとおりだ。中国農民銀行の件は大変危惧している」

「前途は多難だな」といったあと、森尾は、「幸運を祈るよ」と風に消されそうな声でつけ加えた。

「いまなんといった。『幸運を祈る』といったように聞こえたが」

とエドマンドが訊き返すと、森尾は、

「実は陸軍大学校の教官に転出することになった。もう僕はきみの勝負の相手を務めることはできない」

「そうだったのか」

「実は少しほっとしている」

エドマンドは意味を捉えあぐね首を傾げた。すると森尾は、

「ゴルフ場のカウンターできみにいわれたことがちょっとこたえた」

エドマンドはあの日の会話を思い起こし、

「ああ、なるほど。ドクター森尾」

といって、森尾の肩を軽く叩いた。

森尾がワイン・グラスを口に運びながらエドマンドの肩越しに列車の西側をみて、「おっ」と声をあげた。

エドマンドが振り返ると、そこには夕陽を浴びて朱色に染まった富士があった。

ふたりはそのまましばらく黙って富士の姿をみつめた。

森尾がエドマンドの背中にいった。

「きみはリース＝ロス卿が国に帰ったあとも上海に残るそうだな。新通貨制度のゆく末をみまもり為替

レートとインフレーションを監視することが仕事なのだろうが、大変な仕事になるぞ。なにしろ相手は蒋介石だ。きみがいくら声を張りあげても声が届く相手ではない」

エドマンドは森尾に向きなおり、

「相手は蒋介石というよりも、蒋介石の敵である日本というべきなのではないかな。まだ僕は二ラウンドをプレーしなくてはならない。手持ちのゴルフボールが足りればいいが」

と笑うと、森尾は、

「僕の予想ではサード・ラウンドもリーガル・テンダーの優位が続くよ。それだけきみたちがつくりあげた通貨は頑強にできている」

「認めてもらい、光栄だ」

「しかしおそらく最終日で円は巻き返す」

「最終日のバック・ナインにまでもつれこむか」

エドマンドはそういって振り返った。

赤みを増していく富士が座っている。

美しさよりも、恐ろしさを感じさせる、そんな富士である。

主要参照資料

*史実を追うにあたっては各国の外交文書に非常に多くを負っている。1)は英国関連、2)は米国関連、3)、4)は日本関連。

1)「Documents on British Foreign Policy (DBFP)」

2)「Foreign Relations of the United States（FRUS）」

3)「日本外交文書デジタルアーカイブ」外務省

4)「アジア歴史資料センター」国立公文書館

*宋子文、宋慶齢、蒋介石、孔祥熙等の人物については以下等を参照した。

「Woman in World History : Life and Times of Soong Ching Ling (Mme. Sun Yatsen)」Israel Epstein／New World Press

「The Last Empress　Madame Chiang Kai-shek and the Birth of Modern China」Hannah Pakula／Simon & Schuster Paperbacks

「宋家王朝」スターリング・シーグレーブ（田畑光永訳）／岩波現代文庫

「宋子文評伝」呉景平／福建人民出版社

「宋子文伝」王松・蒋仕民・饒方虎／武漢出版社

「宋子文大伝」陳廷一／団結出版社

「蒋介石与宋子文」李立新・呉丹／団結出版社

「蒋介石」保阪正康／文藝春秋

「蒋介石に棄てられた女」陳潔如（加藤正敏訳）／草思社

「大財閥孔祥熙伝」王松・蒋仕民・饒方虎／武漢出版社

*国民党関連は多くの資料を参照したが、主要なものは次のとおり。

「Personal History」Vincent Sheean／The Modern Library

「Conversations with Mikhail Borodin」Madame Chiang Kai-shek／World Anti-communist League

「転換期支那」アンナ・ルイス・ストロング（原勝訳）／改造社

「中国国民党秘史」陳公博（松本重治監修・岡田酉次訳）／講談社

「訓政制度設計をめぐる蒋介石・胡漢民対立」岩谷将／アジア研究

*1931 年上海北站における宋子文襲撃事件については以下等を参照した。

「The New York Times」(www.nytimes.com)

「中国共産党外伝」福本勝清／蒼蒼社
「外交回想録」重光葵／中公文庫
＊1935年中国幣制改革関連資料も多いが、うち主要なものは次のとおり。
「China's Nation-building Effort, 1927-1937」Arthur N. Young／Hoover Institution Press
「Diplomacy and Enterprise : British China Policy, 1933-1937」Stephen Lyon Endicott／Mnchester University Press
「Money Talks : Fifty Years of International Finance」Sir Frederick Leith-Ross／Hutchinson
「中国漸進的金本位通貨実施法草案及びその理由報告書」ケンメラー／南満洲鉄道上海事務所研究室
「近代中国通貨統一史」岩村照彦／みすず書房
「中国の幣制改革と国際関係」野沢豊編／東京大学出版会
「支那貨幣制度論」宮下忠雄／大阪宝文館
「上海時代　ジャーナリストの回想（中）」松本重治／中公文庫
＊以下、その他参照資料のうち主要なものを列挙する。
「日本外交史（17・18・19）」鹿島平和研究所編／鹿島研究所出版会
「外交五十年」幣原喜重郎／中公文庫
「外交官の一生」石射猪太郎／中公文庫
「日中十五年戦争史 なぜ戦争は長期化したか」大杉一雄／中公新書
「東京朝日新聞」
「Oxford Dictionary of National Biography」（www.oxforddnb.com）
「Harry S. Truman Library & Museum」（www.trumanlibrary.org）
「物語　現代経済学」根井雅弘／中公新書
「人われを漢奸と呼ぶ　汪兆銘伝」杉森久英／文藝春秋
「我は苦難の道を行く　汪兆銘の真実」上坂冬子／文藝春秋
「上海　魔都100年の興亡」ﾊﾘｴｯﾄ・ｻｰｼﾞｪﾝﾄ（浅沼昭子訳）／新潮社
「潤一郎ラビリンスVI異国綺談」谷崎潤一郎／中公文庫
「上海歴史ガイドマップ」木之内誠編／大修館書店

大薗治夫（おおその・はるお）

1987 年大蔵省に入省し、北見税務署長、Inter-American Development Bank 出向等を経て 1995 年より在上海日本総領事館領事。1998 年帰国後大蔵省を退官する。同年より三和総合研究所（現三菱 UFJ リサーチ＆コンサルティング）の上海現地法人で上席エコノミストを務め、また、2011 年まで中国情報発信ポータルサイト運営会社の代表取締役兼編集長。著書に「朱紈　倭寇の海英傑列伝」、「上海エイレーネー」、「カレンシー・ウォー〜日中通貨戦争」、「中国を味方にして大成功する方法」、編著に上海、北京、広州等の都市別「便利帳」シリーズなど。

小説集　カレンシー・レボリューション

2017 年 5 月 15 日　初版第一刷発行

著　者　大薗治夫

表紙撮影 金鋭
作　成　オーズキャピタル・パブリッシング
発行所　ブイツーソリューション
〒466-0848 名古屋市昭和区長戸町 4-40
電話 052-799-7391　FAX 052-799-7984
発売元　星雲社
〒112-0005 東京都文京区水道 1-3-30
電話 03-3868-3275　FAX 03-3868-6588
印　刷　株式会社シナノ

ISBN978-4-434-23263-3
定価はカバーに表示してあります。